ZETA

Título original: *While Passion Sleeps*
Traducción: Constanza Fantín
Ante la imposibilidad de contactar con el autor de la traducción, la editorial pone a
su disposición todos los derechos que le son legítimos e inalienables.

1.ª edición: febrero 2011

© 1983, Shirlee Busbee
© Ediciones B, S. A., 2011
   para el sello Zeta Bolsillo
   Consell de Cent, 425-427 - 08009 Barcelona (España)
   www.edicionesb.com

Printed in Spain
ISBN: 978-84-9872-475-2
Depósito legal: B. 235-2011

Impreso por LIBERDÚPLEX, S.L.U.
Ctra. BV 2249 Km 7,4 Polígono Torrentfondo
08791 - Sant Llorenç d'Hortons (Barcelona)

Mientras duerme la pasión

SHIRLEE BUSBEE

PRÓLOGO

La historia comienza...

—¿Le dirás algo hoy? —le preguntó Melissa Selby al que desde hacía casi un año era su marido.

Lord Selby, cuyos ojos azules contemplaban con indiferencia el helado paisaje invernal, tan típico de Inglaterra en febrero, respondió con tono aburrido:

—Mi querida Melissa, visto que el único motivo por el que partimos de Londres y viajamos a Maidstone en pleno invierno fue hablar con mi hija, no creo que vaya a retardar demasiado mi conversación con ella. —Miró alrededor de la amplia habitación elegante e impersonal en la que estaban sentados tomando el té y sonrió con cinismo—. Créeme, querida, quiero arreglar este asunto tanto como tú.

Satisfecha con la respuesta, Melissa removió el té en la fina taza de porcelana y preguntó:

—¿Crees que te dará problemas?

Lord Selby rio sardónicamente y comentó:

—Si es inteligente, no. Elizabeth siempre fue una chica obediente, y cuando le explique las desagradables alternativas, estoy seguro de que verá tu elección con ojos más que favorables. Él pedirá su mano, ¿no es así?

Melissa adoptó una expresión pensativa.

—Debería hacerlo. Después de todo, le darás una dote generosa... y tengo entendido que él tiene que saldar importantes deudas de juego.

—¿No las cubrirá su padre? Creí que habías dicho que provenía de una familia pudiente.

—Bueno, sí, pero aparentemente, este viaje a Inglaterra fue para que se valiera por sí mismo, algo que hasta ahora no ha hecho muy bien. Creo que estará más que contento de poder casarse con Elizabeth y llevarla a Norteamérica si insinúas que ella será dueña de una gran fortuna al casarse. —Su voz adquirió una nota de incertidumbre, como sucedía siempre que hablaba de la difunta primera esposa de él—. Es una lástima que tu hija sea la viva imagen de su madre, pero supongo que a Elizabeth podría considerársela atractiva, aunque insípida.

Lord Selby miró a su nueva mujer con expresión burlona, consciente del resentimiento que sentía hacia Elizabeth y su madre muerta.

—Sí, se parece a Anne cuando tenía su edad, pero no tienes nada que temer: mi deslumbramiento por Anne terminó a los dos meses de nuestro matrimonio. —Con voz pensativa, murmuró lentamente—: Tendría que haber seducido a esa chiquilina —no era más que la hija de un hidalgo— en lugar de haber sido tan inexperto y tonto como para casarme con ella. ¡Qué estupidez de mi parte!

Melissa asintió, demostrando que estaba totalmente de acuerdo con esa declaración y dijo con tono eficiente:

—Bien, entonces está todo arreglado. ¿Le envío a él una nota hoy mismo?

—Mmm, ¿por qué no? Cuanto antes se conozcan, antes sabremos si él siente la suficiente atracción como para pedir su mano. —Lord Selby frunció el entrecejo y agregó—: Puede resultar, ¿sabes? Se dice que él y Charles Longstreet son amantes, y si los gustos del señor Ridgeway corren en esa dirección, puede no querer una esposa en absoluto.

Una expresión de repugnancia cruzó por el rostro cetrino de Melissa.

—¡Qué desagradable! Pero creo que no tenemos nada que temer. Oí decir muchas veces que otro de los motivos del viaje del señor Ridgeway a Inglaterra era encontrar una mujer. Y pienso que una jovencita maleable como Elizabeth es justo lo que le gustaría. No le exigirá nada y él podrá continuar viviendo su vida como le plazca. —Con tono irónico, agregó—: Pasarán años hasta que la chiquilina tonta se dé cuenta de que su marido no la encuentra útil en la cama matrimonial... aunque creo que a ella le dará igual, de una forma u otra.

Cuando el criado, rígido y formal, le informó a la «chiquilina tonta» que su padre la aguardaba en la biblioteca, Elizabeth se dirigió hacia allí con un presentimiento extrañamente ominoso. A punto de cumplir los diecisiete años, y tan rubia y bonita como gentil, Elizabeth siempre había temido las visitas de su padre y se había sentido casi agradecida por los largos años que había pasado lejos de su propiedad en el campo, en una escuela muy estricta para señoritas. Al menos allí no tenía que oír sus comentarios sarcásticos. Se había vuelto peor desde su matrimonio, un año atrás, con Melissa. Sus visitas poco frecuentes la llenaban de temor; su padre era frío e indiferente y Melissa no hacía nada para ocultar la antipatía que sentía por la única hija de su marido.

Al entrar en la biblioteca, se sintió aliviada al no ver a nadie más que a su padre; era mucho más difícil para ella cuando él y Melissa se turnaban para burlarse. Decidida a no permitir que la intimidara más que lo habitual, Elizabeth irguió la pequeña barbilla redondeada y dijo con cortesía:

—Buenas tardes, papá. ¿Has tenido un buen viaje desde Londres?

Lord Selby la miró de arriba abajo y decidió que realmente se parecía a Anne cuando había tenido la misma edad... quizás era un poco más bonita, reconoció de mala gana, contemplando la boca suave y curvada y los grandes ojos violetas.

—¿Tienes conciencia de que estamos en pleno invierno? ¿De que los caminos están llenos de barro o cubiertos de hielo? ¿De que aun en los mejores carruajes hace un frío polar a pesar de los ladrillos calientes y esas cosas?

Sonrojándose tanto por su tono como por sus palabras, Elizabeth asintió.

Al ver el color en sus mejillas y el pequeño gesto de la cabeza, su padre agregó con sarcasmo:

—¡Entonces te das cuenta también de lo estúpida que ha sido esa pregunta!

Elizabeth permaneció en silencio. Nada de lo que hacía le caía bien a su padre.

Con una expresión aburrida en el rostro, lord Selby dijo lacónicamente:

—Siéntate, Elizabeth. Tengo algo importante que decirte.

Ella sintió la boca repentinamente seca y, con el corazón latiéndole un poco más aprisa, obedeció, eligiendo una de las sillas junto al escritorio.

Lord Selby permaneció de pie detrás del escritorio. Su vestimenta era una sinfonía de azul y gris, desde la levita azul impecablemente cortada hasta los pantalones grises que acentuaban su figura viril. Con los ojos fijos en el rostro de ella, dijo de forma abrupta:

—Melissa y yo hemos decidido que es hora de pensar en tu futuro. Ha elegido un joven muy agradable que, según ella, te conviene mucho. Probablemente llegue dentro de unos días para conocerte.

Con el rostro pálido, Elizabeth lo miró sin poder reprimir la protesta que se le escapó de los labios.

—Pero... ¡pero todavía no tengo diecisiete años! Esperaba que se me permitiera tener una temporada de vida social para...

—¿Para encontrar un marido, quizá? —preguntó su padre con ironía.

Los ojos de Elizabeth llamearon y ella respondió con vehemencia:

—¡No necesariamente! No sé si quiero contraer matrimonio. Al menos no enseguida. Tengo toda la vida por delante; ¿por qué tendría que embarcarme en el matrimonio de forma tan tempestuosa?

Casi con gentileza, aunque la mirada de sus ojos era dura, lord Selby dijo:

—Déjame explicarte algunas cosas, querida. No eres tonta, a pesar de algunos de tus comentarios, y creo que comprenderás lo que tengo que decirte.

Elizabeth apartó la mirada y se mordió el labio para no decir algo de lo que sabía que se arrepentiría. Sin notarlo siquiera, comenzó a apretar con los dedos la tela de su vestido de lana color lavanda.

Indiferente ante la reacción de ella, lord Selby prosiguió con frialdad:

—Bien, ¿vas a prestarme atención? —Y cuando la mirada de Elizabeth se posó con dolor sobre su rostro, agregó—: Para ser franco, Elizabeth, eres el recuerdo de un matrimonio que jamás debió ser. Cada vez que te miro, veo a Anne, y la verdad es que me resulta muy desagradable. Más ahora que ya no vas a la escuela y estarás continuamente en medio cuando Melissa y yo estemos viviendo aquí. —Con expresión sardónica, prosiguió—: Como sabes, Melissa no siente simpatía hacia ti. Tu presencia le resulta de lo más inconveniente. Además, ahora que existe la posibilidad de que sea madre, se ha vuelto muy necesario atar todos los cabos sueltos que quedan de mi desastroso primer matrimonio. ¿Comprendes?

Elizabeth comprendía muy bien. Melissa jamás había tratado de disimular la antipatía que sentía por ella, y ahora que era posible que esperara un hijo de lord Selby, sentiría aún más celos y resentimiento. ¡Por cierto que no le gustaría que se hicieran comparaciones entre su hijo y la de Anne, ni iba a querer que cualquier sombra del pasado interfiriera en su matrimonio!

Ocultando el dolor y el pesar que sentía, Elizabeth respondió con voz lacónica:

—Entiendo.

Lord Selby sonrió como si ella hubiera hecho un comentario inteligente.

—Supuse que lo entenderías. Ahora bien, el joven que tenemos pensado para ti proviene de Norteamérica. Es de buena familia y se le considera apuesto. —Con voz repentinamente sardónica, agregó—: Casi puedo garantizar que no te maltratará físicamente ni exigirá demasiado de tu cuerpo.

Elizabeth se sonrojó intensamente y deseó que la tierra la tragara al oír las palabras de su padre. Era una muchacha bien educada, pero comprendía en parte a qué se refería su padre y le resultaba por demás embarazoso, como le hubiera sucedido a cualquier jovencita bien educada en 1836.

Obligándose a fingir serenidad, dijo en voz baja:

—¿Pero... y si no congeniamos? ¿Y... y si no me cae nada simpático?

—Eso no sucederá, querida, sobre todo después de que te haga ver las alternativas. —Con tono duro prosiguió—: Esta vez elegimos un joven agradable. Si lo rechazas, el próximo que elijamos puede no serlo tanto. ¿Te gustaría estar casada con el duque de Landsdown?

Como el duque de Landsdown era famoso por su brutalidad así como también por su cuerpo horrible y anciano, no resultó sorprendente que Elizabeth se acurrucara en la silla y se pusiera pálida.

Lord Selby notó su reacción involuntaria con indiferencia y prosiguió con tranquilidad.

—Veo que comprendes la idea. ¡Simpatizarás con Nathan Ridgeway! Pienso hacer lo que es debido y constituirte una fortuna considerable como dote, de modo que no pienses que te alejo de aquí sin un céntimo... al menos, no todavía. Pero si rechazas al señor Ridgeway, el interés paternal que siento por ti puede llegar a desaparecer.

Al ver la figura rígida de Elizabeth y su rostro pálido y pétreo, dijo con crueldad:

—No te queremos aquí. Te di todas las comodidades desde que

naciste, pero ahora te quiero fuera de mi vida. Tendrás una fortuna y un marido considerado, y si eres inteligente, aceptarás eso y te sentirás satisfecha. Las alternativas no son demasiado agradables. Aun si te permitiera seguir viviendo de mi generosidad, es muy improbable que lograras ser feliz con la vida que llevarías, pues siempre serías una extraña en la familia que Melissa y yo pensamos tener. Tu presencia sería sencillamente tolerada y si tu interferencia en nuestras vidas se volviera demasiado fastidiosa para Melissa y para mí, estoy seguro de que se podría arreglar otro matrimonio, que quizá no sea tan conveniente como éste. Y si tienes alguna idea alocada acerca de arreglártelas por tu propia cuenta en el mundo, piensa muy bien, Elizabeth, lo que te depararía el futuro. —Con brutalidad, terminó—: Cásate con este joven y aléjate de nuestras vidas.

Elizabeth lo miró sin poder ocultar la rebelión que crecía en su interior, pero años de rígida educación no le permitieron sublevarse.

Lord Selby era consciente de su lucha interior, pero se sentía seguro de su sumisión.

—Desde luego, la decisión es tuya, hija mía —ronroneó.

PRIMERA PARTE

La esposa-niña

Febrero de 1836

No hacemos lo que deberíamos hacer
Lo que no deberíamos hacer, lo hacemos
Y nos refugiamos en la idea
De que la fortuna nos salvará.

MATTHEW ARNOLD,
Empedocles en Etna

1

La boda se había celebrado. Arriba, en la habitación amplia y algo sombría en que había vivido toda su vida, la recién desposada señora de Nathan Ridgeway, nacida Elizabeth Selby, contempló temerosa y maravillada la alianza ancha y labrada de oro que llevaba alrededor de su delgado dedo. ¡Estaba casada! ¡Casada con un hombre al que casi no conocía! Un hombre que en un lapso pavorosamente breve la alejaría de Inglaterra y de todo lo que había conocido.

Norteamérica quedaba tan lejos de Maidstone, en Inglaterra, pensó con un repentino escalofrío. Muy lejos de los valles ondulados y los bosques de Kent.

Pero eso era lo que ella deseaba, ¿verdad? ¿Forjar una nueva vida, una vida llena de calidez y amor? ¿Sentirse, por fin, amada y protegida? Ser más que un odioso recuerdo de un matrimonio que para su padre no era digno de su título pomposo ni de su inmensa fortuna.

Con una expresión vulnerable en la boca y una sombra en los hermosos ojos violetas, Elizabeth se miró en el espejo, deseando como lo había hecho tantas veces, que su madre estuviera viva, que no hubiera muerto al nacer ella. Había tantas preguntas para las que necesitaba una respuesta, tantas cosas que debía saber acerca de ser una esposa... y no había nadie hacia quien volverse. ¡Por cierto que no podía contar con su padre o con Melissa! Respiró hondo. No, no podía preguntárselo a Melissa, pues sabía muy bien que Melissa consideraba el primer matrimonio de lord Selby un terrible error.

Pero el suyo sería diferente, pensó Elizabeth con una oleada de vehemencia, apretando los puños pequeños. ¡Nathan la amaba! Y bien, ella se obligaría a amarlo. Ya lo respetaba, y con el tiempo, estaba segura de que las misteriosas y exquisitas emociones sobre las que había leído en las pocas novelas que habían caído en sus manos se apoderarían de ella y la llevarían a un maravilloso mundo de pasión y ternura. Ella y Nathan encontrarían juntos el amor. ¡Se amarían para siempre!

Sus pensamientos no la tranquilizaron demasiado y tratando con valor de ahogar el temor y las dudas que volvían a aflorar, se concentró en la tarea simple de desprender los numerosos botones diminutos de perlas del ajustado puño de su vestido de bodas. Era una prenda exquisita, realizada en pesado raso blanco y con el velo vaporoso con incrustaciones de perlas que le ocultaba casi totalmente los rizos pálidos; Elizabeth había parecido una criatura etérea de otro mundo cuando había avanzado hacia el altar de la capilla familiar hacía menos de una hora.

Sabiendo que perdía tiempo deliberadamente y postergando el momento en que debería reunirse abajo con los invitados, se apresuró a desprender los botones. Debió de haber llamado a una criada, pero como sabía que todas estaban ocupadas con los preparativos, no quiso alejarlas de sus tareas. Ahora se arrepintió de no haberlo hecho; quitarse el vestido resultaría difícil, y si Melissa llegaba y la encontraba todavía sin cambiar...

Suspirando, con expresión pensativa, finalmente logró desabotonarse el vestido y quitárselo. Lo dejó a un lado sin sentir remordimientos. El vestido significaba poco para ella; al igual que el matrimonio en sí, había sido planeado para que resultara adecuado. Todo tenía que ser adecuado para la boda de la única hija de lord Selby.

Y Elizabeth no era más que una niña, una niña preciosa y solitaria, criada por sirvientes, que sabía poco acerca de su padre excepto que de vez en cuando llenaba los enormes salones de Tres Olmos con amigos aristocráticos y ocasionalmente la hacía aparecer para examinarla y comentar. Lo que conocía del mundo más allá de Maidstone lo había extraído de libros. Éstos eran su único refugio, en ellos se perdía y soñaba durante las largas horas vacías.

Como era natural, había asistido a una elegante escuela para señoritas, pero debido a su timidez e inseguridad, sólo tenía una amiga.

Stella Valdez era todo lo que no era Elizabeth, o Beth como la llamaba Stella con afecto. Alta y morena, con risueños ojos oscuros, espontánea y segura de sí misma, Stella era dos años mayor que Elizabeth y representaba todo lo que la otra muchacha deseaba ser. Como provenía de una familia que la adoraba y era una persona cálida, Stella había tomado bajo su ala a la pequeña y pálida muchacha. Y durante los inciertos momentos en la Academia de la señora Finch para Jovencitas, Stella había protegido a Elizabeth de las burlas ocasionales de algunas de las demás chicas. Pero luego Stella se había marchado para reunirse con su familia en la provincia mexicana de Coahuila y desde entonces, Elizabeth se había limitado a tolerar la vida en la academia hasta que terminó el curso y adquirió los atributos necesarios para una jovencita.

Pero seguía siendo tímida e insegura, a pesar de su decisión de parecerse a Stella, su amiga idolatrada. Quería que la gente la amara, quería sentirse amada por alguien especial.

Lo que sabía sobre el amor lo había aprendido en las novelas que ella y Stella habían leído a escondidas en su pequeña habitación de la escuela. Soñaba, como muchas jovencitas, con el romance y la aventura, con un desconocido alto, moreno y audaz que de pronto entraría en su vida y con la fuerza de un trueno, la llevaría con él a algún lugar donde vivirían felices para siempre.

¿Acaso Anne también habría soñado con una vida llena de amor?, se preguntó, sintiendo un vuelco en el estómago. ¿Habría pensado su madre que el amor que sentía por el joven y apuesto lord Selby sería más fuerte que la reprobación que había causado su matrimonio, un matrimonio que no era lo que sus familiares y amigos habían esperado de él?

Elizabeth volvió a sentir un escalofrío. ¿Acaso *su* marido, ese marido que era tan diferente de sus sueños, se arrepentiría de lo que había hecho? ¿Pensaría también él que había cometido un error al casarse con ella y preferiría olvidar la existencia de su esposa? ¿La abandonaría en Norteamérica?

Se mordió el labio, deseando de pronto no haber permitido que su padre y Melissa la obligaran a contraer matrimonio. Ahora que ya estaba hecho, Elizabeth estaba arrepintiéndose y se preguntó si habría sido prudente basar un matrimonio sólo en el respeto. ¿Hubiera sido mejor rebelarse ante los deseos de su padre?

Nathan Ridgeway era, sin duda alguna, un joven apuesto. Y como había dicho Melissa más de una vez con un brillo frío en los ojos, era un joven rico y bien relacionado, a pesar de sus raíces norteamericanas.

Y así, como tantas otras muchachas enfrentadas con una madrastra hostil, un padre que no tenía interés por ella y un pretendiente apuesto y amable que insistía en que aceptaran su proposición matrimonial, Elizabeth había cedido, ahogando todas sus dudas, sus sueños y sus temores. ¿Qué otra opción le quedaba?

En la Inglaterra de 1836 reinaba Guillermo IV, *Billy el tonto*, su sobrina Victoria, de apenas diecisiete años, se preparaba para asumir las tareas reales que algún día serían suyas. Las mujeres estaban casi totalmente bajo el dominio y control de los hombres de la familia. El papel de una mujer era claro: ser esposa y madre. Todo lo demás era impensable para una muchacha en la situación de Elizabeth. Por cierto que no estaba preparada para ganarse la vida; todo lo que poseía era la educación que había adquirido en la Academia de la señora Finch. Por desgracia, allí se habían ocupado más de enseñarle modales y comportamiento social que logros académicos, y si bien Elizabeth tenía nociones de geografía e idiomas y sabía leer y escribir muy bien, no poseía otros conocimientos que pudieran atraer a un futuro empleador. Y la única ocupación respetable para ella era la de gobernanta o dama de compañía.

El trabajo de gobernanta quedaba descartado, lo sabía. Su edad conspiraba contra ella y a pesar de que no pensaba demasiado en su aspecto, el sentido común le decía que no se veía en absoluto como una gobernanta.

No con esos ojos violetas e inocentes enmarcados por largas pestañas oscuras moteadas con dorado, una naricita recta y una boca sensual. Y el pelo..., ¿cómo describir ese pelo? Un rayo de sol atrapado a la luz de la luna. Quizá... sin duda era una cascada de ceniza luminosa que se curvaba en suaves rizos alrededor de su rostro.

De pie delante de un espejo hasta el suelo, Elizabeth se observó con imparcialidad. No, jamás la tomarían por una gobernanta con esas facciones y ese cuerpo delgado que todavía no había alcanzado su plenitud: los senos altos que todavía eran una delicada promesa, las caderas esbeltas.

Sin embargo, a pesar de su poca estatura, había algo en ella que insinuaba que algún día, cuando su cuerpo adquiriera la plenitud de la madurez, Elizabeth se convertiría en una hermosa mujer dueña de un rostro y un cuerpo que harían que más de un hombre la mirara con admiración y deseo.

Pero ahora, con el rostro de una niña inocente y el cuerpo pequeño y delgado, Elizabeth no vio nada que pudiera haber alentado a un hombre como Nathan Ridgeway a suplicar su mano con tanta insistencia. Pero él lo había hecho y ella había aceptado; ¡el pesado anillo de oro sobre su dedo era prueba suficiente de eso!

La puerta se abrió de repente y Melissa entró en la habitación, enfundada en un magnífico vestido de raso con flores de brocado en el mismo tono. Contempló con impaciencia la figura esbelta dentro del innecesario corsé y la camisola de linón que estaba junto al espejo.

—Cielos, Elizabeth, ¿todavía no te has cambiado? ¡Tienes invitados que te aguardan abajo! Invitados y un nuevo marido, debería agregar. ¿Dónde está Mary? ¿No tocaste la campanilla para que viniera a ayudarte?

Elizabeth permaneció muda bajo el ataque de Melissa, sabiendo que su madrastra no deseaba realmente una respuesta ni hubiera escuchado una explicación.

Melissa atravesó la habitación y tiró con fastidio de la cuerda de la campanilla.

—Tendrás que dejar de hacer el tonto de esta forma. ¡Ahora eres una mujer casada!

Decidida a no enfurecer aún más a Melissa, Elizabeth, sonrió y dijo con voz suave:

—No me siento en absoluto diferente, madrastra. Me siento igual que antes de la boda. ¿Acaso unas meras palabras deben hacerme cambiar?

—¡Qué pregunta ridícula! —le rebatió Melissa—. ¡Por supuesto que sí! Ahora eres la señora Ridgeway, además de la hija de lord Selby. Esta noche partes para Portsmouth y desde allí, hacia Norteamérica. ¡Las palabras de la ceremonia nupcial lo hicieron posible! ¡Qué tontería de tu parte preguntar si unas meras palabras pueden cambiarte!

Antes de que Melissa pudiera continuar con lo que se estaba convirtiendo en una venenosa diatriba, una criada de rostro cansado entró en la habitación.

Haciendo una reverencia asustada ante Melissa, la mujer, Mary Eames, preguntó con nerviosismo:

—¿Me llamaba, señora?

Melissa apretó los labios con desagrado y respondió con dureza.

—Ayuda a la señora a vestirse, rápido. Bastante tiempo ha perdido ella ya. —Luego, sin prestar atención a las otras dos, Melissa se frotó los rizos oscuros con satisfacción y después de acomodarse la voluminosa falda innecesariamente, se dirigió a la puerta—. Te espero abajo en veinte minutos, Elizabeth. ¡Procura estar allí! Y si eso no sucede, Mary, ¡tú tendrás que vértelas conmigo!

Elizabeth intercambió una mirada con la criada, pero ninguna de las dos dijo una palabra. Mary se dirigió a un guardarropas de caoba donde colgaba un hermoso vestido de tafetán azul, aguardando a su dueña.

Con habilidad, Mary deslizó el vestido por encima de la cabeza de Elizabeth y acomodó la amplia falda. Sólo le llevó un momento abotonarlo y después de enderezar el espumoso encaje que cubría la parte superior, Mary fijó su atención en el cabello de Elizabeth.

Consciente de la ira de Melissa si Elizabeth no llegaba a la hora indicada, Mary no perdió tiempo al recoger el cabello casi plateado en un nudo en la parte superior de la cabeza, y luego peinar la parte delantera en suaves rizos que caían sobre las sienes.

Le entregó un par de largos guantes blancos y un abanico de marfil de la India y la acompañó hasta la puerta. Sonriéndole de forma alentadora, Mary dijo:

—Si me permite hacer un comentario personal, señorita —es decir, señora—, fue usted una novia hermosísima y todos nosotros queremos desearle lo mejor a usted y al señor Ridgeway.

Elizabeth sintió una oleada de calidez y se preguntó si su propia timidez le habría impedido mantener una relación más estrecha con los criados de su padre; hasta ahora siempre le habían parecido distantes y fríos.

Pero el momento pasó y ya era tarde para pensar en el pasado. Con una sonrisa valerosa en los labios y los hombros delgados muy erguidos, se dirigió lentamente a la gran escalinata que conducía a la planta inferior. Jamás volvería a estas habitaciones; ¡se encaminaba hacia el futuro! Por un instante cerró los ojos, rogando no haberse equivocado al aceptar la proposición matrimonial de Nathan Ridgeway.

Abajo, en el salón de baile, decorado para la ocasión con enormes floreros con claveles y gladiolos blancos, había otros que también se preguntaban si la decisión de lord Selby de aceptar la proposición del señor Ridgeway había sido lo mejor para su hija. La duquesa viuda de Chatham susurró al oído de su amiga, lady Alstair:

—Al fin y al cabo, ¿qué sabe una realmente de este joven, aparte del hecho de que tiene muy buenos modales? Por cierto, que no me gustaría casar a una hija mía con alguien sobre quien sé tan poco. ¡Y la muchacha es tan jovencita! ¡Siempre creí que Melissa al menos la haría gozar de una temporada antes de casarla de esta forma tan precipitada! —Poniendo los ojos en blanco con gesto expresivo, prosiguió—: Por supuesto, debe de ser mortificante tener una hijastra tan joven, ¡y tan hermosa, además! Supongo que no se puede culpar a Melissa por maquinar esta alianza. En cuanto a Selby, todos saben que se arrepintió de su primer matrimonio y que jamás le prestó atención a su hija. Si Elizabeth hubiera sido un varón... —Hubo un instante de silencio mientras ambas damas consideraban cuán diferente habría sido la vida de Elizabeth si ella hubiera sido el hijo varón que su padre deseaba. Luego la duquesa continuó—: Me da pena la chiquilla. Criada por sirvientes y pasando la mayor parte del tiempo en esa academia. Selby no tendría que haberla tratado así. ¡Imagínate, pasar por alto a tu propia hija! La pobre niña directamente no tuvo vida familiar; ¡sólo sirvientes y maestras! ¡Nadie que realmente se preocupara por ella!

—¡Vergonzoso! —murmuró lady Alstair, apenada—. ¡Aun si él se avergonzaba de los antecedentes de su primera esposa, que eran respetables aunque no fueran impecables, no había motivos para tratar a su única hija de forma tan despreciable!

—Estoy de acuerdo contigo, querida. Pero sabes cómo es Selby: ¡jamás he conocido a un hombre tan altivo y frío! —Acercándose aún más a su amiga, la duquesa viuda susurró—: Considera su matrimonio con Melissa. Ella tiene veintiocho años, ya no está en plena juventud y no puede llamársela bonita, aunque es atractiva. Pero por su alcurnia, porque es la hija de un duque, Selby decidió que era una esposa apropiada. Quiere un heredero, ¿sabes?

Contemplando a Melissa mientras ésta conversaba con varios conocidos de Londres en un rincón del imponente salón, lady Alstair preguntó:

—¿Crees que está encinta?

—Probablemente; con más razón habrá querido casar a la pequeña Elizabeth con un norteamericano. ¡Melissa no debe de querer que *sus* hijos compartan la fortuna de Selby con una hermanastra! Espero que Selby haya hecho lo correcto con la niña.

Nathan Ridgeway, observando a Elizabeth bajar la escalinata, sentía curiosidad por lo mismo. No tenía intención de ver a Elizabeth privada de una fortuna simplemente porque su padre se había casado con una mujer codiciosa y egoísta. Le sonrió con naturalidad y se acercó a saludarla.

—Estás hermosa, mi vida. De veras, hoy soy el hombre más afortunado de todos —terció en voz baja, disimulando su expresión calculadora mientras la miraba.

Algunas de las dudas de Elizabeth se disiparon cuando contempló ese rostro apuesto. Nathan Ridgeway era un joven agradable y bien parecido. Tenía ojos grises, una nariz viril y una boca bien formada. Sólo una persona muy observadora y perspicaz habría notado que los ojos tendían a no fijarse en los de su interlocutor y que el mentón era algo débil. Era rubio, aunque no tanto como Elizabeth, y medía un poco menos de un metro ochenta. Los bigotes lo hacían parecer mayor que sus veintiséis años.

Elizabeth le dedicó una sonrisa tímida; sentía todavía una mezcla de respeto y temor por su nuevo marido y bajó la vista hacia las zapatillas de raso que asomaban por debajo de la falda de su vestido.

—Espero no haberte hecho esperar demasiado —murmuró.

Nathan le tomó la mano con gentileza e inclinando la cabeza hacia ella, susurró:

—Jamás me cansaría de esperarte, mi amor.

El corazón atribulado de ella se abrió como una flor al sol ante las palabras de él, y una oleada de algo parecido al amor la invadió. Había tomado la decisión correcta y, con el tiempo, algún día podría corresponder al amor de Nathan con la misma intensidad.

Hacían una hermosa pareja; Nathan, algo más de una cabeza más alto que Elizabeth, ambos jóvenes, esbeltos y rubios. Varias damas maduras sintieron que se les nublaba la vista al contemplarlos. Tenían el futuro por delante y sería maravilloso: Elizabeth, por el momento la única hija de lord Selby, heredaría una inmensa fortuna; Nathan, el hijo menor de un poderoso terrateniente de Natchez, había recibido de su padre, como regalo de bodas, cientos de hectáreas a orillas del Misisipi en Louisiana. Estaban construyendo una magnífica mansión para ellos en lo que se denominaba «el alto Natchez». En cuanto a regalos de los invitados, la pareja tendría todo: cristalería, objetos de plata, porcelanas, ropa blanca, adornos exquisitos y numerosas y costosas chucherías habían inundado la casa desde hacía días.

—Felicitaciones, Ridgeway —graznó una voz dura detrás de la pareja, interrumpiéndolos.

Elizabeth se volvió lentamente en dirección a la voz, notando distraída que Nathan de pronto le soltaba la mano como si ésta le quemara y se ponía rígido al girar hacia el hombre rudo y corpulento que había hablado.

—Gracias, Longstreet —respondió muy rígido—. No esperaba verte aquí.

—¿No? —preguntó el otro hombre—. ¿Creíste que me perdería la boda de uno de mis amigos más queridos?

Consciente de una extraña y repentina tensión en el aire y sorprendida por una nota en la voz de Longstreet que no lograba comprender, miró primero a uno y luego al otro. La primera impresión que le causó el señor Longstreet no fue favorable. La asustó un poco con esos ojos helados y esas facciones toscas, casi feas. Tratando de quebrar el silencio incómodo en que se habían sumido, Elizabeth preguntó con suavidad:

—¿No vas a presentarme, señor Rig... es decir, Nathan? Creo que no te he oído nombrar nunca al señor Longstreet.

—¿Que no me ha nombrado? —repitió Longstreet con una risotada dura—. ¡Qué curioso! Hace menos de seis semanas, en Londres me juró am... amistad eterna.

—¡Baja la voz, imbécil! Todos nos están mirando —murmuró Nathan. Sus ojos adquirieron una expresión cautelosa. Al ver la mirada azorada de Elizabeth, su expresión se volvió angustiada—. Déjanos solos un momento, ¿quieres, mi vida? Longstreet no está en sus cabales.

Sin aguardar la respuesta de ella, Nathan tomó al otro hombre del brazo y lo guió rápidamente hacia los jardines. Ella se quedó mirándolos, anonadada por lo que acababa de escuchar. ¿Cómo habría llegado su marido a tener un amigo tan extraño? Vaya, pensó, el señor Longstreet parecía casi celoso...

Ese pensamiento le trajo a la mente uno de sus mayores temores, sabía tan poco acerca de Nathan Ridgeway, excepto el hecho de que provenía de una familia respetable y que lord Selby le había dado permiso para que se acercara a ella con una propuesta matrimonial. Al pensar en los últimos meses, admitió que su noviazgo había sido un asunto muy insípido. Como era casi totalmente inocente respecto de las relaciones entre hombres y mujeres, no estaba segura de cómo sabía eso: sólo presentía con intensidad que faltaba algo entre ella y Nathan. Realmente su noviazgo no había sido ese torbellino de éxtasis que había leído en las novelas, y Nathan tampoco se asemejaba al héroe moreno y vibrante con quien ella había soñado. Casi con pesar recordó que Nathan la había cortejado con suma corrección y se obligó a reprimir el deseo de que él hubiera sido más ardiente, más ansioso por robarle un beso o abrazarla subrepticiamente. Era muy vulgar y no estaba nada bien pensar en esas cosas, se dijo con severidad. ¡Las jovencitas de su posición y educación no pensaban en cosas comunes e innecesarias como besos y abrazos robados!

Elizabeth había aprendido de Melissa algo acerca de sus deberes matrimoniales, como por ejemplo que tenía que «obedecer a su marido y tolerar en silencio y con compostura el hecho de que él satisficiera sus tentaciones más bajas». ¡Eso sí que no sonaba nada emocionante, ni se asemejaba a las emociones intensas que animaban a sus heroínas favoritas! Pero claro, sus heroínas estaban enamoradas, no se casaban sólo por conveniencia.

Fastidiada consigo misma por quejarse de su suerte y por desear algo que ni siquiera podía nombrar, echó una mirada tímida alrededor de la habitación, esperando encontrarse con una mirada amistosa. Tuvo éxito, pues la duquesa viuda de Chatham y lady Alstair, notando que Nathan la había abandonado se acercaron a ella, y Elizabeth se encontró apretada con calidez contra el cuerpo regordete de la duquesa y luego envuelta en el abrazo cariñoso de lady Alstair.

—¡Mi querida, queridísima niña! —exclamó la duquesa, esbozando una sonrisa alentadora—. Eres una novia preciosa. Me alegro muchísimo por ti y me regocija verte comenzar con éxito tu vida.

—Sí, querida Elizabeth, eres muy afortunada —acotó lady Alstair, observando la frágil belleza de la muchacha con sus bondadosos ojos azules—. El señor Ridgeway es un joven ejemplar y hay que felicitarte por tu matrimonio. Te deseo la mayor felicidad, querida.

Confundida y algo sorprendida al verse objeto de tanta atención e inesperado interés por parte de dos de las más importantes damas de la fiesta, Elizabeth solamente atinó a sonreír y balbucear:

—¡Gra... gracias!

Las dos ancianas le sonrieron como si acabara de decir algo extremadamente inteligente. La conversación habría languidecido en ese momento, si no hubiera aparecido el mismísimo lord Selby, particularmente apuesto con su ajustada chaqueta de casimir color borravino y corbatín de raso blanco. Se acercó a ellas justo cuando Elizabeth terminó de hablar.

—¿Abandonada por el novio tan pronto, Elizabeth? —preguntó con ironía, echando una mirada hacia la puerta abierta junto a la que Nathan y Charles Longstreet conversaban con vehemencia.

Sin saber qué responder, como siempre le sucedía cuando estaba en presencia de su padre, Elizabeth le dirigió una mirada vacilante. Eran tan pocas las veces que él le prestaba atención, que ella no sabía si estaba realmente interesado o si comentaba sobre un hecho evidente. Esta vez, al menos, parecía estar interesado de veras, pues mientras miraba a Nathan una arruga se dibujó en su entrecejo.

—¡Pues bien, no podemos permitir eso! —dijo al cabo de un momento—. Con su permiso, señoras, pienso reunir a mi hija con su marido. Ven, Elizabeth. Nathan debería estar avergonzado de sí mismo por descuidarte tan pronto. —Y tomando a Elizabeth suavemente del brazo, comenzó a atravesar el salón con paso decidido.

Para ella, caminar junto a su padre sintiendo la mano firme de él sobre su brazo fue una sensación extraña. Era la primera vez que su padre la tocaba y se maravilló ante el hecho de que sucediera ahora, cuando ella ya no estaba bajo su control. Mirando por el rabillo del ojo las facciones fríamente recortadas de él, le costó identificar a ese hombre distante como su padre. A pesar de que tenía casi cuarenta años, Jasper Selby era un hombre increíblemente apuesto; alto, de más de un metro ochenta de estatura y corpulento, con un físico atlético. No resultaba sorprendente que Anne se hubiera enamorado de él dieciocho años antes. Tenía el pelo color castaño dorado, de ese tono que nunca parece apagarse, sino que se vuelve más rubio con el paso del tiempo cuando las hebras plateadas reemplazan a las doradas. El rostro se veía acentuado más que disminuido por las leves líneas en las mejillas y las atractivas arrugas que rodeaban los penetrantes ojos azules.

Elizabeth dejó escapar un suspiro involuntario. Durante toda la vida había querido amarlo, pero la forma de ser de él se lo había hecho imposible. ¿Cómo puede uno amar a una persona que nunca está? ¿Cómo se puede amar a un padre que ha dejado en claro que no quiere saber nada de su hija? Por lo menos, recordó Elizabeth sintiéndose culpable, no la había abandonado por completo, dejándola en la calle. Por esa razón trataría de apreciarlo y de no guardarle rencor por su falta de afecto.

Selby oyó el suave sonido que hizo ella y la miró.

—¿Sucede algo, Elizabeth?

Sorprendida porque él lo había notado, ella respondió rápidamente:

—Oh, no, papá, todo está maravillosamente bien.

—Bien, entonces esperemos que las cosas sigan así —replicó él con tono aburrido, terminando eficazmente con cualquier posibilidad de conversación.

Nathan levantó la vista por casualidad justamente cuando ellos se acercaban. Adoptó una expresión casi aterrorizada y murmuró algo a su compañero. Longstreet, de inmediato, se volvió para saludarlos y dijo con sorna:

—Ah, lord Selby, debo felicitarlo por el matrimonio de su hija. Es una novia preciosa y estoy seguro de que Nate será un marido ejemplar. —Sonrió a Nathan con expresión enigmática.

—Qué perspicaz de su parte darse cuenta de eso —respondió lord Selby con sarcasmo—. Pero claro, usted conoce a Nathan muy bien, ¿no es así?

Longstreet hizo una reverencia, mirándolo con ojos duros como piedras.

—Sí, efectivamente, lo conozco muy bien. ¿Tiene alguna objeción, milord?

—Ninguna, siempre y cuando su... eh... su amistad no interfiera en el matrimonio de mi hija. Estoy seguro de que me comprende.

Parecía que ambos hombres lo habían comprendido, pero Elizabeth estaba completamente anonadada. Miró el rostro pálido y angustiado de Nathan y luego la expresión sombría de Longstreet.

—¿Me está amenazando, Selby? —gruñó Longstreet.

Selby arqueó las cejas.

—¡No comprendo, señor! ¡Qué absurdo de su parte ofuscarse ante mis palabras! Vamos, Longstreet, cálmese. Sencillamente quise decir que no permitiré que el escándalo toque a mi hija. Su amistad con Nathan no me interesa, siempre y cuando se comporte con discreción. ¿He sido claro? —preguntó con voz suave, pero peligrosa.

Longstreet volvió a hacer una reverencia.

—Perfectamente, milord. Y pienso que su opinión sobre el tema es algo apresurada. Nathan y su esposa partirán muy pronto y creo que hasta para mí sería imposible desatar un escándalo en tan poco tiempo.

Selby asintió, manteniendo una expresión velada en los ojos.

—Por supuesto. Sólo me pareció mejor asegurarme de que comprendiera la situación.

—¡Pues quede usted asegurado! —murmuró Longstreet con sarcasmo.

Nathan había permanecido en silencio durante el extraño coloquio y sus ojos esquivaron los de Elizabeth, que estaba junto a su padre. Perpleja y sorprendida por la conversación, ella se movió inquieta, deseando que su padre no hubiera decidido interesarse tanto por la amistad de Nathan con Longstreet. Era obvio que Nathan se sentía muy incómodo y el corazón gentil de ella se abrió hacia él. Qué abochornado parecía, pensó con compasión.

Movida por un extraño sentimiento de protección, soltó el brazo de su padre y se cruzó con decisión para situarse junto a su esposo, entrelazando su mano pequeña con la de él. Era como si quisiera alentarlo y sonriendo dulcemente a su padre y a Longstreet dijo en voz baja:

—Nathan y yo agradecemos tu preocupación, pero tus temores son infundados, papá, si piensas que la amistad del señor Longstreet nos causará dificultades. Nathan no sería amigo de nadie que no fuera un caballero.

Sería difícil decir quién fue el más sorprendido por sus palabras. Por cierto, la propia Elizabeth se asombró de poder hablarle con tanta valentía a su padre, y éste quedó anonadado por el hecho de que la hija a la que siempre había considerado una chiquilla estúpida pudiera expresarse con tanta seguridad. Nathan también fue tomado por sorpresa, pero se recuperó rápidamente, murmurando con alivio:

—Bien, ahora que todos comprendemos la situación propongo que cambiemos de tema. Después de todo, es el día de nuestra boda.

Lord Selby esbozó una sonrisa algo desdeñosa.

—Así es, y sería bueno que lo recordara. —Luego, echando una mirada en dirección a Longstreet, comentó—: Sugiero que nos ausentemos, Longstreet, pues es obvio que los recién casados desean estar a solas.

Longstreet vaciló un instante, como si quisiera decir algo más, pero lord Selby le provocó diciendo:

—Longstreet, mi viejo amigo, sé que está entristecido por la partida inminente de Nathan, pero todas las cosas llegan a su fin, ¿sabe? Vamos, dejemos solos a los niños.

Después de eso, Longstreet ya no pudo hacer nada y de mala gana siguió a lord Selby a través del atestado salón de baile. Con la partida de ellos, un silencio incómodo envolvió a Elizabeth y a Nathan. Todavía asombrada por la forma en que había hablado ante tres hombres, ella preguntó con tono vacilante:

—¿Acaso tendría que haber permanecido callada, Nathan? No quise entrometerme, pero papá y el señor Longstreet mantenían una conversación tan extraña... ¡y tú parecías tan apenado que sentí que tenía que hacer algo!

Él le dirigió una mirada agradecida y apretándole la mano, masculló:

—No, no, sencillamente estoy encantado de que el incidente haya quedado atrás.

Ella miró el rostro incómodo de él con expresión preocupada.

—¿Nathan, hay algo que debería saber? Quiero decir... ¿acaso el señor Longstreet no es una buena persona?

Él apretó los labios y dijo con repentino y desacostumbrado veneno:

—¡No, el señor Longstreet no es una buena persona! ¡Ojalá nunca lo hubiera conocido!

Sin comprender ni el tono ni sus palabras, Elizabeth preguntó:

—Entonces, ¿por qué eres su amigo?

Él le dirigió una mirada extrañamente patética y murmuró agitado:

—¡Porque soy un estúpido y no puedo evitarlo!

2

Nathan no quiso decir más. Pero desde ese momento, Elizabeth presintió que había algo que estaba decididamente mal y con el correr de las horas su inquietud aumentó. Todas las dudas que había experimentado antes, en su dormitorio, volvieron a aflorar y pasó momentos inciertos, sonriendo fijamente mientras recibía una felicitación tras otra, preguntándose todo el tiempo qué habría significado esa extraña conversación y las palabras de Nathan.

Su marido estaba tan nervioso como ella, por lo que Elizabeth podía juzgar, y también parecía triste. «¿Pero por qué? —se preguntó a sí misma—. ¿Y qué papel juega el señor Longstreet?»

Por fin terminó la pomposa reunión y se marchó el último invitado. Estaban cargando el equipaje de Elizabeth en el carruaje que los llevaría a la estación del ferrocarril. Las maletas de Nathan ya habían sido cargadas. Partirían de Tres Olmos en una hora y, a pesar de sus temores, Elizabeth descubrió que se sentía feliz de abandonar la casa fría y elegante en donde se había criado. Probablemente jamás volviera a verla, cosa que no le causó pesar. No había sido feliz allí y quería dejar atrás todos los recuerdos vacíos y solitarios. No obstante, no podía negar el hecho de que sentía un nudo en la boca del estómago al pensar en que una vez que saliera por esas enormes puertas dobles, cortaría cualquier lazo que pudiera existir entre ella y su padre, Tres Olmos e Inglaterra. Estaría sola, sin contar con Nathan, pero él era prácticamente un extraño para ella.

Elizabeth estaba contemplando los jardines bañados por la luz del crepúsculo, pensando que echaría de menos su columpio favorito entre las rosas, donde con frecuencia había pasado horas y horas sumergida en la emoción y el romance de una novela de Jane Austen o sir Walter Scott, cuando un criado le informó que su padre quería verla en la biblioteca. Algo intrigada, se dirigió a toda prisa a la habitación llena de libros y saturada de aroma a piel.

Su padre estaba sentado con aire lánguido detrás de un escritorio estilo Sheraton y Nathan en un sillón de cuero rojo con respaldo alto. La habitación estaba en silencio, roto por el tictac de un reloj de marquetería sobre la repisa de mármol, el brillo suave de la luz de gas bañaba la habitación, dándole un aire de intimidad.

Nathan se puso de pie cuando ella entró y la hizo sentar en un sillón igual al de él, situado junto a una esquina del escritorio. Después de echarle una mirada rápida, Elizabeth vio que estaba bajo una terrible tensión. Como él no dijo nada y ni siquiera la miró a los ojos, ella se volvió con expresión interrogante hacia su padre.

Lord Selby sonrió con algo de dureza.

—Tu marido acaba de sufrir una gran desilusión. Debo confesar que, en parte, la culpa la tengo yo. Parece que si bien tu marido está satisfecho con la dote que te he constituido, no le gusta la idea de que la haya adjudicado en un fideicomiso que administrará un banco de Natchez.

—Me temo que no entiendo —confesó Elizabeth azorada.

—Es muy simple, querida —dijo Nathan con tono mortificado—. Tu padre es un hombre muy desconfiado. Decidió que no soy lo suficientemente competente como para manejar tu dinero.

Selby emitió una risa desagradable.

—¡Usted, jovencito, no es competente como para manejar sus propios asuntos, y mucho menos los de Elizabeth!

Nathan se puso de pie, humillado. Apretó los puños contra los costados y dijo impetuosamente:

—¡Señor! ¡No tengo por qué quedarme aquí para que me insulte de esa manera!

—No, ¿verdad? ¡Pero se quedará! Siéntese, Ridgeway, y se lo explicaré a mi hija. Espero que tenga la inteligencia suficiente como para comprender lo que digo.

Elizabeth se ruborizó y se miró las manos que tenía apretadas sobre el regazo. En ese instante casi detestaba a su padre; sí, lo detestaba por la forma en que estaba tratando a Nathan y por la forma en que menospreciaba la inteligencia de ella. Hubo silencio durante un instante y luego lord Selby emitió un suspiro exagerado y murmuró:

—¿Quieres prestarme atención, por favor?

Elizabeth irguió la cabeza y, ocultando sus sentimientos detrás de una máscara de inocencia, le devolvió la mirada. Con ojos serenos, dijo:

—Ya tienes nuestra atención, papá. Y te aseguro que comprenderé todo lo que digas. En la Academia de la señora Finch nos enseñaron el idioma.

Lord Selby entornó los párpados y por un instante Elizabeth creyó que diría algo más, pero aparentemente se había cansado de burlarse de ella y de Nathan, pues habló con tono condescendiente.

—No mencionaré la suma de dinero en cuestión, pues significaría poco para ti. Basta decir que es una fortuna y que te permitirá vivir con la elegancia a la que estás acostumbrada el resto de tu vida. A ti, a los hijos que puedas tener y a tu marido, si fuera necesario. Pero como Nathan es un joven pudiente, eso no será necesario... —Miró a Nathan con desdén y terminó diciendo—: ... eso espero.

Nathan se puso pálido y exclamó:

—¡Muy amable de su parte, señor!

Pasando por alto las palabras de su yerno, Selby miró a su hija y continuó.

—Hice los arreglos necesarios para que, hasta que cumplas treinta años, la firma bancaria de Tyler y Deering en Natchez controle tu fortuna. Tendrán que pagar todas las cuentas y aprobar todos los gastos, menos los más triviales. Se te dará una asignación que deberá cubrir las chucherías que quieras comprarte. Pero todo tiene que ser aprobado por ellos. Eso incluye hasta las cuentas de tu modista. Cuando cumplas treinta años, si ellos piensan que es prudente hacerlo, Nathan pasará a administrar el fideicomiso como lo crea adecuado y —agregó con cinismo— es de esperar que para entonces haya dejado de lado algunas de sus costumbres más costosas.

Si lord Selby quería humillar a su yerno, no podría haber elegido una forma mejor de hacerlo. Fue una de las peores cosas que podía hacerle al joven, y Elizabeth se dio cuenta de inmediato. Sintiéndose de pronto muy cansada, dijo en voz baja:

—¿Eso es todo, papá? Si es así, creo que es hora de que Nathan y yo nos pongamos en camino, ¿no te parece? Pienso que has logrado lo que te proponías.

Ahora fue Nathan el que pareció no comprender. Se sorprendió al ver que la tímida y callada Elizabeth podía hablar con tanta frialdad y a su padre, nada menos. Elizabeth también se sorprendió, pero había descubierto una ardiente llamarada de rencor contra su padre, y con ella llegó el coraje de chocar espadas verbales con él. Con ojos algo desafiantes, aguardó a que él respondiera.

Lord Selby esbozó una sonrisa nada agradable y murmuró:

—Vaya, la ratita se ha convertido en un gatito que araña. Quizás el matrimonio te esté haciendo bien.

Con un movimiento nada característico en ella, Elizabeth irguió la cabeza con altivez y se puso de pie.

—Gracias, padre. Nathan y yo te agradecemos tus felicitaciones por nuestro matrimonio. Me gustaría disponer de más tiempo que pasar contigo, pero creo que el carruaje está esperándonos. Discúlpanos, por favor.

Fue una partida majestuosa, y la inusual ira de Elizabeth duró hasta que Tres Olmos quedó muy lejos de ellos. Cuando llegaron a la estación del ferrocarril, temblaba de temor por el futuro y por los efectos de su conducta audaz e inusitada. Le horrorizaba haber sido tan desfachatada como para hablar por su marido y con voz temerosa le preguntó:

—¿Estás enfadado conmigo, Nathan, por lo que lo dije a mi padre? No quise hablar cuando no me correspondía, pero estaba furiosa.

Nathan dejó escapar un suspiro cansado. Le dio unas palmadas en la mano con suavidad y dijo con tono fatigado:

—No, querida, no me molesta en absoluto. A decir verdad, me siento agradecido por lo que dijiste. Pero por el momento preferiría no hablar del asunto. Olvídalo por ahora, querida, y mañana o pasado hablaremos de ello.

No era lo que ella deseaba escuchar, pero Elizabeth se sintió satisfecha y, obediente como siempre, hizo lo que él le pedía. Además, éste sería el comienzo de una vida nueva para ella y decidió en ese instante que disfrutaría de él... ¡a pesar de cualquier cosa!

Al entrar en el elegante compartimento de primera clase que había sido reservado para el viaje a Portsmouth, Elizabeth descubrió con placer la figura regordeta de Mary Eames preparando su ropa de noche. Reflejando en el rostro el placer que sentía, le preguntó:

—Mary, ¿qué haces aquí?

—Pues le diré, señorita... ejem... señora, en este momento, ¡ni yo misma lo sé! He estado tan atareada desde esta tarde que no sé dónde estoy parada —replicó Mary con un brillo risueño en sus ojos azules—. Fue entonces que a su marido se le ocurrió que usted no tenía ninguna criada para el viaje. Dijo que sería mejor si tenía a alguien conocido que la sirviera antes que tomar a una desconocida.

Una sonrisa trémula se dibujó en el rostro de Elizabeth.

—¡Qué amable de su parte! —dijo, feliz—. La idea de no tener a nadie conocido a mi lado me asustaba muchísimo. —Y como Mary Eames siempre había sido una de sus criadas favoritas, dijo de forma impulsiva—: Pues bien, no podría haber elegido a nadie que me diera tanto placer.

—¡Vaya si es bueno escuchar eso, señorita! —respondió Mary con una gran sonrisa, mirando con afecto a la preciosa jovencita que tenía adelante—. Estoy muy contenta de estar aquí. Y no se imagina cómo me entusiasma la idea de servirla durante este viaje.

Una idea golpeó a Elizabeth de pronto, y la hizo preguntar con ansiedad:

—Vendrás a Norteamérica conmigo, ¿verdad? No es necesario que regreses a Maidstone, ¿no es así?

Una sonrisa alegre y satisfecha iluminó el rostro tosco.

—Vaya, señorita, si quiere que vaya, ¡claro que lo haré! El señor Ridgeway dijo que dejáramos que lo decidiera usted, pero me preguntó si yo tendría objeciones para abandonar Inglaterra y establecerme en Norteamérica. ¡Qué curioso que él supiera que usted me lo preguntaría!

Una cálida oleada de afecto hacia su marido por haber sido tan intuitivo invadió a Elizabeth, y la muchacha hizo eco mentalmente de las palabras de Mary. Qué inteligente había sido Nathan y qué amable al intuir cómo se sentía ella y lo bien que le haría tener a Mary en Natchez.

El viaje en el tren denominado *El Planeta* transcurrió sin inconvenientes. Elizabeth durmió profundamente en el compartimento de primera clase, sola, pues Nathan se dirigió al salón donde fumaban los caballeros y aparentemente permaneció allí hasta que llegaron a Portsmouth. Allí los transportaron sin pérdida de tiempo al elegante hotel donde permanecerían durante los siguientes dos días, antes de subir a la nave que los llevaría a Norteamérica. Y fue allí donde las dudas de Elizabeth comenzaron a acosarla.

No fue por nada que Nathan hizo, más bien fue por lo que no hacía. Ella no pensó demasiado en eso cuando durmió sola en el confortable compartimento del tren, pero cuando descubrió que Nathan había reservado habitaciones en el hotel para ambos —era obvio que el estado de castidad de Elizabeth continuaría así— se sintió perpleja. A pesar de que el tema de la cama matrimonial y lo que sucedía en ella era algo misterioso para ella, no era tan ingenua como para no darse cuenta de que era algo extraño que el recién casado evitara acostarse con su mujer. Por desgracia, era demasiado tímida y vergonzosa como para hablar con su marido de eso y las mismas razones le impidieron sincerarse con Mary. Quizá, se dijo esperanzadamente, él estaba esperando a que estuvieran en el barco rumbo a Norteamérica.

Aparte del hecho de que evitó el lecho matrimonial durante los días que pasaron en Portsmouth, Nathan fue todo lo que una recién casada podía desear; la acompañó sin protestar por la ciudad portuaria, indicándole los lugares de interés, como por ejemplo el Castillo Southsea, construido por Enrique VIII y luego tomado por las fuerzas parlamentarias en 1642, quedando parcialmente desmantelado, y las ruinas del Castillo Porchester, antigua fortaleza normanda. La mimaba escandalosamente, comprándole chucherías, frascos de costosos perfumes y polvos, además de joyas finísimas. Ella se sentía halagada y feliz con los obsequios, pero de noche, arropada dentro de su cama virginal, con gusto hubiera renunciado a todos ellos con tal de que Nathan la tomara entre sus brazos y le enseñara todo acerca del amor físico.

No fue hasta la tarde antes de partir con la marea del anochecer cuando descubrió la razón probable por la que Nathan se negaba sus derechos conyugales. Estaba sentada sola a la mesa en el salón de té del hotel, disfrutando de una deliciosa taza de té Earl Grey, mientras Nathan se ocupaba de los últimos preparativos para el viaje, cuando uno de los hombres que estaban en una mesa detrás de ella dijo algo que captó la atención de Elizabeth.

—Vi a Charles Longstreet hace unas horas.

—¡Ese pederasta! Pensé que estaría pavoneándose por Londres. Me pregunto qué lo traerá a Portsmouth.

—¡Creo que hay que decir quién en lugar de qué! Acabo de verlo con ese americano Ridgeway y hasta un ciego podría haberse dado cuenta de que Longstreet está enamorado del joven. —El hombre emitió una risa desagradable y agregó—: Y que Ridgeway estaba rechazando sus avances... quizá debería decir rechazando sus últimos avances.

Elizabeth se puso pálida y con mano temblorosa dejó la taza de té. ¿Qué estaban insinuando, por Dios? Un pensamiento incrédulo detrás de otro se le agolparon en la mente y ninguno le resultó sensato. Sólo sabía que había algo de esa conversación que debería comprender, pero se le escapaba... quizá porque ella deseaba que así fuera.

Inquieta y angustiada sin ninguna razón aparente, no pudo permanecer sentada a la mesa ni un segundo más. ¿Acaso temía escuchar algo que la hiciera comprender? No se quedó para averiguarlo, sino que huyó como una gacela asustada a su habitación, negándose a pensar en lo que acababa de escuchar. Una vez que estuvo a salvo en su dormitorio, las palabras volvieron a atormentarla y a hacerla desear haber sido una jovencita más sofisticada.

Con los ojos brillándole con febril intensidad, contempló el océano que se veía por la ventana del hotel. Dentro de unas pocas horas subiría a bordo del buque que la alejaría de Inglaterra. ¿Dejaría que lo que no eran más que chismes maliciosos destruyeran su matrimonio y su futuro? Por un segundo, la imagen de Tres Olmos le volvió a la mente y sintió otra vez el odio de Melissa y la frialdad de su padre. ¡No! ¡No podría regresar allí! Su futuro estaba con Nathan. Nathan, que la quería y se preocupaba por ella. Tenía que creerlo y olvidar aquella desagradable conversación.

Nathan entró en ese momento, y le sonrió con calidez.

—¿Y bien, mi vida, estás lista para el largo viaje a Norteamérica? Sé que te resultará algo aburrido, pero cuando lleguemos a Nueva Orleans sentirás que ha valido la pena.

Al mirarla más de cerca, vio las señales de agitación que ella no podía disimular. De inmediato adquirió una expresión preocupada y preguntó:

—¿Qué sucede, querida?

Al oír la nota bondadosa de la voz de Nathan, el corazón de ella se contrajo de forma dolorosa. Esos hombres eran criaturas perversas y malvadas que esparcían horribles mentiras, se dijo con vehemencia. Y luego, porque después de todo no era más que una niña inexperta e ingenua, estalló en lágrimas casi histéricas y se arrojó a los brazos de Nathan.

Alarmado y sorprendido por la evidente angustia de Elizabeth, él la abrazó con fuerza.

—Mi amor, mi amor, calla —murmuró dentro de los rizos pálidos que le acariciaban el mentón—. ¿Qué te ha perturbado? ¿Acaso estás triste porque dejas tu hogar? No lo estés, por favor... Te haré feliz, te lo prometo. —Casi con rabia, agregó—: ¡A pesar de todo!

Horrorizada porque había reaccionado de forma tan vergonzosa,

Elizabeth trató en vano de contener los sollozos que la sacudían. Miró el rostro consternado de Nathan con sus ojos violetas bañados en lágrimas y preguntó con patética desesperación:

—¿Me amas, Nathan? ¿Me amas de veras?

Lo sintió ponerse rígido y sin poder comprender sus propios motivos, se aferró a los hombros de Nathan.

—¡Dime la verdad, te lo suplico! ¿Me amas?

Mirándola a los ojos, Nathan le apartó un rizo que le había caído sobre la frente.

—Beth, ¿qué sucede, querida? Sabes que te amo. No me hubiera casado contigo si no te quisiera más que a cualquier mujer en el mundo. —Con voz ronca por la emoción, agregó—: Eres mi esperanza para el futuro. Y si descubro que no puedo... no puedo... contigo, entonces estoy realmente perdido.

—¿Si no puedes qué, Nathan? —susurró Elizabeth, nuevamente al borde de las lágrimas.

Nathan la abrazó con más fuerza. Tenía una expresión atormentada en el rostro. Con una voz apenas audible, murmuró:

—Encontrar la felicidad. Si no puedo encontrar la felicidad contigo, entonces me merezco cualquier cosa que pueda depararme el futuro.

La miró a los ojos durante un largo instante y luego inclinó la cabeza lentamente y la besó con intensidad. Sintiendo la boca de él suave y cálida sobre la suya, Elizabeth le devolvió el beso, obligándose a conformarse con las promesas de Nathan en cuanto al futuro. Le creía. No tenía razones para no hacerlo, de modo que con un suave suspiro, se apretó contra él.

Los brazos de Nathan la aferraron con fuerza y su boca se movió de forma provocativa sobre la de Elizabeth. Fue un beso dulce y ella sintió pena cuando terminó. Pero demasiado pronto, Nathan levantó la cabeza y la miró. Con expresión bondadosa le preguntó en voz baja:

—¿Te sientes mejor, ahora? ¿Ya no temes que no te ame?

Una sonrisa trémula comenzó a reflejarse por los ojos violetas. Convencida de que la amaba, Elizabeth respondió con timidez:

—¡Sí, sí! ¡Es decir, no! —Él rio ante su indecisión y ella agregó rápidamente—: Ya sabes lo que quiero decir.

—Claro que lo sé, querida. —Le tomó una mano y se la besó con suavidad—. Confía en mí, mi amor. Todo saldrá bien. ¡Confía en mí!

3

A pesar de la reconfortante conversación con Nathan, para Elizabeth el viaje por el Atlántico hacia Nueva Orleans fue un tiempo de incertidumbre. Al igual que en el hotel de Portsmouth, Nathan había reservado camarotes separados para ellos a bordo del *Belle Maria*, y noche tras noche Elizabeth dormía sola, tan virgen como cuando había salido del vientre de su madre.

Era un tema que no se atrevía a hablar con Nathan. Pero la pregunta le brotaba hasta los labios una docena de veces al día. «¿Por qué? ¿Por qué no busca mi lecho?»

Sabía poco acerca del matrimonio, pero sabía que el de ellos se desarrollaba de forma extraña. Nathan era bueno con ella, la atendía con solicitud y trataba de mantenerla entretenida durante el largo viaje. Sin embargo, la intimidad que ella había creído que llegaría no llegó, ni física ni mentalmente. Nathan parecía estar loco por ella, pero Elizabeth sentía que no lo conocía más que el día en que había aceptado su proposición matrimonial. Era amable, educado y considerado, pero ¡no era apasionado!

La naturaleza gentil de Elizabeth la llevó a culparse por la no consumación del matrimonio, y sencillamente nunca se le ocurrió que la responsabilidad podía ser de Nathan. Se culpaba amargamente por su ininterrumpido estado de virginidad.

¡Si sólo ella fuera más hermosa, más mujer, en lugar de una niñita desgarbada!, pensó, desconsolada. Si sólo supiera más del mundo, de las formas de complacer a un hombre. Estaba segura de que era su propia inexperiencia la que mantenía a su marido lejos de ella. De forma ocasional, sentía deseos de hablar del asunto con Mary, pero su timidez se lo impedía. Era demasiado vergonzoso confesarle algo así a una criada.

Por fin reunió el coraje suficiente como para tocar el tema con Nathan. Ni siquiera pudo pronunciar las palabras, pero Nathan adivinó, y con sonrisa tensa dijo:

—Ah... sí, por supuesto, sé que te debe de parecer extraño, querida, pero pensé que quizá sería mejor si esperásemos. Nueva Orleans es una ciudad hermosa y pensé que sería mejor para nosotros esperar hasta estar allí para... ejem... comenzar nuestra luna de miel.

Elizabeth se sintió satisfecha y aguardó con ansiedad la llegada a destino, emocionada por la consideración hacia ella que demostraba Nathan. Pero su preocupación por la falta de pasión de Nathan no disminuyó. La acosaba, la atormentaba, y por más que ella se regañara diciéndose que era vulgar y ordinaria, no podía dejar de desear que él no fuera tan considerado.

El problema se veía acentuado por el hecho de que, como cualquier chica romántica de diecisiete años, Elizabeth soñaba. Soñaba **sueños** exóticos que la hacían ruborizarse cuando despertaba. De noche, cuando escuchaba el romper de las olas contra la nave, su mente vagaba sin rumbo y se perdía en ensoñaciones que a veces la alarmaban y asustaban. Era una mujer casada, aunque no una esposa en el verdadero sentido de la palabra, y no tenía que seguir soñando con un desconocido alto, moreno y algo diabólico. Pero lo hacía. Todas las noches soñaba con él. Nunca le veía el rostro, pues siempre estaba en sombras, pero lo conocía tan bien como conocía el suyo. Los sueños eran vagamente aterrorizadores y a la mañana siguiente nunca podía recordarlos, pero sí recordaba que había sentido terror, que había habido peligro y aun dolor. Lo que recordaba con más claridad era una boca dura y firme sobre la suya y las emociones intensas que le despertaban unas manos fuertes sobre su cuerpo.

No había nadie con quien pudiera hablar de estos sueños extraños e intensos, y la avergonzaba el hecho de poder recordar los besos del hombre pero no su rostro. Más de una vez comenzó a decírselo a Mary, pero su timidez la hizo cambiar de idea. Había algo tan precioso para ella en esos sueños, que no estaba segura de querer compartirlos con nadie, ni siquiera con alguien tan gentil como Mary Eames. De modo que Elizabeth los atesoraba y deseaba que llegara la noche. Porque la noche traía los sueños... y al hombre.

A pesar de todas las dudas y los temores, Elizabeth se sintió encantada con Nueva Orleans. Los balcones de hierro forjado del Viex Carré, las cosas increíbles que podían encontrarse en el Mercado Francés y en los muchos comercios, los teatros y entretenimientos que ofrecía esa seductora ciudad que se esparcía sobre las orillas del río Misisipi, la llenaron de placer.

Extrañamente, cuando Nathan volvió a reservar habitaciones separadas y algo ruborizado sugirió otra prórroga antes de gozar de «las delicias del matrimonio» (según sus propias palabras), Elizabeth no se sintió sorprendida. Poco a poco comenzaba a aceptar la idea de que, por alguna extraña razón, su matrimonio era diferente de los demás y que cuando Nathan creyera que era el momento indicado, descubriría las... ejem... delicias del matrimonio. No se angustió ante el retraso, pues comenzaba a preguntarse si «eso» sería tan horrible que Nathan estaba tratando de evitarle el momento de espanto.

No obstante, siguió pensando en las intimidades del lecho nupcial, y la segunda noche en Nueva Orleans sacó el tema con timidez. Se preparaban para irse a dormir después de un agradable día de exploración por la ciudad y temiendo la idea de tener que meterse sola en esa cama gigantesca, Elizabeth no pudo evitar pedirle a Nathan que entrara en su habitación y le explicara, si quería, por qué no podían compartir la misma cama... que no tenían que hacer nada si él no quería.

Fue un momento incómodo. Elizabeth se sintió mortificada por su propia audacia y Nathan se ruborizó. Se quedaron mirándose sin decir nada, Elizabeth increíblemente hermosa con una suave bata de seda color lavanda y Nathan muy apuesto con su bata de brocado rojo y negro. Durante varios segundos permanecieron así, y luego Nathan pareció sacudirse mentalmente y con una sonrisa nerviosa, dijo:

—¡Querida, por supuesto que entraré en tu alcoba! Sólo quería brindarte serenidad y... —vaciló, tragó con aparente dificultad y terminó—: Y si quieres que comparta tu cama, no veo el motivo para posponer el momento.

Era evidente que Nathan estaba tan nervioso como ella o más todavía, y los temores de Elizabeth se intensificaron hasta el punto que casi llegó a suplicarle que fingiera que ella no había dicho una sola palabra. Fue una pareja silenciosa la que entró en esa alcoba y una Elizabeth cada vez más atemorizada la que se quitó la bata color lavanda y vestida sólo con el camisón a tono se introdujo en la cama. Con enormes ojos violetas observó cómo Nathan, muy lentamente, se quitaba su bata, quedando delante de ella con el camisón de linón como única vestimenta. Nathan apagó la vela y, en la oscuridad, Elizabeth lo oyó seguir desvistiéndose. Con el corazón latiéndole en la boca, aguardó con temor que su marido se uniera a ella.

Nathan se metió en la cama con cautela, y tras deslizarse bajo la colcha de raso, permaneció muy rígido junto a ella durante varios segundos. Luego, con un nerviosismo y una agitación casi tangibles, extendió la mano hacia Elizabeth.

La atrajo hacia él y con dedos como mariposas comenzó a tocarla. La besó con labios cálidos y dulces, pero instintivamente Elizabeth sintió que no había pasión en él. En los momentos que siguieron, esa sensación se tornó más fuerte. ¿Cómo lo sabía? No podía decir, sencillamente sabía que las caricias inciertas y vacilantes de Nathan no eran ardientes; parecía como si él quisiera complacerla, como si quisiera mostrarse apasionado... ¡pero no lo lograba! Tocó durante unos momentos los senos pequeños de ella, moviendo las manos con creciente agitación y apretando su boca con fuerza contra la de ella. Elizabeth trató de responder, pero las caricias inexpertas y desganadas de Nathan, en lugar de excitarla, la hacían sentirse cada vez más insegura y asustada, impidiéndole disfrutar de las extrañas aunque no desagradables sensaciones que le despertaban las manos de él sobre su cuerpo. Los minutos transcurrieron y Elizabeth permaneció tendida junto a él, sin saber qué sucedería después, ni qué debía hacer. Las caricias de Nathan se volvieron casi desesperadas y ella tuvo la extraña sensación de que él estaba preso de ira y frustración mientras apretaba su cuerpo contra el de ella. Elizabeth no se resistió, pero eso no pareció satisfacerlo. A decir verdad, pareció alterarlo aún más, pues sus movimientos se tornaron cada vez más desesperados. Apretó las caderas salvajemente contra ella y Elizabeth sintió el calor de su cuerpo a través del camisón mientras Nathan la abrazaba contra él.

Sólo entonces él pareció tomar conciencia de que ella tenía puesto el camisón y, mascullando por lo bajo, se lo levantó hasta el cuello. El contacto de las manos de él contra la piel de Elizabeth hizo que ella sintiera una agonizante timidez. Pero nada cambió. Nathan continuó con sus extrañas y desesperadas caricias hasta que Elizabeth comenzó a preguntarse si a esto se habría estado refiriendo Melissa cuando le había dicho que dejara que su marido satisficiera sus emociones más bajas. Por cierto que era muy embarazoso sentir las manos de él sobre sus senos y caderas. ¡Y Nathan tampoco parecía estar disfrutando demasiado!

Después de varios minutos con la misma actividad, Nathan apoyó la frente húmeda contra la mejilla de Elizabeth y dijo con un suspiro ahogado:

—Quizá me desempeñe mejor mañana por la noche, mi amor. Creo que estoy cansado por el viaje. No pienses mal de mí, querida, porque no te he hecho una esposa en el verdadero sentido de la palabra. Te amo y quiero hacerte feliz más que ninguna otra cosa. Créeme, mi queridísima Elizabeth.

La angustia de él la emocionó y no tomó conciencia del significado de que no hubiera sentido la presencia erecta de la virilidad de Nathan mientras él la acariciaba. Lo besó con torpe ternura y dijo tímidamente:

—No me importa, Nathan. Me gusta tenerte aquí a mi lado. No me gustaba dormir sola en estos lugares desconocidos.

Nathan la abrazó con fuerza y susurró:

—Eres tan buena y tan amable conmigo, Elizabeth. No muchas novias serían tan comprensivas. Quizá mañana pueda... Bueno, mañana por la noche veremos qué sucede. Pero ahora vamos a dormir. —Le acarició la mejilla con los labios y agregó—: Debo confesar, también, que es muy agradable tenerte conmigo.

Elizabeth se sintió satisfecha con las palabras de él, aunque la dejaron levemente perpleja. ¿Qué era lo que no había podido hacer? Pero por el momento se sentía feliz, segura de que ella y Nathan habían dado el primer paso hacia la intimidad y el compañerismo que ella tanto anhelaba.

Pasaron el día siguiente paseando por Nueva Orleans. Nathan se mostró algo reservado al principio, pero al ver que Elizabeth no le recriminaba nada, no tardó en relajarse y comportarse con su gentileza habitual. Por desgracia, el día no resolvió el problema de la noche anterior, pues todo volvió a repetirse.

Aunque hubo una pequeñísima diferencia; Elizabeth no se sintió tan tímida e inhibida. Al menos ahora sabía qué tenía que esperar y cuando Nathan le tocó los senos, no se puso rígida por la sorpresa. Hasta hizo un intento por devolver las caricias de su esposo. Pero no sirvió de nada y tras varios minutos de frustradas caricias, Nathan se apartó de ella con un gemido y dijo en voz tan baja que ella apenas si pudo oírlo:

—Elizabeth, no hay solución. Pensé que contigo podría... podría... Parece que Longstreet tenía razón: soy... no soy capaz de acostarme con una mujer. ¡Dios Santo!, ¿qué voy a hacer?

Elizabeth se quedó congelada y sentándose en la cama, preguntó lentamente:

—¿Nathan, a qué te refieres? ¿Qué tiene que ver Longstreet con nosotros?

—Todo y nada —masculló Nathan con tono sombrío—. Tendría que habértelo dicho todo antes de que nos casáramos, tendría que haberte dado la oportunidad de romper el compromiso. Pero estaba tan seguro de que podría dejar atrás mi relación con Longstreet. Estaba tan seguro de que gracias a tu bondad y a tu dulzura podría ser como cualquier otro hombre, que mis pasadas excursiones al lado oscuro de la pasión eran cosas que podría olvidar. —Con voz amarga, terminó—: Aparentemente, estaba muy equivocado.

Elizabeth estaba sentada en medio de la cama como una pequeña estatua de hielo, mientras sus pensamientos se desparramaban como cenizas ante un soplo de viento invernal. Mucho de lo que Nathan decía no tenía sentido para ella, pero de pronto recordó con temor esa peculiar conversación que había escuchado en Portsmouth. ¿Qué había dicho ese hombre? Algo acerca de que «Longstreet está enamorado del joven». Asustada sin saber por qué, preguntó, muy tensa:

—¿Quieres hablarme de eso ahora? ¿Te ayudaría a sentirte mejor? Yo trataré de ayudarte, Nathan.

Él se volvió hacia ella y tomándole una de las pequeñas manos heladas respondió con tono cansado:

—No creo que sea algo que pueda solucionarse hablando. Pero sí, te lo contaré todo, querida... y luego, si quieres marcharte, lo comprenderé.

Lo último que Elizabeth deseaba era abandonar a su marido. Aun si no lo amaba, le tenía mucho cariño y sentía mucha gratitud hacia él. Podría confesarle que era el peor asesino de la tierra y ella no lo abandonaría, sencillamente porque siempre había sido bueno y considerado con ella, algo que nadie más había sido. Pensó por un instante en la fría austeridad de Tres Olmos, en su madrastra sarcástica y dominante y en su padre indiferente, y se estremeció. Nathan tendría que lastimarla físicamente para que ella deseara volver allí.

No obstante, cuando él lloró y le confesó sus relaciones íntimas con hombres, con Charles Longstreet en particular, ella sintió horror y repugnancia. El hecho de que dos hombres pudieran ser amantes le resultaba casi incomprensible. Ni siquiera sabía bien qué sucedía entre un hombre y una mujer en la intimidad de la alcoba, pero la idea de dos hombres haciendo esas cosas le resultaba intolerable. Y cuando Nathan le confesó que aparentemente era incapaz de hacer el amor con una mujer, que era impotente con ellas, Elizabeth se sintió aún más dolida y confundida.

Mucho de lo que Nathan le explicó esa noche no tenía sentido para ella, pero si hubiera sido más adulta, más experimentada, más consciente de lo que era el matrimonio y la pasión, quizás habría tomado otra decisión. Como fueron las cosas, llena de errónea confianza juvenil, se sintió segura de que con el tiempo, gracias al deseo de ambos de hacer las cosas bien, lo lograrían. Mucho de lo que Nathan le dijo le repugnaba aunque no pudiera comprenderlo del todo, pero sin embargo, cuando comparaba la gentileza de él con la bienvenida que recibiría si decidía regresar a Tres Olmos, Nathan, con su vergonzosa confesión, era mucho más atractivo que Inglaterra y la ira de su madrastra ante el fracaso del matrimonio.

No podía ocultar que las palabras de Nathan la hacían sentirse traicionada, ni podía negar que muy dentro de sí sentía rabia por el hecho de que él había arriesgado el futuro de ella junto con el suyo. Pero a Elizabeth le habían enseñado a aceptar con ecuanimidad las desgracias de la vida y prefería tolerarlas antes que luchar contra un destino hostil.

La decisión de permanecer junto a su marido no fue fácil, ni fue tomada en una sola noche. Lo que Nathan le dijo fue un gran golpe para ella, y durante varios días la relación entre ellos fue tensa e incómoda. Trataban de comportarse como si todo estuviera bien; continuaban explorando la ciudad y cenaron en varios de los numerosos restaurantes, pero siempre el recuerdo de lo que él había dicho esa noche colgaba entre ellos como una nube ominosa. No hubo más intentos de consumar el matrimonio, pues Elizabeth descubrió que ahora sentía temor ante la idea de las caricias de Nathan que antes tanto había deseado.

Estaba segura de que era algo que pasaría con el tiempo, y trató de no pensar en ello más de lo necesario. Ambos tendrían que luchar para que el matrimonio fuera un éxito, y si bien Elizabeth aún estaba algo aturdida por lo que había sucedido, miraba hacia el futuro con optimismo. El tiempo, pensó con confianza, el tiempo resolvería sus problemas y dentro de unos años podrían pensar en este momento de sus vidas y reír ante tanta estupidez.

Nathan se sintió muy aliviado ante la decisión de Elizabeth de no abandonarlo y también decidió que por el momento era mejor que la consumación esperara. Avergonzado por su propia incapacidad de funcionar como debería, estaba dispuesto a olvidar el incidente y, al igual que Elizabeth, esperar a que con el tiempo pudieran llegar a vivir normalmente.

Todavía había algo de tensión entre ellos y, sin embargo, el problema había servido para unirlos más. Nathan se sentía agradecido porque Elizabeth había decidido permanecer a su lado y ella sentía compasión por él.

Decidieron no quedarse mucho más tiempo en Nueva Orleans y Elizabeth no supo si la idea le agradaba o la deprimía. Por un lado, deseaba llegar a Natchez para que ella y Nathan pudieran comenzar a tratar de alcanzar el éxito en su matrimonio. Pero, por otro, quería disfrutar esos días al máximo. No se lamentaría. El tiempo lo resolvería todo.

El Mercado Francés, no lejos de la calle Decatur, a orillas del Misisipi, fue una de las cosas que más impresionó a Elizabeth durante sus excursiones con Nathan. Se oían una docena de idiomas diferentes: francés, español, inglés y varios dialectos negros e indígenas. Los mercaderes ofrecían todo tipo de animales y productos. Elegantes damas vestidas de seda y encaje paseaban junto a sus maridos, y apuestos jóvenes deambulaban con lánguida gracia por entre la muchedumbre.

Azorada, Elizabeth recorrió las diversas secciones, sintiendo como si hubiera llegado a un lugar existente sólo en la imaginación. No sospechaba que su aspecto capturaba la imaginación de más de un caballero. Llevaba esa mañana un vestido de seda rosada que acentuaba su cintura esbelta y caía en suaves pliegues hasta sus zapatos. Con la sombrilla bordada con plumas y los delicados guantes rosados, presentaba un aspecto encantador. Entre la sombrilla y el gracioso sombrero de gasa blanca y paja que llevaba, era difícil verle el rostro, pero eso no impidió que varios caballeros inventaran diferentes tretas para hacerlo. La recompensa hizo valer la pena del esfuerzo: unos hermosos ojos violetas contemplaban con inocencia el mundo desde un rostro encantador enmarcado por rizos casi plateados.

Sin darse cuenta de que varios caballeros la miraban con admiración, Elizabeth estaba examinando un prendedor de camafeo cuando oyó una voz familiar.

—¡Beth! Beth Selby, ¿eres tú, querida?

Al oír esa voz, Elizabeth giró en redondo y sonrió feliz.

—¡Stella! ¡Dime que esto no es un sueño! Es maravilloso verte, pero ¿qué haces aquí? —exclamó con un brillo de placer en sus ojos violetas.

—¡Yo podría preguntarte lo mismo! No podía dar crédito a mis ojos cuando te vi hace un momento —replicó Stella, acercándose hasta donde estaba Elizabeth.

Stella no había cambiado demasiado, notó Elizabeth con afecto mientras contemplaba a su amiga de la Academia de la señora Finch. Alta, erguida, con unos ojos oscuros bajo unas cejas arqueadas, Stella Valdez estaba como ella la recordaba. Ya no llevaba el horrible uniforme de la escuela, pero la sonrisa cálida era la misma, y la voz algo ronca y la forma de arrastrar las palabras resultaban placenteramente familiares para Elizabeth.

Stella era una muchacha bien parecida más que bonita: tenía la boca un poco grande, la nariz casi masculina y una mandíbula fuerte. Pero poseía algo mucho más duradero que la belleza de muñeca: un carácter leal y cálido y una personalidad amistosa y extravertida. Era intuitiva y, mientras ambas se observaban en silencio, notó las leves sombras en los ojos violetas de su amiga y la nota de reserva cuando Elizabeth habló de su marido y su matrimonio.

Stella se dio cuenta de que el Mercado Francés no era el lugar más indicado para mantener la conversación privada que anhelaba, de modo que despachó a Mary y arrastró a Elizabeth hasta una elegante casa sobre la avenida Esplanade, donde vivían unos parientes a quienes estaba visitando. Unos instantes más tarde ambas estuvieron sentadas en un patio con una fuente en el centro y un sirviente negro les sirvió café recién hecho en delicadas tazas de porcelana.

El sirviente desapareció y Stella permitió que Elizabeth bebiera unos sorbos de café antes de preguntarle con descuido:

—Querida, ¿eres realmente feliz? No quiero ser indiscreta, pero cuando pienso en mi propia luna de miel, ocurrida hace un año, veo que no irradias la felicidad que hubiera esperado.

—¡Oh, Stella! ¡Siempre pones el dedo en la llaga! —exclamó Elizabeth con pesar—. Siempre te dabas cuenta cuando tenía algo que me daba vueltas en la cabeza.

—Cuéntamelo, querida —la alentó Stella, con afecto.

—¡No puedo! Y no es porque no quiera hacerlo —admitió Elizabeth.

Al ver el rostro preocupado de su amiga, Stella dijo con tono pensativo:

—A veces los primeros meses son difíciles, tengo entendido. Sobre todo si no os conocíais bien antes de casaros. —Sonriendo, agregó—: Conozco a Juan Rodríguez de toda la vida y desde siempre supe que quería casarme con él. Quizá fue por eso por lo que en los primeros meses de matrimonio ninguno tuvo que sufrir al adaptarse. Quizá cuando conozcas mejor a Nathan descubrirás que no te resulta un extraño.

Elizabeth parpadeó para contener unas lágrimas repentinas y dijo con la voz quebrada:

—Mi matrimonio no es lo que esperaba. Nathan y yo no podemos... —Se detuvo de pronto muy avergonzada. No quería contarle todos sus problemas a la primera persona que se mostraba amistosa, aun si esa persona era su querida Stella.

Pero Stella no le dio tiempo para arrepentirse y la alentó con suavidad:

—¿Tú y Nathan no podéis qué, querida? ¿No crees que deberías contármelo todo? Ahora bien, relájate, toma tu café y díselo todo a Madre Stella, ¿mmm?

Elizabeth vaciló; deseaba narrarle toda la historia, pero no quería traicionar a Nathan. Estaba segura de que Stella comprendería, pero ¿lo haría Nathan si se enteraba de que ella había hablado de forma tan íntima de su matrimonio? Le pareció que no comprendería y sabiendo cómo se sentiría ella si él hablara sobre eso con otra persona, decidió que era mejor no desahogarse con Stella.

Era difícil distraer a Stella con excusas tontas, y no fue hasta que Elizabeth habló casi con desesperación del fideicomiso que había establecido su padre y de lo humillado que se había sentido Nathan cuando Stella dejó de interrogarla.

—¡Conque de eso se trata! —declaró con tono triunfal—. ¡Chiquilla tonta! No tienes nada de qué preocuparte. Tu padre sólo quería proteger tus intereses y si bien estoy segura de que a tu marido no le gustó (¿a quién le gustaría, por otra parte?), no tengo dudas de que su rencor se evaporará con el tiempo y ninguno de los dos pensará más en eso. —Una idea desagradable se le ocurrió de pronto y preguntó ansiosamente—: Nathan no te lo echa en cara, ¿verdad? Quiero decir, ¿no te trata mal por eso?

—¡No, no! —exclamó Elizabeth—. No podría ser más bondadoso conmigo. Nathan nunca me ha hablado del tema.

—Entonces, querida, deja de preocuparte y disfruta del matrimonio.

Después la conversación flaqueó hasta que Elizabeth dijo con entusiasmo.

—¡Basta de tonterías! Dime, ¿cuánto tiempo te quedarás en Nueva Orleans?

—Por desgracia, partimos pasado mañana para Santa Fe —respondió Stella haciendo una mueca—. Pero no pongas esa cara triste, querida, pienso pasar el mayor tiempo posible contigo hasta que nos vayamos. Si sólo nos hubiéramos encontrado antes o si hubiéramos sabido que la otra estaría aquí... ¡Piensa en las conversaciones que habríamos podido tener!

—¡Oh, no! ¡Qué lástima que tengamos que estar tan poco tiempo juntas! —exclamó Elizabeth con pesar.

—Nos queda toda esta tarde y también mañana. Y recuerda, al menos ahora estamos en el mismo continente. Estoy segura de que podremos encontrarnos de vez en cuando en Natchez o en Santa Fe. —Con un brillo en los ojos, Stella agregó—: Preferiría que fuera en Natchez. He oído decir que es una ciudad perversamente excitante, sobre todo debajo de la colina.

—Es probable que sepas más que yo sobre eso. Nathan no me habla demasiado de la ciudad y hasta ahora es poco lo que he podido averiguar por mi cuenta. ¿No te agrada Santa Fe? —preguntó Elizabeth con curiosidad.

—¡Desde luego que sí! Pero Santa Fe es apenas mejor que una ciudad de frontera: los comanches todavía llegan hasta nuestras puertas y la única emoción es en la primavera, cuando llegan las caravanas de comerciantes. Tenemos muchas atracciones, pero estoy segura de que no se comparan con las de Natchez.

—Entiendo —dijo Elizabeth mientras pensaba que debía de ser mucho más emocionante vivir en un poblado de frontera que en una ciudad cosmopolita como Natchez.

—No, no entiendes —la contradijo Stella con suavidad—. Todavía sigues siendo tan romántica y soñadora como cuando estabas en la Academia. Veo que piensas que la frontera resultaría una aventura increíble. Créeme, no lo es. Y la primera vez que te encontraras con un ataque de guerreros comanches desearías no haber abandonado jamás la seguridad del mundo civilizado. Yo estoy acostumbrada, a pesar de esos tres años en Inglaterra. Me crié allí y conozco la tierra; pero tú, mi vida, la conviertes en un mundo de ensueño.

Elizabeth tuvo que admitir que así era y la conversación pasó a otros temas. Fue la tarde más agradable que Elizabeth había pasado en mucho tiempo y ambas estaban tan concentradas en ponerse mutuamente al día que no notaron que caía la tarde. Elizabeth no tenía mucho que decir acerca de sí misma, ¡pero no sucedía lo mismo con Stella! Y así siguió hablando y hablando, sin darse cuenta de que sus historias sobre Nuevo México despertaban la imaginación romántica de Elizabeth haciéndole sentir intensos deseos de conocer algún día esa tierra salvaje. Algunas de las terribles historias acerca de los ataques comanches le hicieron sentir como si los hubiera vivido en carne propia y por un instante recordó esos extraños sueños vívidos que la habían acosado durante el viaje hasta Nueva Orleans.

Sólo cuando Juan, el marido de Stella, salió al patio, las reminiscencias cesaron. Mientras Stella hacía las presentaciones, Elizabeth lo estudió con disimulo y comprendió exactamente cómo el silencioso y reservado español atraía a la vivaz Stella.

A diferencia de Stella, que era mitad española, Juan era castellano puro, desde el grueso cabello negro hasta la formal reverencia que le hizo a Elizabeth. No era mucho más alto que su mujer y a primera vista no parecía extrañamente apuesto. Sólo cuando uno miraba los brillantes ojos negros y veía la chispa divertida en ellos o cuando notaba la curva firme de sus labios o la línea aguileña de la nariz, su atractivo real se tornaba aparente. Había una familiaridad cálida y gentil entre él y su mujer y a Elizabeth no le quedaron dudas de que estaba en presencia de una pareja de enamorados. Se sintió feliz, y el deseo de que ella y Nathan pudieran tener una relación igual se tornó más intenso aún.

Juan sabía todo acerca de la amistad de Stella con Elizabeth Selby y la saludó con calidez y afecto sincero. Al principio, Elizabeth sintió timidez ante este desconocido cortés y formal, pero bajo el encanto de Juan pronto comenzó a relajarse, y al cabo de unos minutos se encontró conversando con él como si fuera un viejo conocido. La conversación se mantuvo general hasta que Juan preguntó con algo más que mera cortesía:

—¿Es posible que tú y tu marido cenéis con nosotros esta noche?

Sé que es una invitación repentina, pero nos queda poco tiempo aquí y sé que Stella querrá pasar todo el tiempo posible contigo hasta que nos vayamos. —Con un brillo en los ojos, agregó—: Y, por mi parte, no me molesta que otra dama hermosa haga honor a mi mesa.

Stella hizo eco de la invitación y no fue hasta que Elizabeth decidió enviar una nota al hotel para preguntar si Nathan estaba de acuerdo con el programa cuando Stella se llevó las manos a la boca y exclamó con horror.

—¡La velada en casa de los Costa es esta noche! ¿Lo habías olvidado?

Juan sonrió y sacudió la cabeza.

—No, querida, no lo he olvidado, pero si le enviamos una nota de explicación a nuestra anfitriona, estoy seguro de que también invitará a los Ridgeway.

—¡Oh, no! —murmuró Elizabeth—. No podría meterme en casa de desconocidos de esa forma. Sería muy descortés.

—¡Tonterías! —la contradijo Stella—. Margarita Costa estará deseando conocer a una vieja amiga mía. No es nada altanera. Es más, no conozco a nadie más amable; ¡es demasiado perezosa como para no serlo! Su marido es exactamente igual, y jamás nos perdonarían si no os lleváramos a su casa. ¡Vamos, di que cenarás con nosotros y asistirás luego al baile! ¡Por favor!

—¿Pero no les importará a las personas que te hospedan? —vaciló Elizabeth.

Juan rio.

—En absoluto. Mi tío y mi tía están de viaje y regresarán mañana. Tenemos la casa para nosotros solos esta noche. Y aun si estuvieran aquí, estarían encantados de conocer por fin a la Beth de Stella. Tu fama te ha precedido, ¿sabes?

¿Qué otra cosa podía hacer sino aceptar? De modo que escribió una nota a Nathan informándolo acerca de la invitación a cenar y luego al baile. Con el mismo criado que llevaría la misiva a Nathan, Stella despachó su nota a Margarita. Menos de media hora más tarde, el criado regresó con las dos respuestas: Doña Margarita exigía que Stella trajera a sus invitados y Nathan se disculpaba porque había aceptado otro compromiso para la noche, pero no tenía inconveniente en que Elizabeth pasara la velada con sus amigos. La idea de asistir al baile sin él casi la hizo rechazar la invitación, pero Stella no quiso saber nada del asunto.

—¡No seas ridícula, querida! A Juan le encantará acompañarnos a ambas y no tendrá nada de malo que vengas. ¡Vamos, no discutas conmigo, sabes lo furiosa que me pongo! —terminó Stella con una nota burlona de amenaza en la voz.

«Punto final», pensó Elizabeth divertida.

4

Ante la insistencia de Stella, Elizabeth ni siquiera regresó al hotel esa noche. Despacharon una nota, y al poco tiempo Mary Eames apareció en la casa de la Avenida Esplanade con la ropa y varios artículos necesarios.

La cena fue más que agradable, y la comida rica en especias resultó muy tentadora para el paladar de Elizabeth.

Saciada y completamente relajada por la calidez y vivacidad de Stella y el encanto sereno de Juan, Elizabeth aguardaba con entusiasmo lo que sería su primer baile.

—¡Tu primer baile! —había exclamado Stella cuando ella se lo confesó antes de la cena mientras bebían jerez en el salón—. Pues bien, mi vida, es de esperar que sea una velada que recuerdes por mucho tiempo. ¡Estoy segura de que habrá varios hombres que te recordarán a ti! —agregó, riendo—. Pareces un ángel.

Era cierto. Mary Eames, que había aprobado de inmediato a los Rodríguez, decidió que era hora de que su señora entablara amistad con alguien más y se esmeró en preparar a Elizabeth para el baile.

Con el elegantísimo vestido de seda rosada con un brillo violeta, Elizabeth se asemejaba realmente a un ángel. Un ángel terrenal, quizá, pues había algo muy sensual en los hombros suaves y pálidos y la promesa de sus senos que asomaba por encima del profundo escote. El vestido le acentuaba la cintura esbelta y el movimiento suave de las faldas cuando se movía era directamente provocativo. Llevaba el pelo rubio recogido, dejando al descubierto el cuello y las orejas. Mary había agregado una cinta dorada con incrustaciones de amatistas al peinado. Pero la criada no necesitó usar su talento para hacer brillar los increíbles ojos violetas, ni para oscurecer las cejas arqueadas ni las pestañas. Esta noche Elizabeth no necesitaba cosméticos. Tenía las mejillas arreboladas y la boca no necesitaba carmín para resplandecer como un rubí.

Como muchas otras familias de Nueva Orleans, caminaron guiados por la antorcha de un criado hasta la casa de los Costa. Elizabeth disfrutaba de la cálida noche de junio, aspirando el leve aroma de jazmines que flotaba en el aire.

—Mmmm. Es hermoso —dijo—. ¿Es así todo el tiempo?

—Por desgracia, no —replicó Juan con una sonrisa—. Dentro de poco comenzará la estación de la malaria y muchos de los sureños abandonarán la ciudad para dirigirse a sus plantaciones en el campo. Llueve incesantemente en el invierno, pero de todas formas hay algo mágico en Nueva Orleans que hace que uno la ame a pesar de sus defectos.

—¿Venís aquí a menudo?

—¡No tanto como me gustaría! —murmuró Stella con una nota provocativa en la voz.

Juan le dirigió una mirada penetrante.

—¿No te gusta Santa Fe?

—¡Sabes que eso no es cierto! Es sólo que me gustaría venir más a menudo aquí —confesó.

—Mmm. Veré qué puedo hacer al respecto —bromeó él.

—¡No seas tonto! —protestó Stella—. Sé tan bien como tú que hay demasiadas cosas que hacer en el rancho como para que podamos alejarnos por mucho tiempo. Es una suerte que hayas decidido venir personalmente aquí este año para ver a tu agente de negocios.

Con los ojos enormes por el asombro, Elizabeth preguntó:

—¿Viniste hasta aquí desde Santa Fe nada más que para ver a tu agente de negocios?

—No exactamente —explicó Juan—. Pensé que a Stella le haría bien salir de Santa Fe por un tiempo y si bien confío implícitamente en mi agente, siempre me gusta que la gente que trabaja para mí sepa que me intereso por lo que hacen. Una visita periódica a Nueva Orleans me asegura de que mi agente es honesto y competente.

—Comprendo —dijo Elizabeth, no muy convencida y Juan rio, pellizcándole la barbilla.

—No, no comprendes, pero no atormentes tu preciosa cabecita pensando en eso. Déjale los negocios a tu marido y, al igual que mi amada Stella, ocúpate sólo de gastar el dinero que él gana.

Un sonido indignado brotó de Stella ante estas palabras y sus ojos brillaron de indignación. Juan sonrió y sin preocuparse por el hecho de que estaba en plena calle, le rodeó el cuerpo con un brazo y le besó la sien. Con voz burlona, murmuró:

—¡Qué fácil es hacerte enfadar, querida! Y eres tan hermosa cuando te enfureces que no puedo resistir la tentación de provocarte. ¿Me perdonas? Sabes que el rancho no sería un lugar tan pacífico si no fuera porque detrás de mi mano está la tuya.

Stella le sonrió, recuperando su buen humor de inmediato, y continuaron en silencio amistoso hasta la casa de los Costa.

Margarita Costa, una belleza regordeta de ojos negros y piel de color marfil, era tan amable como había anunciado Stella. Abrazó a Elizabeth cuando se la presentaron y exclamó:

—¡Ah, pequeña, por fin conozco a la amiga inglesa de Stella! ¡Qué feliz me hace que hayas venido! Pero ¿dónde está tu marido? ¿Ha venido él también?

Fue un momento incómodo, pero Stella y Juan quebraron el silencio algo tenso que se había producido por la pregunta de Margarita. Para una dama sureña, su marido y su familia eran todo, y a pesar de las explicaciones, era obvio que Margarita no aprobaba el hecho de que el marido hubiera abandonado a su esposa tan pronto después del casamiento. Pero el momento pasó y Elizabeth pronto recuperó su entusiasmo anterior a medida que le presentaban más y más personas. Hasta ella misma se dio cuenta de que había varios jóvenes de ojos oscuros que pedían ser presentados. El divertido «ves, tontita, te dije que los hombres te considerarían un ángel» de Stella le confirmó el hecho de que era la estrella del baile.

Era una sensación embriagadora para una jovencita en su primera aparición en sociedad. No le faltó compañero para ninguno de los bailes y siempre parecía tener un caballero a su lado ofreciéndole limonada, champaña y otro refresco. Con las mejillas arreboladas y los ojos resplandecientes, llegó por fin hasta donde estaba Stella, negándose terminantemente a las súplicas de varios caballeros para que bailara el vals que estaba sonando. Divertida, Stella observó, cómo con sorprendente soltura, Elizabeth declaró que no deseaba bailar más por el momento.

Mientras el último pretendiente desilusionado se alejaba, Stella bromeó:

—¡Le has roto el corazón, querida! Me pregunto cuántos duelos habrás causado esta noche. El joven Étienne Dupré se puso lívido cuando decidiste bailar esa última cuadrilla con Léon Marchand.

—¡Oh, no, Stella! ¡No se retarían a duelo por una nimiedad como ésa!, ¿verdad? —preguntó Elizabeth, angustiada.

Stella rio.

—Querida, los sureños se retan a duelo por el tamaño del río Misisipi o sólo por el hecho de que disfrutan al hacerlo. No les prestes atención.

Permanecieron hablando durante varios minutos. Elizabeth estaba aliviada de poder escapar de la abrumadora atención masculina que había recibido durante toda la velada. Fue un intervalo agradable y pudo respirar y relajarse por primera vez desde que habían llegado. Le resultaba extremadamente agradable recibir tantos halagos y tener a varios caballeros disputándose su atención, pero también estaba algo cansada. Como no estaba acostumbrada a la galantería y las ardientes pasiones de los sureños, se sintió aliviada de poder escapar de sus más tenaces admiradores.

Ella y Stella conversaron en voz baja en una esquina del gran salón de baile; Stella le señaló a tal o cual persona mientras le explicaba algunas de las supersticiones más divertidas de los sureños: si a un ama de casa se le caía un tenedor, recibiría una visita femenina; si se le caía el cuchillo, la visita sería masculina. Si uno dormía con la luz de la luna en el rostro, enloquecería, y si oía el aullido de un perro o el canto de un grillo, estaba escuchando un anuncio de muerte. Elizabeth sonrió ante esas cosas absurdas, aunque le resultaron encantadoras. Sin pensar en que su rubia cabellera resaltaba entre las bellezas morenas, Elizabeth contempló con creciente admiración el porte y la vivacidad de las mujeres sureñas. Mientras miraba a una belleza de cabellos castaños deseó de pronto poder deshacerse de sus rizos rubios y ojos violetas y poder tener ojos negros y pelo color ébano.

De pronto, la fuerza con que Stella la tomó del brazo la hizo despertar de su ensoñación. Al mirar asustada a su amiga, Elizabeth vio que Stella tenía los ojos fijos en el otro extremo de la habitación.

—¡Válgame Dios! —exclamó Stella—. Me pregunto qué estará haciendo él aquí.

—¿Quién? —preguntó Elizabeth, alarmada por la repentina tensión de Stella.

—Rafael Eustaquio Rey de Santana y Hawkins, ¡nada menos! —Con una sonrisa extraña, Stella agregó—: Comúnmente conocido como Rafael Santana.., o el Renegado Santana, según quién lo nombre.

Sin saber por qué este individuo tenía un efecto tan perturbador en Stella, Elizabeth echó una mirada subrepticia por entre la gente, buscando el blanco de los comentarios de Stella. Como no vio nada raro en el grupo de hombres sonrientes junto a la puerta abierta que daba al patio, se dispuso a volverse nuevamente hacia su amiga cuando su mirada interrogante quedó capturada por los ojos altaneros y arrogantes de un hombre alto que estaba apoyado con descuido contra la pared, cerca de la puerta.

Vestía de negro: una chaqueta de terciopelo negro que se ajustaba a los anchos hombros y pantalones ajustados que acentuaban de forma llamativa la fuerza musculosa de sus piernas. Era sin duda el hombre más alto del salón y se destacaba entre los sureños más bajos y delgados que se arremolinaban a su alrededor. Se mostraba indiferente a los otros hombres y Elizabeth tuvo la extraña sensación de que sería indiferente a muchas cosas. Se estremeció. El hombre tenía el pelo negro, tan negro que la luz de las arañas de gas captaban sombras azules entre esas hebras gruesas. Su tez era oscura, de un tono dorado más moreno que los de los otros hombres. La camisa blanca como la nieve acentuaba el color de su piel. Tenía el rostro anguloso y podía decirse que era apuesto de una forma casi salvaje: unas gruesas cejas negras se arqueaban diabólicamente sobre los ojos hundidos; la nariz orgullosa y aguileña se destacaba con arrogancia, y la boca sensual denotaba pasión y crueldad. Elizabeth volvió a estremecerse, asustada sin saber por qué. Ningún hombre la había mirado como lo hacía éste, desnudándola con los ojos. La boca viril se curvó en una sonrisa burlona cuando Elizabeth se sonrojó intensamente bajo esa profunda mirada.

Apartando los ojos, Elizabeth se obligó a la tarea de contemplarse las zapatillas de raso. No lo miraría otra vez. ¡No lo haría!

—¡Ojalá dejara de mirarme de ese modo! —le dijo a Stella—. Es muy atrevido y descortés.

Stella emitió una risa dura.

—La cortesía no es importante para Rafael. ¡Es el hombre más grosero, arrogante y odioso que conozco! Y, por desgracia, lo conozco desde hace mucho tiempo; es más, es pariente de Juan.

Elizabeth tragó con dificultad. Con voz tensa, preguntó:

—No... no querrá ser presentado, ¿verdad?

—Conociendo a Rafael y viendo la forma en que te devora con

los ojos, sospecho que sí, y como no quiero que te devore delante de mí, creo que sería prudente que nos despidiéramos de los Costa y nos fuéramos a casa.

Decepcionada y aliviada al mismo tiempo, Elizabeth se volvió para marcharse del salón cuando oyó a Stella murmurar por lo bajo:

—Viene hacia aquí.

Elizabeth miró rápidamente por encima de su hombro y vio que era cierto. Rafael Santana ya no estaba apoyado contra la puerta, sino que estaba atravesando la habitación con el andar felino y majestuoso de un animal salvaje. Su destino era obvio. Elizabeth sintió que se le contraía la garganta y que el corazón comenzaba a latirle aceleradamente.

Sabiendo que era inútil tratar de escapar, Stella detuvo lo que hubiera sido una huida cobarde y con una sonrisa impaciente esperó a que Rafael Santana las alcanzara.

Rafael se acercó con un brillo divertido y burlón en los ojos, consciente de que habían estado tratando de huir. Con desdeñosa elegancia, hizo una reverencia.

—Ah, Stella, amiga, qué agradable encontrarte aquí —terció con voz profunda y algo áspera. Algo más que el acento español se insinuaba en la voz profunda y aterciopelada.

Stella, siempre tan directa, no perdió tiempo en intercambiar trivialidades.

—¿De veras? —replicó con falsa dulzura. Sin aguardar una respuesta, agregó—: ¿Qué te trae a Nueva Orleans? Pensé que estabas muy ocupado con la gran República de Texas del señor Houston.

—Lo estoy —sonrió Rafael con dureza—. Houston quiere que Texas se convierta en uno de los Estados Unidos de América y envió a varios delegados para que apoyen la causa. Sucede que yo soy uno de ellos.

—¿Tú?

Él rio ante el franco escepticismo de Stella.

—Sí, pequeña Stella, yo. Olvidas que hay varios miembros muy respetables en mi familia. Uno de ellos es un hombre muy importante en esta hermosa ciudad. Él y yo tenemos algunos antepasados en común y viene a ser un... ejem... primo mío. También conoce bien al presidente Jackson, y Houston pensó que podría ser una buena idea si lograra convencer a mi primo de que la adición de Texas a la Unión sería beneficiosa para todos.

—¿Y lo hiciste? —preguntó Stella con curiosidad.

Rafael respondió de forma vaga y cambió bruscamente de tema.

—¿Está Juan contigo? No lo he visto todavía.

—¿Lo has buscado? —le replicó Stella—. ¿O es que has estado demasiado ocupado haciendo que todas las jovencitas del salón se ruborizaran y corrieran a buscar la protección de sus madres?

Una sonrisa burlona se dibujó en el rostro de Rafael.

—Quizás un poco de cada cosa. Sabía que estabais en Nueva Orleans, pero no estaba seguro de que vendríais a este baile.

A pesar de la conversación cortés y a pesar de que él todavía no la había mirado, Elizabeth, que estaba junto a Stella, con la vista fija en el suelo, presintió que él era tan consciente de ella como ella de él. De pronto sintió que él quería obligarla a mirarlo. Fue una extraña batalla silenciosa la que se desató entre ellos y de forma obstinada, Elizabeth se negó a darle siquiera una pequeña victoria y mantuvo los ojos bajos. «¡Bestia!», pensó para sus adentros mientras oía el murmullo de voces a su alrededor. Con una coquetería extraña en ella, le sonrió a un joven que pasaba muy cerca.

Fue un error. Como si adivinara lo que pasaba por la mente de Elizabeth, Rafael dijo de forma repentina:

—Preséntanos, por favor, Stella. Eres muy hermosa, pero es tu amiga la que ahora acapara mi atención.

Asombrada ante semejante comportamiento, Elizabeth levantó los ojos hacia él y descubrió que era un error, pues una vez que sus miradas se encontraron fue imposible apartarse de esos ojos increíblemente gélidos. No había sentimientos en aquellos ojos grises y duros como piedras, sólo un vacío aterrorizador que la dejó helada.

Stella rompió el silencio incómodo y dijo con una nota de fastidio en la voz:

—Debí haberlo imaginado. Está bien, entonces... Elizabeth Ridgeway, permíteme presentarte a Rafael Santana. Es un demonio y un villano y te recomiendo no tener nada que ver con él.

Un brillo de ira iluminó los ojos grises por un instante.

—Gracias. Tus palabras amables han despertado su interés con mucha más rapidez de la que hubiera podido esperar —comentó con ironía, y Elizabeth, que era una criatura en extremo gentil, sintió un intenso deseo de abofetear ese rostro apuesto. Pero Stella sólo se encogió de hombros.

—De nada te serviría, pues creo que es justo que te advierta que no sólo es hija de un lord inglés sino que está casada y muy enamorada de su esposo.

Los ojos grises se clavaron en el rostro de Elizabeth.

—Vaya, de alguna manera eso me resulta dudoso. Además, ¿desde cuándo el matrimonio ha servido para detenerme?

Stella casi golpeó el pie contra el suelo por la indignación.

—¿Quieres dejar de decir tonterías? Ya te la he presentado y ahora te agradecería que fueras a buscar un pozo y te ahogaras en él.

Al escuchar eso, Rafael rio a carcajadas, aparentemente divertido. Pero esa diversión no llegó hasta sus ojos helados.

—Me encantaría complacerte, pero por desgracia la vida es demasiado fascinante para mí en este momento como para pensar en una cosa así. Quizá la próxima vez que nos encontremos trate de obedecer tus deseos, ahora quiero bailar el vals con la pequeña con cara de ángel.

Y con eso, sin darle oportunidad para aceptar o negarse, arrastró a Elizabeth a la pista de baile. Aturdida, ella mantuvo los ojos fijos en el broche de diamante que estaba clavado en los pliegues prístinos de la corbata de Rafael. Era muy consciente de la mano cálida de él sobre su cintura, esa mano cálida que sin duda la tenía más apretada de lo necesario, y deseó tener el coraje suficiente como para echarle una reprimenda por las libertades que se estaba tomando. Con el correr de los segundos, se volvió más consciente de él, del leve aroma a coñac y a tabaco que emanaba de él, de los músculos de ese cuerpo fuerte que la guiaba sin esfuerzo por la habitación y sobre todo, de él. Sintió su aliento sobre sus rizos y la firmeza y el calor de la mano que sostenía la suya. De pronto, las emociones que se despertaron en ella la hicieron sentirse mareada.

—¿Vamos a bailar en un silencio total, querida? —preguntó él por fin—. Admiro profundamente tu cabello sedoso, pero preferiría admirar tus ojos... y tu boca.

Ella levantó la mirada y una vez más volvió a perderse en aquellos vacíos ojos grises, sólo que ahora ya no lo estaban: una emoción imposible de definir brillaba en las profundidades y Elizabeth apartó la vista, sintiendo que el corazón le latía dolorosamente.

—No me mire así —dijo, muy agitada—. No es cortés.

Rafael emitió una risa amarga y murmuró:

—Nunca soy cortés, así que no esperes cortesía de mí. Y tampoco te hagas la inocente; sabes tan bien como yo lo que está pasando por mi cabeza.

Era cierto, y Elizabeth se ruborizó de vergüenza. Los ojos de él decían claramente que deseaba besarla, que la besaría si se quedaran solos, y que si ella no tenía cuidado, se las ingeniaría para que quedaran a solas. De pronto Elizabeth sintió miedo de lo que él pudiera hacer y suplicó, nerviosa:

—Por favor, por favor, lléveme de nuevo con Stella, ya no quiero bailar con usted.

—¿Por qué? ¿Porque soy demasiado sincero? ¿O es a causa del marido de quien se supone que estás tan enamorada?

—Ambas cosas, creo —mintió ella, a sabiendas de que no había pensado en su marido desde que había entrado en la casa de los Costa, y que todo recuerdo que pudiera haber tenido de Nathan y de su matrimonio se había esfumado en el instante en que su mirada se había encontrado con la de Rafael Santana.

—Mentirosa —dijo él con serenidad—. No pareces una mujer enamorada, pareces una virgen durmiente que espera a que la despierten.

—¡Eso no es cierto! —declaró Elizabeth—. Quiero mucho a mi esposo y no creo que esta conversación nos haga bien a ninguno de los dos. —Con adorable dignidad, dijo—: Creo que sería mejor que cambiáramos de tema.

—Estoy seguro de que eso es lo que quieres, inglesa, pero para mí es tan divertido que no quiero interrumpirlo.

Elizabeth descubrió que este hombre despertaba en ella una ira que no se creía capaz de sentir y preguntó con fastidio:

—¿Es así con todo el mundo? ¡Con razón Stella me advirtió que era grosero!

Rafael volvió a sonreír, y la sonrisa no fue agradable. Sus ojos se velaron y terció:

—¿No sabes que paso todo mi tiempo tratando de estar a la altura de la reputación que me han dado? —Emitió su risa amarga y agregó—: La gente creería que no estoy en mis cabales si no busco a la mujer más hermosa de la noche y me dedico a seducirla. Es como representar un papel, querida; ellos lo esperan y yo trato de complacerlos.

Elizabeth lo miró a los ojos, como buscando una respuesta en ellos.

—Creo que eso puede ser cierto, en parte... pero debe de haber hecho algo que le hizo merecer esa reputación.

—Sí, lo hice, inglesa. ¡Nací!

—¡No sea ridículo! ¡Eso no haría a la gente pensar mal de usted!

—¿No? —se burló él—. ¿Ni siquiera si te digo que mi abuela era una mestiza comanche que vivía con un trampero norteamericano? ¿Y que su hija, mi madre, se atrevió a casarse con una familia española muy tradicional?

—No sé qué tiene que ver eso con usted. Uno no tiene la culpa de quiénes son sus padres. Me parece que le da demasiada importancia a ese hecho —respondió Elizabeth.

—Ah, inglesa, qué poco sabes de la gente, en especial de mi abuelo español, don Felipe. Jamás me perdonó del todo el hecho de haber nacido, sobre todo debido a que el segundo matrimonio de mi padre no ha producido hijos varones, sólo niñas.

—Y por eso —adivinó ella— usted lo castiga.

—¿Por qué no? —quiso saber él, arqueando una ceja.

—Bien, porque no es muy gentil de su parte —dijo ella con vehemencia—. No debería ser tan... tan rencoroso.

Él rio en voz alta.

—Pero lo soy, chica. Soy rencoroso como el que más... y Stella ya te advirtió que no soy demasiado gentil.

A Elizabeth no le gustaba que se rieran de ella, sobre todo considerando que había estado tratando sinceramente de ayudarlo. Los ojos violetas resplandecieron con súbita irritación y ella dijo, molesta:

—¡Pues me doy cuenta perfectamente! ¡También disfruta siendo grosero y antipático! Puede estar seguro, señor Santana, de que en el futuro trataré de esquivarlo.

—¿Me estás desafiando, inglesa? —preguntó él por lo bajo, inclinando la cabeza hacia ella. Elizabeth tuvo la absoluta certeza de que iba a besarla.

Con el corazón estallándole en el pecho, ella se apartó todo lo que el brazo de él le permitía.

—¡No, no, por supuesto que no! —murmuró, y agregó con fastidio—: ¿Por qué no deja de llamarme «inglesa»? Soy la señora Ridgeway y será mejor que lo recuerde.

Por la forma en que frunció los labios, Elizabeth se dio cuenta de que eso no le había gustado, pero como el vals estaba terminando, Rafael se limitó a encogerse de hombros y unos instantes más tarde la dejó junto a Stella. Con tono burlón, comentó:

—Muchas gracias, señora Ridgeway. Stella, amiga, ya puedes dejar de preocuparte. Te he devuelto a tu corderito. ¡Ileso!

—¡Pero sólo porque has querido! —replicó Stella con ironía—. Y quizá —agregó con suspicacia—, ¿también porque tu mujer está aquí?

Ante la palabra «mujer» Elizabeth sintió que el corazón se le iba a los pies, pero no comprendió por qué la noticia de que él era casado tenía que tener ese efecto sobre ella. También ella era una mujer casada y no tenía por qué tener ideas románticas respecto de otros hombres, pero descubrió que el hecho de que él tuviera una esposa le desagradaba intensamente. «Deja de comportarte como una estúpida —se dijo en silencio—. Dentro de una o dos semanas estarás en Natchez y probablemente jamás vuelvas a verlo.» Rafael no respondió al evidente desafío de Stella, sino que sólo sonrió, enfureciéndola aún más y se alejó. Mientras lo miraba atravesar el salón, Elizabeth le ordenó a su rebelde corazón: «¡Olvida a Rafael Santana!»

Durante el tiempo que permanecieron allí, Elizabeth trató desesperadamente de hacerlo. Pero por desgracia parecía que las facciones sardónicas de Rafael Santana se le habían grabado de forma indeleble en la mente, y si perdía la concentración sólo por un instante, el rostro moreno y burlón se aparecía ante ella. Por fortuna, no tuvo que soportar su presencia turbadora durante mucho tiempo. Stella dejó pasar un vals más antes de decir:

—Realmente, creo que deberíamos marcharnos ya. Si buscas a un criado para que nos traiga los abrigos, trataré de encontrar al vagabundo de mi marido.

Contenta de poder irse y deseando estar a solas para analizar las perturbadoras emociones que le había despertado ese hombre tan poco galante, Elizabeth abandonó el salón de baile con paso rápido. Encontró a una criada casi de inmediato y un momento más tarde se halló en el pequeño recinto donde habían sido depositados los abrigos de los invitados. La criada vaciló y adivinando que estaría ocupada con otras tareas, Elizabeth le dijo con una sonrisa:

—Gracias. Yo buscaré nuestras capas. Puedes irte ya.

La mujer negra sonrió y tras una rápida reverencia se marchó. Elizabeth se volvió y comenzó a buscar su capa y la de Stella. Encontró la suya de inmediato, pero le llevó unos momentos descubrir el chal de casimir de Stella. Acababa de verlo debajo de otras prendas cuando un leve sonido le hizo levantar la mirada.

Al ver a Rafael Santana apoyado con descuido contra la puerta cerrada, quedó totalmente paralizada. Esa puerta había estado abierta unos minutos antes y debió de haber sido el ruido de ésta al cerrarse lo que le hizo levantar la vista. Obligándose a actuar con calma, preguntó con su aire más altanero:

—¿Qué cree que está haciendo? ¡Abra esa puerta de inmediato!

Los ojos grises le recorrieron el rostro. No hubo rastros de ironía en la voz de él cuando dijo bruscamente:

—Quiero verte otra vez. ¿Vendrás a mi encuentro?

Elizabeth tragó con fuerza. Lo que él le estaba pidiendo era impensable y hasta ella, joven e ingenua como era, lo sabía. Una mujer casada no se cita con un hombre que no sea su marido. Fingiendo deliberadamente no haber comprendido, dijo con voz nerviosa:

—Me quedaré con Stella hasta mañana... No creo que ella se oponga a que usted venga de visita.

Él murmuró con sorna:

—Querida, no quiero encontrarme contigo bajo la mirada vigilante de Stella. ¡Quiero verte a solas y lo sabes muy bien! Ahora, dime dónde podemos encontrarnos en privado.

—¿Por qué? —preguntó ella sin aliento, tratando de ganar tiempo, deseando que alguien abriera esa puerta e interrumpiera ese encuentro y, al mismo tiempo, temiendo desesperadamente que alguien lo hiciera.

—Creo que sabes por qué —declaró él, apartándose casi con rabia de la puerta.

Al primer movimiento de él, Elizabeth dio un paso atrás, aferrando el chal de Stella contra su pecho, como si fuera a protegerla del hombre alto y apuesto que se cernía sobre ella. Estaba asustada y al mismo tiempo se sentía embriagada por una peligrosa excitación.

—No se acerque... —balbuceó, mientras él se acercaba.

—Sí, lo haré —la amenazó Rafael en voz baja y sus manos se cerraron alrededor de los hombros blancos y delgados de ella—. Pienso acercarme mucho más, inglesa. Lo más que pueda.

Hipnotizada, perdiéndose en las profundidades de esos implacables ojos grises, vio sin poder hacer nada cómo él inclinaba la cabeza y luego, a pesar de sí misma, cerró los ojos, borrando la imagen del rostro duro de Rafael.

La boca tibia y exigente de él se apoderó de la suya y Elizabeth hizo un intento involuntario de escapar. Al sentir la resistencia de ella, Rafael la aferró con más fuerza, apretándola contra su cuerpo firme. El beso se tornó más profundo. La besó largamente, y durante esos momentos interminables, Elizabeth comprendió que hay besos y besos. Más tarde recordaría con vergüenza que tras esos primeros segundos, él nunca la obligó a nada.

Las manos de Rafael descendieron hasta la cintura de ella, atrayéndola aún más cerca, aparentemente más cerca de lo que ella y Nathan habían estado en la cama esa noche, y de pronto Elizabeth se dio cuenta de que esto era lo que había deseado durante toda la noche. Al parecer, Rafael también lo había deseado, pues cuando ella se fundió en él, su boca se tornó más apasionada, y alarmada, Elizabeth sintió que los labios de él le separaban los suyos y la lengua masculina se abría paso en su boca.

Nadie la había besado así antes y, sin poder evitarlo, dejó escapar un suave gemido ante el placer que la invadió. Sumergiéndose vertiginosamente en ese nuevo universo de sensaciones físicas, no lo detuvo cuando él inclinó la cabeza para besarle la piel suave que asomaba por encima del escote del vestido, ni se resistió cuando la mano de él le tomó un seno y se lo acarició. La boca de Rafael volvió a apoderarse de la suya y Elizabeth perdió la poca razón que le quedaba. Esto era lo que había querido durante tanto tiempo: ¡que alguien la deseara! Nada tenía significado ahora: ni Nathan, ni las promesas matrimoniales ni el lugar en que se encontraban; sólo tenía conciencia de este hombre alto, moreno y peligroso que la tenía entre sus brazos y que le estaba enseñando qué eran la pasión y el deseo.

Fue Rafael el que finalmente se apartó de ella. Perdida en su mundo de ensueño y sensualidad, Elizabeth lo miró, aturdida, cuando él retrocedió bruscamente. Los ojos violetas, oscurecidos por la pasión virgen, se clavaron en el rostro de él y Rafael hizo una mueca irónica mientras decía:

—¡Creo que ahora sabes por qué quiero verte a solas!

En ese instante, Elizabeth recuperó la razón, que la golpeó como un chorro de agua fría. Avergonzada por su actitud y sin ni siquiera querer pensar en lo que había sucedido, le dio la espalda y exclamó:

—Creo que ha olvidado que ambos estamos casados... y no el uno con el otro.

Rafael maldijo en voz baja y luego la hizo girar con dureza.

—¡Por el amor de Dios! ¿Qué tiene eso que ver con nosotros? No amas a tu marido... ¡y no me mientas diciéndome que sí! La mujer que tengo me la eligió mi abuelo y siente tan poco amor por mí como yo por ella. Así que dime, ¿a quién lastimamos al desearnos?

—¡No está bien! —susurró ella, obstinadamente.

—¿Bien? —repitió él—. ¿Y con eso qué? Inglesa, te deseo y hace un momento tú también me deseabas. ¡No tengo intención de aceptar que me rechaces nada más que porque te parece que no está bien!

Estaba muy atractivo allí de pie frente a ella. Tenía el pelo despeinado cayéndole sobre la frente y los ojos grises habían cobrado vida y tenían una expresión que ella jamás había visto antes, pero en su rostro había rabia; las gruesas cejas negras y la boca tensa eran prueba de ello. Elizabeth sintió un loco deseo de arrojarse entre sus brazos y suavizar esa ira. Pero unos instantes entre esos brazos le habían enseñado que él tenía un extraño poder sobre ella y era necesario resistir la tentación. Mirándolo a los ojos, Elizabeth preguntó:

—¿Pretende que crea que se ha enamorado de mí?

Los ojos grises volvieron a quedar vacíos y helados.

—¿Enamorarme? —terció—. No, inglesa, no te amo... ¡ni a ti ni a nadie! Pero sí te deseo y he descubierto que el deseo sirve tan bien como el amor.

Angustiada, Elizabeth bajó la mirada. Ni siquiera sabía qué habría hecho si él le hubiera dicho que la amaba.

—Váyase —dijo en voz baja—. No quiero volver a verlo nunca. Usted es un hombre peligroso, señor Santana, y creo que será mejor que vaya a buscar a su esposa y le diga que la desea.

Con una mueca amarga en la boca, él replicó:

—Si lo hiciera, correría gritando en busca de su confesor. Verás, Consuelo sólo soporta el lecho matrimonial... no lo disfruta ni trata de ocultar el hecho de que me encuentra repugnante. —Sonrió con sorna y agregó—: Es la sangre comanche, sabes. Consuelo piensa que no es digna de su noble estirpe. —La sonrisa desapareció de su rostro y Rafael dijo con un tono de voz casi avergonzado—: Inglesa, no hago esto con todas las mujeres, a pesar de lo que hayas podido oír de mí. Eres muy hermosa y yo...

No pudo terminar lo que iba a decir, pues en ese momento la puerta se abrió con tanta violencia que golpeó como un cañonazo contra la pared. Una mujer española, con los ojos llameantes de malicia, se detuvo en el umbral. Echó una mirada al espectáculo ante sus ojos y comenzó a gritar:

—¡Ajá! ¡Lo sabía! ¡Ay de mí! ¡Que tenga que verme humillada de esta forma!

Rafael, con el rostro pálido de ira, atravesó la habitación de un salto y arrastró a la mujer histérica hacia dentro. Pasando por alto la lucha casi demencial de ella por liberarse, siguió aferrándola con fuerza. Cuando habló, su voz sonó como un látigo.

—¡Basta, Consuelo! ¡No hagas un escándalo del que aun tú te arrepentirás!

—¡Ay, ay! Dime por qué estás aquí con esta mujer —le exigió ella, apuñalando a Elizabeth con los ojos.

—¿Si lo hago, dejarás de gritar? —quiso saber él con tono resignado.

Ella asintió de mala gana y se liberó de las manos de Rafael. Irguiéndose con altivez, miró a Elizabeth con desdén. La muchacha estaba paralizada en el centro de la habitación.

—Eres una pobre criatura pálida y delgada, ¿no es así? —se burló—. Tan pálida y desabrida que te ves obligada a robar los maridos de otras mujeres.

—¡Eso no es cierto! —exclamó Elizabeth al borde de las lágrimas. Esto era lo único que faltaba para que una velada agradable se convirtiera en un infierno. Había estado mal en permitir que Rafael la besara, pero era cierto que ella no le había tendido ninguna trampa. Los ojos suplicantes de ella se volvieron hacia él.

Él le dirigió una mirada extrañamente reconfortante y le habló a Consuelo con voz helada.

—Déjala fuera de esto, señora. No ha hecho nada y si quieres descargar tu ira, descárgala sobre mí. Ella es inocente y no quiero que la calumnies con tu lengua vil.

Consuelo resopló, fastidiada ante las palabras de él, pero sin querer discutir.

—¡Bah! Qué me importa lo que hagas... ¡pero no permitiré que me humilles! Si quieres tener tus rameras, hazlo, pero ¡mantenlas lejos de mí!

—Consuelo, si dices una sola palabra más contra ella, te cortaré ese cuello largo y pálido del que tanto te enorgulleces —murmuró Rafael con letal suavidad.

—¡Ja! Esperaba que me amenazaras... ¿qué otra cosa podía hacer un bárbaro como tú? ¡Es despreciable que yo, con la más noble sangre de España fluyéndome en las venas, tenga que verme humillada y degradada con un marido como tú!

Observándolos en silencio, Elizabeth tuvo la impresión de que Consuelo frecuentemente le espetaba eso a Rafael y sintió pena por él. Él vio la expresión en los ojos de ella y un músculo se tensó en su mandíbula.

—No —dijo en voz baja—. No vuelvas a mirarme así nunca más.

De inmediato, Elizabeth bajó la mirada, espantada por la ira que había iluminado los ojos grises. Él detestaba la compasión y odiaría a cualquiera que se la demostrara.

—¿Qué demonios está sucediendo aquí? —preguntó Stella desde la puerta—. Estoy esperándote desde hace horas, Elizabeth. ¿La criada no ha encontrado nuestras cosas?

—N... no. Las he encontrado yo. Están aquí —respondió Elizabeth débilmente, preguntándose cuánto habría escuchado Stella y qué pensaría al verlos a los tres en la habitación.

—Ah, hola, doña Consuelo. ¿Disfrutó de la velada? —murmuró Stella con tono cortés.

Consuelo le dirigió una mirada venenosa. No era una mujer particularmente hermosa, pues tenía una nariz prominente y una boca de labios finos y duros, de modo que era casi fea.

—¡Debía haber imaginado que se trataría de una amiga suya! —dijo Consuelo con rabia—. Parece que no hay nadie en esta tierra que no sea ordinaria y vulgar y sin ningún tipo de moral.

—Vaya, ¿qué quiere decir con eso? —preguntó Stella frunciendo el entrecejo con fastidio.

—¡Como si no lo supiera! —le espetó Consuelo—. Sin duda usted la alentó, deseando humillarme.

Stella sonrió con dulzura.

—Oh, no, señora, usted se humilla sola con mucha frecuencia; ¡por cierto que no necesita que yo la ayude a hacerlo! Y le agradecería que dejara a Beth fuera de toda discusión que pueda querer tener conmigo o con su marido.

—Si estuviéramos en España... —comenzó a decir Consuelo con rabia, pero el «¡Basta ya!» furioso de Rafael, la hizo callar.

Él miró a Stella con desesperación y dijo:

—Stella, amiga, ¿quieres llevarte a la pequeña? —Con dificultad, agregó—: Siento que esto haya tenido que suceder.

El rostro de Consuelo estaba lívido de ira.

—¡Te disculpas con ellas! —gritó—. ¿Y yo? ¿Acaso no soy tu esposa? ¡Soy yo la que me merezco una disculpa por parte de todos los que están en esta habitación! ¡La exijo!

Los labios de Rafael estaban tensos por la furia.

—¡Basta, Consuelo! ¡No hagas que esto sea aún más desagradable de lo que es!

—¡Ay! ¡Ay! Debí haber esperado esto de ti. Permites que me insulten de esta manera y no haces nada para mitigar mi vergüenza, mi dolor. Eres realmente un salvaje, Rafael. ¡Un salvaje comanche sucio y ruin, igual que tu abuela!

—Basta, Consuelo —terció él con tranquilidad—. Detente antes de que pierdas el control.

—Y si no me detengo, ¿qué harás? ¿Me matarás? Te gustaría hacerlo, ¿no es así? —le espetó ella con furia—. ¡Me pregunto por qué hasta ahora no has contratado alguno de tus estúpidos salvajes para que te liberara de una esposa como yo!

Los ojos de Rafael estaban casi negros por la ira. Extendió la mano y tomó a Consuelo de la muñeca con fuerza.

—Quizá lo haga —replicó con crueldad—. ¡Me sorprende no haber pensado en eso hasta ahora! —Luego, como si no pudiera tolerar verla ni un segundo más, le soltó la muñeca con violencia y salió de la habitación.

5

Elizabeth no supo con seguridad qué sucedió después, porque su mente no se aclaró hasta una hora más tarde, cuando vestida con un suave camisón se sentó sobre la cama en la casa de la Avenida Esplanade para beber una taza de chocolate caliente. Llevaba el pelo recogido en dos largas trenzas que le llegaban hasta los senos. Stella estaba con ella bebiendo chocolate recostada en un extremo de la cama.

—¿Quieres hablar de eso? —preguntó en voz baja. Elizabeth esbozó una sonrisita.

—No hay nada de que hablar. El señor Santana me siguió hasta el guardarropa y su mujer nos encontró allí. Ya sabes el resto.

Sin mirar a Elizabeth, Stella preguntó con cautela:

—¿Consuelo tuvo motivos para enfurecerse?

—Supongo que sí —admitió Elizabeth con expresión culpable—. El señor Santana me besó, pero cómo lo supo ella, no lo sé. —Con expresión angustiada, agregó en voz baja—: Estaba mal, lo sabía, pero nunca he conocido a nadie como él, Stella. No podría haberlo detenido, y lo más horrible de todo es que ¡no quería hacerlo! —Emitió un suspiro triste—. Debo de ser una mujer muy casquivana. ¿Por qué otra razón permitiría a un desconocido tanta intimidad?

—¡Dudo que tú le hayas permitido algo a Rafael Santana! —respondió Stella con humor—. Conociéndolo, querida, no tenías ni la más mínima posibilidad de salvarte si él había decidido besarte. Siento que se haya tomado tanta libertad y sobre todo lamento que Consuelo haya armado tanto escándalo. Mañana le gritará la historia a todo aquel que quiera escucharla y, por desgracia, ¡hay más de uno que querrá hacerlo! Estoy segura, también, de que exagerará bastante la historia. Sólo espero que tu marido no decida retar a un duelo estúpido a Rafael. ¡Eso sería el colmo!

Los labios de Elizabeth comenzaron a temblar y ella supo que en un instante estaría llorando como una niña. Tratando de ocultar su angustia creciente, tragó con dificultad y murmuró:

—¡Ay, Stella, qué embrollo tan horrible es éste! No quiero ser el blanco de chismes, ¡ni quiero que Nathan se bata en duelo por mí! Y hubiera dado cualquier cosa para que el señor Santana no me siguiera. Pero más que eso, deseo que Nathan hubiera estado conmigo y que tuviéramos la relación fácil y cómoda que tenéis tú y Juan.

Stella la miró con afecto.

—Vamos, querida, no te pongas así. Tú y Nathan estaréis muy bien. Todo lo que necesitáis para ser un buen matrimonio es tiempo. Mira, apuesto a que dentro de unos meses recordarás esta conversación y te preguntarás cómo pudiste ser tan tonta. Y, en cuanto a Consuelo, esperemos que Rafael pueda convencerla de no armar un escándalo. El único que puede persuadirla es él. —Stella vaciló y **prosiguió** con tono levemente preocupado—: Desearía que Juan y yo no tuviéramos que marcharnos pasado mañana. Sin nosotros, no habrá nadie excepto Rafael para rebatir las mentiras de Consuelo. Lo que no queremos es que ella forme un escándalo tan grande que llegue contigo hasta Natchez.

Horrorizada, Elizabeth balbuceó:

—Pe... pero ¿por qué habría de hacerlo? Odia a Rafael, hasta yo me di cuenta. ¿Para qué querría calumniarme y revelar el hecho de que él encuentra a las demás mujeres más atractivas que ella? ¡Si yo encontrara a Nathan en una situación comprometedora, por cierto que no querría que todo el mundo se enterara!

—Tampoco lo desearían la mayoría de las mujeres. Pero claro, tienes que comprender a Consuelo Valdez de Santana —respondió Stella con ironía. Se habría detenido allí, pero Elizabeth dijo en voz baja:

—Sigue, por favor... Me gustaría saber cómo pudo casarse con una mujer así. ¿Cómo pudo amarla?

Stella hizo una mueca burlona.

—Ése es exactamente el problema, mi vida. Fue un casamiento arreglado. Verás, a pesar de la abuela mestiza, la familia de Rafael es muy rica y aristocrática. La historia es larga, pero básicamente esto es lo que sucedió. Rafael y su madre, doña Faith, fueron capturados por los comanches cuando Rafael tenía alrededor de dos años.

La exclamación angustiada de Elizabeth hizo que Stella se interrumpiera y la mirara.

—Querida, no te escandalices así; los comanches siempre toman rehenes y roban mujeres y niños con regularidad. Nadie sabe cuántos prisioneros blancos tienen los comanches y es algo que todas las mujeres de la frontera temen. Casi nunca se vuelve a saber de ellos, pero en ocasiones, como en el caso de la madre de Rafael, se tienen noticias. —Stella frunció el entrecejo mientras trataba de recordar el orden de los acontecimientos—. Oí el cuento de boca de mi madre muchas veces, pero nunca recuerdo cuánto tiempo pasó hasta que un mestizo comanche llegó a San Antonio y habló de la muerte de doña Faith. Creo que fue dos años más tarde y él dijo que había muerto un año antes. En cualquier caso, estaba muerta, pero él había visto al niño, Rafael, y dijo que había sido adoptado por una familia comanche y que estaba muy bien.

Maravillada, Elizabeth preguntó:

—¿Nadie trató de encontrarlo? No lo dejaron allí tan fácilmente, ¿verdad?

Stella hizo una mueca.

—Beth, es tan difícil explicar... Hay muchos ataques de comanches y van de un lado a otro de forma constante. Las distancias son muy grandes, algunas zonas todavía no han sido exploradas por los blancos y es casi imposible encontrarse con ellos... en circunstancias amistosas. Es como si los prisioneros desaparecieran de la faz de la Tierra; algunos pasan a otros grupos o tribus y otros sencillamente mueren. Los Santana tuvieron suerte al enterarse de que doña Faith había muerto. A veces pasan años hasta que alguien sepa qué suerte corrieron los prisioneros. —Con voz sombría, agregó—: Otras veces, eso nunca sucede.

—¿Y qué sucedió luego? Una vez que supieron que doña Faith estaba muerta y que Rafael seguía vivo, ¿qué hicieron? —quiso saber Elizabeth.

—Nada. Creo, y también lo creen muchas otras personas, que don Felipe estaba muy contento con la situación. Por cierto, que perdió poco tiempo en arreglar otro matrimonio conveniente para don Miguel, el padre de Rafael. Ese matrimonio, debo decir, produjo sólo niñas, para gran fastidio de don Felipe.

—¿Y? —la alentó Elizabeth con impaciencia. Quería saber más sobre Rafael.

—Bien, cuando se volvió evidente que no habría un heredero, don Felipe comenzó a pensar en el nieto robado por los comanches. No sé cómo lo logró; todos creen que fue a través de ese mismo mestizo que entraba y salía de San Antonio todo el tiempo, pero don Felipe finalmente logró rastrear a Rafael y lo hizo capturar por sus hombres. Fue arriesgado y peligroso, pero don Felipe estaba decidido. Su orgullo español quería un heredero y aun uno con sangre comanche en las venas y criado por los comanches serviría a sus propósitos.

Con la voz llena de compasión por el joven Rafael, Elizabeth preguntó en voz baja:

—¿Y Rafael? ¿Cómo se sintió? ¿Fue feliz al reunirse con su familia?

—Rafael era, para todos, poco más que un animalito —admitió Stella de mala gana—. Les llevó casi tres años «domesticarlo» en el rancho de la familia antes de que don Felipe sintiera que era prudente enviarlo a España para proseguir con su educación y capacitación. Fue mientras estaba en España cuando su abuelo arregló el casamiento con la familia de Consuelo. Tanto Consuelo como Rafael se vieron obligados a ceder ante la presión familiar, desafortunadamente para ellos. Siempre me pregunto —musitó Stella con aire pensativo— qué presión pudieron haber ejercido sobre Rafael para que aceptara casarse con ella. Lo único que se me ocurre es que su abuelo hubiera amenazado con algún tipo de represalia contra los comanches, quizá nombró específicamente a la familia que crió a Rafael. Debió de haber sido algo drástico para que él accediera a casarse con Consuelo.

—¿Cómo sabes tanto acerca de la familia de Rafael? —preguntó Elizabeth, frunciendo el entrecejo—. No creo que lo que me estás diciendo lo sepa todo el mundo.

Stella sonrió.

—Ahí es donde te equivocas. ¡Todos en San Antonio saben acerca de Rafael Santana! Cuando su madre fue capturada por los comanches, no fue posible ocultarlo, como tampoco lo fue cuando Rafael regresó... aunque nadie supo eso hasta casi un año más tarde. ¡Ni siquiera su padre estaba al tanto de las actividades de don Felipe! Por una u otra razón, Rafael siempre fue blanco de habladurías... ¡aun desde antes de nacer!

—Pero ¿por qué? —preguntó Elizabeth, perpleja.

Stella se puso seria y respondió:

—Verás, don Felipe nunca perdonó a su hijo por casarse con la hija de una mestiza comanche y un trampero americano. Todos sabían cómo se oponía don Felipe al matrimonio y pienso —por lo que me ha dicho mi madre— que el casamiento hizo hablar al poblado durante varias semanas. Don Felipe no lo prohibió, pero hizo todo lo posible para impedirlo. Y desde entonces todo lo que le sucede a Rafael es motivo de chismes, al igual que todo lo que él hace.

—Debe de ser duro para él saber que, haga lo que haga, todos hablarán de él.

—¡Ja! ¡No para el Renegado Santana! ¡No le importa lo que dice la gente! Lo primero que hizo cuando regresó de España fue desaparecer con los comanches durante un año. Luego, con toda la riqueza y el poder de la familia Santana detrás de sí, no se le ocurre nada mejor que unirse al viejo Abe Hawkins, su abuelo materno, y cazar caballos salvajes hasta que murió Abe, un par de años atrás. —Stella esbozó una sonrisa extraña—. Casi lo admiro por eso. Todo lo que tiene, excepto lo que heredó de Abe, se lo ganó y, para gran furia de don Felipe, se niega a vivir la vida que don Felipe cree adecuada para su heredero. —La sonrisa de Stella se ensanchó—. ¡Cuando Rafael se unió a los texanos en su rebelión contra México, todos creyeron que el viejo moriría de ira! —La sonrisa se esfumó y Stella volvió a ponerse seria—. La unión de Rafael a los texanos fue una sorpresa para mucha gente, incluyendo a varios texanos, aunque hay algunos que se alegran de que lo hiciera, entre los cuales está Sam Houston.

—¿Y cómo se mezcla Consuelo en su vida? —preguntó Elizabeth con estudiada indiferencia.

—¡No se mezcla! —respondió Stella con una mueca—. Viven separados desde hace bastantes años. El matrimonio ya se había terminado cuando regresaron de España hace cuatro años y, desde entonces, está peor. Rafael la evita, y con razón: ¡Es odiosa!

Elizabeth frunció el entrecejo.

—Pero si la situación es ésa, ¿por qué está ella aquí en Nueva Orleans con él?

—Sí, está aquí, ¡pero no con él! Y apuesto a que don Felipe está detrás de todo. —Al ver la mirada interrogante de Elizabeth, agregó—: Quiere un bisnieto y ¿cómo va a conseguirlo si Consuelo y Rafael no están juntos?

Elizabeth se ruborizó y dijo con dificultad:

—¿A Rafael no le importa fastidiar a su abuelo?

—¡Le encanta! Ciertamente disfruta viéndolo ponerse rojo de ira cuando oye sus últimas andanzas. Hay tanto odio entre ellos que a veces me pregunto cómo terminará todo. Si Rafael no fuera el único heredero varón de don Felipe, temería por su vida.

—¡Su abuelo no lo mataría! No puedo creer eso, Stella. Sin duda estás exagerando.

—No conoces a don Felipe, y si don Miguel tuviera otro hijo de su segunda mujer, la vida de Rafael no valdría un penique. A veces me pregunto quién lo odia más, si su mujer o su abuelo.

—¿Es por eso por lo que Consuelo propagaría mentiras sobre él? ¿Para lastimarlo?

—En parte, sí. —Stella tenía una expresión pensativa—. Y en parte, creo que es para hacerte quedar mal ante los ojos de Rafael, creo.

—¿A mí? —exclamó Elizabeth—. ¿Para qué querría hacerlo? ¿Especialmente cuando ella no lo quiere?

—Ah, allí está el secreto. Verás, ella no quiere a Rafael, ni oculta el hecho de que no soporta que la toque. Razón por la cual con frecuencia perdona a las diversas mujeres que comparten la cama de él; eso también lo sabe todo el mundo. A veces siento deseos de estrangular a Rafael por la forma en que se pavonea con sus conquistas. Pero si bien Consuelo no quiere a Rafael para sí, él es su marido y no desea que tenga una relación permanente con otra mujer. Puede tolerar una ramera, pero no a alguien que podría significar algo para él. Y querida, lamento decírtelo, pero aunque Rafael es un famoso mujeriego, debo admitir que eres la primera muchacha inocente con quien coquetea. Por lo general, sus aventuras son con mujeres casadas y maduras que saben perfectamente bien en qué se están metiendo. Normalmente, no demuestra interés por alguien tan joven e ingenua como tú. —Stella frunció el entrecejo y admitió con lentitud—: Y eso es lo que me preocupa. Si Consuelo piensa que eres distinta, que hay algo más que el mero deseo físico que motiva a Rafael, hará todo lo posible no sólo para destruirte a ti, sino también el interés que pueda tener él. ¿Comprendes por qué estoy preocupada?

Elizabeth asintió. Los ojos violetas parecían enormes y atemorizados. Con voz temblorosa, murmuró:

—¡Ojalá no hubiera asistido a ese baile! Pero más que nada, desearía que tú no tuvieras que marcharte. ¿Qué haré, Stella?

—¡Vamos! —respondió ésta con tono alentador—. Probablemente exageré toda la situación y no haya nada que temer. Rafael, sin duda, aplacará las sospechas de Consuelo y, si tenemos suerte, lo que sucedió esta noche entre tú y Rafael no pasará a mayores. Y si sucede lo peor, aférrate a la idea de que pronto tú y Nathan partiréis de Nueva Orleans y dejaréis atrás cualquier escándalo. A decir verdad, no creo que ella pueda armar demasiado escándalo con lo poco que descubrió esta noche. Recuerda, todo lo que realmente sabe es que tú y Rafael estuvisteis a solas en el guardarropa durante unos minutos, y aunque tiene una lengua venenosa, eso es todo lo que podrá decir al respecto.

—Eso espero —terció Elizabeth sombríamente—. ¡Qué final tan horrible para mi primer baile! Creo que jamás podré volver a asistir a uno sin recordar lo que sucedió en éste.

—No seas tan dramática, mi vida —la reprendió Stella—. En un año no recordarás nada de esto. Ahora vete a dormir y no pienses más. Es decir, piensa sólo en cosas agradables, en lo mucho que te estabas divirtiendo hasta que apareció Rafael.

—Tienes razón —admitió Elizabeth con expresión culpable—. Estoy convirtiendo esto en una gran tragedia; dejaré de hacerlo de inmediato.

—¡Bien! Te veré por la mañana, Beth. Que descanses.

Elizabeth se despertó poco después de las diez y descubrió que era una hermosa mañana. Se tomó tiempo para vestirse, de modo que no fue hasta pasadas las once cuando bajó la escalinata en busca de Stella. Fue hasta el salón donde habían cenado la noche anterior y allí encontró una criada que le dijo que el señor y la señora Rodríguez habían salido, pero que doña Stella regresaría en un momento. Mientras tanto, ¿desearía la señora Ridgeway beber chocolate caliente con medialunas frescas? ¡Por cierto, que la señora Ridgeway lo deseaba!

Así fue que Stella encontró a Elizabeth saboreando los dulces más delicados que había probado en su vida, cuando regresó media hora más tarde.

—Vaya, te has levantado antes de lo que esperaba. Había imaginado que dormirías hasta la tarde. ¿Los sirvientes te dieron todo lo que necesitabas?

—Sí, sí. ¿Y qué te hace pensar que yo dormiría hasta la tarde, cuando es obvio que tú has estado levantada desde temprano? —preguntó Elizabeth con una sonrisa.

—Ah, pero yo tenía cosas que hacer —replicó Stella con tono misterioso. Los ojos oscuros tenían un brillo divertido.

Presintiendo de inmediato cuáles habían sido esas cosas, Elizabeth preguntó con ansiedad:

—¿Te refieres a lo que sucedió anoche?

—Sí. Y deja ya de preocuparte. Fui a ver a Margarita Costa esta mañana con el pretexto de que había perdido un guante anoche y, mientras buscábamos, chismorreamos sobre Consuelo. ¡No creo que tengas motivos para preocuparte! Aparentemente, Consuelo no dijo nada anoche, y si iba a decir algo, ése era el momento para hacerlo. Margarita me hizo muchos cumplidos acerca de ti, cosa que no hubiera hecho si Consuelo hubiera esparcido rumores. —Con expresión satisfecha, Stella agregó—: También logré transmitir, con mucha cortesía, que por alguna extraña razón no le caíste en gracia a Consuelo Santana y que Margarita no tenía que creer cualquier historia que ella pudiera contarle. ¡Margarita tampoco simpatiza con Consuelo! De modo que aunque Juan y yo partamos mañana, Margarita ayudará a contrarrestar el veneno que pueda escupir Consuelo.

—¡Ay, Stella, qué buena eres conmigo! Te echaré mucho de menos. ¡Ojalá tu visita a la ciudad estuviera a punto de comenzar y no de concluir!

La expresión de Stella se suavizó.

—Lo sé, chiquita, lo sé. Parece injusto, ¿no es así? Pero no te preocupes. Juan y yo regresaremos en unos años y, además, quién sabe... ¡algún día quizá vengas a Santa Fe!

Con esa idea en la mente, fue casi con alegría como Elizabeth despidió a su amiga al día siguiente. Nathan estaba a su lado; había cancelado una cita con el sastre para poder conocer a los Rodríguez. Stella no se sintió impresionada por él, pero vio que Nathan sentía afecto por su joven esposa y eso le dio esperanzas de que todo estaría bien para Beth.

Mientras regresaban al hotel, Nathan se disculpó otra vez por no haber podido conocer antes a los Rodríguez.

—Lamento no haber podido asistir a la cena y al baile la otra noche, querida. ¡Espero que puedas perdonarme! Si me lo hubieras hecho saber antes, podría haber arreglado las cosas de otra forma.

—No hay problema, Nathan. No me molestó, de veras, pero hubiera sido mucho más agradable si hubieras estado allí —respondió Elizabeth con total sinceridad. Todavía no podía pensar en el baile sin sentir un estremecimiento de culpa y algo de temor.

Los ojos grises de Nathan la miraron con bondad y él murmuró:

—Quizá fue mejor que no estuviera contigo. Tú y tu amiga, Stella, seguro que tuvisteis mucho tiempo para conversar y reíros, y creo que no necesitabas que tu marido anduviera merodeando por allí.

Elizabeth replicó con un comentario alegre; no sentía deseos de hablar más de la visita de Stella o de lo que había sucedido. Y Nathan, naturalmente perceptivo, lo supuso y cambió de tema. Disfrutaron de un delicioso almuerzo en un pintoresco restaurante que él descubrió y luego caminaron de regreso hasta el hotel. Nathan echó una mirada a su reloj y exclamó con sorpresa:

—¡Vaya! Son más de las dos y tengo que encontrarme con un sujeto a las dos y media por un asunto de un caballo de carreras que me interesa. Sé que debes creerme un marido muy informal, pero ¿te importaría mucho si te dejo por tu cuenta el resto de la tarde y gran parte de la noche? —Esto último fue dicho con expresión algo culpable.

Sintiéndose casi feliz ante la idea de pasar varias horas a solas, Elizabeth asintió de buen grado.

—No, Nathan, ve. Quizá dé un paseo en coche por la ciudad más tarde, pero creo que disfrutaré de un descanso en mi habitación. ¿Regresarás muy tarde?

—No lo sé. Aparentemente, este caballo está en un lugar a bastante distancia de aquí, de modo que quizá cenemos en una hostería por el camino. Creo que llegaré antes de la medianoche. ¿Quieres que te despierte?

—No. Te veré por la mañana, entonces —replicó Elizabeth en voz baja.

Nathan la acompañó al hotel y se marchó al cabo de unos minutos. Ella se sintió inexplicablemente aliviada al verlo irse y se retiró a descansar en su habitación para disfrutar de una copia del *Libro de Godey para Damas*. Se encontraba hojeando la revista cuando un criado privado con librea negra y dorada la interrumpió. Al principio ella se limitó a escuchar con cortesía el mensaje, pero agrandó los ojos al oír que Consuelo Santana la invitaba a reunirse con ella esa misma tarde. «¿Por qué? —pensó Elizabeth perpleja—. ¿Por qué quiere verme? ¿Tendré que ir? ¿O será mejor rechazar la invitación?» Se mordió el labio con nerviosismo, contemplando al sirviente que se retiraba. Quizá fuera mejor, decidió finalmente.

La dirección donde debían encontrarse le resultó desconocida, pero como ella era una extraña en Nueva Orleans, no le importó. Dejó una nota para Nathan, diciéndole brevemente que había sido invitada a visitar a una dama a la que había conocido en el baile. Le dijo lo mismo a Mary y luego, decidida a convencer a Consuelo Santana de que no había nada entre ella y Rafael, le pidió al portero del hotel que le consiguiera un carruaje.

Si al conductor del coche le resultó sorprendente que una dama quisiera que la llevaran a los suburbios de la ciudad, donde los caballeros de Nueva Orleans mantenían a sus amantes mulatas, su rostro no lo reflejó. ¿Quién conocía los gustos de los elegantes? No obstante, cuando se detuvieron delante de una encantadora casita rodeada por un cerco, vaciló.

—Ejem... señora, ¿le gustaría que la esperara?

Elizabeth, tranquilizada por la apariencia prolija y bien cuidada de la casita y por el aire respetable de la zona, le sonrió con confianza.

—No, no será necesario. Verá —agregó con encanto—, no sé cuánto tiempo me quedaré, pero estoy segura de que la dama a la que voy a visitar podrá conseguirme un coche cuando me marche. Muchas gracias, de todos modos.

Él se encogió de hombros y azuzó al perezoso caballo gris. Elizabeth lo vio irse con repentino nerviosismo. Quizá debió haberle dicho que esperara. Consuelo podía no mostrarse tan amable como ella suponía. Pero luego, irguiendo los hombros delgados, se acercó a la puerta con decisión.

Los golpes a la puerta fueron respondidos por una mujer española muy seria, de edad incierta, y algo atemorizada. Elizabeth dejó que la acompañara hasta una pequeña sala. La casa en sí no era grande, pero estaba decorada con gusto y, aunque a pequeña escala, todo hablaba de dinero bien gastado.

Sobre un sofá tapizado en rosa estaba sentada una mujer. Fue entonces cuando Elizabeth recordó que ésta no era una visita de cortesía.

Apretando los dedos con fuerza alrededor de su pequeño monedero, Elizabeth dijo con amabilidad:

—Buenas tardes, señora. Fue gentil de su parte invitarme.

Sin dejar de mirarla, Consuelo hizo un comentario apropiado y le indicó que se sentara en uno de los sillones frente al sofá. El coraje de Elizabeth se estaba desvaneciendo rápidamente. Había algo atemorizador en aquella figura inmóvil, vestida de color rubí oscuro con bordes de encaje negro. Elizabeth sintió como si estuviera delante de la Inquisición.

Finalmente, Consuelo dijo:

—Fue amable de su parte venir, señora. Creo que tenemos mucho de qué hablar, pero antes de empezar, ¿puedo ofrecerle algo para beber?

Elizabeth estuvo a punto de negarse, pero pensando que la otra mujer podría ofenderse accedió de forma casi efusiva.

—¡Sí, gracias! ¡Sería muy agradable!

Consuelo tocó una campanilla de plata que estaba sobre una mesita, y por la rapidez con que apareció Manuela, la criada, Elizabeth tuvo la impresión de que la mujer había estado esperando la llamada. Regresó casi de inmediato con una tetera de plata labrada. Había té inglés recién preparado y pequeñas tortas cubiertas con azúcar, así como también una jarra de sangría para Consuelo.

—Supuse que siendo inglesa preferiría té, pero si quiere puede compartir mi sangría —dijo, mirando con hostilidad a Elizabeth.

Consuelo no parecía tener prisa alguna por comenzar la conversación y Elizabeth había bebido nerviosamente una taza de té y estaba por la mitad de la segunda cuando se dio cuenta de que estaba demasiado fuerte y tenía un sabor amargo. De todas maneras, lo bebió; al menos tenía algo que hacer mientras Consuelo hacía comentarios triviales.

A medida que pasaba el tiempo y Consuelo seguía sin nombrar a su marido, Elizabeth se sintió cada vez más perpleja. Finalmente ella misma fue la que tocó el tema. Armándose de valor, clavó los ojos violetas en los oscuros y dijo:

—Señora, no quiero ser descortés, pero no creo que me haya hecho venir aquí para hablar de las amenidades que ofrece Nueva Orleans. —Un silencio poco alentador recibió sus palabras, y turbada por la falta de respuesta de Consuelo vaciló antes de continuar con valentía—: Creo que hemos estado evitando el tema que ocupa el lugar más importante en nuestras mentes: su marido. Por favor, señora, créame cuando le digo que nada sucedió entre nosotros —dijo con vehemencia—. ¡Por favor, créame si le digo que nada ocurrió que pueda humillarla o deshonrarnos a cualquiera de nosotros!

Con excepción de una cierta rigidez, Consuelo no dio señales de haber escuchado las palabras sinceras de Elizabeth. Sin ninguna expresión en el rostro altanero, respondió:

—Tiene razón. Ya es hora de que hablemos de la razón de este encuentro. Pero antes, ¿quiere más té?

Elizabeth lo rechazó con impaciencia y sintiéndose de pronto mareada, se tambaleó en el sillón.

—No, gracias. Creo que algo de lo que comí me ha sentado mal, y más té sólo empeorará el error.

—Quizá —respondió Consuelo con la sombra de una sonrisa—. Pero claro, quizá también la situación empeore.

Elizabeth miró a la otra mujer y sacudió la cabeza, pues la vista se le nublaba y veía dos figuras en lugar de una.

—¿Qué...? ¿Qué quiere... decir? —logró preguntar con voz pastosa.

Parecía tener la lengua cubierta con algodón.

—Sólo que el té que ha bebido tenía belladona. Y que, en unos instantes, descubrirá qué quería realmente cuando arreglé este encuentro. —Había tanta maliciosa satisfacción en sus palabras que Elizabeth, luchando por controlar los mareos, sintió un repentino terror.

—¿Por qué? —gritó.

Consuelo arqueó las cejas delgadas y oscuras.

—¿Por qué, señora? Sencillamente porque no quiero que Rafael sueñe con usted. —Con tono afable, prosiguió—: Tuvo muchas mujeres en el pasado y no me preocupé por ellas. No me importa cuántas rameras se lleva a la cama, pero no permitiré que guarde la imagen de otra mujer en su corazón.

—¡Pero si no lo hace!

—Quizá no —continuó Consuelo implacablemente—, pero pienso cerciorarme. He pensado mucho en el asunto y hay varias cosas respecto del incidente que usted y mi marido tratan de minimizar, que no he podido sacarme de la cabeza. —Con ojos relampagueantes de ira, espetó—: ¡Jamás en su vida Rafael hizo un trato conmigo! ¡Nunca! Y sin embargo, para comprar mi silencio, para que yo no cause un escándalo que pudiera involucrarla, accedió a acompañarme a España, algo que se ha negado a hacer durante años a pesar de mis ruegos. Me pregunto por qué será. ¿Y sabe lo que he pensado, pequeña e insignificante criatura pálida? —Consuelo emitió una risa desagradable—. Que él quiere protegerla. Ha tocado una parte de él que nadie ha tocado antes, ni siquiera yo, su mujer. Por esa razón no puedo pasarla por alto como lo hice con otras mujeres. Por eso, debo hacer algo para ensuciarla, para que no signifique nada más que las otras a las que ha conocido.

—¡Señora, está muy equivocada! —exclamó Elizabeth, horrorizada—. Sólo nos conocimos esa noche y estuvimos juntos sólo un momento. ¡No significo nada para él, nada! ¡Tiene que creerme!

—¡Bah! Usted dice eso, pero yo no pienso así. Y tengo intención de hacer algo al respecto.

Elizabeth no supo si era la droga lo que la dejaba tan lánguida o su propia incapacidad para enfrentarse con tanta maldad. En cualquier caso, con una entumecedora sensación de inevitabilidad, preguntó:

—¿No tiene miedo de lo que pueda hacer cuando me marche de aquí? ¿O de lo que pueda hacer mi marido?

Consuelo sonrió y, de alguna forma, eso resultó más aterrorizador que todo lo que había hecho o dicho hasta aquel momento.

—Usted no dirá nada... Y aun si fuera tan tonta como para contarlo, ¿quién la creería? ¿Quién creería que alguien como yo se molestaría por una criatura absurda e insignificante como usted? Además, he tomado precauciones —declaró con satisfacción—. Su marido fue el más fácil de manejar. Supuse que, como la mayoría de los hombres jóvenes, sólo siente interés por los caballos y el juego, y no me equivoqué. El hecho de que con toda facilidad se dejara tentar para ir a ver un caballo lo corrobora. Sólo tuve que mencionarle a un pariente mío, que no sabe nada de mis planes, que había oído decir que el señor Ridgeway estaba interesado en caballos.

Disfrutando de su propia astucia, Consuelo siguió pavoneándose:

—En cuanto al criado que le llevó el mensaje... ¡bah! No dirá nada, porque valora su vida y la de sus parientes en España. Como verá —dijo con una sonrisa felina—, no dejé nada librado al azar. Mis criados saben cuáles son los peligros de traicionarme. Respecto del integrante final de mi trama, es un pariente pobre e ilegítimo recién llegado de España y sabe que, si abre la boca, mi generosidad para con él se terminará. Además —añadió con satisfacción—, a Lorenzo le gustará hacerme este favor, aunque sea sólo para fastidiar a mi marido. Así que, como verá, aun si fuera lo suficientemente tonta como para hablar de esto, ¿cómo lo probaría? ¿Quién le creería? Es desconocida aquí, una extraña que está de visita, mientras que yo estoy conectada con algunas de las familias más ilustres de Nueva Orleans. Su amiga Stella Rodríguez podría creerle, pero a esta hora estará a cientos de kilómetros de aquí. Pensé en todo, puede estar segura.

Horrorizada, Elizabeth balbuceó:

—¿Qué piensa hacer conmigo?

—Solamente encargarme de que Rafael llegue a tiempo para encontrarla desnuda en los brazos de Lorenzo. Por supuesto, le dejé libertad a Lorenzo para hacer lo que él desee. Quizás hasta disfrute de sus caricias; según él, la mayoría de las mujeres lo hacen.

—¡Malvada! —exclamó Elizabeth con voz pastosa—. ¡No se saldrá con la suya! Gritaré y lucharé y Rafael sabrá que no estaba dispuesta.

Consuelo la miró con desdén.

—No está en condiciones de luchar con nadie, y en cuanto a gritar, supongo que Lorenzo podrá mantenerla callada el tiempo suficiente como para que Rafael vea con sus propios ojos que no es más que una prostituta. Si grita y protesta luego, parecerá que está tratando de disculparse.

Con espantosa claridad, Elizabeth comprendió que Consuelo tenía razón. Era incapaz de defenderse de nada en aquel momento; la droga le había cargado el cuerpo de plomo. Pero lo intentaría. Con torpeza, trató de ponerse de pie. Fue un gesto inútil que sólo le dio la razón a Consuelo. Mortificada y asustada, Elizabeth cayó contra los almohadones rosados del sillón.

—¿Lo ve? —se burló Consuelo—. Es incapaz de luchar contra nadie. Todo saldrá como lo planeé. —Antes de que pudiera seguir hablando, un joven bien vestido entró en la habitación, moviéndose con la gracia y arrogancia de un conquistador. El rostro astuto y moreno y la boca sonriente revelaban la misma sombra de crueldad que había existido en sus antepasados españoles. Los ojos negros estudiaron con avidez la figura aterrorizada de Elizabeth y, con un fuerte acento español, Lorenzo Mendoza murmuró:

—¡Por todos los Santos! Consuelo, haría esto para ti por nada, si no necesitara el dinero. ¡Es preciosa! Debería agradecerte por organizarme una tarde de placer. ¡Tan rubia! Me dará gran placer acostarme con tu amiga.

El rostro de Consuelo reflejó el desagrado que le causaba el tema, pero la mujer respondió con indiferencia:

—Poco me importa lo que hagas con ella. Sólo asegúrate de que cuando llegue Rafael os encuentre en una situación comprometedora. —Se levantó del sofá y agregó—: Debo irme ahora. Te dejo para que prepares la escena. No tardes mucho, porque en cuanto llegue a la casa, comenzaré a discutir con Rafael y le diré qué estúpido es al creer en un par de ojos ingleses, y que tengo pruebas de que esta ramera gringa no es más que una vulgar adúltera. No creo que tarde mucho en venir hasta aquí.

—No te preocupes; ¡el único problema puede ser que Rafael llegue después de que yo haya satisfecho mi placer! Es demasiado bonita como para que resista demasiado tiempo, de modo que no tardes tú en decirle dónde puede encontrarnos.

—¡Ruin! Tu sangre inferior asoma; ¡eres un animal repugnante, Lorenzo! —murmuró Consuelo mientras se dirigía a la puerta con paso majestuoso.

—Es cierto, prima, pero ¡ésa es la razón por la que me elegiste! Otros se habrían amedrentado ante tamaña canallada. —Lorenzo entornó los párpados y apretó los labios con fastidio.

Consuelo le dirigió una mirada calculadora.

—¡No te enfades conmigo, Lorenzo! Ambos sabemos de tu apetito por las mujeres, estén o no dispuestas, y ambos sabemos que harías cualquier cosa por dinero.

Él esbozó una sonrisa torcida.

—Me conoces demasiado bien, Consuelo, pero recuerda, hasta una rata amaestrada se volverá si el queso ofrecido está rancio. De modo que no comentes acerca de mis acciones; hago lo que harías tú si nuestras posiciones estuvieran invertidas. No te pavonees conmigo; no me impresionas.

El rostro de Consuelo se puso morado y los ojos le relampaguearon de furia.

—Muy bien —replicó—. Veo que nos entendemos. Ahora debo irme; no quiero que Rafael se marche de la casa antes de que yo llegue. —Y se marchó de la habitación, dejando a Elizabeth mirando con ojos aterrorizados al delgado y musculoso Lorenzo. Lentamente, él se volvió para enfrentarla, desnudándola con los ojos.

—Ah, querida, no te preocupes —dijo con tono tranquilizador mientras se le acercaba—. Contigo seré muy gentil y disfrutarás. Me encargaré de eso.

—¡No! ¡Por favor, señor, no me haga esto! ¡Por favor! —suplicó Elizabeth, al borde de la histeria—. No, por favor. Se lo suplico, no me deshonre.

Una sonrisa de placer anticipado se dibujó en la boca de él.

—Lo siento, pero aunque te resistas, te poseeré. Eres demasiado hermosa como para que no te desee. —Sin ningún esfuerzo, la levantó en brazos.

Ella trató de escapar, pero descubrió que él tenía la fuerza de un tigre. Sus brazos la apretaron con más fuerza.

—Quédate quieta o te haré daño —masculló, mientras la llevaba hacia la parte trasera de la casa.

El miedo a lo que iba a suceder le dio fuerzas a Elizabeth para luchar, pero la droga se lo impidió. Se sentía confundida y hablaba sin sentido. Sabía lo que estaba sucediendo, y sin embargo le parecía una fantasía. Una fantasía horrorosa, pero una fantasía al fin.

Sin prestar atención a las contorsiones de ella, Lorenzo la llevó con facilidad a un dormitorio. La dejó caer de forma brusca sobre la cama y con implacable intensidad comenzó a desvestirla. Le llevó tiempo, pero finalmente Elizabeth quedó tendida desnuda como una muñeca de trapo, con la mente a la deriva. Desesperada, comenzó a moverse de un lado a otro en la cama. Al mirarla, el cuerpo de Lorenzo se puso rígido de deseo. Contuvo el aliento al ver la belleza de ese cuerpo esbelto pero redondeado y se apresuró a quitarse la ropa, olvidando el plan de Consuelo y la esperada llegada de Rafael.

Elizabeth sintió como en sueños que la levantaban y corrían la colcha antes de dejarla de nuevo sobre la cama. Experimentó la suave sensualidad de las sábanas de raso, pero no pudo disfrutar de ellas porque de inmediato el cuerpo duro y ardiente de Lorenzo se apretó contra ella.

Ya no podía pensar con lógica alguna y había olvidado lo que había sucedido esa tarde; estaba inmersa en un sueño emocionante en el que Rafael estaba a su lado y la acariciaba y la besaba. Era mucho más estimulante que el beso robado en el guardarropa porque ambos estaban desnudos y no era necesario preocuparse por el marido de ella ni por la mujer de él: sólo existían ellos dos y no había barreras que los separaran.

Lorenzo estaba encantado con la reacción de ella, pero prolongó las caricias, postergando el momento exquisito. Cielos, qué hermosa era, pensó de nuevo, devorando con los ojos el rostro sonrosado, los enormes ojos violetas y la boca trémula, antes de pasar a ocuparse de los senos, que parecían suplicar sus besos, y de las caderas que se apretaban contra las suyas.

Elizabeth estaba perdida en una bruma de emociones. Quería más que estas caricias, deseaba que la hiciera mujer, experimentar la pasión en toda su plenitud.

—¡Por favor, por favor, tómame! ¡Ahora, ahora!

Lorenzo sintió que el cuerpo se le encendía ante esas palabras y se movió rápidamente hasta quedar encima de Elizabeth. Ella se apretó contra él y luego... y luego... ¡nada!

Emitió una exclamación de angustia cuando un soplo de aire fresco sobre su cuerpo le informó mejor que las palabras que Rafael se había retirado bruscamente, casi como si lo hubieran arrancado de su cuerpo y, anonadada, contempló cómo Rafa... ¡no! No era Rafael el que se estaba levantando del suelo con el rostro contorsionado por la ira y el odio, era un desconocido. Rafael estaba erguido delante del hombre con los puños apretados y el rostro furioso.

Sin comprender, escuchó a Lorenzo decir con sorna:

—Discúlpame, amigo, no sabía que era tu amante. Deberías habérmelo dicho, pero pienso también que tendrías que cuidarla mejor. No sucede a menudo que alguna de tus mujeres me prefiera a mí, y comprenderás que me ha sido imposible resistir su invitación.

Rafael se puso rígido y rugió en voz baja:

—No me provoques, Lorenzo...

—¡Bah! Es sólo una mujer, la compartiré contigo, si quieres.

—¡Vete! —exclamó Rafael con dureza—. Vete antes de que me descontrole del todo y acalle tu lengua venenosa de una vez por todas.

Lorenzo se encogió de hombros y comenzó a vestirse con displicente insolencia.

—Es muy buena en la cama, amigo. Sobre todo le gusta que le acaricien los... —No logró terminar la frase, pues Rafael no pudo seguir controlando su furia y se arrojó sobre el otro hombre.

Fue una lucha encarnizada. Se odiaban, y Rafael estaba como enloquecido por las palabras burlonas de Consuelo. No la había creído cuando ella había exclamado: «¡Estúpido! ¡Crees que es pura y virtuosa! En este momento está en una casa en los terraplenes con Lorenzo. Puedo darte la dirección para que compruebes tú mismo qué clase de ramera es. ¡Ve! ¡Te darás cuenta de que tengo razón! Lorenzo ha estado pregonando que es muy fácil acostarse con ella». No le había creído, no había querido creerle. No obstante, algo lo había hecho venir aquí, entrar en la casa y dirigirse al dormitorio. Jamás podría olvidar el grito de Elizabeth: «¡Ahora, ahora!». Realmente era una ramera, como decía Consuelo. Se sintió ridículamente traicionado. El hecho de descubrir que el otro hombre era Lorenzo sólo agregó leña al fuego y, al recordar que la otra noche ella se había negado a volver a verlo, su furia estalló. Golpeó ciegamente a Lorenzo con los puños arrojándolo de un lado a otro de la habitación.

De pronto, Lorenzo se recuperó rápidamente de un golpe y extrajo un cuchillo de entre sus ropas.

Rafael se detuvo en seco.

—¿Un cuchillo, amigo? —preguntó con engañosa serenidad—. ¿Entonces es una lucha a muerte?

Lorenzo rio nerviosamente.

—Preferiría que no, pero no permitiré que me mates con tus manos, tampoco. Permíteme marcharme, Rafael. Ni siquiera por ella deseo morir, por muy encantadora que sea —mintió.

Asqueado de pronto por toda la situación, Rafael le dio la espalda y en ese momento Lorenzo se arrojó sobre él. El cuchillo trazó un arco de plata en la penumbra de la habitación.

Elizabeth lo vio saltar y gritó, dándole a Rafael la advertencia que le salvó la vida. Él se volvió instintivamente y enfrentó el ataque de Lorenzo, quien logró llevar el cuchillo hasta la garganta de Rafael, pero giró lentamente, él lo apartó y comenzó a empujarlo hacia Lorenzo. Por un momento lucharon el uno contra el otro, y luego, de pronto, la fuerza de Lorenzo se agotó y el cuchillo se hundió en su bajo vientre.

Chillando de miedo y dolor, Lorenzo cayó al suelo, tratando de contener con las manos la sangre que brotó rápidamente.

—¡Bastardo! ¡Podrías haberme matado! —gritó, mientras observaba la herida.

—No morirás por esa herida; lo que es una lástima es que no haya sido un poco más a la derecha... entonces ninguna mujer habría tenido que volver a preocuparse por ti —dijo Rafael con tono lacónico. Observó con desprecio mientras Lorenzo se terminaba de vestir y se marchaba con evidente dificultad. Hubo un silencio y luego Rafael se volvió hacia Elizabeth, que seguía tendida, semidrogada, sobre la cama.

Era realmente hermosa, pensó con frialdad una parte de su mente. Los ojos entrecerrados por el efecto de la droga se le antojaron drogados de pasión. Y al ver el cuerpo desnudo, sintió que el deseo se apoderaba de él. Pasión, mezclada con ira y una sensación de haber sido traicionado. Era una ramera, como había dicho Consuelo; una ramera con cara de ángel que había despertado en él una emoción imposible de definir. Una ramera que volvía a demostrarle que todas las mujeres eran mentirosas y casquivanas.

Sin darse cuenta de lo que hacía, Elizabeth levantó los brazos hacia él, deseando que se uniera a ella, como lo había estado antes de esta terrible y confusa pelea. Rafael frunció la boca con desagrado. Acababa de acostarse con un hombre y ahora deseaba a otro. ¡Ramera!

Entumecido mentalmente por la desilusión, comenzó a alejarse, dispuesto a marcharse de la habitación antes de hacerle algo violento y cruel. Pero Elizabeth le dijo en voz baja:

—No me dejes. —Y de pronto, ya no le importó nada; era una mujerzuela, de modo que ¿por qué no tomar lo que ofrecía, por qué no usar ese cuerpo pálido que despertaba emociones desconocidas en él?

Era una idea fría y calculadora, digna de un comanche. Quería castigarla, causarle dolor, asegurarse de que recordara esa tarde entre todas las demás que había pasado o que pasaría con varios amantes. Y sin embargo, cuando la tocó, algo sucedió entre ellos, algo que él no había esperado.

Quería castigarla, era cierto, pero inexplicablemente mezclada con esa idea, surgió una extraña ternura que no pudo controlar. En lugar de poseerla de forma brutal, descubrió que en el momento en que sus manos la atrajeron contra su cuerpo, deseaba más, mucho más.

Buscó los labios de ella en un beso salvaje, bestial, y Elizabeth dejó escapar un gemido de dolor. De inmediato, los labios de él se suavizaron y con furiosa ternura comenzó a besarla de nuevo, esta vez dulcemente, avivando la llama de la enardecida sensualidad de ella.

La droga le había hecho perder las inhibiciones y Elizabeth se entregó con abandono a las caricias de él, abrazándolo con fuerza y arqueando su cuerpo desnudo contra el de Rafael.

Él olvidó todo excepto la hermosa piel tibia bajo sus manos. Sin despegar la boca de la de Elizabeth, se quitó la ropa con rapidez. Se oyó un suspiro de placer cuando el cuerpo fuerte y desnudo de él se unió al de ella sobre la cama.

Las manos apasionadas de Rafael recorrieron la piel de Elizabeth, tocándola, acariciándola, excitándola hasta que ella sintió que el fuego le corría por las venas.

Un deseo que jamás había experimentado antes creció dentro de ella y los dedos exploratorios de Rafael no hicieron más que incrementarlo, enloqueciéndola de deseo por algo más. Elizabeth dejó escapar un gemido de placer y frustración.

Al oír esos sonidos, el deseo de Rafael se volvió tan intenso que casi no pudo soportarlo. Lentamente, saboreando el momento y ansiándolo con ardor, se deslizó entre los muslos de ella y la penetró.

Sin tener conciencia de la virginidad de ella y pensando que estaba con una mujer que sabía lo que hacía, no tuvo el cuidado que habría podido tener ni prolongó demasiado las caricias. A pesar de que ella vibraba de pasión, sintió un dolor agudo y punzante cuando la primera embestida atravesó las delicadas membranas. Se puso rígida e instintivamente trató de escapar, empujando con miedo contra el pecho firme y cálido de Rafael.

Él sintió la leve obstrucción y el cambio instantáneo en el cuerpo que había estado tan dispuesto y apasionado debajo del suyo, y por un increíble segundo se preguntó si habría cometido un terrible error. Pero luego pensó en la imposibilidad de eso, y pensando que era sólo un poco de timidez y provocación por parte de ella, la besó con determinación y la obligó a responder a su pasión. La apretó contra él y comenzó a moverse otra vez, buscando la plenitud que estaba a unos pocos segundos.

Cuando pasó el dolor inicial y la boca de Rafael cubrió la suya con ardor, Elizabeth sintió que su anterior estado de febril excitación retornaba. Las manos que la apretaban contra él le resultaron apasionadas y eróticas y descubrió una imperiosa necesidad de acercarse aún más. Comenzó a experimentar una oleada de exquisitas sensaciones y se retorció debajo de él en un frenesí de pasión, rasguñándole la espalda sin darse cuenta.

Rafael no fue gentil con ella, ni fue particularmente brutal, pero fue un hombre enojado y desilusionado que se apoderó de una mujer que creía experimentada en las relaciones con hombres. Y porque estaba enojado y amargamente herido por haberla encontrado con Lorenzo, no fue el amante seductor y provocativo que podía ser cuando quería. Sencillamente la poseyó y liberó dentro del cuerpo de ella toda su ira y su pasión contenidas.

Elizabeth no notó la diferencia. Estaba perdida en las sensaciones que le recorrían el cuerpo mientras Rafael se hundía en ella. Y entonces, justo cuando el dolor placentero entre sus muslos se tornó casi insoportable, él se estremeció y todo acabó. Rafael se apartó y quedó tendido junto a ella.

Aturdida, Elizabeth contempló el rostro moreno y duro de él. De forma inconsciente, entrelazó los brazos alrededor del cuello de él y sedienta de algo que apenas adivinaba murmuró:

—Por favor, por favor...

Durante un largo instante, Rafael miró aquellas hermosas facciones y sintió con rabia que su cuerpo volvía a arder de deseo. «¡Ramera promiscua!», pensó con furia. Una ramera con el rostro de un ángel. Pero la deseaba. ¡Dios, cómo la deseaba!

Furioso consigo mismo, Rafael enredó los dedos en los rizos rubios y acercando el rostro de ella al suyo rugió:

—¡No! No comparto a mis mujeres, inglesa. Eres de Lorenzo y es obvio que te resulta aburrido tener un solo hombre en tu cama. No tengo intención de poseer a una mujer que no sea mía y sólo mía.

Perdida dentro de los ojos de él, Elizabeth preguntó con un susurro ronco:

—¿Y yo sería la única mujer en tu cama?

Él sonrió con sorna.

—Quizá. Creo que eres lo suficientemente hermosa como para impedir que mi interés se fije en otra. —La sonrisa se desvaneció y Rafael sacudió la cabeza—. No, inglesa, no serviría de nada. Si te poseyera de nuevo, te convertiría en mi amante, quieras o no, y tarde o temprano me traicionarías; si fuera lo suficientemente loco como para hacer algo así. Además —agregó con una nota divertida en la voz—, no te gustarían los lugares a donde te llevaría.

Inexplicablemente, ella se sintió obligada a preguntarle:

—¿Cómo lo sabes..., si no me llevas?

Él sacudió la cabeza.

—No, querida. No permitiré que me hagas hacer algo de lo que ambos nos arrepentiríamos. Quédate aquí, donde te corresponde estar.

Aguijoneada por un demonio perverso que no le permitía terminar la conversación, ella murmuró con tono casi desafiante:

—¿Y si no me quedo?

Rafael entrecerró los ojos y una sonrisa algo cruel le curvó los labios.

—¿Cruzando tu espada con la mía, inglesa? Si fueras tan tonta como para desoír mis consejos, te arrepentirías, te lo aseguro. Quédate aquí donde estás a salvo, niña, pero ten la seguridad de que si vuelvo a encontrarte y en circunstancias similares, te trataré como lo mereces.

Con felina elegancia abandonó la cama, y sin mirar a Elizabeth se vistió con rapidez. Una vez vestido, se acercó a la cama y contempló la figura femenina perdida entre las sábanas.

Elizabeth sabía que la dejaría en un momento, que estaba a punto de marcharse de su vida para siempre y sin embargo, a pesar de su matrimonio, deseaba locamente que Rafael se quedara... que la llevara con él. Lo miró con los ojos violetas húmedos por las lágrimas y la boca temblorosa. Quería que el tiempo se detuviera, que él se quedara con ella.

Hubo un breve silencio entre ellos. Rafael la miraba fijamente, como si quisiera grabarse en la memoria aquellas facciones. Con un gemido de frustración, la levantó hacia él y la besó con tosca ternura.

—Adiós, inglesa —masculló y, girando sobre los talones, se marchó. No miró hacia atrás, no vio las sábanas manchadas de sangre que hablaban de virginidad perdida y que podrían haberle hecho cuestionarse las mentiras que había escuchado sobre ella. Asqueado por su propia debilidad ante un par de enormes ojos violetas y una boca sensual, salió de la habitación. Los ojos grises estaban vacíos y helados.

Con un extraño dolor en el corazón, Elizabeth lo vio irse y una lágrima le rodó por la mejilla. Se dejó caer tristemente contra las almohadas mirando la oscuridad sin verla. Debió de quedarse dormida, pues no despertó realmente hasta que una mano la sacudió con suavidad. Aturdida, miró el rostro que se inclinaba sobre ella y todo le volvió a la mente al reconocer a la criada de Consuelo.

Elizabeth se sentó en la cama bruscamente y sintió un leve dolor entre las piernas. Horrorizada, vio las sábanas manchadas y más recuerdos desagradables le volvieron a la mente. Lo que sintió al recibir el reconocimiento de todo lo que había sucedido fue indescriptible, pero había miedo, dolor, rabia y un extraño pesar.

Destrozada por lo que había sucedido, aturdida como una niña que ha tenido que soportar demasiadas cosas demasiado pronto, permitió que la mujer la lavara y la vistiera con extraña amabilidad. Y luego, sin darse cuenta de lo que sucedía, se encontró en un carruaje que la llevó de regreso al hotel que creía haber dejado hacía años. Pálida y rígida como una estatuilla, finalmente logró llegar a las habitaciones que ella y Nathan tenían reservadas.

Aturdida, echó una mirada alrededor de la habitación y su vista se fijó en la nota que había dejado sobre la repisa para Nathan. Se aproximó lentamente y la rompió en mil pedazos. Nadie, se dijo con cansancio, nadie le creería. Ni ella lo creía, pero el leve dolor entre los muslos le recordaba qué había sucedido, que Rafael Santana había tomado su virginidad sin ni siquiera saberlo. Y de alguna manera, eso lo hacía todo peor...

Moviéndose como una sonámbula, fue a su dormitorio y sonrió de forma automática cuando Mary levantó la vista del bordado que realizaba mientras aguardaba a que regresara su señora.

Mary sonrió y dijo con tranquilidad:

—¿Tuvo una agradable visita con sus amigas?

Una risita histérica escapó de entre los labios de Elizabeth, que respondió con dificultad:

—Sí, sí. Fue muy agradable. Tomamos el té, sabes. —Hablaba sin sentido, pero cualquier cosa era mejor que decir la verdad.

Mary la miró con atención por un instante antes de responder con serenidad:

—Qué bien. Es bueno para usted encontrarse con amigas.

De pronto todo fue demasiado para Elizabeth y conteniendo las lágrimas, exclamó:

—¿Te importaría dejarme, Mary? Quiero estar sola.

Mary se sorprendió, pero como era una criada bien entrenada, recogió sus cosas y se marchó de inmediato, preguntándose por qué su señora parecía tan desconsolada... y maltratada.

Elizabeth estuvo largo rato tendida sobre la cama. Pensó en muchas cosas durante las horas que transcurrieron lentamente: en Consuelo, en Lorenzo y sobre todo en la forma descuidada en que Rafael Santana la había poseído. Él tenía la culpa, pero, por otro lado, no la tenía. Había creído que ella era la amante de Lorenzo y no había forma de que hubiera sabido que era virgen. Sin embargo...

Si Stella hubiera estado aquí en Nueva Orleans, podría haberle contado lo sucedido, pero no soportaba la idea de decírselo a nadie más. Además... ¿quién le creería? Aun ahora a ella le costaba creerlo. Y al pensar en el escándalo, en las miradas curiosas y la incredulidad que rodearían a sus palabras, supo que no diría nada, que Consuelo la había vencido. Esa horrorosa mujer había logrado lo que se había propuesto hacer, y a un gran costo para Elizabeth.

¿Qué iba a decirle a Nathan?, se preguntó. No se merecía una mujer usada, maltratada por otro hombre.

La cabeza le retumbaba como un tambor. Elizabeth daba vueltas sin cesar en la cama, pensando que iba a tener que decírselo. Si lo hacía, ¿desafiaría él a sus atacantes? ¡Dios, podían matarlo! Con un leve gemido, hundió la cara en las almohadas. Y fue entonces cuando se le ocurrió la idea más aterradora de todas: ¡podía tener un hijo de Rafael! ¡No, Dios, no!

Finalmente, decidió con pesar que Nathan tenía que saber parte de la verdad. No había forma de evitarlo y, en el estado en que estaba, no veía otra solución. Lo que más temía era que Nathan retara a duelo a los otros dos hombres. Su propio deshonor le parecía poco ante la posibilidad de que Nathan o Rafael pudieran morir por lo que había sucedido. El destino de Lorenzo le era indiferente. Consuelo, comprendió con pesar, escaparía con poco más que algunas miradas curiosas. Era tan injusto que Elizabeth se retorcía ante la idea. En ese momento decidió que si bien le diría a su marido lo que había sucedido, no revelaría por nada en el mundo los nombres de las personas involucradas. Se le ocurrió que era la única forma de evitar un duelo. No podía tolerar la idea de que las artimañas de Consuelo pudieran causarle la muerte a su marido o a Rafael.

Algunos minutos más tarde, oyó que Nathan entraba y antes de que el coraje se le esfumara, Elizabeth se dirigió lentamente a las habitaciones de él.

Sólo entonces se le ocurrió que su marido podía muy bien arrojarla a la calle o no creerle una palabra... o aun echarle la culpa de todo. Se detuvo un momento temblando de terror. Pero tenía que decírselo... Él tenía derecho a saberlo. Le llevó varios segundos volver a reunir coraje y enfrentar todas las consecuencias del paso que estaba a punto de dar. Sería tanto más fácil, pensó débilmente, callar y no decir nada. «Pero no puedo vivir con esta mentira», decidió por fin. Se lo contaría y, si la arrojaba a la calle, lo tendría bien merecido. Quizás era realmente una ramera, pensó, sin lógica alguna.

De pie delante de la puerta de Nathan, respiró hondo y golpeó antes de detenerse a pensar. Cuando él respondió, Elizabeth abrió la puerta lentamente y entró en la habitación.

SEGUNDA PARTE

Viaje del destino

Enero de 1840

¡Ah, amor! Si tú y yo pudiéramos con él conspirar
Para este triste Designio de las Cosas atrapar
¡No lo destrozaríamos acaso en pedazos... para luego,
Al deseo de nuestros corazones volverlo a moldear!

EDWARD FITZGERALD,
The Rubáiyát of Omar Khayyam
(Estrofa 99)

6

Enero de 1840 comenzó lúgubre y lluvioso. Sentada en su acogedora sala en la parte trasera de la casa, Elizabeth contempló la fina llovizna que no había dejado de caer desde la mañana. La lluvia atrasaría la cosecha de la primavera, pensó con pesar. Gracias a la sorprendente eficiencia con que había dirigido las cosas, Briarwood había sobrevivido al «Pánico de 1837» y a los tres años de consiguiente depresión, y no quería tener inconvenientes ahora.

La plantación se había convertido en toda su vida. La elegante casa con columnas y la tierra vasta y fértil eran su razón de vivir. Con férrea determinación había convertido esas hectáreas sin sembrar en hileras de caña de azúcar y maíz, campos de avena, trigo y cebada.

No habían sido años fáciles para Elizabeth. En apariencia, ella y Nathan se llevaban muy bien, y nadie al verlos habría adivinado que Elizabeth dormía sola y que Nathan era impotente. Si él seguía teniendo amantes masculinos, era muy discreto al respecto. A veces Elizabeth sospechaba que los tenía, pues sabía que frecuentaba la calle Silver en la parte baja de Natchez.

Habían persistido en sus intentos de consumar el matrimonio, pero Nathan no había sido capaz de hacerlo. Después de muchas noches como la de Nueva Orleans, Elizabeth lo alejó gentil pero firmemente de su cama. Eso había sido unos dos años antes. Se esforzaba por no pensar que él la había engañado, pero a veces, cuando yacía sola en su cama y pensaba en las noches de dolor y vergüenza que había pasado mientras Nathan trataba una y otra vez de demostrar que era hombre, no podía evitar la oleada de tristeza que la invadía.

Había sido extremadamente difícil para ella confesar lo que había sucedido en esa horrenda tarde en Nueva Orleans, pero había logrado explicarle a su marido que otro hombre se había apoderado de lo que por derecho le pertenecía a él. Nathan se había horrorizado por la forma en que la habían tratado y, tomándola entre sus brazos, trató de consolarla y de calmarla, de disminuir la vergüenza de ella, de contener las lágrimas que no dejaban de correr.

Sólo cuando ella se repuso un poco, cuando los sollozos se acallaron, Nathan habló de lo que ella más temía.

Mirándola con atención, dijo con esfuerzo:

—Elizabeth, mi querida, debes decirme los nombres de esa gente perversa. Pienso retarlos a duelo, matarlos por lo que te han hecho. Y en cuanto a esa malvada mujer, quienquiera que sea, sólo puedo desearle la más horrible de las muertes. Por favor, dime sus nombres, no puedo permitir que tu honor quede sin vengar.

—Si realmente me quieres, Nathan, entonces te suplico que dejes las cosas como están —respondió ella en voz baja. Sabiendo por instinto que había una sola forma de detenerlo, agregó—: ¿Quieres hacerme sufrir la vergüenza y el escándalo que desatará un duelo? ¿Quieres que todo el mundo se entere de que otro hombre conoció íntimamente a tu mujer? Por favor, te lo suplico, no me hagas pasar también por eso.

Al mirar los ojos violetas de ella, Nathan supo que haría lo que le pedía. No quería que sufriera más, de modo que abandonó la idea del duelo.

Por fortuna, el temor que tenía Elizabeth de haber quedado encinta fue injustificado y una vez que tuvo la certeza de que no tendría un hijo de Rafael no volvió a pensar deliberadamente en lo que había sucedido en Nueva Orleans, excepto una vez. Fue alrededor de un año después de que ella y Nathan llegaron a Natchez, y Elizabeth nunca supo con certeza si el hombre en cuestión había sido Rafael. De todas maneras, había tenido un sobresalto cuando una de las más importantes damas de Natchez se le había acercado en la primavera de 1837 para preguntarle con tono travieso si el hombre alto, moreno y apuesto había pasado a verla. Ante la expresión atónita de Elizabeth, la mujer adoptó un aire cómplice y murmuró:

—Insistió bastante en que quería verte, te describió con lujo de detalles y, por supuesto, supuse por sus modales que era un conocido tuyo. Pero claro, con los caballeros una nunca sabe, ¿verdad? —Suspiró de forma teatral y agregó—: Comprendo tu reserva, querida;

¡por cierto que yo no querría que mi marido se enterase de que un hombre tan apuesto y seductor estuviera interesado por mí! —Dejaron de hablar del tema, pero durante varios días después de eso Elizabeth se preguntó con una mezcla de esperanza y temor si realmente Rafael habría venido a Natchez a buscarla. Aparentemente no fue así, y con el tiempo olvidó el incidente, diciéndose que la señora Mayberry debía de haber estado confundida con respecto a quién quería ver ese hombre. Poco a poco fue alejando de su mente todo lo relacionado con Nueva Orleans y con Rafael Santana. Ese tiempo y esos sucesos estaban cerrados bajo llave con su juventud, sus sueños y sus ansias de amor.

Extrañamente, tras los primeros meses difíciles, ella y Nathan comenzaron a encontrar una cierta satisfacción en ese inusual matrimonio. Nathan sentía que el peso en su conciencia era mucho menor y Elizabeth descubrió una libertad que jamás había conocido.

En lugar de dedicarse a las tareas usuales de una recién casada rodeada de amor, se consagró a la tarea de convertir la nueva propiedad de Briarwood en un hogar del que hablara todo Natchez. Y lo logró. Los muebles lujosos y las habitaciones amplias eran la envidia de las amas de casa de Natchez y las tierras competían con Los Jardines de Brown; la plantación de Brown, cerca del sector denominado Natchez bajo la colina.

El trabajo arduo de esos días en Briarwood fue lo único que evitó que Elizabeth sucumbiera a una crisis de compasión de sí misma. Eso y los libros. Los devoraba. No los romances de su juventud, claro, sino libros que eran peculiares para una joven dama: libros sobre prácticas agrícolas, genética reproductiva y, como lectura de placer, los libros que encontraba sobre las conquistas españolas y los exploradores del Nuevo Mundo: Cortés, Ponce de León, Pizarro y aun las fabulosas historias de Cabeza de Vaca y su increíble viaje de ocho días a través de lo que ahora era la República de Texas y las provincias del norte de México... Las leía todas. No quería detenerse a pensar por qué la fascinaban estos hombres, pero quizás era porque habían demostrado la misma implacable intensidad que ese demonio de ojos grises... ¡Rafael Santana!

De los libros prácticos aprendió mucho acerca de agricultura y cría de ganado y no dudó en poner en práctica esos conocimientos.

Había poco en común entre la joven mujer que se hacía llamar Beth en enero de 1840 y la tímida Elizabeth que había acudido tan tristemente a su marido esa noche de 1836. Los sucesos de esa tarde no sólo le habían arrebatado la virginidad; le habían quitado la inocencia, dejando en su lugar una coraza que ningún hombre lograría romper.

Había cambiado físicamente, también. Su cuerpo había madurado y alcanzado la belleza que aquella noche sólo había sido una promesa. Su rostro también había madurado, revelando la exquisita delicadeza que siempre había estado allí. Había adquirido confianza y seguridad gracias al éxito obtenido con Briarwood.

Nadie se había sorprendido más que ella al ver los excelentes resultados de sus ideas respecto de Briarwood. Descubrió que amaba la tierra y que tenía habilidad para prever ciertas tendencias de la economía. En el fondo, pensó con una risita, no era más que una astuta granjera.

Pero ahora, en esta lúgubre mañana de enero, experimentó una desazón que se había estado intensificando con el correr de los meses. El deseo vehemente de demostrarles a esos altaneros reyes del algodón que estaban equivocados se había esfumado, el desafío de domar la tierra salvaje y volverla productiva ya no la satisfacía, y el placer de ver a Briarwood convertido en la envidia de todos, tampoco existía ya.

«¿Así será toda mi vida?», se preguntó con melancolía. ¿Seguir apostando contra la naturaleza, tratando de incorporar nuevas ideas en una sociedad tan tradicional e intentando pasar por alto las miradas compasivas de las mujeres cuyos maridos eran líderes de la sociedad? No, no era así como veía su futuro.

Ya no seguía soñando con romance y amor, pero había una sed por algo más de lo que tenía en su vida actual. No sabía qué era lo que deseaba, sólo estaba segura de que no quería pasar el resto de su vida así, viviendo a medias. Ansiaba emociones, nuevos horizontes, desafíos, aun peligros. Cualquier cosa era mejor que esta vida aburrida.

Miró un momento la carta de Stella que estaba sobre el escritorio e hizo una mueca. Ésa era la razón por la que estaba tan melancólica esta mañana. Stella estaba llena de noticias sobre su hacienda y sobre el nacimiento de su segundo hijo cuatro meses atrás. Beth decidió que probablemente envidiaba la felicidad de su amiga. Pensando en esa criatura, en la niña a la que le habían puesto su nombre, sintió una punzada de dolor en el corazón... Ella nunca tendría un hijo. Por un momento, una repentina oleada de rencor hacia Nathan le subió hasta la garganta.

Pero esa sensación desapareció de inmediato, pues de muchas formas se sentía agradecida hacia Nathan; era muy bueno con ella y la alentaba para que emprendiera cosas que no se hubiera atrevido a hacer por sí misma. Le infundía coraje durante esos momentos en los que se preguntaba si se habría equivocado al tomar una decisión.

Repentinamente, furiosa consigo misma por su estado de ánimo, metió la carta en un cajón del escritorio. «¡Listo! Lejos de los ojos, lejos del corazón», se dijo. Pero no podía contener las emociones que le había despertado esa carta. De pronto se le ocurrió que no había razón para que no pudiera ver a su amiga y... viajar por la vieja ruta española por San Antonio hasta Durango en México y luego hacia el Norte en dirección a Santa Fe.

Desde luego que había dinero de sobra. Su dinero estaba a salvo en el banco; hasta ahora habían invertido el dinero de Nathan. ¿Por qué no podía ir a Santa Fe?

Había un capataz competente en Briarwood, tenía el dinero y no necesitaba permanecer en Natchez. Cuanto más pensaba en eso, más le atraía la idea. Ver a Stella y a la pequeña Elizabeth, y contemplar esos campos inmensos. Quizás hasta vería un salvaje y romántico comanche... La idea la hizo estremecerse de emoción y se vio obligada a admitir con culpabilidad que seguía soñando con aventuras. Stella la regañaría, pensó haciendo una mueca. Sin embargo...

Unos golpes a la puerta la interrumpieron y levantó la vista para ver a Nathan, muy elegante, entrando en la habitación. Él esbozó una sonrisa cálida y murmuró:

—¿No te molesto, verdad, querida?

Elizabeth le devolvió la sonrisa.

—No, no estaba haciendo nada en especial. Estás muy apuesto esta mañana. ¿Vas a salir?

—Bueno, sí, pensé ir en el coche cerrado hasta la ciudad y pasar el día en Mansion House. Es tan aburrido cuando llueve... Al menos en Mansion House habrá otros buscando la forma de pasar el tiempo hasta la noche. Luego sospecho que algunos de nosotros iremos de paseo.

Elizabeth le dirigió una mirada penetrante.

—¿La calle Silver otra vez, Nathan? —preguntó con ironía.

Él se sonrojó y respondió con vehemencia:

—Vamos, Beth. Sabes que yo...

—No importa, Nathan —replicó ella, sin querer hablar de un tema que les resultaba embarazoso a ambos.

—Si no quieres que vaya, Beth, me quedaré a pasar el día contigo —murmuró.

Sabiendo que lo haría si ella se lo pedía porque realmente trataba de complacerla, Elizabeth sacudió la cabeza.

—No, Nathan. Ve y diviértete.

—¿Qué piensas hacer hoy? —preguntó él.

—No lo sé —respondió Beth con sinceridad—. Tienes razón. Es muy aburrido cuando llueve. —De pronto de forma involuntaria, exclamó—: ¿Te molestaría si me fuera de viaje, Nathan?

Alarmado, él se acercó y le tomó la mano.

—¿Eres infeliz, querida? ¿He hecho algo que te haya angustiado? Sé que... mis actividades... han sido una cruz para ti, pero no creí que siguieran preocupándote. Si hay algo que pueda hacer...

—¡Nathan, no hables así! ¡No tiene nada que ver con eso! Me gustaría ir a visitar a Stella. Hace años que no la veo y está la pequeña Elizabeth. ¡Oh, Nathan, di que no te molestará!

—¿Visitar a Stella Rodríguez? —preguntó él, incrédulo—. ¡Pero si vive en Santa Fe! —agregó con un tono de voz que daba a entender que Santa Fe quedaba en otro planeta.

Elizabeh sonrió.

—Nathan, Santa Fe no queda tan lejos, sabes. Está en este mismo continente.

—¡Lo sé muy bien! ¡Pero está perdido en medio de no sé dónde! ¡Es tan incivilizado! Sé que Stella es tu amiga y que la echas de menos, pero ¿cómo puedes pensar en ir hasta allí? ¡No, es inaudito!

Beth lo miró a los ojos y murmuró:

—Nathan, quiero ir. Y a menos que tengas una buena razón para que no vaya, pienso ir.

—Comprendo. Mis deseos no significan absolutamente nada para ti —dijo él, jugueteando nerviosamente con la cadena del reloj de bolsillo.

—Sabes que eso no es cierto, Nathan —replicó Beth, divertida—. No estaré fuera más de seis meses y significaría mucho para mí.

—¡Seis meses! ¡Te irás y dejarás Briarwood abandonado por seis meses! ¿Realmente quieres marcharte de Natchez e ir a un lugar inhóspito, habitado sólo por salvajes, reptiles venenosos y búfalos? ¡Beth, dime que no hablas en serio!

—Por desgracia, hablo muy en serio. Supongo que preferirías que fuera a Inglaterra, ¿no es así?

—¡Inglaterra! ¡Sí, vayamos allí, mi vida! Estoy seguro de que eso te gustaría. Podríamos visitar a tu padre y a tu madrastra y al bebé —exclamó Nate muy entusiasmado—. Hasta podríamos cruzar el Canal e ir a Francia. Sé que te gustaría ir a París, Beth.

Recordando la última vez que había visto a su padre, Beth apretó los labios.

—No te engañes, Nathan. No tengo deseos de visitar Tres Olmos, y la idea de ver al hijo de Melissa no me atrae en absoluto. Algún día, quizá visitemos París, pero este año quiero ir a Santa Fe. —No sabía por qué se mostraba tan obstinada respecto de una idea que acababa de ocurrírsele. Pero cuanto más protestaba Nathan, más firme se tornaba la decisión de ella.

Tras varios minutos de discusión, Nathan se sentó junto al escritorio y dijo con tristeza:

—¿Estás decidida a ir, querida? ¿Nada de lo que diga te hará cambiar de idea?

—Nate, no te pongas así —bromeó Beth con suavidad—. Llevaré a Mary y a varios criados para estar protegida y todo saldrá perfectamente bien. Ya lo verás.

—¿Cuándo quieres que partamos? —preguntó Nathan con pesar—. No podemos hacer las maletas y salir de un día para otro, sabes.

Anonadada, Elizabeth contempló el rostro resignado de él.

—¿Nosotros? —repitió— ¿Vienes conmigo?

Ofendido, Nathan replicó:

—¡Por supuesto que iré contigo! No imaginarás que te permitiré ir sola por esas tierras salvajes, ¿verdad? ¡Cualquier cosa podría sucederte! No pegaría un ojo sin saber si estás a salvo. ¿Qué clase de monstruo crees que soy, Beth? Sencillamente no estaría tranquilo ni disfrutaría en absoluto mientras tú estuvieras allí.

Ella se sintió emocionada.

—Nathan, no es realmente necesario. Si me llevo a media docena de criados y a Mary y a otro par de sirvientas y... si nos unimos a una caravana, no tendríamos por qué correr peligro. Y una vez que esté en casa de Stella todo estará bien.

—Sí, lo sé, pero es el viaje lo que me preocupa. No me importa confesarte que no soy un hombre particularmente valeroso y me pone nervioso pensar en los peligros que acechan una travesía de ese tipo. Pero no dormiría si no estuviera contigo. Además —agregó con sencillez—, ¡te echaría de menos!

—¡Nathan, querido! ¿Estás seguro de que quieres venir conmigo?

—¡Claro que no quiero ir! Pero si insistes en meterte en tierras inexploradas, entonces debo ir contigo. —Con expresión de mártir, preguntó—: ¿Cuándo piensas partir? Necesitaré una semana para prepararme. No, dos semanas. Hobbins, mi sastre, no me terminará la nueva levita hasta dentro de diez días.

Elizabeth sonrió. Nathan era muy coqueto con su ropa y se preguntó divertida cómo toleraría el largo y sucio viaje hasta México antes de tomar la ruta del norte hacia Santa Fe. ¡Pero de alguna forma lo lograría!, pensó con afecto.

Los días siguientes transcurrieron en un frenesí de actividades y preparativos. Beth le escribió a Stella, anunciándole su llegada y al cerrar el sobre rogó que la carta llegara a destino antes que ellos. Dieron las indicaciones necesarias al capataz, eligieron a los sirvientes que irían con ellos, reservaron pasajes en el vapor que los llevaría hasta Nueva Orleans y también habitaciones en un hotel de la ciudad. Asimismo, se aseguraron un lugar en el paquebote que iba desde Nueva Orleans a la isla Galveston en la República de Texas.

Todo estaba listo, pensó Elizabeth, feliz, mientras se preparaba para ir a dormir, unas tres semanas más tarde. Mañana comenzaría la aventura.

A la mañana siguiente, las cosas comenzaron a andar mal, Mary Eames tropezó con uno de los baúles y cayó por la escalera, rompiéndose una pierna.

Beth quiso postergar el viaje, pero una vez que el médico le acomodó la pierna, Mary dijo que era ridículo que todo se atrasara por culpa de su torpeza.

Desgarrada entre el deseo de partir y el de permanecer junto a Mary, Beth vaciló. Luego, tomó la decisión y preguntó con ansiedad

—¿Realmente no te molesta que vayamos sin ti?

—Por supuesto que no, querida. Charity está lo suficientemente capacitada como para ser su doncella.

Sabiendo que Mary tenía razón, Beth no perdió más tiempo y todo el grupo —diez criados jóvenes, dos negras risueñas, los dos sirvientes de Nathan, dos vagones y el carruaje que transportaba a Beth y a Nathan— partió de Briarwood tres horas más tarde de lo planeado. Llena de entusiasmo, Beth no miró atrás. ¡Por fin iba hacia el Oeste! ¡Hacia Stella, hacia sus sueños!

7

Pasaron solamente una noche en Nueva Orleans y la mañana del último lunes de enero encontró a Beth despertándose mecida por el susurro de las olas contra el paquebote que los llevaba a Galveston.

Charity resultó ser una doncella muy capaz y ayudó a su señora a vestirse con una chaquetita corta con ribetes de encaje y una amplia falda de muselina verde. Un sombrero de paja con bordes de terciopelo verde y un par de guantes cortos blancos completaban el cuadro. Y era un cuadro muy bonito el que presentaba Beth con sus resplandecientes ojos violetas y el cabello rubio peinado en largos bucles a cada lado del rostro.

Sin tener conciencia de su propia belleza, Beth salió con entusiasmo de su camarote y cruzó la cubierta para detenerse junto a la baranda y contemplar las aguas casi turquesas del golfo de México. Estaba viajando realmente hacia Santa Fe, pensó con creciente placer.

—Buenos días, querida —dijo Nathan repentinamente a su derecha, sobresaltándola un poco.

—¡Nathan! ¡Me has asustado! —exclamó ella.

—Lo siento, Beth, creí que me habías oído acercarme —respondió él con tono distraído. Tenía los ojos algo hinchados a causa de haber pasado la mayor parte de la noche en las mesas de juego debajo de cubierta.

Adivinando lo que había sucedido, Beth preguntó con tono resignado:

—¿Perdiste mucho anoche?

Nathan hizo una mueca.

—Lo suficiente. Pero no tienes que preocuparte, mi vida. —Vaciló un instante, luego dijo con reticencia—: Me pregunto... ¿te importaría si un caballero joven se une a nuestra mesa para el desayuno?

Beth se puso rígida y miró a su marido con incredulidad.

Nathan de inmediato comprendió la dirección de sus pensamientos y exclamó ansiosamente:

—¡No pongas esa cara, Beth! ¿No pensarás que te traería a un joven que yo...? —Se interrumpió, horrorizado ante la idea de que ella lo creyera capaz de presentarle a uno de sus amantes. Muy tieso, dijo—: Sebastián Savage es un joven de Nueva Orleans que casualmente viaja a San Antonio. Lo conocí anoche y como ambos viajamos a San Antonio, me pareció cortés invitarlo a nuestra mesa. Si te opones, tendré que inventar una excusa. Aunque no tengo idea de qué le diré para explicar el repentino cambio de idea —terminó Nathan con tono preocupado.

Compungida, Beth intervino de inmediato.

—No, no, no será necesario. Perdóname, Nathan. Debí haber imaginado que no harías una cosa así.

—Beth, sé que las cosas no han sido fáciles para ti —murmuró él—. Pero, por favor, créeme que nunca tendrás que preocuparte. No te lastimaré más de lo que ya lo he hecho.

Ella le dio unas palmadas en el brazo con gentileza.

—Lamento haber sacado conclusiones erróneas, Nathan. No hablemos más de eso. Tengo muchos deseos de conocer al señor Savage.

—Creo que te gustará —comentó él—. Es joven, un poco mayor que tú y muy alegre.

—¿Qué lo lleva a San Antonio? —quiso saber Beth—. ¿Va de visita a casa de amigos como nosotros en Santa Fe o piensa establecerse allí?

—Un poco de cada cosa, creo. Aparentemente tiene primos o parientes con quienes se quedará. Parece que su padre le aconsejó que vea qué posibilidades hay de establecerse en esa zona.

—Comprendo —dijo Beth, sin demasiado interés. Pero cuando lo conoció unos instantes más tarde, se sintió inmediatamente atraída por él.

¿Quién no lo estaría? Sebastián Savage era escandalosamente apuesto y cautivante. Era alto y tenía el cuerpo de un atleta, ojos verdes, pelo negro y los modales más encantadores de toda la ribera del Misisipi. Para los hombres también resultaba un compañero agradable, siempre estaba listo para cualquier travesura, era un excelente tirador, generoso con su dinero. En fin, un tipo de lo más agradable.

Sus críticos —que afortunadamente eran muy, muy pocos— se quejaban de su carácter irascible y de su excesiva ansiedad por arreglar la más trivial de las disputas con un duelo.

Pero Beth, que no sabía nada de esto, se sintió favorablemente impresionada por él. Y Sebastián... Bueno, el pobre Sebastián lanzó una sola mirada a aquella criatura exquisita que estaba delante de él y se enamoró precipitada e instantáneamente... algo que su padre, Jason Savage, comentaba con sorna que solía sucederle.

Pero Beth, para gran angustia de Sebastián, se mostró indiferente a su nuevo esclavo, pues lo veía sólo como un compañero agradable y entretenido. Era dos años mayor que ella, pero con el correr de los días, comenzó a considerarlo un hermano menor o un viejo amigo.

Como Nathan pasaba la mayor parte del tiempo jugando, Beth y Sebastián estaban bastante en compañía el uno del otro.

Era una relación inocente por parte de Beth. Sebastián era un pillo encantador que la hacía reír como nunca antes lo había hecho. Le divertía su compañía y se sentía halagada por las atenciones de él.

Era Sebastián el que acompañaba a la señora Ridgeway durante sus paseos por la cubierta; era Sebastián el que se sentaba con ella por las noches en el salón y jugaba inocentes juegos de naipes; y era Sebastián el que la entretenía durante el desayuno y el almuerzo, mientras Nathan dormía después de una noche de juego y bebidas. No fue extraño, entonces, que ella y Sebastián se convirtieran en amigos entrañables.

El largo viaje a Galveston se acercaba a su fin. La noche antes de que llegaran a destino, Beth y Sebastián pasearon por cubierta conversando amigablemente.

Con el entrecejo fruncido, Sebastián preguntó de pronto:

—Beth, ¿Nathan pierde mucho dinero en el juego? —Al ver la reserva de ella, se maldijo por su torpeza—. Perdón —dijo enseguida—. No quise ser impertinente.

Beth sonrió. No lo culpaba por hacerle esa pregunta. La preocupación de Nathan por las mesas de juego había sido más que obvia en estos días y era lógico que alguien lo notara. Pero no quería hablar de su marido con este joven, de modo que dijo:

—No te disculpes. Hagamos cuenta de que no me preguntaste nada. La noche es demasiado hermosa como para discutir.

—Me parece una idea excelente —asintió Sebastián. Pero siguió pensando que el matrimonio de los Ridgeway era extraño, sobre todo si uno pensaba en el hermoso joven que siempre estaba con Nathan desde hacía unos días. Era un ridículo patán llamado Reginald Percy. Sebastián notó un desagradable aire de intimidad entre ambos y la situación le pareció extraña por demás. Si Beth fuera su mujer, pensó, no la dejaría ni un momento fuera de su vista... ni de su cama, pensó con una sonrisa traviesa. Sus ojos se clavaron en el cuerpo esbelto de Beth y suspiró. Era tan hermosa y no le prestaba la más mínima atención, pensó, entre fastidiado y divertido.

Sin tener conciencia de la frustración de él, Beth murmuró:

—Lamentaré tener que despedirme de ti mañana. Disfruté mucho de tu compañía en este viaje. Será extraño no verte todos los días.

—¡Pero si lo harás! Como ambos vamos a San Antonio, decidí que en lugar de permanecer en Galveston, iré directamente a San Antonio con vosotros. Ya se lo comenté a tu marido y no pareció importarle. Será un viaje más seguro para todos si yo y mis cuatro sirvientes nos unimos. —«Y tú no tienes idea de que cambian mis planes por ti, mi dama de hielo», pensó Sebastián.

—¡De veras! —exclamó ella, entusiasmada—. ¿No estás bromeando?

—Vamos, Beth —dijo él fingiendo ofenderse—. ¿Alguna vez he bromeado?

Ella rio.

—Todo el tiempo, amigo mío, todo el tiempo. No has hecho otra cosa que reírte de mí desde que nos conocimos. ¡Y no trates de negarlo! —Impulsivamente, le tocó una mano—. Y me ha encantado, Sebastián. No puedo decirte cuánto has alegrado mis días. Eres un buen amigo y espero que nuestra amistad dure mucho.

—No te preocupes, Beth —respondió él con tono casi sombrío—. No tengo intención de desaparecer de tu vida en breve.

Poco después se despedían frente a la puerta del camarote de ella. Y fue entonces cuando Sebastián no pudo resistir la tentación de besar brevemente aquellos labios preciosos.

Beth dio un respingo y se apartó instintivamente y Sebastián, tomando conciencia de lo que había hecho, se apresuró a disculparse.

—¡Beth! ¡Perdóname! No sé qué me ha sucedido. Te pido disculpas. —Le dedicó una sonrisa traviesa y agregó con todo desparpajo—: Es sólo que siento que eres como una de mis hermanas, a pesar de que nos conocemos desde hace poco tiempo y ¡siempre les doy un beso de buenas noches a mis hermanas!

Beth no supo si darle un tirón de orejas o reír. La risa ganó.

—¡Sebastián, eres un pillo! —lo reprendió con una sonrisa—. No creo que mi marido apruebe esta... efusividad por parte de un joven al que conozco desde hace tan poco.

Él adoptó un aire ofendido y bromeó:

—Pero, Beth, siento como si nos hubiéramos conocido desde siempre. ¡Sin duda éramos almas gemelas en otra vida!

—¡Basta de tonterías! —dijo Beth, pegándole suavemente en los nudillos—. Compórtate como es debido, o tendré que tomar medidas, jovencito —amenazó con un brillo divertido en los ojos.

—¿Estoy disculpado? —preguntó Sebastián.

Sin poder resistirse a la expresión risueña de él, Beth respondió con sinceridad:

—Sí, pero no tendría que perdonarte. Ahora tengo que irme. ¡Es tarde y no quiero que nadie piense que estoy entreteniendo a jovencitos audaces en mi camarote!

Después de que Beth cerrara la puerta del camarote, Sebastián permaneció inmóvil durante unos segundos y después se alejó silbando por lo bajo, muy satisfecho consigo mismo.

A pesar de la facilidad con que había descartado el incidente frente a Sebastián, Beth se sentía preocupada. Comprendía que nunca habría nada más que una amistad entre ellos, y era demasiado buena como para alentar las esperanzas de él cuando no tenía intención de permitir que la relación se tornara más profunda. No, Sebastián no era para ella; podía ser apuesto, encantador, pero sólo llegaba a su corazón de una forma fraternal. Se recordó con firmeza que el beso de él había sido sólo eso: un saludo fraternal. Ella sabía lo que significaba que la besaran con pasión, y por un instante, el rostro moreno de Rafael Santana se representó en su mente. Tuvo que admitir de mala gana que quizás el encanto de Sebastián radicaba en que le hacía recordar a Rafael. Descartó esa idea de inmediato y se obligó a pensar en lo que había sucedido esa noche. Se preguntó si Sebastián sentiría algo más que una amistad por ella y se mordió el labio con fastidio. Disfrutaba mucho de la compañía de él; la hacía sentirse joven y alegre, no seria, sensata y recatada, cosas que había sido durante tanto tiempo. Desde que lo había conocido, ni una vez había pensado en Briarwood ni en lo extraño de su matrimonio, ni había deseado que su futuro fuera diferente. No volvería a las virtudes de antes, que ya no la atraían. ¡Sería alegre, joven, feliz... y despreocupada! ¡Sí! Y Sebastián la ayudaría, pensó, desafiante. ¡No iba a convertirse en una mujer amarga y frustrada!

Sebastián hubiera estado encantado de poder quitarle sus frustraciones, y al recordar qué cerca había estado de delatarse cuando habían estado frente a la puerta del camarote de ella, sintió que el pecho se le oprimía de forma incómoda. Por un instante se sintió entristecido, pero luego se alegró. Ella no se había mostrado demasiado disgustada y había aceptado la excusa sin un murmullo de protesta. Y mientras saboreaba su segundo coñac, procedió a convencerse a sí mismo de que ella sólo había sentido timidez y que su persistencia se vería recompensada.

Sebastián no era el único que saboreaba la idea de una seducción esa noche. Nathan había descubierto que el joven y delicado señor Percy era de su mismo carácter y finalmente terminó envuelto en un ardiente abrazo. Sin pensar por un instante en su mujer ni en la impotencia que acosaba su matrimonio, Nathan le demostró con éxito y pericia cuán experto era en las artes de amar... a los hombres. Pasaron la noche en el camarote del señor Percy que, por desgracia, resultó ser adyacente al de Sebastián.

Lo peor de todo era que Sebastián, sin querer, había tomado la caja de rapé del señor Percy y a la mañana siguiente llamó a la puerta para devolvérsela. Como nadie respondiera, giró el picaporte y la puerta se abrió. El espectáculo de Nathan y el señor Percy juntos en la cama fue un gran golpe aun para un hombre experimentado como Sebastián. Asqueado y horrorizado, huyó de inmediato. Ahora comprendía por qué a Nathan no parecía importarle que su mujer anduviera en compañía de otro hombre.

Pero aquí Sebastián se equivocaba. Nathan era perfectamente capaz de hacer la vista gorda respecto de muchas cosas que otro hombre no hubiera pasado por alto. Pero también era un hombre esencialmente egoísta y, si bien podía parecerle correcto que Beth anduviera en compañía de un joven apuesto como Sebastián, siempre estaba alerta por cualquier amenaza que pudiera cernirse sobre su propio bienestar. Esa mañana, tras despedirse del señor Percy, puesto que el paquebote atracaría en Galveston en unas pocas horas, Nathan decidió, después de escuchar la conversación alegre de Beth cuyo tema principal era Sebastián, que quizá no había sido una idea tan buena presentarle su mujer a ese joven. Sebastián era demasiado atractivo y

Nathan no quería que Beth comenzara a tener ideas tontas. Quizá llegara a la conclusión de que su extraño matrimonio no era satisfactorio y que otro hombre podía hacerla más feliz.

Al ver la amistad entre Beth y Sebastián, Nathan comenzó a pensar con verdadero desagrado en la idea de que Sebastián y su grupo viajaran con ellos hasta San Antonio. Pero no era posible hacer nada al respecto, pensó con pesar, deseando no haber consentido a esta ridícula y alocada ocurrencia de Beth.

Pasaron la mayor parte del día reservando habitaciones en el hotel donde pasarían algunos días y deshaciendo las maletas. A Nathan la ciudad le pareció horrible y no dejó de protestar por lo bajo. Pero las quejas de Nathan no fueron lo único que preocupó a Beth, mientras recorrían la ciudad. Había visto a un hombre alto, moreno y apuesto desaparecer entre dos edificios y durante un terrible instante creyó que se trataba de Rafael Santana. Se preguntó por qué, si estaba tan contenta y satisfecha con su relación con Nathan, podía reaccionar con tanta intensidad ante la imagen de un hombre que quizá ni siquiera era el que ella quería que fuese. Por primera vez desde que había tomado la decisión de seguir siendo la esposa de Nathan a pesar de su impotencia y sus relaciones homosexuales, se preguntó si no habría sido increíblemente estúpida al hacerlo. «Quizá fui injusta con ambos», decidió con tristeza, y como se sentía culpable, se esmeró por prestar atención a los comentarios que Nathan hacía sobre la ciudad.

Beth ocultó su propio desengaño ante la ciudad y por primera vez, toda la magnitud del viaje que había emprendido la golpeó. Estaban alejándose de la comodidad y de la elegancia a la que estaban acostumbrados. Iban hacia la frontera, una frontera donde la gente vivía con cierta comodidad, pero donde la opulencia de Briarwood era tan extraña para ellos como lo era esta ciudad bulliciosa y rústica para Elizabeth.

La tarde antes de partir, Nathan se mostró particularmente venenoso en sus comentarios acerca de la ciudad, la gente y el paisaje. Beth huyó a su habitación en el hotel para evitar estallar y comentar algo poco gentil acerca del comportamiento de él.

Ambos hombres notaron el malestar de ella y cada uno le dio su propia interpretación. La de Nathan fue la más exacta: comprendió un poco tarde que su desagrado ante la situación estaba arruinándole el placer del viaje a Beth. Sintiéndose culpable por su breve relación con Percy, llamó a la puerta de ella, arrepentido y compungido.

Al principio, Beth no quiso verlo, pero luego decidió discutir todo con franqueza y le dijo que pasara.

Nathan no le dio oportunidad de hablar. Atravesó la habitación con pasos largos y tomó la mano de ella, besándosela luego con afecto.

—Mi querida —dijo con tono apesadumbrado—. ¡He sido un desconsiderado de lo peor! Sé cuánto significa este viaje para ti y sé que hubieras preferido que yo no viniera... ¡Y qué es lo que hago sino quejarme de todo! Perdóname, por favor, mi vida. Trataré de ser más agradable y de guardarme mis comentarios. De ahora en adelante trataré de que recordemos este viaje con alegría y placer.

Beth se sintió inmediatamente vivificada. Era cierto que las protestas de Nathan le habían estado arruinando el placer del viaje. Pero también era cierto que una de las cosas que hacían que su matrimonio fuera tolerable eran los deseos de él de complacerla en cuanto comprendía que algo era importante para ella.

Beth rio.

—¡Nathan, sí, te has comportado muy mal! Pero me alegro de que ya no estemos disgustados.

Él murmuró:

—Me tratas demasiado bien, Beth. Deberías haberme regañado antes y no haberme permitido estropearte tu diversión. Por favor, en el futuro, no me lo permitas.

Ella sonrió y lo besó en la mejilla.

—Muy bien; cuando te regañe, recuerda que me has dado permiso para hacerlo. ¡Ten cuidado, porque me estoy volviendo muy irascible!

Cuando se encontraron para la cena. Sebastián notó de inmediato la intimidad entre ellos y sacó sus propias y celosas conclusiones. Al ver que intercambiaban miradas afectuosas durante la comida, el alma se le fue a los pies.

En consecuencia, se disculpó de forma algo cortante cuando se levantó de la mesa y se negó a unirse a ellos para una breve caminata. Con el apuesto rostro inexpresivo, dijo en voz baja.

—Disculpadme si no os acompaño. Tengo planes para esta noche.

Era una mentira, pero Sebastián se marchó de inmediato, pensando en si debía retar a duelo a Nathan o estrangular a Beth por su comportamiento coqueto. Abandonó el hotel y se dirigió a una taberna pequeña, donde pidió un whisky puro.

Sebastián lo bebió en silencio durante algunos minutos; la taberna parecía estar vacía, a no ser por él y el tabernero. De pronto se puso rígido al notar la presencia de otro hombre.

Era una figura oscura en las sombras. Las botas negras cubiertas de polvo y las piernas largas y fuertes se veían con claridad; una espiral de humo se arremolinaba cerca de su cabeza y la punta encendida del cigarro brillaba en la oscuridad. Sebastián tuvo la incómoda sensación de que el otro hombre lo estaba mirando.

Herido por el comportamiento de Beth y Nathan, Sebastián estaba ansioso por pelear con alguien y decidió que no le gustaba la forma en que lo miraba aquel hombre. Con expresión belicosa, comenzó a avanzar hacia el otro sujeto, pero se detuvo al oír la voz burlona que provenía de las sombras.

—¿Siempre tan irascible, jovencito? Es bueno que la pistola no sea desconocida para ti.

Al oír esa voz levemente acentuada y atisbar esas facciones morenas y enjutas, el rostro de Sebastián se iluminó con una sonrisa incrédula.

—¡Rafael! —exclamó, entusiasmado—. ¿Qué demonios haces aquí? No esperaba verte antes de llegar a la hacienda.

8

Rafael Santana observó con una sonrisa al joven que tenía delante y apagó el cigarro que estaba fumando.

—Amigo, no ando por los alrededores de San Antonio cuando don Felipe reside en el rancho. ¡Hasta tú deberías haber recordado eso!

El rostro de Sebastián perdió algo de alegría y el joven se maldijo por no haber recordado ese hecho, y también que su padre le había comentado que don Felipe estaba realizando una de sus infrecuentes visitas a la propiedad rural de la familia cerca de San Antonio.

—Olvidé que tu abuelo estaba aquí —masculló... Una desagradable idea lo asaltó y Sebastián preguntó con nerviosismo—: No se quedará mucho tiempo, ¿verdad?

Rafael rio.

—No. Si te tomas tu tiempo para llegar hasta San Antonio, te lo perderás por varios días. Creo que parte este lunes para Ciudad de México.

Sebastián sonrió y murmuró:

—Qué lástima.

—Veo que te entristece mucho la idea de no ver a mi estimado abuelo —rio Rafael.

Conversaron durante varios minutos, intercambiando noticias familiares. Sólo cuando Rafael sugirió que Sebastián podría viajar con él unos días a Houston y luego regresar juntos a la hacienda de los Santana, la conversación tomó un rumbo incómodo.

Sebastián se negó de mala gana, y cuando Rafael le preguntó la razón, le echó una mirada burlona.

—Bueno, si quieres que te diga la verdad, se trata de una mujer. La conocí en el paquebote, viniendo de Nueva Orleans, y como parte mañana para San Antonio, tengo intención de ir con ella. —Olvidó que estaba disgustado con Beth y suspiró con adoración—: Es un ángel, Rafael, la más hermosa, las más dulce, la más...

—¡No sigas! —lo interrumpió Rafael bruscamente—. Ninguna mujer es un ángel, amigo. ¡Ninguna! —terminó con voz dura.

—¡Pero ella lo es! —insistió Sebastián obstinadamente—. ¡Y pienso casarme con ella!

—Pues no esperes que te felicite —replicó Rafael con fastidio—. Tampoco te desearé lo peor, pero no puedo ver el matrimonio como otra cosa que un horrendo infierno que el demonio creó para los incautos.

Había tanto veneno en las palabras de Rafael que Sebastián quedó momentáneamente sorprendido, pero luego recordó a Consuelo y decidió que quizá Rafael tuviera razón en hablar así.

—¿Cuándo piensas casarte? —dijo Rafael con calma, pensando que había sido demasiado duro con Sebastián—. ¿Será en San Antonio, o piensas regresar a Nueva Orleans?

Sebastián se movió incómodo en la silla y vaciló. Los ojos repentinamente vigilantes de Rafael se convirtieron en ranuras plateadas y él terció:

—¿La dama no es libre, quizás? ¿Es el tipo de mujer que no espera librarse de un marido antes de encontrar otro?

Sebastián dijo en voz baja y peligrosa:

—¡No sigas, Rafael! ¡No permitiré que la insultes!

Rafael arqueó las gruesas cejas negras y sus ojos adquirieron un brillo pensativo.

—Significa mucho para ti esta mujer.

—Sí —asintió Sebastián, muy tieso—. Es casada, pero no creo que sea un matrimonio feliz y, si es posible, pienso hacer algo al respecto.

Sin que su rostro revelara nada, Rafael se echó hacia atrás entre las sombras y encendió otro cigarro negro, mientras pensaba en lo que Sebastián acababa de decirle. No le gustaba en absoluto y estaba completamente seguro de que Jason no querría ver a su hijo menor relacionado con una mujer así: una mujer madura y casada que andaba al acecho de jovencitos ricos. Consideró la idea de solicitar que Sebastián le presentara a su «ángel», pero la descartó de inmediato. Por el momento, no tenía tiempo de destruir la desafortunada relación de Sebastián. Pero si la mujer resultaba ser demasiado posesiva o si cuando Sebastián llegara a San Antonio todavía seguía sin recuperar el sentido común y reconocer a la mujer por lo que realmente era... entonces tendría que hacer algo. Los ojos grises se endurecieron y Rafael esbozó una sonrisita sardónica. Podría ser divertido, decidió, enseñarle al «ángel» de Sebastián los peligros de tender las redes hacia quien no correspondía.

Finalmente, el silencio entre ellos se volvió opresivo para Sebastián, que mirando el rostro absorto de Rafael dijo:

—No es así como esperaba que fuera nuestro primer encuentro después de dos años.

Rafael se encogió de hombros y de pronto sonrió. Su rostro se tornó mucho más juvenil y atractivo.

—Yo tampoco. Supongo que ambos somos demasiado impulsivos para nuestro propio bien. ¿Por qué no olvidamos esta conversación y nos encontramos como buenos amigos en la hacienda? Para entonces, habrás conseguido a tu dama o habrás decidido que no es el ángel que creías. Entonces podremos encontrarnos como amigos y no como enemigos.

Sebastián asintió de buen grado. La admiración que sentía por su pariente lo hizo agarrarse de inmediato a la mano amistosa que él le tendía. La atmósfera de tensión se disipó y se pusieron a conversar con la afectuosa intimidad que habían compartido desde que Sebastián había comenzado a seguir a su primo unos diez años antes.

Mientras observaba a Rafael, Sebastián notó los cambios que se habían producido en él en los últimos dos años. Unas profundas arrugas le surcaban las mejillas delgadas y acentuaban el aire de violencia que era parte de él. Llevaba el pelo negro demasiado largo para los dictámenes de la moda, la ropa cubierta de polvo le daba el aspecto de renegado, como tantas veces lo habían llamado en su juventud. En el cinturón de cuero que descansaba sobre sus caderas había una cartuchera con uno de los nuevos revólveres de Samuel Colt. Sebastián sabía que su primo era un tirador mortal con cualquier pistola y con algo como ese moderno revólver sería doblemente letal.

—¿Qué estás haciendo aquí? No me lo has dicho todavía —preguntó Sebastián, bebiendo un poco de whisky.

Rafael hizo una mueca.

—¿Recuerdas a Lorenzo Mendoza, el primo de Consuelo? —Al

ver que Sebastián asentía, continuó—: Bien, Lorenzo ha estado ac-
tuando como agente para México; al menos estoy casi seguro de lo
que ha hecho. Pasa mucho tiempo viajando entre los comanches, tratando de convencerlos de que se unan a México y los ayuden a echar
al resto de nosotros de Texas. Por lo general, termino yendo detrás de
él y deshaciendo lo que ha logrado. —Rafael esbozó una sonrisa torcida y agregó—: Ésa es la razón por la que mucha gente sigue creyendo que trato con los comanches y hago todo tipo de negocios sucios
con ellos. Pero volviendo a Lorenzo, finalmente se dio cuenta de lo
que yo hacía y esta vez se tomó mucho trabajo para asegurarse de que
yo no supiera adónde iba. En consecuencia, no sé a cuántas tribus ha
visto ni qué les ha prometido. Logré rastrearlo hace unos días y la pista me ha traído aquí, en lugar de San Antonio, de modo que sentí una
gran curiosidad y decidí averiguar qué le trae a Galveston.

—¿Y lo has averiguado?

—Ajá —replicó Rafael sin demasiada elegancia—. Sé que se ha
encontrado con un sujeto que provee armas a los indios, razón por la
cual parto mañana hacia Houston. Sam Houston tiene muchos agentes dispersos por la República y creo que la información le interesará.
Sin duda puede encargarse de que se tomen medidas para que la vida
se vuelva incómoda para nuestro amigo aquí en Galveston. Lorenzo
no encontrará las cosas tan fáciles la próxima vez que quiera hacer un
trato.

—¿Por qué demonios no lo denuncias? ¿O lo matas? —quiso saber Sebastián.

—Porque, amigo mío, es mejor saber dónde está la serpiente. Podría conectarlo con el hombre aquí en Galveston, pero estoy seguro
de que tendrían una historia inteligente para cubrirse. En cuanto a los
tratos con los comanches, no tenemos pruebas. ¿Me imaginas a mí
trayendo a rastras a un comanche y tratando de hacerlo explicar que
Lorenzo le prometió gran riqueza si ayudaba a echar a los texanos?
Lorenzo se ha relacionado estrechamente con mi padre y hay mucha
gente respetable que tiene una gran opinión de él... ¡algunos creen que
yo soy el perdido! Lorenzo negaría todo con palabras grandilocuen-
tes y el comanche probablemente terminaría ahorcado o fusilado por
hablar en contra de un blanco.

Sebastián asintió con un gruñido; comprendía la dificultad de la
situación. Pero más que eso, comprendía la gran preocupación bajo
las palabras indiferentes de Rafael. Si las tribus de indígenas se aliaban

con México, la República podría estar perdida. —Si bien mucha gente en Texas descartaba esa posibilidad, algunas personas prominentes, incluyendo a Sam Houston, el ex presidente, temían que pudiera convertirse en una realidad.

Era una verdadera lástima, pensó Sebastián, que Estados Unidos se hubiera negado a aceptar a Texas en la Unión cuatro años antes, llevando así a la República a su situación actual: una nación independiente que luchaba para sobrevivir. La República necesitaba la protección y la estabilidad de la Unión, pero los Estados libres del Norte no habían querido admitir otro Estado con esclavitud. La ferviente esperanza de la mayoría de Texas se había desintegrado al haber llegado finalmente las noticias de que Texas no podría ocupar su lugar entre los Estados Unidos. Había sido un golpe amargo, pero de alguna forma Texas había logrado sobrevivir... apenas.

—¿Hasta qué punto es real la amenaza de México ahora? —preguntó Sebastián en voz alta.

—Demasiado real —respondió Rafael con mirada sombría—. La República ha sobrevivido sólo porque México ha estado ocupado con sus problemas internos. Sólo podremos seguir sobreviviendo si logramos que no pongan a los indígenas en contra de nosotros. —Rafael inhaló una bocanada de humo, la exhaló en forma de nube y dijo en voz baja—: Desde 1837, México ha estado enviando agentes para que se encuentren con los indios, primero con los cherokees en el este de la República y como eso falló, ahora lo hacen con los comanches. —Haciendo eco de los pensamientos de Sebastián, prosiguió—: Si México puede unir las diferentes tribus comanches, estaremos frente a nuestro peor peligro como nación independiente. Si los indios nos atacan desde el Norte y el ejército mexicano desde el Sur, a Texas le costará sobrevivir. —Rafael se inclinó hacia delante, con expresión vehemente—. Los antílopes, los comanches del Norte, parecen estar decididos a mantenerse al margen, como siempre lo hacen, y no quieren escuchar a los agentes mexicanos. —Rafael sonrió por un momento—. Uno llegó allá el año pasado cuando yo pasaba por allí y, si bien son corteses, los antílopes obviamente sienten que no tienen necesidad de unirse a México. Ojalá que sigan pensando así. Pero los comanches del Sur son diferentes. ¿Oíste hablar de la reunión que se llevará a cabo en San Antonio en marzo?

Sebastián sacudió la cabeza. Después de apagar el cigarro, Rafael explicó:

—Si todo sale bien será una reunión histórica. Por primera vez los comanches han pedido una reunión y el coronel Karnes ha estado de acuerdo, siempre y cuando los comanches traigan a todos los cautivos blancos. Y ahí —dijo Rafael muy serio— es donde está el problema.

—¿Cómo? Todo me parece correcto.

Rafael hizo una mueca.

—Lo sería si no estuvieran tratando con los comanches. Los comanches del Sur, los Pehnahterkuh, son la tribu más grande de todas y me temo que lo que esperan de los texanos no es lo que van a conseguir. Tampoco pienso que la gente de San Antonio se tragará la típica arrogancia comanche como lo hicieron los españoles y los mexicanos. Los comanches exigirán regalos como lo han hecho siempre y habrá que pagar caro por cada prisionero que entreguen. Pienso que tampoco traerán a todos los cautivos, como está estipulado; los traerán de uno en uno y tratarán de hacer el mejor negocio posible.

Sebastián silbó por lo bajo; veía el problema con incómoda claridad: los enojados texanos exigiendo que se liberara a su gente y los comanches, pensando que trataban con el mismo miedo y sumisión que había caracterizado sus relaciones con los españoles y mexicanos, tratarían a los texanos como una nación conquistada. Sin duda habría problemas... a menos que hubiera varias cabezas muy frías entre los texanos.

Rafael estaba pensando más o menos lo mismo y dijo casi con frustración:

—Esa reunión podría ser un desastre para todos. Y si no resulta, los comanches se arrojarán en brazos de los mexicanos. ¡Entonces sí que estaremos en problemas! —Con un rápido cambio de humor, Rafael sonrió y preguntó—: ¿Estás seguro de que quieres establecerte en la República, después de todo?

Sebastián le devolvió la sonrisa.

—¿Y perderme una buena pelea? ¡Por supuesto que quiero establecerme aquí!

Hablaron hasta altas horas de los planes de Sebastián y de las tierras que Rafael le mostraría. No fue hasta que su primo regresó al hotel cuando Rafael volvió a pensar en los comanches mientras se dirigía a las caballerizas. La reunión en San Antonio podría dar grandes resultados si salía bien, pero si no...

Si sólo Sam Houston siguiera siendo presidente, pensó con rabia mientras ensillaba el caballo. A Sam Houston le importaban los indios, pero Lamar, el presidente actual, creía con firmeza que el único indio bueno era el que estaba muerto y Rafael temía que fuera a eliminar a todos los indígenas de la República. Sólo restaba desear que si había problemas, no desencadenaran una orgía de sangre derramada y muerte por toda la frontera. «Demasiada gente morirá —pensó, en tanto se alejaba a caballo de Galveston—, comanches y texanos por igual.» Se estremeció al recordar el tratamiento que recibían los cautivos de los comanches. Si la frontera estallaba en guerra, los lamentos de los cautivos se oirían incesantemente por las praderas. Como no podía encontrar la solución, se dedicó a pensar en la locura de Sebastián.

El enamoramiento de Sebastián con una mujer casada le preocupaba y molestaba más de lo que quería admitir. Ese joven era decididamente adulto como para cuidar de sí mismo, pero solía dejar que el corazón se impusiera sobre su mente. Rafael hubiera apostado cualquier suma a que la mujer no lo amaba. «Las mujeres son tan condenadamente traicioneras», pensó con rabia mientras azuzaba a su caballo para que comenzara a galopar. Tenían rostros de ángeles y cuerpos que volvían locos a los hombres y sin embargo mentían, engañaban y gozaban de ver a un hombre con el corazón destrozado.

Pero, por un segundo, su rostro se suavizó y recordó la afectuosa relación que tenía con su pequeña hermanastra, Arabela. Ojalá que no cambiara y se convirtiera en el tipo de mujer con el qué él parecía estar destinado a encontrarse. Apretó los labios al pensar en otras mujeres de su vida, y por primera vez desde que había cedido al irrefrenable deseo de volver a verla y había viajado a Natchez antes de darse cuenta de qué ridícula era su conducta, pensó con deliberación en Elizabeth Ridgeway. Pensó en ella y maldijo en voz baja ante la repentina punzada de dolor que sintió.

9

«San Antonio, por fin» pensó Beth. El viaje no había sido arduo, pero se alegró de ver las planas construcciones de adobe de San Antonio al final de la segunda semana de marzo.

Nathan cumplió su palabra y no se quejó ni una sola vez. Por cierto, a veces frunció los labios con desagrado y nadie pudo culparlo cuando se expresó con cierta vehemencia la mañana que encontró una serpiente cascabel rondando cerca de su manta.

Sebastián había sido un afortunado agregado a la caravana. Beth se sintió feliz de tener su compañía y Nathan decidió utilizar la habilidad de Sebastián con las pistolas de duelo y le pidió que le enseñara a tirar. Después de eso, pasaron muchas tardes con Nathan disparando alternadamente a blancos a los que nunca parecía darles. Beth exigió que también le enseñara a ella y para su gran alegría, resultó sorprendentemente hábil y logró dar en los blancos que erraba Nathan.

Muchas veces durante el trayecto pensó si habría tomado la decisión correcta al idear este viaje a Santa Fe. Les habían aconsejado esperar y unirse a una caravana de comerciantes que partiría a finales de marzo o comienzos de abril de Independence, en Misuri. Pero Beth, guiada por una compulsión interior, no había querido esperar. Se mostró decidida a tomar la ruta del Sur, viajar de San Antonio a Durango, meterse en México, esquivar los Grandes Llanos y seguir el camino que habían hecho los españoles durante años hasta Santa Fe. Sentía que por una vez estaba cumpliendo sus sueños.

En San Antonio descansarían tres días y repondrían las provisiones. Aquí Sebastián se separaría y se iría con sus criados a casa de sus parientes.

Se mostró triste cuando se separaron momentáneamente para descansar en el hotel.

Nathan deseaba la partida de Sebastián. No temía que Beth estuviera enamorada del joven, pero... de pronto, sin poder contenerse, le preguntó mientras se dirigían a sus habitaciones:

—Sientes un gran afecto por Sebastián, ¿no es así?

—¡Sí, Nathan! ¡Ha sido tan buen amigo con nosotros! Y me he divertido muchísimo con él. Lo echaré de menos cuando se marche mañana —respondió Beth con sinceridad.

Nathan, angustiado como siempre que la veía infeliz, le acarició la mano.

—Vamos, querida, no será la última vez que lo veas. ¿Acaso no lo invitamos a que nos visite en Natchez?

Beth le sonrió.

—Tienes razón. Lamento estar tan apesadumbrada, pero es sólo que me he encariñado mucho con él. Supongo que es porque él es como el hermano que toda chica desearía tener.

Sebastián hubiera llorado en voz alta al oír esas palabras, pero Nathan se sintió reconfortado. Con entusiasmo, dijo:

—Bueno, no pienses en su partida. Volveremos a verlo, estoy seguro. Por el momento, hemos llegado bien a San Antonio, y confieso que a pesar de mis reservas iniciales he disfrutado del viaje. Si el viaje hasta Santa Fe sigue como hasta ahora, me sentiré muy feliz. Y por cierto, seré insufrible al regresar a Natchez con mis historias sobre la supervivencia en estas tierras desconocidas y salvajes.

Beth rio porque sus palabras eran ciertas. Lo imaginó bebiendo lánguidamente su licor de menta en Mansion House, pavoneándose ante sus conocidos. Su sonrisa se ensanchó cuando llegaron a las habitaciones y vio la tina llena de agua caliente que la esperaba.

El hotel era agradable. Era nuevo, ostentoso y muy americano, pero a Beth le gustó. La comida era abundante, cosa que la hizo sentirse en el Paraíso.

Sebastián se mostró inusualmente silencioso durante toda la comida, sabiendo que ésta era su última noche con Beth por muchos meses. Cuando estaban bebiendo una última taza de café antes de retirarse a sus habitaciones, se le ocurrió una idea para poder pasar unos días más con Beth. Con un brillo de entusiasmo en los ojos verdes, se inclinó hacia delante y dijo:

—Acabo de darme cuenta de que, camino a Durango, pasaréis

cerca de Hacienda del Cielo. Cielo está a unos ochenta kilómetros al Sur de aquí y será agradable para descansar una o dos noches allí. Sé que mi primo, don Miguel, estará encantado de ofreceros hospitalidad, las visitas son muy bienvenidas cuando se está tan lejos. —Con descuido, agregó—: Si decidís hacerlo, no hay razón para que yo parta mañana por la mañana. Puedo postergar mi partida y viajar con ustedes. Sé que les gustará conocer la hacienda. ¡Decid que lo haréis!

A Beth la idea le resultó atractiva por demás, pero no quería abusar de la hospitalidad de desconocidos y, además, tenía que pensar en Nathan. ¿Cómo le caía a él la invitación?

Nathan no iba a correr riesgos. Sebastián era demasiado apuesto.

—Agradecemos tu invitación, Sebastián, pero me temo que debemos rechazarla. Quizás a nuestro regreso de Santa Fe.

A Sebastián no le gustó, pero no había nada más que hacer. Al menos Nathan había dicho que sería posible pasar de visita durante el viaje de regreso. Se encogió de hombros con resignación y dijo:

—Muy bien. Pero debo confesar que estoy muy decepcionado. A ti, Beth, con tu interés por los exploradores españoles, te hubiera resultado muy divertido. Es un establecimiento muy antiguo, uno de los primeros de esta zona. Don Miguel dice que uno de los hombres de Cabeza de Vaca es un antepasado suyo. —Sebastián sabía que no era caballeresco mostrar el cebo de esa forma, pero estaba desesperado.

Nathan sabía exactamente qué estaba tramando y contestó de mal modo:

—Bien, y ¿quién diablos es ese tipo de Vaca? ¡Nunca he oído hablar de él!

—¡Nathan! —exclamó Beth—. ¿Vas a decirme que jamás oíste hablar de Alvar Núñez Cabeza de Vaca? ¡Fue uno de los primeros hombres que atravesó Texas! Él y sus hombres estuvieron perdidos casi ocho años y fueron algunos de los primeros que hablaron de Cibola, las siete ciudades de oro. ¿Cómo no vas a saber quién es?

—¡Ah, ese Vaca! —replicó Nathan con altanería, fingiendo que lo había sabido desde el principio.

—Sí, ese de Vaca —repitió Sebastián con un brillo burlón en los ojos verdes—. Él y otros tres naufragaron en la costa de Texas, algunos creen que en la isla Galveston, en 1528, y después de escapar de los indígenas, llegaron a Culiacán en México.

—¡Es emocionante! —suspiró Beth—. Nathan, ¿por qué no nos

detenemos unos días en la hacienda? Me gustaría conocerla y también al primo de Sebastián. Estoy segura de que nos divertiríamos muchísimo.

Nathan no podía negarle muchas cosas a su mujer, especialmente cuando lo miraba de esa forma.

—Está bien —accedió de mala gana—. Si realmente lo deseas, querida, no tengo inconveniente en aceptar —agregó, pensando que no pasaría nada si seguían en compañía de Sebastián algunos días más.

Beth se inclinó y lo besó en la mejilla.

—¡Gracias, Nathan! ¡Sé que tú también disfrutarás!

—Bien, entonces partiremos todos juntos el viernes por la mañana —dijo Sebastián. Mirando a Beth, agregó—: Estoy seguro de que mi primo y su familia te caerán tan bien que decidirás quedarte más de lo planeado.

—¿Cómo es tu primo? —preguntó Beth con curiosidad—. ¿Es más joven o mayor que tú?

Sebastián rio.

—¿Don Miguel? Es mucho mayor. ¡Si hasta su hijo me lleva diez años!

—¿Pero cómo puede ser? Si es tu primo...

—Es que mi bisabuela era española y era hermana de don Felipe, el padre de don Miguel.

—Había una gran diferencia de edad entre ellos, ¿verdad? —preguntó Nathan, aburrido.

—¡Desde luego! Mi bisabuela ya estaba casada y había tenido a mi abuela cuando don Felipe nació. Mi bisabuela era la mayor y él el menor de una gran familia. Y como yo soy el menor de mi familia, la distancia de edades es aún más grande.

Beth sintió un escalofrío y se preguntó por qué la habría turbado esta historia, por qué parecía tocar una cuerda de su memoria. Algo nerviosa, se disculpó poco después y se fue a su habitación.

A pesar de la comodidad de la cama, le costó dormirse, y cuando lo hizo, por primera vez en años, volvió a soñar con el amante demoníaco sin rostro.

Sintió el conocido terror y se despertó temblando. Logró calmarse, diciéndose una y otra vez que era sólo un sueño. Cuando finalmente volvió a dormirse, fue con un sueño profundo.

Cuando se despertó a la mañana siguiente, estaba decidida a olvidar el sueño. Con forzado entusiasmo, hizo a un lado la sábana y atravesó la habitación para contemplar la vista de la plaza por la ventana.

El hotel estaba situado sobre la plaza principal de San Antonio y Beth contempló el aire adormilado que presentaba la ciudad a pesar del movimiento en la plaza. Las construcciones de adobe con sus tejados chatos de tejas rojas parecían dormir bajo el sol dorado. Había pocos árboles, pero de cuando en cuando, las ramas de un ciprés gigante contrastaban con el color claro de las paredes. El río San Antonio y la Caleta San Pedro corrían a cada lado de la ciudad y vastas praderas onduladas rodeaban la zona. Era un panorama apacible, pero Beth sintió que el temor de la noche anterior retornaba y tuvo una extraña premonición de peligro. Fue entonces cuando sintió inexplicablemente la presencia de Rafael Santana. Casi pudo verlo atravesando la plaza con sus largos pasos.

Lo había excluido de su mente durante tanto tiempo, había negado su existencia, pero ahora, sin previo aviso, volvía a invadir sus pensamientos. ¡Aterrorizada, comprendió de pronto que el amante demoníaco de sus sueños y Rafael eran la misma persona!

Sospechaba que lo había sabido desde el principio, pero no había querido reconocerlo y sintió una creciente histeria al pensar que aun antes de conocerlo había soñado con sus besos y con su cuerpo contra el de ella. Beth respiró hondo. Se estaba comportando como una tonta, por supuesto. El hombre de sus sueños no tenía rostro; además, era una tontería pensar que podía presentir la presencia de Rafael. Seguramente estaba a cientos de kilómetros de San Antonio. La tranquilizó un poco pensar de esa forma y luchó con decisión contra el deseo de abandonar ese lugar y regresar a Briarwood lo más pronto posible.

Si Nathan o Sebastián notaron que la sonrisa de Beth era forzada o que había círculos negros debajo de sus ojos, ninguno lo mencionó. Por el contrario, Nathan se adhirió a su mujer con firmeza, llevando a Sebastián al borde de la locura. Beth no ayudó a mejorar su humor, pues se mostró agradecida con su marido y se aferró a él con tanta calidez que Sebastián finalmente tuvo que disculparse y alejarse un rato para no demostrar los celos que sentía. Estaba descubriendo que capturar el corazón de Beth no resultaría tan fácil como había pensado al principio.

En consecuencia, mientras Sebastián trataba de curar su corazón herido, Nathan y Beth exploraron la vieja ciudad española. Visitaron la antigua Misión de San Antonio de Valero, situada no lejos de la ciudad. A lo largo de los años, la misión había recibido el nombre de El Álamo debido a un grupo de álamos que crecían cerca, y fue allí donde menos de cinco años antes el general Santa Ana había aniquilado deliberadamente a los valerosos defensores texanos que habían querido liberar Texas de la opresión mexicana.

El jueves, tras una noche de sueño profundo, Beth logró por fin quitarse de encima su estado de ánimo lúgubre y comenzar a disfrutar de la breve estancia en San Antonio. Los habitantes eran gentiles y aunque no conocían a nadie en la ciudad, Beth y Nathan recibían saludos amistosos cuando caminaban por ella. La mayoría de las personas eran texanas, pero había gran cantidad de mexicanos.

Cerca del mediodía, Beth estaba a punto de sugerir que regresaran al hotel para almorzar cuando un caballero de apariencia aristocrática y su esposa se les acercaron. Ambos estaban bien vestidos; la mujer llevaba un vestido de seda color café y el hombre, una levita bien cortada y un chaleco de seda bordada.

En lugar de seguir de largo, la pareja se detuvo y el caballero dijo con tono amistoso:

—No pudimos dejar de notar que son extranjeros y nos preguntábamos si había algo que pudiéramos hacer para que se sintieran en su casa. Soy Sam Maverick, un hacendado de esta región y también abogado. Ésta es mi mujer, Mary. ¿Piensan establecerse en la zona o están de visita? —El hombre era extremadamente cortés y a Beth le cayó bien de inmediato. Mary le sonrió con serenidad y Beth tímidamente le devolvió la sonrisa. Siguieron unos minutos de conversación mientras los Ridgeway se presentaban y Nathan explicaba que sólo habían parado unos días para descansar antes de seguir su viaje hacia Santa Fe, donde pasarían un tiempo en casa de una amiga de su mujer, Stella Rodríguez. Ante la mención de Stella la conversación se tornó más vivaz, pues los Maverick conocían a Stella y a su familia desde hacía algún tiempo. A los pocos minutos estaban hablando como si se hubieran conocido desde la infancia. Al menos Beth lo hacía y Nathan, aunque no aportaba demasiado a la conversación, pues sólo había estado una vez con Stella, disfrutaba viendo a su mujer divirtiéndose de esa forma.

Habrían permanecido allí hablando interminablemente si Mary Maverick no hubiera dicho de pronto:

—¡Esto es ridículo! ¡De pie en medio de la calle cotilleando! Vengan a nuestra casa. Es aquí cerca, en la esquina de la plaza. ¿Ven ese enorme ciprés? Bien, la casa que está detrás es la nuestra. Por favor, ¡quédense a almorzar!

Nathan y Beth intentaron rechazar la invitación tan precipitada, pero los Maverick se mostraron insistentes, de modo que finalmente se encontraron sentados en un cómodo sofá en la antigua casa de piedra.

La visita resultó muy entretenida y hasta Nathan terminó conversando animadamente acerca de las ventajas de establecerse en la República de Texas. Beth tenía sus reservas, y pensando en las historias de Stella acerca de los raptos de los comanches, exclamó:

—Pero... ¿y los indios? Tengo entendido que se pierden muchas vidas a causa de ellos.

Sam Maverick frunció el entrecejo y admitió de mala gana:

—Lo que dice es cierto, no puedo negarlo. Los indios, en especial los comanches, son nuestra mayor amenaza, además de la amenaza de invasión por parte de México. —Hizo una pausa, pero al ver que tenía la atención de sus huéspedes, añadió con seriedad—: Al principio los comanches no nos atacaban, pero en los últimos años sus correrías han cobrado miles de víctimas. Es más, en 1838 la matanza se volvió tan atroz que el condado de Bastrop casi se quedó sin pobladores. Familias enteras fueron aniquiladas. Fue espantoso. —Cambiando de tono, agregó con una nota alentadora—: Pero creemos que ya no habrá más ataques de ese tipo; pronto, si todo va bien, la frontera será segura para todos los texanos.

—¿Cómo se logrará eso? —preguntó Beth, dudando—. Aparentemente no se ha podido apaciguarlos en el pasado. ¿Qué les hace pensar que el futuro será diferente?

Fue Mary la que respondió. Inclinándose hacia delante, dijo con vehemencia:

—Normalmente estaría de acuerdo con usted, señora Ridgeway, pero verá, un grupo de comanches pasó por aquí no hace mucho y expresó el deseo de lograr la paz con los blancos. Nuestros valerosos llaneros texanos han podido defenderse de esas violentas criaturas, a veces en su propio terreno, y creemos que los indios han comenzado a comprender que nosotros, los texanos, no les permitiremos intimidarnos como lo hacían con los españoles y mexicanos. El coronel Karnes ha organizado una reunión, es el comandante de la Frontera Sur, y todos esperan que se logre una paz duradera. El hecho de que los comanches fueron los que solicitaron la reunión de paz es lo que nos da renovadas esperanzas. —Con repentina vacilación, agregó—: El único problema es si los comanches estarán o no dispuestos a devolver a todos los prisioneros blancos que tienen en su poder. Si no lo hacen, no habrá paz.

—¿Prisioneros? —repitió Nathan, asombrado—. ¿Para qué quieren a los prisioneros? Además, supongo que cualquier hombre capturado por ellos escaparía con facilidad. Después de todo, son simples salvajes.

La señora Maverick explicó en voz baja:

—Nunca toman hombres prisioneros, sólo niños y mujeres en edad de concebir hijos. —Incómoda, agregó—: Toman a las mujeres para usarlas como esclavas y para un propósito aún más vil: ¡para obligarlas a engendrar hijos mestizos! Los niños capturados son generalmente adoptados por la tribu y crecen creyendo que son comanches.

Beth estaba horrorizada. Se movió inquieta en el sofá, sintiendo un repentino terror al imaginarse entre las garras de algún salvaje que deseaba humillarla. ¡Qué espanto! Era imposible pensar en eso. Pero el tema la fascinaba y sin poder evitarlo, preguntó:

—¿Pero sobreviven?

Los Maverick adoptaron una expresión dura y Sam dijo con aspereza:

—Algunos sí, otros no. En algunos casos nunca se sabe qué sucedió con ellos. Los niños Parker, capturados durante la masacre del Fuerte de Parker en 1836, son un buen ejemplo... La pequeña Cynthia Anne tenía sólo nueve años y su hermano John, seis. Corren rumores de que ella ha sido vista con los comanches en el Norte, pero nadie sabe con seguridad si está con vida, ni qué sucedió con su hermano. Los de la familia que sobrevivieron a la masacre ruegan para que toda niña blanca que sea vista, sea su Cynthia Anne.

—Pobres, pobres niños —suspiró Beth, espantada.

—Es algo con lo que los texanos han tenido que vivir durante estos últimos años —dijo Maverick con tono sombrío—. A pesar de nuestros intentos por hacer tratos con ellos, siguen con sus depredaciones. Los *llaneros* hacen lo que pueden, pero son demasiado pocos contra las hordas salvajes que matan a voluntad. ¡Debe terminar! Los comanches tienen que comprender que los texanos estamos aquí para quedarnos y lo que es más importante aún, que no nos dejaremos intimidar como los españoles y los mexicanos. ¡No compraremos la paz dándoles regalos y sobornándolos para que nos dejen tranquilos! ¡Ésta es nuestra tierra y no nos dejaremos amedrentar!

Quizá los Maverick pensaron que habían dibujado a sus invitados un panorama aterrador de la vida en Texas, de modo que cambiaron de tema y se dedicaron a describir las ventajas. Cuando los Ridgeway se marcharon de su casa, el tema de los comanches y de las masacres había quedado atrás. Pero Beth volvió a tener esa noche una aterrante pesadilla en la que estaba desnuda e indefensa, rodeada por un grupo de comanches que la miraban con lujuria. El fuego iluminaba sus rostros salvajes mientras se acercaban a ella. De pronto, ya no estaban allí, sólo había un comanche alto y delgado, con unos ojos grises y un cuchillo ensangrentado... ¡Un comanche con el rostro de Rafael Santana!

10

La Hacienda del Cielo estaba situada en las tierras más hermosas que Beth jamás había visto. A casi ochenta kilómetros al sudoeste de San Antonio, estaba enclavada en una zona escarpada de colinas cubiertas de robles con pintorescos valles verdes y arroyos azules bordeados de altísimos cipreses. A medida que se acercaban a la hacienda, veían grandes reses de ganado con sus enormes cuernos curvos que los identificaban como animales característicos de la República de Texas.

Habían partido de San Antonio en la madrugada del día anterior y el viaje hasta la hacienda había transcurrido sin incidentes. Beth se había sentido agradecida —en vista de sus recientes pesadillas— por el hecho de que Sebastián y sus cuatro criados siguieran con ellos. La tranquilizaba y ella prefería olvidar el riesgo de peligro que existía; peligro de indios o de que los descubriera una banda de forajidos mexicanos. Estos bandidos robaban, violaban y mataban, aparentemente con la bendición —por no decir el amparo— de la Ciudad de México.

Nathan sacó el tema de los indios, sin embargo, y mientras conversaban sobre lo que habían hablado con los Maverick, Beth le confesó:

—Pienso que quizá tenías razón acerca de este viaje, Nathan. Es peligroso. ¿Me creerías muy tonta si te dijera que he perdido el gusto por la aventura?

Él no la creyó tonta, pero se sorprendió y se sintió muy aliviado. Sin ni siquiera querer saber qué había causado este tan esperado cambio, Nathan preguntó con entusiasmo:

—¿Significa eso que no tenemos que seguir? ¿Podemos regresar a Natchez?

Beth lo pensó un largo instante; recordó su profundo deseo de ver a Stella y a la pequeña Elizabeth. El deseo seguía tan intenso como antes, pero estaba asustada y el viaje que había comenzado con tantas esperanzas y sueños ahora la hacía presentir un inminente peligro. Respiró hondo y dijo lentamente:

—Sí. Podremos quedarnos con los parientes de Sebastián durante una o dos noches y luego volver a San Antonio y retomar el camino de regreso.

Nathan estaba encantado y no se molestó en disimularlo. Cuando se detuvieron para hacer descansar a los caballos y los bueyes, no pudo controlarse y le contó las buenas nuevas a Sebastián, que había optado por montar su caballo en lugar de soportar el encierro del carruaje, aun si esto significaba perderse la compañía de Beth y darle una decidida ventaja a Nathan.

—¿Regresar? —dijo Sebastián, estupefacto—. ¿Quieres decir a Natchez? ¿No iréis a Santa Fe?

—No —replicó Nathan con satisfacción—. Beth ha decidido que no quiere ir más lejos. Igualmente aceptamos tu invitación a la hacienda, pero cuando partamos, iremos a San Antonio y de allí a Natchez.

Sebastián miró fijamente a Beth, tratando de descubrir la razón de este cambio repentino e inesperado. Beth le devolvió la mirada, algo incómoda. Sabía que se estaba comportando como una tonta, pero si había existido un irrefrenable deseo de embarcarse en esta aventura, ahora había sido reemplazado por el de marcharse lo antes posible y volver a la seguridad de Briarwood.

—Sé que debes considerarme la criatura más inconstante del mundo, pero sucede que ya no quiero seguir con este viaje. Le escribiré a mi amiga desde San Antonio y le explicaré todo.

—¿Estás segura de que eso es lo que quieres hacer? —preguntó Sebastián, sin saber qué otra cosa decir.

—Segurísima —declaró Beth con firmeza.

No había nada más que decir, aunque era obvio que a Sebastián le habría gustado seguir tratando de convencerla. Pero dejó pasar el momento; era consciente de que por más que Beth fuera a Natchez o a Santa Fe, igualmente se marcharía de su vida en unos pocos días... a menos que él pudiera convencerla de que se quedara con él. Tenía que saber que Nathan tenía relaciones con hombres, decidió, tenía que saber que él no era el amante ardiente que tendría que haber sido. Y con eso en la mente, ¿no se sentiría más predispuesta a aceptar una proposición matrimonial de un verdadero hombre? ¿De un hombre que nunca se refugiaría en otro par de brazos, ni femeninos ni masculinos? Sebastián hizo una mueca de desdén. ¡Masculinos por cierto que no! Decidido, resolvió que antes de que los Ridgeway emprendieran el regreso a Natchez le declararía sus sentimientos a Beth. Se mostraba obstinadamente ciego al hecho de que ella no parecía interesada por ellos.

Beth estuvo algo apagada durante el resto del viaje, pero cuando atisbó la hacienda, cuando rodearon una colina y entraron en un valle amplio y verde, se sintió feliz de haber aceptado la invitación. En el fondo del valle se alzaba la hacienda como una gran fortaleza de paredes blancas. Por encima de las paredes de adobe y de los árboles que rodeaban las viviendas se veían los tejados rojos de la casa grande. Un arroyo ancho corría por el valle, bordeado por cipreses y otros árboles y a los lados del camino polvoriento que conducía hasta la hacienda, había frondosos sicómoros.

Las murallas externas se alzaban a cinco metros del suelo; en la parte superior de ellas había afiladas puntas de hierro. Beth se sintió como si entrara en un fuerte medieval cuando los grandes portones de hierro se cerraron detrás de ellos. La turbaba pensar que esos muros eran la única barrera que la separaba del salvajismo que la gente del lugar enfrentaba todos los días. Por donde miraba, a pesar del buen mantenimiento, de los signos de prosperidad y opulencia, siempre había algo que le recordaba que se habían tomado recaudos para protegerse de los indios; de pronto tomó conciencia de lo afortunada que había sido al haber llegado hasta allí ilesa y de lo agradecida que se sentiría si lograba regresar a Natchez sin ver a un indio. Esas agresivas puntas de hierro le recordaron que fuera de los muros la muerte andaba en un caballo pintado y golpeaba sin aviso ni compasión.

En realidad, había dos muros. Los externos protegían a los campesinos y vaqueros que vivían y trabajaban en el establecimiento. El área abarcaba varias hectáreas; era allí donde estaban situados los graneros, los establos, los depósitos y el aljibe. Los muros internos, a pesar de ser altos y fuertes, sencillamente aseguraban la intimidad de la casa grande.

Cuando el carruaje llegó a los portones del segundo murallón, se detuvo. Sebastián desmontó y, tras abrir la puerta del carruaje con elegancia, ayudó a Beth a apearse. Haciendo una pomposa reverencia, bromeó:

—Señora, la Hacienda del Cielo aguarda sus órdenes.

Mientras bajaba con su languidez habitual, Nathan murmuró con ironía:

—¿No es tu primo el que debe decir eso o confundo la situación?

Sebastián se ruborizó de fastidio.

—No hay ningún error; la situación no ha cambiado en absoluto. Ahora, si me disculpáis un momento, le avisaré a mi primo de nuestra llegada.

Sebastián se marchó, ofuscado, y Beth se volvió hacia Nathan con expresión perpleja:

—¿Qué ha sido todo esto?

—Nada, querida —respondió Nathan, sereno—. Sólo el joven Sebastián dando una infantil muestra de mal carácter.

Beth tenía sus dudas al respecto, pero optó por no decir nada y se dedicó a mirar a su alrededor mientras caminaban hacia una arcada por donde había desaparecido Sebastián. Al otro lado había otro mundo y Beth lanzó una exclamación de placer. Era un mundo de elegancia y refinamiento, de buganvillas rojas y moradas, enredaderas anaranjadas y amarillas, fuentes resplandecientes, patios de baldosas y árboles verdes que daban su sombra a la casa. Las paredes de ésta eran tan blancas que hacían doler los ojos. Arcadas moriscas y balcones de hierro labrado evidenciaban la historia de la hacienda.

Estaban cruzando el patio exterior cuando apareció Sebastián, acompañado de un caballero delgado y apuesto de unos cincuenta años. Una dama regordeta con el pelo cubierto por una mantilla asegurada con una peineta se unió a ellos.

El hombre moreno de cabello oscuro no podía ser otro que don Miguel; había un porte arrogante en su estampa y sus ropas denotaban su posición. Sonrió ampliamente y exclamó con entusiasmo:

—¡Entonces ustedes son los amigos de Sebastián! Vengan, pasen y refrésquense. La hacienda está a su disposición; estamos muy felices de que permitieran a nuestro incorregible pariente convencerlos de detenerse aquí unos días. Las visitas siempre son bienvenidas en la Hacienda del Cielo, pero los amigos de Sebastián lo son más todavía.

Intercambiaron frases corteses y luego Sebastián dijo:

—Creo que olvidamos las presentaciones y antes de que me acusen de descortés, doña Madelina y don Miguel, quiero que conozcan a mis amigos, la señora Elizabeth Ridgeway y su marido, el señor Nathan Ridgeway. Beth y Nathan, permitidme presentaros a la encantadora mujer de mi primo, doña Madelina Pérez de la Santana y a mi primo, don Miguel López de la Santana e Higueras.

Sebastián sonrió y agregó:

—Creo que sería más fácil si los nombres se redujeran sencillamente a Beth y Nathan y Miguel y Madelina.

Fue esta última la que respondió. Con un brillo de placer en sus grandes ojos oscuros, murmuró:

—Sí, joven, tanta formalidad no sería la forma de agradecer a tus amigos el haber sido tan gentiles contigo en tus viajes.

Beth se había puesto pálida al oír el apellido Santana y trató desesperadamente de recuperar la compostura. Tratando de actuar con normalidad, dijo:

—¡Pero si es Sebastián el que ha sido gentil con nosotros! Hasta ha querido cambiar sus planes de viaje para adaptarse a los nuestros. Sebastián ha sido muy amable con nosotros y no nosotros con él.

Sebastián se movió, incómodo, y Miguel sonrió con suspicacia mientras miraba a su primo.

—¿Quizá Sebastián tomó como una gran gentileza de su parte que aceptara su compañía, mmm?

Todos rieron, pero la risa de Beth fue forzada. Los pensamientos se le agolpaban en la mente y sintió una helada impresión. ¿Acaso se trataba de una de esas sorprendentes coincidencias? ¿O se habría metido a ciegas dentro de la boca del lobo?

Tragó con dificultad y echó una mirada casi temerosa a su alrededor, como si Rafael pudiera estar observándola. Pero no había nadie oculto entre las sombras, sólo estaban la cálida luz del sol y la cordial bienvenida que le daban los primos de Sebastián. Sin embargo, a pesar del día templado, Beth se estremeció, preguntándose qué haría si resultaba que esta gente amable estaba realmente emparentada con Rafael Santana.

Pero lo único que podía hacer era sonreír y aceptar la copa de sangría que le ofrecieron una vez que estuvieron dentro de la casa. Estaban sentados en una elegante sala que daba a un patio lleno de plantas.

Beth trató de relajarse y de unirse a la conversación, pero los pensamientos la atormentaban. Hasta que supiera con seguridad que no había relación entre estos Santana y Rafael, no podría hacer otra cosa más que quedarse allí sentada, llena de ansiedad. Jugueteó nerviosamente con la copa y sonrió ante un comentario, preguntándose cómo podría descubrir si sus peores temores se materializaban.

Sebastián lo hizo por ella, sin quererlo. Tras unos minutos de conversación preguntó a Miguel:

—¿Ha llegado Rafael? Lo vi en Galveston cuando pasamos por allí y dijo que se encontraría aquí conmigo.

Don Miguel sonrió.

—Mi hijo es como el viento... uno nunca sabe exactamente dónde o cuándo aparecerá. Pero quédate tranquilo, si dijo que vendría aquí, llegará en cualquier momento.

La delicada copa de cristal cayó de la mano inerte de Beth y lo único que impidió que se rompiera fue la mullida alfombra que cubría el suelo. La sangría se derramó sobre el vestido de muselina amarilla de Beth, que se quedó mirando, aturdida, la mancha rojiza. Un pensamiento se le había clavado como una lanza en la mente: ¡Don Miguel es el padre de Rafael! Sin darse cuenta, dejó escapar un gemido de desesperación, pero en el alboroto general nadie lo notó.

Madelina hizo a un lado a los caballeros y dijo rápidamente:

—Dejen, por favor. Venga, señora Ridgeway, la llevaré a las habitaciones que ocuparán. Haremos que una criada le limpie el vestido de inmediato. —Volviéndose hacia su marido, añadió con eficiencia—. Miguel, amado, ocúpate de que Pedro o Jesús traigan los baúles de la señora Ridgeway a las habitaciones doradas para que ella pueda cambiarse.

—Nuestros criados pueden encargarse de eso, doña Madelina —dijo Nathan con tono cortés.

—No será necesario; déjelos descansar un momento. Tenemos criados de sobra. —Volviéndose hacia Beth, Madelina insistió—: Venga, señora; si quiere seguirme, me encargaré de que todo esté bien. Vamos, querida.

Como una sonámbula, Beth la siguió por la galería frente al patio central. Le pareció un trayecto largo, pero estaba tan sacudida por la noticia de que Rafael Santana era el hijo de su anfitrión que no estaba en sus cabales. Aun cuando entraron en unas habitaciones decoradas en blanco y dorado, tenía la mente entumecida, pero tomando conciencia de que tenía que decir algo, musitó:

—Creo que el viaje desde San Antonio debe de haberme agotado más de lo que creí.

—Sí, es un viaje largo e incómodo —acotó Madelina con tono compasivo—. ¿Le gustaría recostarse hasta la hora de la cena? Haré que le envíen una bandeja con un refrigerio. ¿Le parece bien?

—¡Sí, señora! —asintió Beth con entusiasmo—. ¡Me gustaría muchísimo!

Sonriendo con amabilidad, la otra mujer asintió.

—Bien. La dejaré ahora y dentro de unos minutos una de nuestras criadas se ocupará de todo lo que necesite. Sus sirvientes pueden regresar a sus tareas habituales por la mañana, si usted está de acuerdo.

Beth hizo un gesto de asentimiento con la cabeza y Madelina concluyó con eficiencia:

—Entonces todo queda arreglado por el momento. No se preocupe por nada, sólo descanse. La veré más tarde.

Con la partida de Madelina, la presencia de ánimo de Beth se esfumó. Temblando, se acercó a una silla y se dejó caer sobre ella. «No tengo que comportarme como una estúpida —se dijo con severidad, apretándose las manos sobre el regazo—. No hay nada que temer... no es más que un hombre, no puede lastimarme... ¡quizá ni siquiera me recuerde!»

Y de pronto, con un vuelco en el estómago, comprendió que también se encontraría con Consuelo y las manos comenzaron a temblarle de tal forma que tuvo que apretarlas firmemente una contra la otra. «¡Dios Santo! —pensó Beth con angustia—. No puedo enfrentarme con Consuelo, no puedo saludarla con cortesía, sabiendo que esos vidriosos ojos negros me observan con atención y gozan con mi humillación. ¿Y qué hay del primo de Consuelo, Lorenzo? ¿Estará aquí también él?»

Beth no tuvo tiempo de cavilar sobre su dilema, pues en ese momento se oyeron unos golpecitos en la puerta. Un instante más tarde, la puerta se abrió y al igual que en aquella tarde de Nueva Orleans, Manuela, la criada de Consuelo, entró en la habitación llevando una bandeja de plata. Beth quedó paralizada. Su rostro se puso pálido de horror.

Manuela se detuvo al entrar en la habitación; los ojos negros se clavaron de forma enigmática sobre la cara petrificada de Beth. Permaneció en silencio un momento y luego dijo en voz baja:

—No tiene nada que temer de mí, señora. Sólo obedecí a mi señora aquel día y ahora no le haré ningún daño. Tampoco hablaré con nadie que no sea usted sobre los acontecimientos de ese día. —Al ver que Beth no se movía, que permanecía como una hermosa estatua, Manuela la miró con atención y luego dejó la bandeja sobre una mesa contra la pared. Se acercó a Beth lentamente, como si estuviera frente a un animalito listo para huir y repitió con sinceridad—: No tiene nada que temer, señora. La señora Consuelo ha muerto y con ella murieron muchas cosas. Confíe en mí, niña, no le haré daño. Ella está muerta y el pasado está detrás de nosotros.

Beth oyó poco de lo que dijo Manuela aparte de que Consuelo estaba muerta. Clavando los ojos en el rostro arrugado y cetrino, susurró con incredulidad:

—¿Muerta? ¿Cómo puede ser? Era una mujer joven.

Impasible, Manuela respondió:

—Comanches. Ella se marchó de aquí, pero de camino a la costa, donde esperaba tomar el barco que la llevaría a España, ella y dos criadas, así como también los ocho hombres que la acompañaban, murieron a manos de los indios. Ella sufrió, niña, antes de morir. ¡Por Dios, cómo sufrió! Yo bañé y preparé su cuerpo para el funeral aquí en el cementerio familiar y vi las torturas a las que había sido sometida. Sufrió mil veces más que usted, señora. Eso no la disculpa, pero quizá le permita a usted compadecerse de la horrible forma en que ella murió.

El corazón de Beth le dio un vuelco y ella volvió a oír a Consuelo diciendo con odio: «¡Me pregunto por qué hasta ahora no has contratado a alguno de tus estúpidos salvajes para que te liberara de una esposa como yo!» Y la cruel respuesta de Rafael: «Me sorprende no haber pensado en eso hasta ahora.» Beth se estremeció.

No podía pensar en eso, se dijo, mientras trataba de aplacar las horribles sospechas que le cruzaban por la mente. Con voz ronca, preguntó:

—¿Por qué se iba a España? ¿Y cómo no estaba él con ella?

Manuela se encogió de hombros y luego se dirigió a donde estaba la bandeja. Sus manos delgadas se movieron con rapidez para servir una copa de sangría que llevó a Beth. Beth la tomó, y al ver el líquido color rubí recordó tontamente la mancha sobre su vestido.

Bajó la mirada hacia la prenda y murmuró:

—Mi vestido. Está manchado.

Como si la otra conversación jamás hubiera tenido lugar, Manuela dijo con tranquilidad:

—Sí, veo que está sucio. Si me permite, la ayudaré a quitárselo y me encargaré de que una de las otras criadas lo limpie inmediatamente.

Beth asintió, sin querer pensar en la conversación anterior, sin querer pensar en que Rafael Santana había enviado deliberadamente a su mujer a la muerte.

Manuela no hizo nada para romper el poco control que Beth tenía sobre sí misma mientras le quitó el vestido manchado. Dejándola momentáneamente con la camisola y la enagua, Manuela desapareció dentro de una de las habitaciones y regresó casi de inmediato con una bata que Beth reconoció como propia, de modo que supuso que su equipaje había sido deshecho.

Manuela la ayudó a ponerse la bata y la convenció de que bebiera su sangría. Aturdida, Beth obedeció.

La sangría le infundió calor y la sangre comenzó a fluirle otra vez por las venas. Era una sensación agradable y, casi distraídamente, Beth tomó el vaso que Manuela había vuelto a llenar. «Al menos —pensó casi al borde de la histeria—, si bebo mucho no podré pensar... ¡no podré pensar en las cosas terribles que me dan vueltas en la cabeza!»

Manuela la guio hacia el dormitorio, haciéndola sentarse sobre un mullido sillón tapizado en brocado blanco y dorado. Moviéndose en silencio por la habitación, la criada quitó la colcha dorada y abrió unas puertas que daban a un pequeño patio. Echó una mirada a Beth y al ver que ya no estaba tan pálida dijo con tono práctico:

—Le di su vestido a María y ella se encargará de limpiarlo. Doña Madelina me pidió que me ocupara de usted, pues hasta la muerte de la señora Consuelo yo era doncella... Si lo desea, puede pedir que la sirva otra criada.

Beth se pasó una mano cansada por el pelo.

—No —dijo por fin—. No será necesario. Sólo daría lugar a habladurías y mañana por la mañana mi propia criada la relevará. —Beth sabía que si rechazaba los servicios de Manuela más de una ceja se arquearía con curiosidad y decidió que era mejor dejar las cosas como estaban... y sin embargo, sentía un deseo intolerable de conocer los hechos que habían rodeado la muerte de Consuelo. Tenía que saberlo todo. Apretando con fuerza la copa de cristal, suplicó—: Manuela, cuéntame sobre la muerte de Consuelo. ¿Por qué se marchaba de aquí?

Manuela vaciló y luego admitió con sencillez:

—El señor Rafael estaba decidido a divorciarse de ella. Le dio la elección de regresar a España e iniciar el divorcio ella misma o quedarse aquí y sufrir la humillación de que él iniciara los trámites. —Manuela adoptó una expresión de desagrado—. ¡Cómo se enfureció y gritó ella! Se comportó como una mujer enloquecida; estaba tan furiosa que ni siquiera esperó a que se prepararan sus pertenencias personales. Hizo que Lorenzo contratara a los hombres que la acompañarían hasta la costa y a los tres días se marchó, con dos de las criadas más jóvenes. Yo iba a seguirla con todo el equipaje. Con frecuencia doy gracias a Dios porque ella no insistió en que la acompañara. Quería que me ocupara de todas sus cosas y eso fue lo que me salvó. —Con tono lacónico, terminó—: Los comanches mataron a todos a los dos días de la partida.

—Comprendo —dijo Beth con voz temblorosa, preguntándose si Rafael se habría encontrado con esos mismos comanches y les habría indicado dónde podrían encontrar a su mujer. Se estremeció ante la idea, no quería creerlo capaz de semejante acción, pero temía que lo fuera. Había una sola pregunta más que tenía que hacer—: ¿Y qué sucedió con el señor Mendoza?

—Él tiene su propio establecimiento no lejos de aquí —respondió Manuela. Con expresión compasiva, agregó—: Tengo que advertirle que don Miguel todavía lo considera un miembro de la familia... ¡y él estará aquí esta noche para la cena!

11

Manuela resultó ser una excelente doncella, pues tenía buen ojo para las telas y los colores; ayudaba sin ser entrometida. Fue Manuela la que decidió que Beth llevara un elegante vestido de seda púrpura y los rizos recogidos sobre la cabeza, con un bucle cayendo sobre el cuello pálido y los hombros desnudos revelados por el profundo escote del vestido.

Las dos mujeres no volvieron a hablar de Consuelo ni de lo que había sucedido, pero Beth no dejaba de pensar en ello. Y justamente cuando iba a abandonar la habitación, se volvió bruscamente hacia Manuela y preguntó:

—¿Rafael sabe la verdad sobre mí?

Manuela se mordió el labio y no quiso levantar la vista.

—No, señora, no la sabe. Doña Consuelo amenazó con lastimarme si yo alguna vez hablaba de eso, y después de su muerte nunca ha surgido el tema. —Mirando a Beth con tristeza, agregó—: Serviría de poco decírselo ahora; no lo creería y no hay pruebas. —Apartó los ojos y añadió en voz baja—: Yo no querría contar que intervine en ese episodio, señora. Mucho me temo que me despediría. No soy joven, señora; no tengo adónde ir, ni dónde vivir y, sobre todo, no conseguiría trabajo.

—¿Pero si le explicaras que Consuelo urdió el plan y te obligó a participar? —insistió Beth. Deseaba con intensidad que Rafael conociera la verdad, aun ahora, después de tantos años.

Manuela negó con la cabeza.

—Me gustaría hacerlo por usted, señora, de veras, pero tengo miedo. ¡Por favor, no me lo pida!

Beth abrió la boca para tranquilizar a la otra mujer, diciéndole que no tenía nada que temer, que Beth se encargaría de ella, pero se dio cuenta en ese instante de que sería inútil que Manuela hablara ahora. Rafael no creería a una ex criada de Consuelo... ¿por qué tenía que hacerlo? Pero más importante aún, existía la probabilidad de que él pensara que ella la había sobornado. Ya era bastante grave que él creyera que era una ramera adúltera, pensó Beth con amargura; no quería que agregara el soborno a la lista de cargos. Cerró la boca con determinación, sabiendo que estaba derrotada por el momento. Qué importaba, de todas formas, se preguntó con rebeldía. Además, ella y Nathan se marcharían de la Hacienda del Cielo antes de que Rafael Santana apareciera en escena.

Se oyó un golpecito en la puerta de la habitación.

—¿Abro, señora? —preguntó Manuela—. Probablemente sea su marido. Le han dado las habitaciones que están junto a las suyas.

Beth asintió y un instante más tarde Nathan entró en la alcoba, muy elegante con su chaqueta color ciruela con cuello negro de terciopelo y ajustados calzones negros hasta la rodilla. Echó una mirada complacida a su mujer y exclamó:

—¡Ah, mi querida, qué hermosa estás! ¿Te has recuperado de tu malestar? Sería horrible que enfermaras justo cuando íbamos a regresar a casa —Una idea desagradable se le ocurrió y Nathan se estremeció—. ¡Vaya, si enfermaras quizá tendríamos que postergar la partida!

Beth sonrió con divertida tolerancia. Sospechaba que la ansiedad de Nathan por regresar a Natchez era más importante que su preocupación por ella.

—Me siento mucho mejor, Nathan —respondió con suavidad—. Creo que el viaje desde San Antonio me cansó más de lo que creí.

Nathan pareció quedar satisfecho con la explicación, pero mientras se dirigían a la sala, le echó una mirada penetrante y preguntó:

—¿Fue realmente el viaje, Beth? Vi tu rostro, sabes, y parecías haber recibido una impresión terrible.

Con la boca seca, Beth lo miró sin poder hablar. Si Nathan adivinaba en casa de quiénes estaban, si comprendía quién era Rafael, el resultado podría ser fatal. Un duelo sería inevitable y al recordar la torpeza de Nathan con una pistola, Beth se estremeció de temor. Tenía que aplacar las sospechas de él a cualquier costo. De alguna forma logró sonreír con despreocupación y exclamó con ligereza:

—¿De veras? ¡Pues bien, no me sorprende, después de todo! ¡Me sentía espantosamente mal! Estaba tan mareada y descompuesta por el movimiento del carruaje que tenía miedo de desmayarme allí mismo... ¡y eso sí que habría sido terrible!

Él calló por un instante, estudiando el rostro de ella con sus ojos grises.

—Sí, supongo que sí —dijo por fin. Quitándose una imaginaria pelusa de la manga de la chaqueta, agregó con tranquilidad—: Bien, ahora que todo eso ha quedado atrás, ¿nos reunimos con nuestros anfitriones y con Sebastián?

Beth asintió, ocultando su nerviosismo. ¿Lo habría convencido? ¿O habría acrecentado sus sospechas? Mucho temía que hubiera sucedido esto último, pero ahora no había nada que hacer... habían llegado a la sala.

Entrar con serenidad en el salón esa noche, sabiendo que Lorenzo Mendoza estaría allí, que su marido la estaría observando con atención y que Rafael Santana podía llegar en cualquier momento, fue una de las cosas más difíciles que Beth había hecho en su vida. Por fortuna, a pesar de su aparente fragilidad, era una mujer con una gran fuerza interior y así, aun a pesar de que la aterrorizaba la velada que le esperaba, pudo entrar en el salón con elegancia y tranquilidad. Y nadie, al mirar ese rostro hermoso, hubiera adivinado que ella era un torbellino de emociones violentas.

Vio a Lorenzo en cuanto entró en la habitación y el corazón casi se le detuvo cuando vio el brillo de reconocimiento en los ojos de él. Reconocimiento... y otra cosa que la hizo agradecer que estuvieran en una sala llena de gente.

Lorenzo le sonrió seductoramente cuando los presentaron, clavando los ojos sobre la boca de ella y Beth supo que estaba recordando lo sucedido. Pero en lugar de sentir temor, la invadió una oleada de furia. ¡Cómo se atrevía a sonreírle de esa forma! Con los ojos violetas relampagueando de indignación, Beth le devolvió la mirada, casi desafiándolo a hablar de aquella fatídica tarde.

Lorenzo no tenía intenciones de mencionar lo que había sucedido cuatro años antes en Nueva Orleans. No era ningún estúpido y sabía que su posición era, en el mejor de los casos, precaria. Si Beth abría la boca, él se encontraría frente a la boca de una pistola. Y peor aún, perdería a su benefactor, don Miguel, pues sin duda él no seguiría apadrinando a un hombre acusado del delito que Beth podía exponer. Era absolutamente necesario que Beth mantuviera la boca cerrada; él no pensaba permitir que le arruinara su posición. Inclinándose sobre la mano de ella, murmuró:

—Señora, debo hablarle en privado.

Don Miguel, que los había presentado, se había vuelto para responder a una pregunta de su mujer y mientras él hablaba, Beth susurró:

—¿Está loco? ¡No tengo nada que decirle, y si tiene una pizca de sentido común olvidará que alguna vez me conoció!

—¡Eso es precisamente lo que siento! —murmuró él, clavando sus ojos fríos y calculadores sobre ella.

Don Miguel se volvió en ese instante y no hubo más oportunidad de que hablaran de algo que para ellos era de suma importancia.

Aliviada por el hecho de que Lorenzo no quisiera hablar del pasado, Beth se relajó un poco. Pero sólo un poco, pues era consciente de que Rafael podía entrar en la habitación en cualquier momento y todo lo que ella había ganado se desvanecería en un segundo.

La cena fue excepcional, la comida española y mexicana caliente y sabrosa para el paladar de Beth, la conversación vivaz. Sebastián y Nathan se mostraron muy ingeniosos y don Miguel era un anfitrión encantador. Doña Madelina no hablaba mucho, pero era evidente que adoraba a su esposo y que era una persona cálida y amistosa.

Beth prefería no pensar en Lorenzo. No lo miró durante toda la cena. Pero no podía hacerlo desaparecer, como tampoco podía hacer desaparecer a Rafael de sus pensamientos. Miró al cordial don Miguel e inconscientemente trató de encontrarle algún parecido con su hijo, pero no halló ninguno, salvo el cabello negro y las gruesas cejas oscuras arqueadas de forma casi diabólica.

Beth y doña Madelina dejaron a los caballeros con el coñac y sus cigarros no bien terminaron de comer y salieron al patio interno para disfrutar del templado aire nocturno. Cerca de la fuente se sentaron en unas sillas de hierro con almohadones color carmesí y doña Madelina volvió a tocar el tema de Stella que había surgido durante la cena.

—¡Qué casualidad que sea amiga de Stella! —había exclamado Madelina—. Recuerdo lo triste que estaba cuando la mandaron a Inglaterra a estudiar. Su madre es inglesa, sabe, y quería a toda costa que Stella fuera a su misma escuela. De modo que no hubo caso y nuestra querida Stella tuvo que partir. ¡Y pensar que ahora una de sus amigas de allá viaja a verla! ¡Qué maravilla!

Era obvio que Sebastián no había mencionado el cambio de planes y Beth no quiso corregir el error, pero Nathan no mostró tanta reticencia.

—Sí, fue una idea maravillosa, pero lamentablemente tendremos que olvidarla —murmuró—. Cuando nos marchemos de aquí, regresaremos a Natchez. Para Beth el viaje ha sido demasiado arduo y no puedo permitir que dañe su salud, que es muy frágil. Por supuesto, yo preferiría continuar viaje, pero comprenderán la situación.

Beth casi se había atragantado con el vino. Miró a su marido con una mezcla de diversión y enojo. Nathan le sonrió con aire culpable y cambió de tema de inmediato.

Pero ahora que estaba a solas con Beth, doña Madelina comentó:

—¡Qué pena que no sigan con el viaje! Después de todo, ya habían recorrido un largo trecho.

Beth respondió con algo cortés y luego preguntó:

—¿Stella no vivía cerca de aquí antes de irse con Juan a Santa Fe?

Fue la mejor manera de desviar a doña Madelina del tema del viaje cancelado.

—Sí, sí —replicó ésta de inmediato—. La Hacienda del Torillo está a menos de veinticinco kilómetros de aquí. Stella pasaba mucho tiempo en nuestra casa de niña; ella y María, mi segunda hija, eran muy amigas. ¿Sabía que ella está emparentada con nosotros? —preguntó doña Madelina y luego añadió con displicencia—: Por supuesto, muy lejanamente, ¿comprende? María se casó con el hermano mayor de Juan y viven en la propiedad de los Rodríguez, a menos de un día de viaje de aquí. —Una idea la asaltó repentinamente y Madelina exclamó con entusiasmo—: ¡Pero claro! ¡Enviaré un mensajero allí mañana mismo, e invitaré a María y a Esteban para que los conozcan! Estoy segura de que disfrutará de la compañía de mi hija y sin duda se divertirán hablando de las travesuras de Stella. Desde siempre ha sido una muchacha tremendamente vivaz.

Beth se apresuró a decir:

—¡No, no, doña Madelina! Sólo nos vamos a quedar unos pocos días. No queremos causarle ninguna molestia.

Decepcionada, Madelina murmuró:

—No sería ninguna molestia, pero si prefiere usted que no les avise...

—No es que no quiera conocer a su hija, es sólo que como decidimos regresar a Natchez, queremos hacerlo lo antes posible. ¿Comprende?

Madelina le sonrió con amabilidad.

—Sí, querida, sí. Sencillamente me gustaría que usted y su marido se quedaran más tiempo; casi nunca tenemos visitas y cuando esto sucede es como estar de fiesta. Con mucho egoísmo, queremos que dure lo más posible.

Beth calló, deseando intensamente poder atreverse a aprovechar la hospitalidad ofrecida. ¡Cuánto le habría gustado conocer a una amiga de Stella! Pero tenían que darse prisa, de modo que cambió de tema con pesar.

—¿Sólo tiene dos hijas? ¿O hay más?

—Son cinco —respondió doña Madelina con orgullo, encantada de poder hablar de sus hijos—. Las mayores están casadas y tienen sus propias familias; dos de ellas, en España. —Su rostro se entristeció un instante—. Las echo muchísimo de menos, pero Miguel me prometió que el año que viene iremos a España a hacer una larga visita. ¡Cómo me gustaría eso!

—¿Y la menor? ¿No está aquí con ustedes?

Madelina apretó los labios.

—No. Don Felipe, el padre de mi marido, decidió que Arabela necesitaba adquirir algo más de sofisticación, de modo que cuando partió hacia México hace unas semanas insistió en que ella fuera con él. A mí no me gustó nada, le aclaro, pero es difícil disuadir a don Felipe cuando se le mete algo en la cabeza... y mi marido no quiere enfrentarse con él.

—Quizás a ella le guste Ciudad de México —terció Beth—. A muchas jovencitas les gustaría y además para su abuelo será muy gratificante tenerla con él.

—¡Pues eso lo dudo! —replicó doña Madelina sin rodeos. Con una mezcla de orgullo e inquietud, explicó—: Arabela es nuestra alegría, pero ¡es tan vivaz! No le gusta que le den órdenes y me temo que don Felipe se mostrará demasiado severo y ella le desobedecerá. Mi suegro sugirió un candidato matrimonial para ella y aunque sólo tiene quince años, es muy decidida y ni siquiera quiso considerarlo. Es muy independiente. —Madelina suspiró—. Con frecuencia me recuerda a su hermanastro, Rafael. Quizá lo conozca antes de marcharse, y entonces sabrá a qué me refiero. Es extremadamente voluntarioso... ¡no hay nada que le impida hacer lo que quiere! Rafael me asusta un poco, pero Arabela dice que soy una tonta.

Beth esbozó una sonrisa tensa, mientras pensaba que la tonta era

Arabela. Hubieran seguido hablando de las hijas casadas de Madelina, pero en aquel momento los hombres se les unieron.

Al ver el rostro moreno de Lorenzo, Beth perdió la serenidad. Evitó su mirada y se dedicó a flirtear con Sebastián, que se mostró encantado. Pero cuando éste tuvo que responder de mala gana a un comentario de don Miguel, que conversaba con Nathan, Lorenzo atrapó a Beth cerca de un extremo del patio. Acercándose a ella con arrogancia, dijo:

—Tengo que hablar con usted.

Apretando los dientes, Beth lo miró con desdén.

—Y yo ya le he dicho que no tengo nada que decirle.

Él la miró de un modo que hizo que Beth instintivamente diera un paso hacia atrás, pero Lorenzo la tomó de la muñeca.

—¡No grite! —la amenazó—. ¡Escúcheme bien!

—No tengo alternativa, ¿verdad? —susurró ella—. A no ser que quiera causar un escándalo del que ambos nos arrepentiríamos.

Obligándose a hablar con serenidad, él dijo en voz baja:

—No quise lastimarla, por favor, créame. Y tampoco tengo intención de decirle a nadie que nos conocimos antes... ¿Puedo confiar en que usted tampoco lo hará?

—¡No es probable que yo refresque el tema! —replicó Beth con amargura—. Pero creo que olvidó que Rafael vendrá y dudo que él se quede callado.

Lorenzo se mordió el labio.

—Lo sé —admitió con algo de nerviosismo—. Pienso irme antes de que él llegue; él y yo no hacemos buenas migas. —Miró a Beth de soslayo y murmuró—: Sigue sin saber que mi querida y difunta prima organizó aquella representación para él, y no sé por qué, pero tengo la impresión de que Rafael no va a informarle a su padre que nos encontró en una situación más que íntima. Entonces, ¿por qué no hacemos un trato, usted y yo? Yo olvidaré que alguna vez nos conocimos si usted hace lo mismo.

Asqueada por el solo hecho de tener que hablarle, Beth observó el rostro vehemente de Lorenzo un largo instante, deseando poder encontrar la forma de delatarlo ante don Miguel. Reconoció con pesar que era imposible hacerlo sin relatar toda la sórdida historia de aquella tarde en Nueva Orleans. Bastante le había costado decírselo a su propio marido y ni siquiera a él le había dado nombres; hablar de eso con un desconocido iba más allá de ella, sobre todo considerando que el desconocido estaba emparentado con los implicados.

—Muy bien —asintió de mala gana—. Nunca nos conocimos... y, Lorenzo, ¡ruego a Dios que no volvamos a vernos!

Los ojos negros relampaguearon peligrosamente y la mano de él oprimió con más fuerza la muñeca de Beth.

—No más que yo, señora —masculló.

Beth lo observó alejarse con alivio, frustración... y ansiedad. Había habido algo en la voz de él cuando había hablado de su «querida y difunta prima» que la dejó preocupada y algo inquieta. El trato le causaba repugnancia, deseaba verlo desenmascarado como el ser despreciable que era.

Nathan se acercó a ella y viendo cómo daba masajes en la muñeca distraídamente, le preguntó:

—¿Todo bien, querida? No pude dejar de notar la conversación algo intensa que parecías estar teniendo con ese tal Mendoza. ¿Te ha estado molestando?

—¡No, por supuesto que no! —replicó Beth de inmediato. Detestaba las mentiras que comenzaban a brotar con tanta facilidad de su boca—. Sólo se estaba mostrando cortés y diciendo trivialidades, ya sabes.

—Sin duda, pero me parecieron más que trivialidades.

Desesperada por cambiar de tema, Beth respondió con extraña aspereza.

—¡Pues no lo era! Sólo estábamos hablando, Nathan. ¡No estábamos arreglando una cita!

Si Beth le hubiera pegado, Nathan no se habría mostrado más sorprendido. Estupefacto, arqueó las cejas y contempló el rostro enojado de ella. Hubo un silencio incómodo y luego Beth murmuró sombríamente:

—Perdóname, Nathan. No sé qué me pasa.

—Creo que sí lo sabes, querida —terció Nathan, pero cuando Beth abrió la boca para hablar, apoyó un dedo contra sus labios y declaró con tranquilidad—: Calla, Beth. Es obvio que algo te ha perturbado. No soy ciego, sabes. Pero si no quieres decírmelo, no hay problema; nunca me gustaron las confidencias forzadas. —Le acarició la mandíbula con el dedo y agregó—: Sabes que te quiero con toda la intensidad con que puedo querer a una mujer. Guárdate tus secretos, pero recuerda que siempre estaré cerca de ti por si me necesitas.

Beth sabía que tenía los ojos húmedos de lágrimas y murmuró con tristeza:

—Nathan... yo... yo...

Su marido puso fin a sus balbuceos inclinándose y besándole los labios con suavidad.

—Buenas noches, Beth; te veré mañana —dijo sonriendo.

Beth no tardó en buscar refugio en su propia cama. Estaba exhausta, tanto física como emocionalmente, y lo único que quería era dormirse y olvidar todo. Atravesó el patio y se despidió rápidamente de los demás.

Sebastián la observó con aire pensativo. Ella había estado muy bien dispuesta hacia él y todo había salido bien hasta que Lorenzo le había hablado unos momentos antes. Entornó los ojos verdes y miró a Lorenzo con expresión calculadora.

Lorenzo se estaba inclinando sobre la mano de Beth, mientras ella le deseaba buenas noches con voz tensa y Sebastián le oyó decir:

—Fue un placer conocerla, señora Ridgeway. Lamento no volver a verla antes de su partida.

Don Miguel intervino en la conversación.

—Pero ¿por qué no, amigo mío? Sin duda puedes quedarte unos días con nosotros.

Lorenzo le echó una mirada elocuente.

—¿Acaso ha olvidado que su hijo está a punto de llegar?

Don Miguel resopló con fastidio.

—¡Ustedes dos sois un par de tontos impetuosos! No entiendo por qué no podéis resolver vuestras diferencias de una buena vez y entablar una amistad. ¡Eres parte de la familia y esta tontería debe terminar! —declaró con vehemencia.

—¡Dígaselo a Rafael! —comentó Lorenzo con ironía.

Don Miguel hizo una mueca.

—Bah, haced lo que queráis... De todos modos, lo vais a hacer —replicó con fastidio, lavándose las manos respecto de la situación.

Beth se retiró más tarde y sintió alivio al saber que no tendría que temer que Lorenzo revelara que la había conocido. Pero si hubiera sabido lo que pensaba Lorenzo mientras se alejaba a caballo de la hacienda esa noche, no se habría ido a dormir con tanto optimismo.

Si Beth se había sentido espantada ante la presencia de Lorenzo, él había quedado estupefacto y furioso. Una ira helada y letal le corría por la sangre cuando pensaba con qué facilidad ella podía destruir su relación con don Miguel, con todas las familias aristocráticas que ahora lo consideraban un caballero muy agradable. Un caballero que había acumulado una fortuna respetable en pocos años y que provenía de una buena familia y que, por lo tanto, podía ser un yerno aceptable. Durante varios años había cortejado asiduamente a todas las familias españolas ricas con hijas casaderas y no iba a permitir que Beth Ridgeway destruyera todos sus planes. Su elección final había sido Arabela de Santana; muerto Rafael, con el tiempo él sería el heredero de don Miguel. En cuanto a los demás miembros de la familia, se encargaría de ellos, pensó, sonriendo con crueldad. Si se tornaban molestos... los comanches no dejaban testigos.

Tras la muerte de Consuelo, sólo tres personas sabían qué había sucedido realmente esa tarde en Nueva Orleans. Lorenzo había dejado de considerar a Manuela como una amenaza mucho tiempo antes. No era más que una criada y ¿quién le creería? Además, tenía miedo de lo que le podía suceder si contaba la verdad, de modo que no había sido necesario tomar medidas para silenciarla. Pero Beth Ridgeway era algo totalmente diferente y él no iba a correr riesgos. Si ella había aparecido de forma inesperada una vez en Texas, podía volver a hacerlo, o sus caminos podían volver a cruzarse en el futuro. No valía la pena arriesgarse. En algún lugar entre San Antonio y la costa de Texas, la caravana de los Ridgeway se toparía con el desastre. El desastre personificado en un ataque de comanches...

Beth no conocía los planes mortales de Lorenzo, pero de todas maneras, no pudo dormirse. Permaneció tendida en la cama durante lo que le pareció una eternidad, mientras las ideas le daban vueltas y vueltas en la cabeza. Finalmente, cuando se dio cuenta de que faltaba poco para el amanecer, se levantó de la cama, se puso la bata y salió al patio, buscando refugio en la tranquilidad de esas horas solitarias.

12

El patio era un lugar hermoso, pensó, sentándose al borde de la fuente y sumergiendo una mano en el agua fresca. Era de forma rectangular, rodeado por las cuatro paredes de la casa grande. El frente de la casa tenía dos plantas; Beth podía ver los balcones adornados con buganvillas. Las otras tres alas de la casa eran de una sola planta y parecían mucho más anchas de lo que eran porque los tejados habían sido ensanchados para crear las frescas arcadas que servían como pasadizos por la casa.

El patio estaba en silencio, quebrado por el tranquilizador susurro del agua de la fuente. La luna desapareció antes de que el sol pasara a ocupar su lugar en el cielo. Las estrellas ya no brillaban y el aire se había vuelto fresco, como sucede siempre antes del amanecer. Nadie se movía todavía, ni siquiera los criados. En una oportunidad, Beth creyó oír el canto de un gallo, proveniente de alguna de las casas de adobe, cerca de la hacienda.

Más tarde nunca supo qué la hizo mirar por encima del hombro. ¿Acaso él hizo algún ruido cuando entró en el patio y la vio sentada allí? ¿O fue la intuición lo que la hizo volverse? Cualquiera que fuera la razón, cuando giró la cabeza vio a Rafael Santana de pie en la penumbra, observándola fijamente.

Estaba entre las sombras y era una presencia más que una forma real, pero Beth lo reconoció de inmediato. No fue su altura ni el ancho de sus espaldas lo que le permitió identificarlo, pero sí la amenazadora inmovilidad de un animal a punto de atacar que él adoptaba. Sin decir una palabra, se miraron con intensidad. Beth sintió el corazón latiéndole en la garganta y los latidos eran tan fuertes y dolorosos que creyó que se desmayaría.

Rafael permaneció en las sombras, sin esforzarse por aliviar la tensión que de pronto había cargado el silencio. Sin poder moverse ni emitir sonido alguno, Beth permaneció allí, petrificada, escudriñando la oscuridad para ver si realmente se trataba del hombre que le revolucionaba los sentidos.

Desde su ubicación al borde de la fuente logró distinguir la forma viril y un leve aroma a tabaco llegó hasta ella. Sus instintos le advertían que escapara, y sin embargo no podía hacerlo; parecía estar adherida a la fuente. «¿Cuánto, cuánto tiempo durará este terrible momento?», se preguntó, al borde de la histeria.

Rafael arrojó el cigarro que fumaba y salió de debajo del arco que lo había protegido. Permaneció allí, visible ahora en la primera luz de la madrugada.

La primera impresión de Beth fue que él no había cambiado demasiado en esos cuatro años; los ojos grises seguían vacíos como siempre, aunque creyó detectar un dejo de asombro furioso como antes, y el cuerpo atlético y musculoso seguía siendo tan viril como aquella noche en el baile de los Costa. Pero había un cambio definido en él: los ojos parecían estar más vacíos, la curva de la boca más cínica.

Las dos oportunidades en que Beth lo había visto antes —y se sorprendió al darse cuenta de que a pesar de la profunda impresión que había hecho sobre ella, sólo lo había visto dos veces— Rafael había estado vestido con la ropa que correspondía a un hombre aristocrático y elegante. Pero ahora no. Ahora se asemejaba realmente a un renegado: la sombra de una barba le oscurecía la mandíbula, las calzoneras negras y gastadas se adherían a sus piernas musculosas; la camisa de algodón azul era la que usaban todos los vaqueros. Una chaqueta negra corta y cubierta de polvo se ajustaba a sus hombros anchos y el ancho cinturón de cuero con cartuchera le daban la apariencia de un bandido.

Rafael comenzó a acercarse a ella sin prisa y al ver las facciones frías e inexpresivas la parálisis de Beth se disipó y ella pudo ponerse de pie. Casi se sentía feliz de que hubiera terminado la espera, la incertidumbre. Cualquiera que fuera el vínculo entre ellos, ahora quedaría definitivamente roto.

Rafael avanzó con lentitud y arrogante elegancia, deteniéndose a unos treinta centímetros de ella. La contempló con descaro, asimilando el espectáculo que presentaba con la bata delicada, los ojos violetas, algo temerosos y desafiantes a la vez. Observó el subir y bajar de los senos pequeños por la respiración agitada.

Los ojos grises recorrieron con insolencia el rostro de Beth, deteniéndose un instante infinito en la boca antes de bajar hacia el cuello pálido, donde el pulso latía enloquecidamente.

—Inglesa —dijo con lentitud, arrastrando las sílabas como si hasta ese momento no hubiera estado seguro de la identidad de ella.

Beth tragó con dificultad, deseando poder responder algo que disminuyera la tensión entre ellos. Pero parecía tener el cerebro y la lengua congelados y permaneció allí, casi temblando por la fuerza de las emociones turbulentas que la atravesaban. Había esperado el nerviosismo y el temor, pero no había estado preparada para la excitación que la hizo vibrar y la loca alegría que sintió al ver esas facciones morenas y arrogantes otra vez.

Rafael esperó a que ella respondiera, pero cuando transcurrieron varios minutos y Beth no abrió la boca, murmuró:

—¿No tienes nada que decir? Quizá sea mejor así, porque creo que te advertí que te mantuvieras lejos de mí, ¿verdad?

Ella recuperó la voz y balbuceó:

—Pe... pero yo... no es que... yo no... —Se detuvo, respiró hondo y dijo con sinceridad—: ¡No tenía idea de que usted estaría aquí! ¡Tiene que creerme! Si Sebastián lo hubiera nombrado aunque fuera una sola vez, nosotros jamás habríamos...

Se interrumpió bruscamente cuando Rafael se movió con la velocidad de una pantera y la tomó de un brazo. Frunció el entrecejo y entornó los párpados mientras decía con desconfianza:

—¿Sebastián? ¿Qué tiene que ver Sebastián contigo? —En ese mismo instante comprendió y apretándole el brazo con mano de acero, la acusó—: ¡Eres tú la mujer que conoció en el barco! Por supuesto, tenías que ser... ¡su «ángel» no es otra que la ramera que conocí en Nueva Orleans hace cuatro años! ¡Qué coincidencia tan desafortunada para ti, inglesa!

Beth abrió la boca para protestar, pero Rafael no le dio la oportunidad de hacerlo. Apretándola contra su cuerpo fuerte, la amenazó en voz baja:

—¡Deja a Sebastián Savage en paz, inglesa! ¡Tiende tus redes sobre alguien que entienda qué clase de mujer eres, pero deja a ese chico en paz! ¿Me entiendes?

—Pero si yo no... —Beth comenzó a decir, pero Rafael no la dejó seguir hablando. La sacudió con violencia y rugió:

—¡Cállate! No tengo deseos de escucharte ni tampoco paciencia para hacerlo. Sin duda todo tipo de mentiras caerán de tus dulces labios. No sé qué estás tramando, pero una cosa es segura: ¡Te marcharás de aquí!

La impresión que le había causado verlo tan inesperadamente comenzaba a desaparecer y Beth descubrió que estaba furiosa ante la arrogancia con que él pretendía dirigir su vida. Trató de zafarse de los brazos de Rafael, pero sólo logró que él la apretara con fuerza, lastimándole la piel.

—¡Suéltame, bestia arrogante! —susurró, indignada—. ¡Cómo te atreves a hablarme de esa forma! ¡Sebastián nos invitó a mi marido y a mí a que nos quedáramos unos días! Tus padres, a diferencia de ti, han sido de lo más amables con nosotros y me niego a quedar mal con ellos sólo porque tú lo exiges! —Respirando entrecortadamente, prosiguió—: ¿Crees que si hubiera sabido que tú estabas emparentado con Sebastián hubiera aceptado su invitación? —Emitió una risa ahogada y amarga—. ¡Eres la última persona a quien desearía encontrar! ¡Te detesto, Rafael Santana! ¡Eres un villano presumido e insufrible!

Rafael esbozó una sonrisa y murmuró:

—¡Qué bien lo haces, inglesa! Toda esta representación es tan sincera que si yo fuera un incauto me sentiría inclinado a creerte. —La sacudió con dureza y agregó—: Olvidas, querida, que te conozco por lo que eres.

—¡No me conoces en absoluto! —replicó Beth, con los ojos relampagueantes de furia—. ¡Y por la forma en que te has comportado las pocas veces que te he visto puedes estar seguro de que no tengo ningún deseo de seguir encontrándome contigo! Ahora suéltame o me veré obligada a causar un escándalo que resultará muy embarazoso para ambos.

—¿Embarazoso? ¿Para mí? Inglesa, creo que debes haber olvidado lo poco que aprendiste sobre mí hace cuatro años. Jamás —terció con engañosa suavidad— me siento abochornado. Si quieres gritar y despertar a toda la hacienda, hazlo, de todas maneras. Además siento curiosidad por conocer a este marido tuyo; parece ser un caballero muy complaciente.

Beth se mordió el labio con indecisión. Deseaba locamente armar un escándalo de proporciones gigantescas para que Rafael perdiera su seguridad, pero, por otra parte, la aterrorizaba el alboroto que se produciría. Pero lo que más temía era un enfrentamiento entre Rafael y Nathan. Sin embargo, estaba tan enfurecida por la conducta de él, que deseaba hacer algo totalmente fuera de lo normal en ella, deseaba golpearlo y arañarle el rostro. La cautela se impuso —por esta vez— y Beth se limitó a decir con voz temblorosa de ira:

—Deja a mi marido fuera de esto, ¿quieres? ¡No tienes derecho a suponer nada respecto de él! ¡No es complaciente! Es un hombre muy bueno, un caballero. Algo que tú nunca podrías ser.

Los ojos grises no se movieron del rostro de ella, pero una ceja oscura se arqueó con sardónica incredulidad:

—¡Qué defensa tan vehemente! Si no estuviera al tanto de tus sutilezas, inglesa, encontraría tus palabras admirables, pero tal como son las cosas, sólo me resultan un patético ardid.

Perpleja, Beth repitió:

—¿Ardid? No sé a qué te refieres.

Rafael esbozó una sonrisa helada.

—Sebastián es la única persona que me preocupa en este momento, no tu marido, así que no trates de cambiar de tema.

—Pero tú —exclamó Beth con vehemencia—, ¡tú has sido el que ha metido a Nathan en esto, no yo!

—Es posible, pero no importa. Lo que sí me importa es tu relación con mi primo. ¡Si tu marido está dispuesto a que te pavonees con tu último amante delante de sus narices, es asunto suyo! ¡Pero cuando esa última aventura involucra a Sebastián, el asunto se vuelve de mi incumbencia!

Sin poder contenerse Beth lo provocó:

—¿Acaso Sebastián es tan débil que no puede defenderse de una mera mujer?

La presión que ejercía la mano de Rafael sobre el brazo de Beth se volvió aún más dolorosa.

—No me provoques, inglesa —dijo, apretando los dientes—. He cabalgado muchos kilómetros para llegar hasta aquí y estoy cansado. No tengo ánimos para intercambiar comentarios insolentes contigo.

—¡Entonces no los hagas! —replicó ella al instante, preguntándose con pesar cómo hacía él para despertar con tanta facilidad la tigresa que parecía tener ella en su interior y a la que no conocía. ¿O acaso la tigresa era la verdadera Beth, libre de los asfixiantes preceptos que había practicado toda su vida? Era una idea incómoda y por cierto que no iba a ponerse a explorarla ahora, pensó con fastidio. No, ahora necesitaba toda su presencia de ánimo sobre todo porque había tomado conciencia de que existía un nuevo y perturbador elemento en el conflicto entre ellos. Increíble e insidiosamente, la atracción sensual de ese cuerpo firme y musculoso comenzaba a turbarla, haciéndole recordar, en contra de su voluntad, las caricias de esas manos y esa boca sobre sus senos.

Rafael sintió de inmediato el cambio inesperado en la atmósfera. Sus ojos volvieron a posarse sobre la boca suave tan cerca de la suya. Era muy consciente del hecho de que la bata de encaje era casi la única barrera entre él y el cuerpo sedoso y tibio que le había causado tantas noches de insomnio antes de que pudiera arrancarlo de su mente. Furioso porque ella había vuelto a aparecer en su vida y sintiendo una extraña violencia por el hecho de que ella era el «ángel» de Sebastián, le torció un brazo detrás de la espalda y rugió con ferocidad:

—Deja de discutir conmigo, mujerzuela, y escúchame. ¡No me importa qué excusa tengas que dar ni si parecerás grosera o no, pero tú y tu complaciente marido os marcharéis de aquí hoy mismo!

Quizás acercar tanto ese cuerpo suave al suyo no fue lo más prudente que pudo hacer. Con los senos de ella rozándole el pecho y las piernas delgadas presionadas contra las suyas, Rafael no pudo reprimir la oleada de deseo que lo sacudió. Era una locura, pensó con rabia. Sabía que tenía que alejarla de él, pero no podía hacerlo. Maldijo en voz baja y cediendo a la tentación, inclinó la cabeza para besarla.

Beth presintió el cambio en él y luchando tanto contra ella misma como contra Rafael trató de evitar el beso de él, pero estaba atrapada e indefensa contra la boca sedienta que exploró la de ella excitándola aun a pesar de que la enfurecía. El poco control que tenía sobre sus nervios se evaporó y como una gata enjaulada comenzó a luchar y a retorcerse, golpeando los puños contra el pecho de él en sus esfuerzos por escapar. Rafael la sujetó con más fuerza, mientras le besaba el rostro, dejando huellas de fuego.

—Inglesa, inglesa —murmuró contra el cuello de Beth, siguiendo con la lengua la línea de una delicada arteria azul que latía alocadamente—. Te lo advertí en Nueva Orleans, ¿no es así? Recuerdo que te dije que te mantuvieras lejos de mi territorio y que si te metías en mi vida te trataría como merecías. No quisiste prestarme atención, ¿verdad?

Beth quedó rígida entre sus brazos.

—¡Escúchame! ¿Quieres? —exclamó, indignada—. ¡No te he seguido hasta aquí y no tenía idea de que Sebastián era pariente tuyo! ¿Realmente crees que te habría buscado voluntariamente después de cuatro años? ¿Por qué clase de tonta presumida me tomas? —preguntó con desdén—. No soy ni he sido jamás el tipo de mujer que crees. ¡Tu esposa urdió un plan para que me encontrara con Lorenzo! Y si quisieras dejar de estar tan ansioso por creer lo peor de mí, podría explicarte exactamente qué sucedió aquella tarde.

Al principio, Rafael pareció escucharla con atención y Beth creyó que por fin el horrible malentendido se aclararía. Pero en cuanto mencionó esa tarde fatídica el rostro de él se cerró y un brillo sarcástico apareció en sus ojos. Sacudió la cabeza y dijo con una sonrisa amarga:

—No, inglesa. No lo hagas. Ese tema está tan muerto como Consuelo, y no quiero volver a tocarlo... ¡nunca!

Beth respiró hondo mientras una horrible sensación de derrota se apoderaba de ella. Él se mostraba tan implacable, tan decidido a no creer, que Beth comprendió con tristeza que era inútil insistir. Manuela tenía razón: Rafael jamás aceptaría la verdad. Luchando contra unos inexplicables deseos de llorar, dijo en voz baja:

—Muy bien. Si no quieres escuchar, si estás tan empecinado en no creerme, entonces realmente no tenemos nada más que hablar. En consecuencia, te agradecería que me permitieras regresar a mis habitaciones.

—Por cierto. Iba a sugerir que pasáramos a tu habitación o a la mía para poder terminar lo que hemos comenzado aquí. —Con una sonrisita torcida, agregó—: Poco de lo que pueda hacer escandalizaría a mi familia, pero despertarse y encontrarme haciendo el amor con una de sus huéspedes en medio del patio podría sacudirlos un poco.

Sin poder creer que había escuchado bien, Elizabeth lo miró con creciente aprensión.

—¡No querrás decir...! ¡No quiero...! —Recuperando algo de su presencia de ánimo, finalmente logró decir—: ¡Señor, si cree que tengo intención de permitirle las libertades que se tomó en Nueva Orleans, está muy equivocado! ¡Mi intención es regresar a mis habitaciones sola! ¡No quiero ni necesito su compañía!

Rafael sonrió, pero la sonrisa no se reflejó en los ojos grises.

—No, señora, es usted la que está equivocada. Hace mucho tiempo que no estoy con una mujer y considerando la facilidad con que reparte sus favores... ¿qué podría significar un hombre más?

Sin detenerse a pensar en las consecuencias de lo que iba a hacer, Beth lo abofeteó con fuerza.

—¡Eres un animal! —susurró con furia, fulminándolo con la mirada.

Estaba increíblemente hermosa, erguida allí delante de él, con el pelo rubio cayéndole sobre los hombros y el pecho sacudido por la respiración agitada y la ira. Por un momento, Rafael sintió que algo se le cerraba en las entrañas y debido a eso, debido a que sus propias emociones lo tomaron por sorpresa, no le devolvió la bofetada, como hubiera hecho normalmente. Por el contrario, maldijo en voz baja y la levantó en brazos.

—Esta conversación se ha prolongado demasiado —terció—. Y ruego a Dios que doña Madelina te haya puesto en las habitaciones doradas, como suele hacer con casi todos los huéspedes, porque allí iremos, mi vida. Espero que tu marido no esté compartiendo tu cama esta noche, inglesa, porque si es así se armará un gran escándalo. —Y después su boca cubrió la de ella, ahogando el grito que estaba a punto de brotar de la garganta de Beth. Trató desesperadamente de escapar, pero estaba atrapada irremediablemente. Pasando por alto los esfuerzos de ella por liberarse, Rafael se dirigió con tranquilidad a las habitaciones doradas. Ninguno de los dos se percató de que un incrédulo y estupefacto Sebastián estaba petrificado en la puerta de su dormitorio.

Sebastián no supo qué lo despertó. Con innata curiosidad, se levantó de la cama y tras ponerse los pantalones abrió la puerta de su habitación que daba al patio. Vio entonces que Rafael había llegado: no notó la presencia de Beth hasta que él la levantó en brazos y desapareció con ella. Sebastián permaneció allí, boquiabierto, sin poder creer lo que acababa de ver.

Sin tener idea de que había sido observado, Rafael llegó a la habitación de Beth, entró y cerró la puerta detrás de sí con el hombro.

Apoyado contra el marco, soltó a Beth, haciéndola deslizarse hacia abajo contra su cuerpo.

—Mmmm, inglesa, creo que te he echado de menos —dijo por fin, tras besarla con pasión.

Beth sentía que había perdido la cabeza y no podía pensar con coherencia. Para su gran pesar, descubrió que Rafael ejercía un poder injusto sobre su cuerpo. Ardía por sentirlo junto a ella y los besos apasionados de él la embriagaban como el vino. Sabía que debía luchar contra él, que tenía que gritar y alertar a los demás, pero en el fondo de su corazón, no quería hacerlo. Lo deseaba, y en ese momento lo único importante era que Rafael estaba aquí, y ella entre sus brazos.

De todas formas, hizo un último intento.

—Rafael, por favor, no me hagas esto —susurró—. Por favor, márchate y permíteme mantener mi orgullo... No es mucho lo que te pido.

Él arqueó las cejas con expresión burlona.

—¿Desde cuándo tienen orgullo las rameras? —dijo, recordando cómo la había encontrado entre los brazos de Lorenzo—. No, inglesa, no me iré ni tampoco me privaré de ese hermoso cuerpo tuyo. —Su expresión se endureció cuando agregó—: Si me encuentras repugnante en comparación con tus amantes, cierra los ojos e imagina que soy tu marido.

La exclamación de Beth se ahogó bajo los labios de Rafael, que se apoderaron de los suyos. Ella luchó con rabia contra sus sentidos traicioneros que se enloquecían con el contacto de aquella boca sedienta. Quería resistirse, quería golpear ese rostro arrogante, pero no tenía defensas contra el hechizo de Rafael; su cuerpo la traicionaba. Beth emitió un gemido derrotado y entrelazó los brazos alrededor del cuerpo masculino, devolviendo los besos de Rafael con ardor y disfrutando de la sensación del pecho fuerte de Rafael contra el suyo.

Sin apartar sus labios de los de Beth, Rafael volvió a levantarla en brazos y la llevó al dormitorio. Con una extraña ternura la depositó sobre la cama y luego comenzó a quitarse la ropa; sus ojos estaban fijos en el rostro arrebolado de Beth.

Ella lo miró, guiada por una necesidad interior. Jamás había visto a un hombre desnudo y ahora descubrió que sentía una intensa curiosidad acerca del cuerpo masculino... Sobre todo acerca de este cuerpo masculino.

Rafael, debido a su sangre y educación comanche, era desinhibido con respecto a la desnudez y, como en casi todas sus acciones, había casi un orgullo arrogante al revelarse ante la mujer que yacía sobre la cama, mirándolo con extraña timidez. Primero se quitó las botas y las hizo a un lado. Sin lógica alguna, Beth pensó que era extraño que no tuviera el pie dividido en dos partes, como Satanás. Pero luego ya no tuvo tiempo para pensamientos divagantes: quedó atrapada por la magnificencia del cuerpo alto y viril que tenía ante sus ojos.

El tiempo pareció quedar suspendido mientras él se desvestía, pero cuando se tendió junto a ella en la cama, Beth recuperó el sentido e hizo un último intento desesperado por escapar. Cuando él se volvió hacia ella para tomarla en sus brazos, ella se deslizó hacia el otro lado, decidida a llegar a la puerta que daba al patio y alertar a gritos a los demás, aun a pesar de lo embarazosa que resultaría la situación. Por un segundo creyó que lo había logrado, pues su movimiento rápido tomó por sorpresa a Rafael y él tardó unos segundos antes de arrojarse sobre ella como un tigre sobre una gacela. Con los cuerpos entrelazados, rodaron y lucharon sobre la cama, enredándose en las sábanas. Beth peleó con frenética intensidad, golpeando a Rafael en el rostro y los hombros, retorciéndose con desesperación en un intento por escapar de aquellos brazos de acero que estaban ganando inexorablemente la batalla. Le mordió la oreja con fuerza y sintió una cierta satisfacción al oír la exclamación ahogada que lanzó él antes de liberarse de los pequeños dientes perlados.

Respiraban con dificultad y finalmente Rafael logró imponer su fuerza sobre Beth. La atrapó contra la cama con su cuerpo y le sostuvo las manos sobre la cabeza con una de las suyas, inmovilizándole la cabeza con la otra. Por un momento ambos quedaron inmóviles; los ojos grises se clavaron con intensidad sobre los de Beth.

La mirada de Rafael bajó después hacia los pequeños senos firmes que habían quedado expuestos durante el forcejeo. La bata y el camisón estaban enredados alrededor de las caderas de Beth y las cintas que los sujetaban se habían desatado, de modo que la prenda ofrecía poca protección contra la mirada hambrienta de él. Lentamente, Rafael bajó la cabeza y hundió el rostro en la piel suave que separaba los senos de Beth, aspirando el aroma de ella y saboreando su suavidad antes de atrapar un seno con la boca. A pesar de su decisión de resistirse, el cuerpo de Beth se sacudió ante el placer de ese contacto.

—¡Por favor, por favor, basta! —susurró con desesperación, sabiendo que en cualquier momento perdería el control y se entregaría al mortificante deseo que la había invadido con el primer beso de Rafael.

Él levantó la cabeza y la miró fijamente. De pronto, una sonrisa le curvó los labios y Rafael sacudió la cabeza con pesar. Pero la sonrisa se desvaneció y de inmediato su boca volvió a cubrir la de Beth.

Ella luchó contra las pasiones que sentía despertar en su interior, tratando de reprimir el fuego que amenazaba consumirla. Pero el cuerpo ya no obedecía las órdenes de la mente: sus senos ardían por sentir la boca de Rafael nuevamente sobre ellos y las caderas delgadas se apretaban sin ninguna inhibición contra el cuerpo viril.

Beth trató de no sucumbir, pero Rafael no era ningún inexperto, no era un Nathan, palpando sucesivamente en la oscuridad. Era un amante experimentado, un hombre que sabía cómo complacer a una mujer; sabía muy bien que Beth estaba librando una batalla consigo misma y, deliberadamente, derribó sus barreras una por una. Los labios de él exigieron la rendición con ternura y firmeza al mismo tiempo, mientras recorrían la boca y la mandíbula de Beth para detenerse finalmente en la oreja, antes de regresar a los labios. La mano que le había quitado la ropa con tanta habilidad ahora comenzó una suave exploración, deteniéndose en un seno y luego deslizándose hacia abajo. Beth emitió un sonido ahogado de derrota y se rindió; su cuerpo se fundió con el de Rafael. Sólo deseaba que la poseyera, convirtiéndola así en una verdadera mujer.

La primera vez que él la había tomado, Beth había estado drogada por la belladona, de modo que las sensaciones que experimentaba ahora le resultaban nuevas, terribles y embriagadoras. Cuando Rafael prosiguió su exploración, acariciándole el abdomen y luego la parte interna de los muslos, Beth no pudo contener la oleada de deseo salvaje que la sacudió. Comenzó a retorcerse y arquearse bajo el cuerpo de él, sintiendo que fuego líquido le corría por las venas.

Un gemido de intenso placer se escapó de sus labios cuando la mano de él se internó en sus zonas más íntimas. Ya no quería luchar contra él, sólo quería acariciar y explorar ese cuerpo fuerte que la enloquecía. Movió las manos, tratando de liberarse.

Rafael no tenía intención de soltarla; su espíritu salvaje de comanche se regocijaba con el roce sensual de ese cuerpo retorciéndose debajo del suyo. En otro momento, en otro lugar, disfrutaría de las caricias de ella, pero ahora quería conquistarla, hacer que lo deseara como no había deseado jamás a ningún hombre, enloquecerla de pasión como ella lo había enloquecido a él y castigarla y complacerla al mismo tiempo.

Para Beth era un tormento exquisito: los labios y la mano de Rafael la excitaban increíblemente y como estaba inmovilizada por él, sólo podía sentir, experimentar; tenía que rendirse sin poder tocarlo ni descubrir su cuerpo, cosa que ansiaba hacer. Tampoco podía evitar que él hiciera exactamente lo que deseaba hacer con el cuerpo de ella.

Pero Beth no era la única que recibía placer de esta mezcla de violación y seducción; Rafael, también, estaba excitado de una forma que no había creído posible. Pero aunque ardía de deseo, se obligó a contenerse, a prolongar la dulce agonía. Ella era tan increíblemente hermosa, tenía un cuerpo tan delicioso, que él se sentía un hombre hambriento que había encontrado por fin el alimento restaurador. Su boca la devoraba y con la mano preparaba el camino para la apasionada unión de los dos cuerpos.

Beth se ahogaba en un mar de placer ante las emociones sensuales que Rafael había despertado en ella. Una suave súplica brotó de sus labios:

—Por favor, por favor...

Pero aunque la vergonzaba admitirlo, no era para que él se detuviera, ¡sino para que continuara!

Rafael oyó las palabras de ella y emitiendo un gruñido de satisfacción, cubrió rápidamente el cuerpo de Beth con el suyo. Utilizando ambas manos para aprisionarle los brazos a los lados de la cabeza, le separó las piernas con la rodilla y se hundió en ella.

Al sentirlo en su interior, Beth tomó conciencia de muchas cosas respecto de él: del aroma casi afrodisíaco que emanaba de su cuerpo ardiente; del pecho fuerte, suave y caliente contra sus senos; del cuerpo largo unido al suyo... Un gemido de placer escapó de entre sus labios. Sin darse cuenta de lo que hacía, buscó la boca de él con pasión y Rafael de inmediato se apoderó de sus labios.

Con agonizante lentitud, él comenzó a moverse sobre ella y de forma instintiva la cadera de Beth se elevó para ir a su encuentro. Cuando los movimientos de él se volvieron más rápidos, los de ella también lo hicieron y sus cuerpos terminaron encontrándose con ardiente necesidad. Beth había perdido la cabeza y la pasión era tal que se comportaba como una criatura salvaje, retorciéndose y gimiendo bajo el cuerpo masculino. De pronto, cuando creyó que ya no soportaría el dolor placentero que le destrozaba las entrañas, sintió una oleada de algo tan intenso que la paralizó. Un torrente de sensaciones físicas que jamás había experimentado la sacudió, dejándola vibrando como si su cuerpo hubiera estallado en mil pedazos de placer. Su gemido fue incontrolable, tan incontrolable como el estremecimiento de Rafael cuando finalmente él también alcanzó la cumbre del placer y explotó dentro de ella.

13

Aturdida por lo que acababa de experimentar, Beth permaneció inmóvil cuando Rafael le soltó los brazos y se tendió boca abajo junto a ella. Casi de inmediato, sin embargo, levantó un brazo y capturó una muñeca de ella, como si temiera que aun ahora ella fuera a huir.

El único ruido en la habitación era el de las respiraciones de ellos, y mirando ciegamente el cielo raso, Beth se maravilló ante la forma en que su vida ordenada se estaba derrumbando a su alrededor. Le había mentido a su marido por primera vez esa noche y ahora, unas horas más tarde, acababa de engañarlo con otro. Trató de no pensar que realmente había aprendido lo que significaba «hacer el amor» y se concentró sólo en Nathan y su relación con él, que se deterioraba rápidamente. No quiso pensar en Rafael, tendido desnudo y vital a su lado: no reflexionaría en el poder que ejercía este hombre sobre su carácter habitualmente sereno y pasivo.

Si no hubiera decidido embarcarse en este viaje alocado, nada de esto hubiera sucedido, pensó con pesar. Ella y Nathan hubieran vivido sus vidas en platónica tranquilidad, él siguiendo con sus costumbres y ella satisfecha —aunque no feliz— con la suerte que le había tocado. De pronto visualizó el rostro amable y preocupado de Nathan y sintió un nudo de lágrimas en la garganta al recordar los momentos verdaderamente felices que habían pasado juntos.

—¿En qué estás pensando? —preguntó Rafael bruscamente, haciéndole recordar que estaba a su lado.

Beth había estado tan sumida en sus pensamientos lúgubres que no había notado que él había cambiado de posición, apoyándose sobre un codo para poder observarla a placer, con atención.

Tragó con dificultad antes de decir con sinceridad.

—En mi marido.

El rostro moreno quedó petrificado y Beth tuvo la sensación de que aunque sus palabras lo habían enfurecido, también lo habían asombrado.

—¿Temes que entre y nos encuentre juntos? —preguntó él con una mueca sardónica—. ¿O acaso comparabas nuestras proezas sexuales?

Invadida por una repentina oleada de furia, ella replicó:

—¡No hay comparación! ¡En cualquier competencia posible, Nathan Ridgeway te derrotaría sin ningún esfuerzo! Ahora márchate de mi cama. ¡Haré lo posible por marcharme de aquí dentro de una hora!

—No. —Lo dijo con voz neutra, lacónica. Sus ojos estaban velados y el rostro apuesto, inescrutable.

Anonadada, Beth exclamó:

—¡Pero dijiste... dijiste que teníamos que marcharnos de inmediato!

—He cambiado de idea —terció Rafael, fijando los ojos sobre la boca suave de ella.

—¡No puedes cambiar de idea! —insistió Beth, furiosa—. ¡No puedes!

Rafael arqueó una ceja y dijo con serenidad:

—No sólo puedo, inglesa, sino que ya lo he hecho.

—¿Por qué? —quiso saber ella, observándolo con recelo.

—Digamos que preferiría mantenerte a la vista hasta estar seguro de que Sebastián se ha recuperado de su desafortunado enamoramiento.

—Sebastián no tiene nada que ver en esto —replicó Beth con obstinación—. ¡Y tampoco puedes impedir que me marche! No te atreverás a obligarnos a permanecer aquí en contra de nuestros deseos.

—No, quizá no —asintió él lentamente y algo en la forma en que la miró hizo que Beth se estremeciera de temor.

Rafael comenzó a vestirse y tras observarlo con una mezcla de recelo y sorpresa, Beth preguntó:

—¿Qué vas a hacer?

—Vestirme —respondió él con ironía mientras metía la camisa dentro de las calzoneras—. ¿Qué te parece que estoy haciendo?, ¿bañándome?

Beth se sonrojó de fastidio.

—Me refiero a qué vas a hacer... conmigo.

—Todavía no lo he decidido —replicó él con frialdad, al tiempo que se ponía las botas.

Beth deseaba arrojarse sobre él y arañar ese rostro burlón, pero triunfó la prudencia.

—¿Po... podemos marcharnos? —balbuceó—. Dijiste... que desearías que nos fuéramos.

—También dije que he cambiado de idea —replicó él con dureza—. Creo que sería más prudente, inglesa, que te quedaras unos días aquí. Te haré saber cuando considere prudente que abandones la hospitalidad de mi padre.

—¡Eres un demonio orgulloso! ¿Crees por un momento que permaneceré bajo el mismo techo que tú? —susurró Beth—. ¿Cómo te atreves a darme órdenes? ¡No puedes impedir que nos vayamos cuando se nos antoje!

—¿No? —terció Rafael, acercándose y tomándole el mentón con una mano.

Beth calló sabiendo que él ganaría cualquier discusión en ese momento.

—Creo que nos entendemos —murmuró Rafael por fin, cuando comprendió que Beth no tenía nada que decir, a pesar de su mirada rebelde. Se volvió y tras ajustarse la cartuchera le hizo una reverencia burlona y dijo—: Adiós, inglesa. Y si no quieres que toda la hacienda se entere de lo que acaba de suceder, sugiero que cuando nos volvamos a ver finjas que es la primera vez que nos encontramos... al menos la primera vez en el día de hoy.

Las palabras insolentes casi lograron sacar a Beth de sus casillas; apretó los puños contra los costados y sus enormes ojos violetas lo miraron con odio.

Rafael la miró desde el otro extremo de la habitación y luego, sonriendo como si la furia de ella le resultara divertida, se acercó a Beth y la besó en la boca. Con voz inesperadamente ronca, masculló entre dientes:

—Realmente te eché de menos, inglesa. —Antes de que ella pudiera recuperarse de su asombro, Rafael giró sobre los talones y salió de la habitación.

De no haber sido por la presencia de Sebastián, Rafael no habría estado en la hacienda; estaba demasiado preocupado por el problema de los comanches como para perder el tiempo agasajando a una familia que, según él, podía muy bien arreglárselas sin él, como lo habían hecho durante los quince años que había pasado en manos de los comanches. Pero esta vez Rafael sabía que Sebastián quería verlo, de modo que a pesar de lo avanzado de la hora había decidido dormir unas horas y luego estar presente cuando Sebastián apareciera por la mañana.

Con una mueca irónica, reconoció que la presencia de Beth había echado por tierra sus planes de dormir. Seguía sonriendo cuando entró en las habitaciones que su padre siempre reservaba para él. Pero la sonrisa se esfumó cuando descubrió a Sebastián cómodamente sentado en una silla, con los pies sobre un arcón apuntando con uno de los revólveres más nuevos de Samuel Colt a la puerta por donde él acababa de entrar.

Rafael se detuvo y, semioculto entre las sombras, tomó el cuchillo de caza que siempre llevaba consigo. No creía que Sebastián fuera a dispararle a sangre fría, pero por si acaso...

Sebastián había estado esperándolo y al ver que Rafael permanecía entre las sombras, terció:

—*Entrez, mon ami.* Haces bien en vacilar. Mis sentimientos hacia ti en este momento distan mucho de ser amistosos. —Analizó sus emociones y agregó—: Hostiles es una buena palabra para describirlos. ¡Ésa, o asesinos!

Mirando el revólver con recelo, Rafael avanzó, tomándose su tiempo para examinar la situación. Si en lugar de ser Sebastián el que apuntaba con la pistola, hubiera sido otro hombre, uno de los dos habría caído muerto en aquel momento, ¡y no hubiera sido Rafael Santana!

Existía una sola razón para la actitud de Sebastián y con engañosa serenidad, Rafael preguntó:

—¿La mujer? ¿Nos has visto hace unos momentos?

—¡Qué astuto de tu parte adivinarlo! —le espetó Sebastián, con un brillo peligroso en los ojos verdes—. ¿Adivinaste de quién se trataba? ¿Es por eso que la sedujiste? ¿Para hacerme pensar mal de ella? ¡Me gustaría escuchar tu explicación antes de que te mande de un balazo al infierno!

Rafael no estaba de humor para soportar el orgullo herido de Sebastián. Estaba exhausto tras varios días de viaje; el interludio con Beth no había sido precisamente un descanso, ni había mejorado su estado de ánimo. Encontrar a una de las pocas personas a quien quería apuntándole con un revólver no sirvió tampoco para mejorar su humor, y las palabras de Sebastián exigiéndole una explicación fueron la gota que colmó el vaso.

—No doy explicaciones, Sebastián —rugió—. ¡Ni a ti ni a nadie! Así que si estás tan decidido a matarme, ¡hazlo! ¡Pero te aseguro que te llevaré conmigo!

Sorprendido ante la vehemencia de Rafael, Sebastián parpadeó.

—¿Lo dices en serio, no es así? —preguntó por fin. Nunca antes se había encontrado en una situación como ésa.

—Nunca hago desafíos huecos, Sebastián. ¡Nunca! —replicó Rafael con dureza—. ¡Así que dispara o guarda ya ese revólver!

Sebastián se movió, inquieto, deseando haber pensado un poco más antes de haberse enfrentado con su admirado primo. Por cierto, que no quería matarlo, a pesar de que se sentía herido y traicionado, pero tampoco podía retractarse con tanta facilidad. Además, Rafael le debía una explicación. Finalmente, Sebastián bajó la pistola y masculló:

—No quiero matarte, pero creo que al menos deberías contarme cómo es que te encontré con Beth en la situación que vi hace un rato.

Rafael volvió a guardar el cuchillo en el cinturón. Distraídamente, extrajo un cigarro del bolsillo de la chaqueta y después de encenderlo con una de las lámparas de aceite que Sebastián había encendido, respondió:

—¿Por qué no se lo preguntas a la dama? Estoy seguro de que su explicación te dejaría satisfecho.

Furioso, Sebastián exclamó:

—¡Maldito canalla! ¡No me atrevería a hablar de algo así con ella!

—¿Por qué no? —preguntó Rafael, divertido—. Podría resultarte muy esclarecedor. —Se puso serio nuevamente y añadió con tono reflexivo—: No suelo dar explicaciones a nadie, pero considerando que la señora Ridgeway parece tener un significado especial para ti, haré una excepción. —Se detuvo, sin saber cuánto quería contarle, y finalmente dijo lentamente—: Supongo que podría decirse que hay una... ejem... relación anterior entre nosotros que no hace probable que tu desafortunado enamoramiento prospere. —De inmediato se maldijo por su torpeza. Había sido como agitar una capa roja delante de un toro; Sebastián parecía más decidido que nunca a demostrarle que estaba equivocado. Eligiendo las palabras con cuidado, Rafael dijo con tranquilidad—: Nos conocimos hace cuatro años en Nueva

Orleans, cuando fui a hablar con Jason sobre la posibilidad de anexar la República de Texas a Estados Unidos. Lo recuerdas, ¿no es así?

—¿Estás tratando de decirme que tú y Beth mantenéis una relación que comenzó cuando ella tenía apenas diecisiete años y estaba recién casada? —preguntó Sebastián con incredulidad.

No lo supo, pero sus palabras fueron un golpe para Rafael. Sabía que Beth era joven cuando la conoció, pero no tenía idea de que lo fuera tanto, ni de que su matrimonio hubiera sido tan reciente. Frunció el entrecejo, dándose cuenta repentinamente de que había algo sobre la tarde aquella en Nueva Orleans que debería haber averiguado bien. Pero descartó la idea de inmediato. Ahora no era el momento de examinar algo que había sucedido cuatro años antes y además en nada cambiaba la situación: por más joven que hubiera sido Beth, había estado en brazos de Lorenzo y él había oído sus gritos de placer antes de separarlos. El recuerdo de Beth en brazos de Lorenzo le hizo más fácil dar a Sebastián una idea errónea de su relación con ella, además del deseo de que su primo se diera cuenta de lo tonto que era su enamoramiento de una mujer casada.

—¿Cuál es la diferencia? —preguntó con frialdad—. ¿Desde cuándo ha servido la edad o el matrimonio para mantener alejados a los amante?

Sebastián sintió que la tierra se abría bajo sus pies. Habría jurado que Beth no era el tipo de mujer que tendría amantes, y sin embargo, la había visto en brazos de Rafael, y él acababa de confirmarle que eran amantes desde hacía tiempo.

—No me importa nada lo que digas —declaró con obstinación—. ¡Ella no es esa clase de mujer! Quizá yo sea joven e inexperto en comparación contigo, pero reconozco a una mujerzuela cuando la veo ¡y eso es algo que Beth Ridgeway no es!

—Entonces, ¿cómo explicarías lo que presenciaste esta noche? —preguntó Rafael, contemplando la punta de su cigarro con interés.

Sebastián apretó los puños y estuvo a punto de arrojarse sobre el otro hombre. No había otra explicación para lo que había visto, pero aun si Beth era la amante de Rafael, sus sentimientos no cambiarían. La ternura y el cariño que sentía por ella eran demasiado intensos como para desaparecer con tanta rapidez.

Sabiendo que le había dado un duro golpe a Sebastián y sin querer causar una separación irreconciliable entre ambos, Rafael se acercó a su primo y le puso una mano en el hombro.

—El hecho de que sea o no mi amante no cambia nada, amigo; no es para ti. ¿Te conformarías con tenerla solamente de amante? ¿Y quieres realmente a una mujer a la que tienes que separar de su marido? —Con expresión vehemente en el rostro y la voz ronca de la emoción, preguntó—: Si tú pudiste robársela a su marido, ¿qué impediría que otro te hiciera lo mismo a ti? ¿Podrías vivir con esa idea durante toda tu vida, sin saber en qué momento ella podría ser tentada y dejarte? Creo que no.

Todo lo que Rafael decía era cierto, pero Sebastián luchaba contra eso, pues no estaba dispuesto a renunciar a su amor por Beth. Sí, todo tenía algo que ver con su orgullo, pero también su corazón estaba profundamente involucrado, quizá más de lo que todos imaginaban, incluso el propio Sebastián. Se sentía herido y desilusionado. Tenía la suficiente confianza en sus atributos como para saber que si alguna vez capturaba el afecto de Beth, no tendría que temer que se la robaran, pero eso había sido antes de saber que estaba Rafael por medio. Si Beth lo amaba, cosa que debía de ser cierta, a juzgar por las revelaciones de Rafael, entonces realmente llevaba las de perder.

—Quizá tengas razón —dijo con dificultad—, pero no me pidas que deje de amarla sólo porque dices que es tu amante. —Desvió la mirada y masculló—: Es una de las mujeres más hermosas que he visto en mi vida, y me resulta difícil creer que durante años ha estado manteniendo una relación adúltera detrás de las espaldas de su marido.

Rafael se mantuvo impávido, en vista de la tristeza de su primo, pero si hubiera tenido a Beth al alcance de la mano, la habría estrangulado. Detestaba el papel que se veía obligado a representar y tampoco le gustaba tener que mentirle a Sebastián, pero como sentía que lo estaba protegiendo de una zorra promiscua, le pareció necesario hacerlo.

—A riesgo de verme retado a duelo —comentó con fingida ligereza—, pienso, amigo, que la imagen que tienes de la indudablemente hermosa Beth está algo distorsionada. No es, mi querido, el ángel que tú imaginas. ¡Créeme, lo sé!

Sebastián lo miró con rabia y replicó.

—¡Y yo pienso que eres tú el que tiene la imagen distorsionada! ¡Consuelo te llenó tanto de odio hacia las mujeres que no reconocerías una buena mujer ni siquiera si te golpeara en el rostro!

Una sonrisa amarga se dibujó en el rostro de Rafael.

—Es posible —admitió—. Y antes de que nos peleemos a puñetazos por ella, pienso que sería prudente cambiar de tema, ¿no crees?

Sebastián asintió de mala gana; comprendía que no ganaban nada hablando del asunto. Tratando de ocultar cuánto lo habían golpeado las revelaciones de Rafael, se puso de pie y dijo en voz baja:

—Creo que no hay nada más que decir, de modo que me marcho. —Rígido y orgulloso, agregó—: Supongo que no tendrás intención de retarme a duelo por haber tratado de hurtar tu propiedad.

—¡No te hagas el interesante conmigo, joven! ¡Sabes muy bien que no haría una cosa así! —exclamó Rafael, repentinamente enojado.

—¡Quizá fuera mejor que lo hicieras! —rugió Sebastián.

Rafael entornó los párpados.

—¿Qué demonios quieres decir con eso? —preguntó con engañosa suavidad.

—Sabes muy bien a qué me refiero —masculló Sebastián—. ¡Te encuentro con la mujer que amo en brazos, la mujer que te dije que deseaba convertir en mi esposa y me informas que es tu amante! Que lo ha sido desde hace cuatro años. Y luego pretendes que olvide el asunto y que todo siga igual entre nosotros, como si yo fuera un perrito faldero. ¡Pues no resultará, primo! —le espetó con rabia—. Podrás tener a la mujer, pero yo no tengo por qué estar de acuerdo con la situación... ¡ni contigo!

—Caray, escúchame bien, Sebastián... —Pero Rafael no pudo terminar de hablar, pues Sebastián salió de la habitación, cerrando la puerta con violencia.

Furioso y apesadumbrado, Rafael contempló la puerta cerrada dándose cuenta de que el afecto entrañable que había compartido con Sebastián podía haber quedado irreparablemente dañado. Consideró la idea de seguirlo y decirle... ¿qué? ¡Por Dios! ¿Que Beth Ridgeway era el «ángel» que él creía? ¿Y que él se había aprovechado de su virginidad e inocencia? ¡De ninguna manera! La había visto en brazos de Lorenzo y ella se le había ofrecido inmediatamente después de que Lorenzo la hubiera poseído. ¿Qué clase de amigo sería si permitía a Sebastián mezclarse con una mujer como ella? Pero las últimas palabras de Sebastián le habían dolido. «¡Jesús! ¿Cómo hice para meterme en esto?», pensó con rabia.

Cansado como nunca lo había estado, Rafael se dirigió a su habitación y sentado sobre una cama enorme, se quitó las botas, dejándolas caer en cualquier parte. Se arrojó sobre la cama y miró el cielo raso durante varios instantes antes de levantar la mano y tirar con violencia de la cuerda de la campanilla que haría venir a uno de los criados. «Dios sabe qué hora es, pero si no están levantados, deberían estarlo», pensó sin ninguna lógica.

Al cabo de unos minutos se oyó un golpecito en la puerta y, sin moverse de la cama, Rafael gruño con fastidio:

—¡Entre!

Un mexicano de edad incierta apareció en la habitación. El rostro fofo y moreno se distendió en una gran sonrisa cuando el hombre vio la figura fuerte y delgada sobre la cama.

—¡Señor Rafael! —exclamó el criado con placer—. ¡Al fin está aquí! No pude dar crédito a mis oídos cuando usted hizo sonar su campanilla.

Rafael sonrió.

—Buenos días, Luis. Sé que la hora es inapropiada, pero ¿podrías prepararme un buen baño? Me siento como si tuviera todo el polvo de la República sobre el cuerpo.

—Sí, señor. Por supuesto, para usted cualquier cosa es posible. —Mirándolo con suspicacia, preguntó—: ¿Quiere que despierte a Juanita para que lo atienda? Se mostró muy insistente en saber cuándo regresaría usted.

—Deseo tomar un baño, Luis, no una mujer —replicó Rafael con ironía.

Cuando se hubo bañado y afeitado, Rafael le indicó:

—Despiértame a la una, por favor, Luis. Mientras tanto, avísale a don Miguel que estoy aquí y que no quiero que se me moleste hasta esa hora. —Hizo una pausa y luego agregó lentamente—: Pídele al cocinero que prepare comida suficiente para dos hombres para un viaje de dos días, y encárgate de que haya dos caballos ensillados y listos para cuando despierte.

Luis se mostró horrorizado:

—¿Parte otra vez? ¿Tan pronto? ¡Pero si acaba de llegar, señor!

—Sólo por una noche, Luis. Hay algo que tengo que hacer que no puede esperar. Vete ya, ¿quieres? Ah, Luis, que mi familia no se entere de lo que te he pedido.

Perplejo, el hombrecito se encogió de hombros.

—Sí, señor, como usted diga.

Rafael sonrió.

—Pues lo digo. Hay dos cosas más que me gustaría que se hicieran lo antes posible, llévale a Sebastián la nota que voy a escribir ahora. El mensaje para mi madre quiero que se retrase hasta la noche.

Escribió rápidamente las notas y despachó al criado. Cinco minutos más tarde, Rafael estaba acostado en la cama. De alguna forma tenía que cerrar la grieta que se había abierto entre él y Sebastián y lo único que había podido hacer para obtener un poco de intimidad había sido invitar a su primo a recorrer las tierras salvajes que limitaban al Este con la propiedad. Era un recurso débil, admitió para sus adentros, pero era la única salida. Por cierto que no podría hacer nada en la hacienda, delante de los demás, pero si estaban lejos y solos... Sólo había que esperar que su impulsivo primo no rompiera el mensaje en mil pedazos y se lo arrojara a la cara.

Empujó a Beth al último rincón de su mente. Primero, Sebastián, luego la inglesa...

Sebastián no rompió la nota, aunque ése fue su primer impulso. Vaciló y luego decidió aceptar la invitación. Estaba apenado, tanto por el distanciamiento con Rafael así como también por el hecho de saber que su amor por Beth era inútil, pero al igual que su primo, no quería que la grieta entre ellos se agrandara.

Después del primer impacto, pudo pensar casi con frialdad en la conexión de Beth Ridgeway con Rafael. Había algo en la historia de él que no sonaba bien. Algo que podría darle la respuesta, si él lograba descubrirlo. Por un instante pensó en pedirle a Beth que le diera su versión de lo sucedido. Pero no podía hacerlo. ¿Por qué? ¿Porque tenía miedo de lo que ella pudiera decir? No lo sabía.

Si Beth hubiera sabido que Sebastián la había visto con Rafael, o si hubiera escuchado las mentiras y verdades a medias que Rafael le había contado a su primo, se habría sentido desgarrada entre el deseo de desmayarse de humillación y el de perforarle el cráneo a Rafael con una bala. Pero como no sabía nada, se sentía culpable y furiosa. Retorciéndose en la cama, pensó en que no soportaría el nuevo día. No podría enfrentarse con Nathan y mucho menos con los helados ojos grises de Rafael Santana.

Pero su orgullo no le permitiría mantenerse oculta y el sentido común le decía que tarde o temprano tendría que salir de sus habitaciones. Su estado de ánimo autocompasivo duró hasta el final del desayuno que le sirvió Charity a las nueve de la mañana. Cuando bebió el último sorbo de café, se vistió y se peinó, Beth se sintió mejor y comenzó a buscar la forma de derrotar a Rafael en su propio terreno.

Por ahora, lo más importante era evitar que se repitiera la escena de la noche anterior y la única forma de hacerlo era asegurarse de que hubiera alguien con ella. ¿Y si dormía en la habitación de Nathan? ¡No! Eso significaría demasiadas explicaciones que no estaba dispuesta a dar, pues no quería ver a su marido muerto a causa de un duelo.

Con expresión pensativa, Beth observó cómo Manuela ayudaba a Charity a colgar sus vestidos en un imponente guardarropa de caoba. Sus ojos adquirieron un nuevo brillo y cuando Manuela se disponía a abandonar la habitación, Beth la llamó.

Manuela se mostró cautelosa cuando Beth envió a Charity a la cocina a pedir más café. Una vez que estuvieron solas, Beth miró a Manuela a los ojos y declaró con tranquilidad:

—Rafael regresó anoche. De ahora en adelante hasta que nos marchemos, haré que mi criada duerma aquí conmigo. ¿Quieres encargarte de que traigan otra cama, por favor?

Manuela comprendió de inmediato los motivos de Beth y asintió sin vacilar.

—No habrá problema. Ocasionalmente, los invitados quieren tener a un sirviente cerca. Nadie se maravillará ni preguntará nada. En realidad, nadie tiene por qué enterarse.

Beth dejó escapar un suspiro quebrado.

—Ése es el problema y por eso he recurrido a ti. Quiero que todos sepan que Charity duerme en mis habitaciones.

—Entiendo —dijo Manuela lentamente—. Muy bien, me encargaré de que todos se enteren de que la señora Beth tiene miedo de dormir en una casa extraña sin su criada cerca. Me aseguraré especialmente de que se entere Luis, el sirviente del señor Rafael.

Beth le sonrió con gratitud.

—¡Gracias, Manuela!

14

La presencia de Charity en su dormitorio por la noche era una débil barrera contra el encanto de Rafael, pero fue lo único que se le ocurrió hacer a Beth para protegerse. Por supuesto, podría habérselo dicho a su marido, pero por razones obvias no lo hizo.

Enfrentarse con Nathan fue más fácil de lo que Beth había creído. Le sonrió con inocencia y sintió el corazón oprimido; detestaba el papel que estaba representando. Quizá, pensó con pesar, soy mentirosa de alma, soy una adúltera perdida. Era un juicio nada justo sobre su carácter, pero ella estaba desgarrada entre la furia, la culpa y la vergüenza y no podía pensar con claridad. La culpa la ahogaba cuando pensaba en Nathan, la vergüenza la inundaba cuando recordaba con qué facilidad Rafael había derribado sus defensas. En cuanto a la furia, le encendía el cuerpo cuando pensaba que no podía escapar de la telaraña en que estaba enredada. Pero lo haré, pensó con fiereza. ¡Lo haré!

La experiencia penosa de tener que encontrarse cara a cara con Rafael quedó postergada; don Miguel mencionó de paso, mientras comían, que su hijo había llegado esa mañana, pero que había llevado a Sebastián a recorrer unas tierras al este de la propiedad.

—Tendrían que estar de regreso esta noche —agregó—, pero por el momento, acepten mis disculpas por su ausencia.

Beth estaba más que dispuesta a aceptar las disculpas y deseó con fervor que Rafael se rompiera el cuello durante el viaje, evitándole así la necesidad de continuar con esa desagradable comedia. Lo que no quiso reconocer era que la muerte de él no haría otra cosa que incrementar su sufrimiento.

Manuela, al parecer, no había perdido el tiempo; ya habían corrido las noticias de que a la señora Ridgeway le daba miedo dormir lejos de su criada y don Miguel le explicó, mientras comían el segundo plato, que no tenía nada que temer mientras estuviera en la hacienda: los comanches nunca habían escalado los sólidos muros que los rodeaban. Ella escuchó con atención, deseando poder explicarle a su amable anfitrión que no temía al enemigo de fuera sino al de dentro.

Nathan no hizo comentario alguno mientras don Miguel le hablaba a Beth, pero ella notó que la miraba con atención. Permaneció callado y sólo cuando estuvieron solos, paseando por los jardines floridos detrás de la casa, Nathan mencionó el asunto. Mientras examinaba un atractivo grupo de flores, preguntó en voz baja:

—¿Tienes miedo de algo, Beth?

—¡No! ¡Claro que no! —dijo ella demasiado rápido.

Nathan calló unos instantes. Finalmente se encogió de hombros y dijo:

—Muy bien, querida. Sólo me preguntaba a qué se debe la presencia de Charity. Nunca me pareciste quisquillosa y me llama la atención que mientras dormíamos en un carromato, lejos de la civilización, con indios salvajes rondando por allí, nunca se te movió un pelo. Sin embargo ahora, cuando nos encontramos protegidos por dos muros de piedra, te resulta necesario tener a una criada a tu lado. Es algo peculiar, ¿no te parece?

Beth no lo miró, sino que se dedicó a contemplar ciegamente las colinas que se elevaban en la distancia. Con voz algo ahogada, dijo:

—Sé que es ridículo, pero me reconforta. Quizá no sea tan valiente como tú piensas.

—Quizá —murmuró él, observando con ojos serios el rostro de ella. Estaba seguro de que le ocultaba algo. Pero como se marcharían en unos pocos días y dejarían atrás ese lugar, no le parecía necesario investigar. Beth se lo contaría en su momento y no iba a destruir la armonía entre ellos obligándola a revelarle todo. Inyectando una nota de ligereza a su voz, sugirió—: Bien, visto que hemos agotado ese tema y admirado los jardines, ¿qué te parece si dormimos una siesta? Tengo entendido que es lo que se acostumbra hacer a esta hora del día.

Beth asintió de buen grado; necesitaba estar algún tiempo a solas para recuperar la compostura antes de tener que enfrentarse con Rafael esa noche. Pero caminando de un lado a otro por la salita de sus habitaciones, no encontró paz ni tampoco una solución. La salida más obvia era contarle todo a Nathan, pero si lo hacía... La imagen de Nathan frente a Rafael en el campo de duelo se le cruzó por la mente. ¡No! ¡Jamás lo permitiría!

Cuando por fin abandonó sus habitaciones para reunirse con los demás en el patio central, estaba tensa de ansiedad y furia. Pero tenía el rostro sereno, los ojos límpidos y los labios suaves y rosados.

Todos estaban allí menos Sebastián y Rafael, y Beth suspiró de alivio. Sería tanto más fácil estar con los otros cuando él llegara, en lugar de ser ella la que apareciera la última.

Doña Madelina estaba sentada en uno de los sillones de metal cerca de la fuente y Nathan, de pie junto a ella, escuchaba con cortesía lo que decía su anfitriona. Don Miguel hablaba con uno de los criados a unos pocos metros de distancia. Sobre una mesa había bocadillos y refrescos. Beth no tenía apetito y tras sentarse junto a doña Madelina, aceptó una copa de sangría que le sirvió un criado.

Don Miguel se les acercó, frunciendo el entrecejo con expresión de fastidio.

—Parece que nuevamente debo disculparme por la ausencia de Rafael y Sebastián —dijo, molesto—. Acabo de recibir una nota que mi hijo dejó y dice que no regresarán hasta mañana. —Indignado, masculló—: No sé en qué puede estar pensando Sebastián; ¡abandonar a sus invitados de esta forma es el colmo! Sólo puedo pedirles que lo disculpen. Sucede que Rafael tiene mucha influencia sobre él. En cuanto a mi hijo, no hay excusas por su comportamiento.

La ausencia de Sebastián le venía de perillas a Nathan.

—No es necesario que se disculpe —murmuró—. Beth y yo nos conformamos con la encantadora compañía de usted y doña Madelina.

Al enterarse de que no iba a encontrarse con Rafael esa noche, Beth no supo si reír de alivio o golpear el pie contra el suelo con rabia. No era difícil adivinar por qué Rafael había esperado hasta ahora para hacerle saber a su padre que no regresarían: si Beth lo hubiera sabido antes, probablemente habría decidido partir de inmediato. Hubiera estado a salvo de cualquier represalia hasta que Rafael regresara y no la encontrara allí... y para ese entonces, ella estaría a muchos kilómetros. «¡Malvado! —pensó con violencia—. ¡Malvado, malvado!»

Beth había adivinado bien las razones de Rafael para que nadie se enterara de que no regresarían. Y esa noche, mientras él y Sebastián acampaban, pensó divertido en la probable reacción de ella. Pero fue sólo un instante; de inmediato se concentró en otros asuntos.

Habían pasado una tarde agradable después de dejar la hacienda, y el resentimiento de Sebastián se había disipado un poco. Al principio los dos habían estado algo tensos, pero con el correr de los kilómetros, la conversación se volvió más natural. La situación no era la misma de antes, pero la brecha se estaba cerrando.

Mas a Sebastián le llevaría tiempo deshacerse de su dolor, reconciliarse con la idea de que la mujer a la que amaba no era la diosa que él había imaginado y sobre todo comprender que el corazón de ella le pertenecía a un hombre al que él apreciaba muchísimo.

Aproximadamente una hora antes del crepúsculo, Rafael detuvo su caballo e indicó una zona rocosa sobre una pequeña elevación.

—Acamparemos allí. Está fuera de cualquier sendero y nos brindará la posibilidad de defendernos si es que llega a haber indios o bandidos mexicanos en la zona.

Sebastián asintió; de pronto se dio cuenta de que no había pensado en ese tipo de peligro durante toda la tarde. Había estado ocupado con sus sentimientos heridos y con la belleza del paisaje salvaje; en ningún momento se le había ocurrido la posibilidad de que pudieran ser atacados por salvajes o bandidos. Fastidiado consigo mismo, preguntó:

—¿Crees que corremos peligro de que nos ataquen?

Rafael lo miró desde debajo del ala del sombrero negro.

—Amigo, si quieres sobrevivir aquí en la República, siempre debes estar preparado para un ataque; en cualquier lugar y a cualquier hora.

Cuando terminaron de comer, el sol se había escondido y el aire estaba frío. Rafael encendió un fuego pequeño y ambos se recostaron contra las rocas para descansar.

Compartían un silencio amistoso; ninguno sentía demasiados deseos de conversar. Pero el repentino e inesperado grito de un puma hizo que Sebastián se sobresaltara. Al verlo, Rafael sonrió y murmuró:

—¿Nervioso, amigo?

Sebastián hizo una mueca.

—Un poco, quizá. Tienes que admitir que todo esto es muy nuevo para mí y me temo que todavía no he desarrollado tu indiferencia ante la posibilidad de un ataque por parte de los comanches.

Rafael se movió con impaciencia.

—No es indiferencia, Sebastián, en absoluto. Es tomar precauciones para no ser sorprendido por nadie y, al mismo tiempo, quitarme la idea de la mente. —Dio una última chupada al cigarro y lo arrojó al fuego—. Creo que no tenemos nada que temer esta noche —dijo con tranquilidad—. Todavía no ha comenzado la época de las incursiones y ataques, y tampoco hay luna llena. Además, estamos en un lugar que ofrece buena protección.

Sebastián echó una mirada a su alrededor. Había rocas a ambos lados de donde estaban y los caballos estaban atados cerca de un pequeño manantial no lejos de donde se encontraban ellos. Nadie podría acercarse a los animales sin pasar por entre los dos hombres, y de noche sería casi imposible escalar la colina rocosa sin hacer rodar algunas piedras, cosa que los alertaría de inmediato.

—Es una de las principales reglas de supervivencia —dijo Rafael—. A menos que no se viaje con un gran contingente de hombres armados, nunca hay que acampar en un lugar abierto. Hay que encontrar algo, aunque sea un tronco.

—Claro, a ti te resulta natural pensar en esas cosas —masculló Sebastián—; me temo que yo me hallo en mi elemento cuando estoy deambulando por las calles de Nueva Orleans.

Rafael rio.

—¡Y yo, mi querido amigo, me siento muy incómodo en Nueva Orleans! —Con expresión casi soñadora, agregó—: Me gustan mucho más las colinas, las praderas y los territorios inexplorados... ¡créeme!

Sebastián sonrió.

—Pues tus actitudes no lo revelan. Recuerdo que mi padre decía algo como que tú eras semejante a un camaleón: te encontrabas en cualquier situación y de inmediato te adaptabas a las circunstancias, ya fuera en un baile, en el palacio del gobernador o en una pelea en una fiesta popular.

—Tu padre es muy perceptivo —sonrió Rafael—. Demasiado, a veces, sobre todo cuando uno tiene algo que ocultar.

—Me adhiero a eso, primo, me adhiero —dijo Sebastián con vehemencia, pensando en ciertas travesuras de la niñez que su padre había descubierto de forma desconcertante—. ¡No sucede nada sin que él se dé cuenta!

Pasaron a conversar durante algunos minutos sobre Jason Savage, e intercambiaron anécdotas acerca de la juventud disoluta de Jason que habían oído a través de los años. Sacudiendo la cabeza con divertida admiración, Sebastián exclamó por fin:

—¡No entiendo cómo se atreve a sermonearme sobre mi falta de decoro! ¡Yo, al menos, no rapté a la hija de un conde! ¡Ni siquiera con la excusa de que lo engañó el hecho de que mamá estuviera bailando en una boda gitana!

Con expresión pensativa, Rafael musitó:

—Quizás hay cosas que él hizo que no quiere verte repetir a ti. Eres muy parecido a él, sabes.

Ofendido, Sebastián exclamó:

—¡No en lo que se refiere a las mujeres, te lo aseguro! ¡Vaya, yo jamás haría...!

—Cuando hay una mujer por medio, nunca debes decir: «De esta agua no he de beber» —lo interrumpió Rafael con dureza.

Pensando en Beth y en el terreno peligroso en que se embarcaba la conversación, Sebastián vaciló un instante. Eligiendo las palabras con cuidado, finalmente preguntó:

—Piensas que Jason tiene remordimientos respecto del pasado... ¿Tú los tienes?

—Algunos —replicó Rafael en un tono que hizo que Sebastián decidiera de inmediato no insistir con el tema. La conversación languideció por unos momentos, hasta que Sebastián preguntó bruscamente, decidido a buscar un tema que rompiera el incómodo silencio:

—¿Qué quisiste decir acerca de la luna llena y la época de los ataques? Creía que los indios atacaban en cualquier época.

—Y es así —respondió Rafael, esforzándose él también por cerrar la brecha momentánea—. Pero como todos los animales de presa, prefieren la luna llena. Los españoles la llamaban la luna comanche. En cuanto a la época, la mayoría de los ataques los hacen en la primavera, cuando los pastos crecen tupidos y verdes, luego durante todo el verano hasta que llegan las cacerías otoñales de búfalos. —Con una sonrisita extraña en su boca expresiva, Rafael murmuró—: No hay otra forma de vida como ésa. No puedes impedirle a un comanche que ataque y saquee, de la misma forma en que no puedes impedir que un águila levante el vuelo.

Inquieto por esa sonrisa, pero sin saber por qué, Sebastián clavó un palo en las brasas. De pronto comprendió por qué se sentía turbado y preguntó con dificultad:

—¿Alguna vez...? Quiero decir, cuando estabas... ¿Tomaste parte en...?

—Sí —respondió Rafael con sencillez, interrumpiendo los balbuceos de su primo.

—¿Quieres decir que cabalgaste con esos asesinos demoníacos y realmente participaste en los ataques a blancos? —preguntó Sebastián, indignado—. ¿Cómo pudiste hacer algo así?

Imperturbable, Rafael explicó:

—Olvidas, creo, que sólo tenía dos años cuando mi madre y yo fuimos capturados por los comanches. Ella murió antes de que yo cumpliera tres años y con ella murieron los recuerdos de otra vida. La hacienda, mi padre, aun don Felipe... ninguno de ellos existía en mi memoria. ¿Cómo podría no haberlo hecho?

—Pues pienso que deberías haber sabido por instinto que estabas atacando a los de tu raza —replicó Sebastián con obstinación—. ¿Nunca te cuestionaste lo que hacías? —Su voz se convirtió en un gruñido—. ¡Supongo que ahora vas a decirme que disfrutabas de los ataques!

El silencio respondió a sus palabras. Rafael encendió un cigarro y luego miró a Sebastián a los ojos, con una expresión fría y distante en el rostro. Sebastián se maldijo por su torpeza.

—No debería haber dicho eso —murmuró—. Es sólo que...

—Tenía doce años cuando participé en un ataque por primera vez y sí, disfruté al hacerlo —lo interrumpió Rafael con serenidad—. Tenía trece cuando robé mi primer caballo y maté a mi primer blanco, llevándome su cuero cabelludo como trofeo. Un año más tarde, violé a una mujer por primera vez y tomé mi primer prisionero. Cuando llegué a los diecisiete años, había estado atacando con los guerreros durante cinco años, poseía cincuenta caballos, tenía mi propia tienda hecha con piel de búfalo, tres esclavas y varios cueros cabelludos adornando mi lanza y mi brida. —No había ninguna vergüenza ni arrepentimiento en su voz y los ojos grises se mantuvieron fijos en los de Sebastián—. ¡Era un comanche! —dijo, casi con orgullo—. Uno de los nermernuh, «el Pueblo», y vivía según sus costumbres. —Su voz se enronqueció de pasión y por un momento perdió ese aire de indiferencia en el que solía envolverse. Tomando conciencia de ese hecho, Rafael respiró hondo y dijo con voz más serena—: Era un joven guerrero de una banda de comanches antílopes, los kwerharrehnuh, y mi camino a la gloria, mi derecho a hablar en un concilio, mi derecho a tener esposa, mi riqueza, mi razón de vida era incursionar, violar, robar y matar. ¡No te quepa ninguna duda, Sebastián, de que hice todas esas cosas y de que disfruté al hacerlas!

Azorado, Sebastián lo contempló en silencio. No sabía si se sentía espantado e indignado por lo que había oído o extrañamente excitado y admirado por la forma salvaje en que Rafael había vivido. Furioso consigo mismo, descubrió que quería saber más, mucho más sobre esa época de la vida de su primo de la que nadie jamás hablaba. Lo atraía de alguna forma misteriosa y secreta y tuvo que admitir con pesar que quizás había heredado de su padre algo más que la apariencia física.

Rafael fumaba en silencio. Se sentía vacío, seco; ésta había sido la primera vez que había hablado con alguien sobre su vida con los comanches y descubrió que tenía recuerdos y sentimientos que creía haber desterrado mucho tiempo atrás. No era agradable saber que las ansias de sangre corrían todavía con fuerza por sus venas. Con qué facilidad volvería atrás, pensó, recordando la alegría salvaje y bárbara de aquellos tiempos. Miró a Sebastián, curioso e indiferente a la vez a la reacción de su primo.

Sebastián seguía mirándolo, pero no había espanto ni censura en sus ojos. Rafael arqueó una ceja y dijo con tono burlón:

—¿No hay comentarios? Eres siempre tan locuaz y rápido para responder que tu silencio me resulta incomprensible. ¿Estás buscando palabras duras, Sebastián?

—No —admitió el joven con sinceridad—. Estaba pensando qué fina es nuestra capa de civilización. Por un lado, lo que acabas de contarme me resulta horroroso, pero por el otro...

—Por el otro, descubres que te atrae todo lo que hay de salvaje e indómito dentro de ti —terminó Rafael con ironía—. No eres el único; más de un prisionero recuperado escapó de sus salvadores y corrió de nuevo hacia los comanches.

—¿Por qué no lo hiciste tú?

Rafael emitió una risa amarga.

—¡Porque, amigo mío, mi abuelo se encargó de que no tuviera oportunidad de regresar!

—Pero cuando estabas en España, sin duda no te vigilaban todo el tiempo.

—No, no era necesario. Cuando don Felipe se propuso recapturarme la suerte jugó de su lado; no sólo me encontró sino que cuando me atrapó, por desgracia yo estaba con los dos comanches a quienes creía mi padre y mi hermano mayor. Si hubiera sabido quién nos había atrapado, esa información no habría sido revelada. Pero creímos que nos habían atrapado unos bandidos mexicanos y no se me ocurrió que me habían estado buscando a mí hasta que fue demasiado tarde. Para asegurarse de que yo colaboraría, don Felipe me explicó con cuidado y en detalle qué les sucedería a Cuerno de Búfalo, mi padre adoptivo, y a Caballo Erguido, su hijo, si yo no hacía lo que él me decía.

Sebastián silbó por lo bajo. Ahora comprendía los motivos que había tenido Rafael para hacer muchas de las cosas inexplicables que había hecho: ¡como casarse con Consuelo, por ejemplo! Se movió, inquieto; no sabía qué decir y tampoco quería abandonar el tema. Al ver la expresión remota en el rostro de Rafael, decidió no preguntar nada más sobre don Felipe y murmuró con curiosidad:

—¿Alguna vez has vuelto con los comanches?

—Sí —respondió Rafael de inmediato—. Pero cuando lo hice, descubrí que don Felipe y sus curas y maestros habían hecho bien su trabajo y, si bien los comanches me veían como a un hijo recuperado, yo no podía ya vivir según sus costumbres. Conocía demasiado sobre el mundo. En contra de mi voluntad, me había convertido en el nieto español que don Felipe quería tener... a cualquier coste.

Sebastián quería seguir interrogándolo, pero algo le advirtió que su primo no seguiría hablando de eso. Estaba en lo cierto, pues un segundo más tarde, Rafael apagó el cigarro y dijo en voz baja:

—Creo que ya hemos hablado bastante de mi pasado, ¿no te parece? —Apoyó la cabeza contra la montura, se bajó el sombrero hasta la nariz y tapándose con el sarape, agregó—: Buenas noches.

Sebastián tenía la cabeza llena de comanches y aventuras de Rafael, pero finalmente logró dormirse. En ningún momento pensó en Beth ni en su propio corazón destrozado.

Para Rafael no fue tan fácil. El sombrero ocultaba el hecho de que seguía despierto. «Demasiado despierto», pensó, cambiando de posición sobre el suelo duro.

Había sido muy difícil responder a las preguntas de Sebastián, hablar con tanto descuido de aquella época con los comanches. No porque le trajera recuerdos dolorosos; habían sido los años más felices de su vida. En aquel entonces no habían existido lealtades divididas, ni abismos negros de culpa como cuando pensaba que estaba aliado con los blancos, cuya codicia por las tierras podía causar muy bien la muerte del estilo de vida orgulloso y libre de los comanches. Cuando se dio cuenta de que era inútil tratar de dormir, Rafael hizo a un lado el sarape y se incorporó. Removió las brasas y logró encender otro cigarro. Estaba inquieto; su mente se detenía demasiado en una parte de su vida que había mantenido siempre bajo llave. Miró a Sebastián con rabia. ¡Al diablo con él! Si no le hubiera hecho esas preguntas... Rafael dio una chupada al cigarro y contempló lo que quedaba de las brasas. No, admitió lentamente, no eran los recuerdos de los años con los comanches lo que le perturbaba, era el tiempo de sufrimiento que siguió a su regreso a la civilización, a la vida que le correspondía al hijo de una noble familia española.

Aun ahora, unos quince años más tarde, recordaba la furia frenética de aquellos días, días que había pasado encadenado como un animal en un sucio sótano provisto por don Felipe. No había sol para calentarle la piel sedienta, no había cielos azules que lo llenaran de placer, sólo oscuridad y humillación. Alrededor del tobillo, todavía tenía la cicatriz de ese brutal encarcelamiento; había luchado como un animal salvaje para escapar del anillo de hierro que lo aprisionaba, hasta que su tobillo se convirtió en una masa sangrienta de piel y carne desgarradas. Y durante todo el tiempo, don Felipe lo había observado, lejos de su alcance. La barba negra y los bigotes curvados le daban un aspecto demoníaco. Rafael maldijo en voz baja. ¡Madre de Dios, cómo despreciaba a su abuelo!

La raza comanche era muy cruel, admitió Rafael, pero la de ellos no era la crueldad calculada que había practicado su abuelo día tras día, hora tras hora, mientras trataba de quebrar el espíritu de Rafael y de convertirlo en un debilucho que obedeciera ciegamente sus órdenes. Pero de algún modo, a pesar de las torturas, él logró mantenerse desafiante e indómito. Finalmente, don Felipe lo derrotó agitándole ante los ojos el destino de Cuerno de Búfalo y Caballo Erguido, a quienes tenía prisioneros. Para que ellos pudieran seguir con vida, Rafael aprendió el idioma español, como lo exigía su abuelo; por ellos estudió los libros y programas confeccionados por los curas de su abuelo; por ellos permitió que le cambiaran el aspecto y le enseñaran los modales y costumbres del heredero de un apellido ilustre. Si don Felipe no hubiera amenazado a su familia comanche, Rafael se hubiera dejado morir de inanición antes de obedecer una sola orden.

Don Felipe, decidido a que nadie interfiriera en sus planes, no había revelado sus acciones al padre de Rafael. No fue hasta diez meses más tarde cuando Rafael, sin sus trenzas gloriosas, con un español comprensible y muy incómodo dentro de los pantalones ajustados y una impecable camisa blanca, presentó su rostro hostil al padre que no había creído volver a verlo.

Don Miguel rebosaba de felicidad y aun a los ojos desconfiados de Rafael resultó obvio que sus sentimientos eran verdaderos. Al recordar las lágrimas en los ojos de su padre, Rafael se movió, inquieto. Nunca había querido el amor de don Miguel, pero a su modo, se sentía agradecido. Fue la presencia de su padre lo que volvió los dos años siguientes más tolerables y en ocasiones, casi agradables.

Pero hubo tiempos muy desagradables también, pues Rafael no se resignaba a esa vida de prisión. Deseaba con todo su ser volver a la libertad de su vida anterior, pues para él, ésa era la vida digna de un hombre. Pero después de un intento frustrado de liberar a su familia comanche del cautiverio, cegado de ira tuvo que abandonar sus planes para siempre. La venganza de don Felipe fue rápida y salvaje: ordenó con tranquilidad que a Cuerno de Búfalo le cegaran de un ojo y declaró con indiferencia que la próxima vez perdería el otro. Y por supuesto, todavía quedaba Caballo Erguido... Rafael fue obligado a ver cómo cegaban a su padre adoptivo y después de eso no hubo más intentos de fuga. Pero don Felipe no había ganado todas las batallas, pensó Rafael, mientras arrojaba el cigarro a las brasas. No, algunas no. Recordó con placer la expresión de su abuelo cuando él se negó a ir a España... a menos que liberaran a sus parientes adoptivos.

Al ver que Rafael no cedería, por más castigos y torturas que pudieran infligírsele, don Felipe accedió a liberar a Cuerno de Búfalo si Rafael iba a España, pero de ninguna manera liberaría a Caballo Erguido. No fue una victoria para ninguno de los dos hombres.

Rafael odió España, odió a los curas del monasterio adonde lo enviaron para que se refinara, odió la actitud condescendiente de los españoles que conoció, pero lo que más odió fue el país, pues había criado a su abuelo... y a Consuelo.

La libertad de Caballo Erguido fue el precio del casamiento de Rafael con Consuelo Valdez y Gutiérrez. Nuevamente don Felipe se enfureció porque su nieto le imponía condiciones; no parecía importarle que ahora por fin tenía un heredero que parecía ser todo lo que uno podía desear. Jamás podría perdonarle a Rafael la sangre comanche que corría por sus venas.

Así fue como Caballo Erguido terminó su cautiverio; y a los

veinticuatro años, Rafael se casó con una mujer que lo despreciaba por las mismas razones que lo despreciaba su abuelo.

Una risa amarga escapó de los labios de Rafael, mientras él contemplaba los restos de fuego. Consuelo y su abuelo tendrían que haberse casado. ¡Qué yunta de víboras habría sido ésa!

Quizá si Consuelo hubiera tratado de encontrarse con él a mitad de camino, el malhadado matrimonio podría haber funcionado, pues al principio Rafael no la odiaba. No le gustaba, pero tenía la esperanza de poder llegar a sentir afecto por la mujer con quien lo habían obligado a casarse. Durante los primeros tiempos sintió compasión por ella, pues Consuelo tampoco había podido elegir; la familia Gutiérrez se había mostrado encantada de que una de sus hijas se casara con un miembro de la poderosa y rica familia Santana, sobre todo visto que se trataba del propio, heredero.

Al pensar en la forma en que había muerto Consuelo, Rafael hizo una mueca de dolor. Ni siquiera Consuelo se merecía ese fin. Pero luego recordó que la propia obstinación de ella había desencadenado todo. Si no hubiera estado tan apurada por abandonar la hacienda, no se habría cruzado con la banda de indios. Pero era imposible saberlo, el destino siempre nos alcanza cuando menos lo esperamos. La muerte de ella había sido un golpe para Rafael y le resultó una ironía de la vida que ella hubiera muerto a manos de la gente que más despreciaba.

«¡Dios!», pensó Rafael, estirando las largas piernas. ¿Para qué perdía el tiempo cavilando sobre cosas que habían sucedido tanto tiempo atrás? ¿Por qué dejaba que los recuerdos lo acosaran así?

Miró la figura inerte de Sebastián y tomó conciencia de que el cariño lo volvía a uno débil, vulnerable. Ni siquiera cuando había negociado por las vidas de sus parientes adoptivos se había sentido así. Querer a alguien, decidió con amargura, era una trampa en la que se cuidaría de no volver a caer.

El frío de la noche se le metió hasta los huesos y Rafael se recostó y volvió a cubrirse con el sarape. Era extraño cómo el hecho de pensar en el pasado lo había puesto en paz consigo mismo, como si al enfrentarse con los recuerdos, éstos hubieran perdido su capacidad para herirlo. El odio que sentía hacia su abuelo seguía allí, pero el dolor y el sufrimiento habían desaparecido. «Quizá —pensó, soñoliento—, Sebastián me hizo un favor al hacerme esas preguntas.» Esbozó una sonrisa y se quedó dormido.

15

El regreso a la hacienda fue mucho más descansado que el viaje de ida; Rafael se detenía a menudo para indicarle a Sebastián las ventajas de las tierras que atravesaban.

—Es tierra buena, Sebastián. Hay abundancia de agua y pasto suficiente como para alimentar a todo el ganado que desees. En cuanto a cultivos, el suelo sin duda te resultará fértil.

Sebastián asintió con entusiasmo.

—Es lo que quiero, Rafael. Son tierras bellísimas. No veo la hora de escribirle a mi padre para comunicarle mi decisión.

Rafael sonrió y lo miró con afecto.

—¡Bueno! Me alegra saber que un miembro de la familia Savage será vecino de la Hacienda del Cielo. Miguel también se alegrará. —Poniéndose serio de pronto, agregó—: Si tienes intención de postularte para conseguir estas tierras sin dueño, te sugiero que también compres todas las hectáreas que puedas. Por el momento, la tierra es lo único que Texas parece tener en abundancia, además de interferencia mexicana e indios. Pero las cosas no serán siempre así.

—Ya lo había pensado —asintió Sebastián—. Pienso comprar mucha más tierra, aparte de la que está libre.

—¡Bien! Sugiero entonces que regresemos; Miguel debe de estar molesto por la forma en que te secuestré, y si pasamos otra noche fuera, sin lugar a dudas descargará su ira sobre mi cabeza.

La alegría de Sebastián se evaporó, pues eso lo hizo recordar a Beth en brazos de Rafael. Al ver la expresión de su primo, Rafael maldijo en voz baja; casi había llegado a odiar a Beth Ridgeway.

Sin embargo, el breve viaje les había devuelto el antiguo compañerismo y la relación entre ambos hombres parecía ser tan fuerte como antes. El tiempo era el mejor aliado de Rafael; había que hacerse a un lado y dejarlo sanar las heridas.

A medida que se acercaban a la hacienda, el rostro de Sebastián se volvió más y más sombrío. Algo que lo había estado intrigando desde que Rafael le había dicho que Beth era su amante finalmente cobró forma. Volviéndose para mirar a su primo, dijo con desconfianza:

—La relación entre vosotros debe de haber sido a larga distancia. Es decir, contigo aquí y Beth en una plantación cerca de Natchez, no podéis haberos visto muy a menudo.

Sin mirarlo, Rafael replicó con serenidad:

—Muy seguido, no, pero sí lo suficiente. —Su voz se endureció repentinamente—. ¡Créeme, fueron suficientes veces!

Sorprendido por la violencia en la voz de Rafael, Sebastián lo miró, confundido. ¿Por qué hablaba como si detestara a su amante? Rafael no era mentiroso por naturaleza y le molestaba verse obligado a mentir, especialmente a Sebastián. Tampoco le gustaba dar explicaciones y se encontraba en una posición muy incómoda, atrapado en una red de mentiras y verdades a medias respecto de la inglesa. Todo se complicaba más por el innegable deseo que sentía por ella. En ese momento la odiaba, tanto porque creía que ella quería atrapar a Sebastián como por el hecho de que lo hacía desear volver a verla. No iba a dejarse engañar por ese rostro inocente otra vez, pensó con firmeza. ¡Con una vez bastaba!

Llegaron a la hacienda poco antes del atardecer. Después de dejar los caballos, se encaminaron hacia la casa, sin tener demasiado que decirse. Antes de entrar en el patio por la parte trasera, Rafael se detuvo y, mirando a Sebastián, murmuró con auténtica rabia:

—¡Ésta es una situación de los mil demonios, amigo! Si pudiera cambiar las cosas, lo haría.

Era lo más parecido a una disculpa que podía brotar de Rafael, y Sebastián lo comprendió.

—¡Olvídalo, Rafael! No puedo negar que tenía algunas ideas respecto de ella que ahora comprendo que eran absurdas. Y debo confesarte que ella nunca me alentó en lo más mínimo. —Con dificultad, admitió—: Tuve que reconocer al fin que Beth sólo me ve como un amigo, de modo que no vayas a creer que te ha estado engañando.

Con una sonrisa tensa y un brillo helado en los ojos, Rafael replicó de inmediato:

—¡Qué alivio! No me gustaría tener que arruinar su hermoso pellejo matándola a golpes por haber flirteado contigo.

Sebastián sonrió y tratando de bromear, murmuró:

—Se me ocurren cosas mejores para hacer con su pellejo que golpearla, por más que lo merezca.

Rafael rio.

—A mí también, amigo, a mí también.

Se separaron un instante más tarde complacidos por haber salvado la difícil situación.

Como en ese momento Beth se estaba vistiendo para la cena, no supo que Rafael había regresado. Pero estaba preparada para encontrarse con él y supuso que lo vería cuando se reuniera con los demás.

La ausencia de Rafael le había permitido pensar en un plan sin la turbación que sentía cuando él estaba cerca. Haciendo una mueca a la imagen del espejo, Beth admitió que no había muchas alternativas. Tendría que desobedecer la orden de Rafael de permanecer en la hacienda. Era demasiado peligroso quedarse, de modo que estaba decidida a anunciar a sus anfitriones que ella y Nathan partirían para San Antonio de inmediato.

Nathan se había mostrado entusiasmado cuando ella le comentó su idea. Para Beth, marcharse de la hacienda era la única cosa sensata que podía hacer. Y como hasta ahora su comportamiento en el viaje había sido por demás insensato, estaba decidida a comportarse de forma lógica.

Beth se vistió con sumo cuidado, diciéndose todo el tiempo que era sólo para ganar seguridad, que no tenía nada que ver con el hecho de que Rafael fuera o no a mirarla.

Nathan la encontró irresistible cuando la encontró a la salida de sus habitaciones. Se detuvo en seco al verla y la besó con suavidad.

—¡Qué hermosa estás esta noche, querida! Debe de ser el viaje que te sienta o... ¿acaso estás feliz porque nos marchamos mañana?

Ella le sonrió y bromeó:

—¡Quizá se deba a que tú estás tan feliz de que nos marchemos!

Nathan rio y ambos salieron al patio, en excelentes relaciones.

Doña Madelina ya estaba allí, sentada en su sillón favorito y don Miguel estaba junto a la fuente, conversando animadamente con su esposa.

Beth se sentó cerca da la fuente y mientras bebía su sangría conversó amablemente con sus anfitriones.

Don Miguel era muy gentil y atento con ella, y con el tiempo una cordial amistad había surgido entre ambos. Al enterarse de la afición de Beth por las exploraciones españolas, le contó todo tipo de historias de conquistadores y antiguas leyendas sobre Texas, mientras Nathan y doña Madelina intercambiaban opiniones sobre la vida en Natchez y la vida en Texas. Don Miguel se embarcó después en su teoría favorita acerca de que eran las historias distorsionadas de Cabeza de Vaca las que habían dado origen a las leyendas acerca de las ciudades de oro.

—¡No diga eso, don Miguel! ¡Sin duda tienen que existir! —exclamó Beth.

Él sonrió y bromeó.

—Es usted, señora, una soñadora muy bella.

Al recordar los sueños románticos que una vez había tenido, Beth se entristeció momentáneamente. Al ver su expresión, don Miguel le cubrió una mano con la suya y preguntó con preocupación:

—¿Niña, qué sucede? ¿Por qué se pone tan triste?

—¿Triste? ¿Una invitada nuestra, padre? Sin duda hay algún error —terció Rafael desde atrás. Beth se puso rígida y el corazón comenzó a latirle con fuerza.

—Ah, hijo mío, qué típico en ti es aparecer en un momento tan inoportuno —respondió don Miguel con tranquilidad, volviéndose para mirarlo.

—¿Inoportuno? Lo dudo, Miguel —replicó Rafael. Avanzó lentamente hasta quedar frente a Beth y mirándola con frialdad, dijo—: Yo diría que es un momento muy oportuno. Hasta yo trataría de ser galante para que la bella señora Ridgeway tenga una placentera estancia en Cielo. Preséntanos, por favor.

Una vertiginosa sensación de *déjà vu* se apoderó de Beth. Él estaba delante de ella, como en el baile de los Costa, muy apuesto con su chaqueta corta de terciopelo negro ribeteada con hilos de plata, la camisa blanca que le hacía resaltar el tono bronceado de la piel y las calzoneras ajustadas que se adherían a su cuerpo viril. Sintiendo un revuelo en su interior, Beth se enfrentó con los desafiantes ojos grises.

—¿Cómo está, señor? —murmuró con tono cortés, pero indiferente—. Su padre ha hablado mucho de usted desde que llegamos. —Atragantándose con las palabras, agregó—: Tenía muchos deseos de conocerlo.

Rafael sonrió, pero la sonrisa no llegó a sus ojos. Inclinándose sobre la mano de ella, le besó la parte interior de la muñeca. Beth casi dio un respingo al sentir el calor de su boca.

—¿De veras, señora? —musitó él y agregó con tono burlón—. Tras semejante cumplido, tendré que comportarme correctamente, ¿no es así?

Beth apartó su mano con violencia y don Miguel, que no había visto el beso subrepticio, la miró con sorpresa.

—Me temo que no estoy acostumbrada a la galantería española —se apresuró a decir ella.

Don Miguel se tranquilizó. Después de indicarle a su hijo que se encargara de atender a su invitada, se dirigió hacia donde estaban Nathan y doña Madelina. Beth lo observó irse con horror, pero su expresión no reveló lo que sentía.

—Lo hiciste de maravillas, inglesa —dijo Rafael con ironía—. Veo que además de tus otros talentos, también eres buena actriz. Nadie sospecharía nunca que no es la primera vez que nos vemos. Pero nosotros sabemos que no es así, ¿verdad?

Los ojos violetas de Beth relampaguearon de furia.

—¿Quizás hubieras preferido que mencionara las circunstancias en que nos vimos la última vez? —dijo en voz baja—. ¡Estoy segura de que a tu padre y a mi marido les hubiera resultado un tema de conversación fascinante!

Mientras se sentaba con movimientos perezosos en la silla junto a la de ella, Rafael dijo con tono divertido:

—¡Creo que fascinante es una palabra muy débil!

—Todo esto te resulta muy divertido, ¿no es así? —preguntó Beth, con la voz tensa por la furia.

Los ojos de Rafael le recorrieron el rostro y el cuerpo.

—Debo admitir que hay partes de esta comedia que me resultan muy entretenidas —murmuró.

Beth tuvo que controlarse para no abofetear aquel rostro burlón. Pero como sabía que era necesario que nadie notara nada fuera de lo común en su comportamiento, se obligó a serenarse. Con una sonrisita engañosamente dulce en los labios, dijo con voz melosa:

—¡Es usted un cerdo, señor! Lo desprecio y le aconsejo que no me vuelva la espalda... ¡podría sentir la tentación de clavar un puñal en ella!

Para gran consternación de ella, Rafael se limitó a sonreírle. El repentino brillo de pasión que le iluminó los ojos contradijo el tono ligero y descuidado con que murmuró:

—Yo, inglesa, te deseo... demasiado para mi propia tranquilidad.

Beth sintió una descarga de electricidad ante las palabras de él y desvió su mirada.

—¿Y has considerado la posibilidad de reprimir tus deseos? —preguntó con sarcasmo—. Te aseguro que yo estaría encantada si encontraras otra... ejem... otra forma de deshacerte de estos deseos que dices tener.

Rafael lanzó una carcajada.

—No empieces con ese tipo de discusiones en público —la amenazó en voz baja—, porque si lo haces, ¡te aseguro de que me encargaré de que terminen en privado!

Beth no estaba dispuesta a hacerle caso, pero su respuesta se perdió cuando Rafael hizo un gesto con la cabeza en dirección a los demás y preguntó con voz tensa:

—¿Ese dandi afectado que está junto a mi madrastra es tu marido? ¿Él que es todo lo que yo no soy?

Era una forma extraña de expresarlo, pero en un instante Beth se dio cuenta con pesar de que era absolutamente cierto. Nathan era todo lo que Rafael no era: bondadoso y amable, cuando Rafael era duro y salvaje; Rafael, decisivo e implacable con aquellos que no estaban de acuerdo con él, Nathan, más propenso a ceder; Nathan rubio y delicado, como Rafael moreno y agresivamente viril. Beth se sintió horrorizada ante la dirección que tomaban sus pensamientos y volvió a enfurecerse con Rafael por abrirle la mente a ideas tan desleales. Rafael podía ser fuerte y atractivo, pero ¿a quién le importaba? Nathan era bueno con ella y ahora Beth acababa de traicionarlo con la mente, además de con el cuerpo. Esa culpa era lo que la hacía querer defender a Nathan de las críticas de Rafael, pero había habido algo en la voz de él que la obligaba a andar con cautela. Eligiendo las palabras con cuidado, dijo con sorprendente tranquilidad:

—No es afectado. Pero si a alguien que presta mucha atención a su ropa se le llama un dandi, entonces tendría que estar de acuerdo con eso: Nathan es sin lugar a dudas un dandi. —Miró a su marido mientras hablaba y él levantó la vista en ese instante y le sonrió. Sin darse cuenta de que la expresión de Rafael se endurecía al verla devolver la sonrisa, Beth agregó con suavidad:

—Un dandi gentil y bondadoso, además.

Rafael maldijo en voz alta y se puso de pie de un salto. Beth lo miró, azorada.

—¿Sucede algo malo? —preguntó con tono inocente.

Rafael frunció el entrecejo y gruñó con sarcasmo:

—No; ¿qué podría suceder?

Sin aguardar la respuesta de ella, la tomó de la muñeca y dijo:

—Ven conmigo; quiero conocer a este dechado de virtudes.

Pero no fue necesario, pues Nathan ya se estaba abriendo paso hacia ellos. Beth apenas si tuvo tiempo de liberarse de la mano de Rafael y apartarse un poco antes de que Nathan llegara hasta allí.

—Usted debe de ser Rafael, el hijo de don Miguel. No nos han presentado, pero yo soy Nathan, el marido de la señora Ridgeway —dijo con una sonrisa cortés.

Beth se sentía atrapada entre los dos. Temiendo que Nathan sospechara algo, se apresuró a decir:

—Estábamos a punto de ir a reunirnos contigo. El señor Santana dijo que quería conocerte.

Era una excusa débil, pero Nathan no pareció darse cuenta de nada.

—¿Sí? —dijo mirando a Rafael—. ¿Por algún motivo en particular?

A Beth se le detuvo el corazón. Aguardó la respuesta de Rafael, temerosa y fastidiada a la vez. Si Nathan llegaba a adivinar quién era este hombre alto y apuesto... Sin darse cuenta de lo que hacía, clavó los ojos en el rostro de Rafael, con una muda súplica en las profundidades violetas.

En el momento en que Nathan se les había aproximado, Rafael logró controlar las salvajes emociones que habían emergido cuando Beth le había sonreído a su marido y hablado de él con tanta ternura. La encarnizada lucha interior no fue aparente para los otros, pero sí para Rafael, que sintió un intenso deseo de degollar al otro hombre en lugar de sonreír y saludarlo. ¡También quería raptar a su mujer! Irracionalmente furioso con Beth por ser la causante de su conflicto, consideró por un instante la idea de mostrarse lo más desagradable posible. Pero la súplica silenciosa en los hermosos ojos de ella lo detuvo y, sin pensarlo, Rafael reaccionó instintivamente a la expresión de ella.

—Sí, a decir verdad, había un motivo en particular —dijo con amabilidad—. ¡Su sastre! ¡Tengo que saber quién es! Justamente, le estaba diciendo a su... ejem... mujer —se atragantó con la palabra— qué admirable me resulta el corte de su levita.

Nada podía haber complacido más a Nathan y, con una sonrisa orgullosa, él dijo con satisfacción:

—¡Bueno, muchas gracias! Creo con firmeza que es esencial tener un buen sastre y me complacería mucho darle el nombre del individuo. Es muy hábil, debo decir. —Una expresión ansiosa se le cruzó por el rostro y Nathan murmuró—: Pero sabe usted que él está en Natchez, ¿verdad? Me temo que tendría que ir hasta allí, pues él no se mueve de la ciudad.

Rafael sonrió.

—Por supuesto. ¿De qué otra forma podía ser? En cuanto he visto su levita, he sabido que tenía que haber sido hecha al este del río Misisipi.

Estupefacta, Beth se quedó mirando a ambos hombres, mientras Rafael seguía hablando sobre lo último en ropa masculina, como si fuera la pasión de su vida. Nathan estaba encantado. Por fortuna, ninguno de los dos esperaba que ella hiciera ningún comentario sobre la conversación, de modo que su silencio pasó inadvertido para Nathan, pero no para Rafael.

Mientras Nathan mostraba con satisfacción el forro de raso de su levita, Rafael dirigió a Beth una mirada penetrante; parecía divertido ante la expresión boquiabierta de ella.

La llegada de Sebastián unos segundos más tarde despertó a Beth de su trance y ella dejó escapar un suspiro de alivio. No era probable que Rafael fuera a decir algo demasiado audaz delante de Sebastián... al menos eso esperaba ella.

Si Beth se había sorprendido ante el interés aparentemente insaciable de Rafael por los detalles de la moda masculina, Sebastián quedó anonadado. Cuando descubrió que el tema de la vehemente conversación entre los dos hombres era la superioridad de la crema para botas mezclada con champán comparada con otras preparaciones comunes, casi no pudo contenerse. La pasión de Nathan por la ropa no era ninguna sorpresa... ¿pero Rafael?

A Sebastián le gustaban el estilo y la elegancia como a cualquiera, pero todo tiene su límite; cuando la conversación se centró en si la seda rosada era adecuada o no para el forro de una chaqueta de etiqueta negra, el interés de Rafael le resultó francamente ridículo. Su primo se vestía de forma impecable cuando estaba con gente, pero jamás se había mostrado interesado por los detalles de la moda.

Rafael adivinó los pensamientos desdeñosos de Sebastián y maldijo para sus adentros. Tenía que ser el imbécil más grande del mundo para hablar de estas tonterías sólo por la súplica en un par de traicioneros ojos violetas. Pero había servido de algo, decidió de mala gana. Nathan estaba completamente desarmado y él había podido evaluarlo. Habiendo conocido por fin al marido de la inglesa, Rafael decidió que comenzaba a comprender la predilección de ella por los brazos de otros hombres. Nathan era un ser débil y afectado, más propenso a preocuparse por su guardarropa que por su mujer. Rafael descubrió con sorpresa que sentía una cierta compasión por la inglesa. Quizás el diablo no era tan negro como lo pintaban, pensó. De pronto sintió una gran curiosidad por el tipo de vida que llevaban ellos y sin saber por qué lo hacía, comenzó a interrogar hábilmente a Nathan sobre Briarwood y Natchez. Y Nathan, disfrutando inmensamente (para gran horror de Beth), se mostró muy dispuesto a hablar sobre la plantación y la habilidad de Beth para dirigirla.

Durante los siguientes veinte minutos, ella trató de cambiar de tema o de alejar a Nathan de Rafael, pero no pudo hacerlo. Él estaba decidido, le pareció a Beth, a revelar cada detalle de la vida de ellos en Natchez, desde los experimentos de Beth con los cultivos hasta sus escapadas a jugar por dinero bajo la colina. Beth no quería que Rafael se enterara de estas cosas, pero Nathan inocentemente la derrotaba en cada oportunidad y Rafael mostraba, pensó Beth con rabia, un interés casi indecente por los asuntos que no eran de su incumbencia. Cuando se unieron a doña Madelina y a don Miguel para ir a cenar, Beth comprendió con horror que había poco de su vida que Rafael no conociera ya.

Sentada en el gran comedor, le echó una mirada cautelosa, preguntándose qué pensaría él de las revelaciones de Nathan y por qué habría actuado como lo había hecho; con toda facilidad podía haberla traicionado o haber hecho que Nathan sospechara de su relación, pero no lo había hecho. Por el contrario, se había entregado a la tarea de caerle bien a su marido y Beth sabía que lo había hecho deliberadamente. Un nudo de aprensión le oprimió el pecho. El rostro enjuto de Rafael no revelaba nada, pero ella vio un brillo en sus ojos que aumentó su nerviosismo. ¿Qué estaría tramando ahora?

16

Los pensamientos de Rafael habrían sorprendido a Beth si ella hubiera tenido forma de saberlos. Por primera vez en su vida, Rafael se encontraba confundido, pero su estado de ánimo no tenía nada que ver con lo que le había contado Nathan. Lo que le perturbaba era su reacción ante el marido de Beth. Nunca antes había odiado a un hombre a primera vista, ni siquiera a don Felipe, ni tampoco había considerado seriamente la idea de robar la mujer de otro hombre. Sin embargo, esta noche, detrás de una fachada distante y cortés, estaba haciendo ambas cosas y se sentía furioso y turbado.

Las mujeres nunca habían significado demasiado para Rafael, en parte debido a su educación comanche y en parte debido a que jamás había tenido una relación estable con ninguna. No había conocido el amor de una madre y por cierto, que su matrimonio no lo había hecho encariñarse con el sexo débil. En lo que a él se refería, las mujeres servían para dos cosas: le daban placer físico a un hombre y engendraban hijos. Más allá de eso, tenían poco valor para él. Nunca había mantenido a una amante más de unas semanas, ni tampoco había perseguido a una mujer; había demasiadas que se mostraban más que dispuestas a meterse en su cama, cosa que a él le desagradaba. Varias mujeres casadas habían conocido su deseo, pero los maridos de ellas sólo le habían inspirado desprecio... hasta ese momento. Hasta que conoció al marido de la mujer que se había adueñado de sus pensamientos más de lo que a él le gustaba admitir.

Su reacción violenta ante Nathan Ridgeway lo confundía, así como también el hecho de que cada vez que alguien se refería a la inglesa como la mujer de Nathan deseaba arrancarle la lengua al que hablaba. Ni siquiera podía pensar en ella como Beth: ¡Beth era la esposa de Nathan, pero la inglesa era suya! Y al imaginarla entre los brazos de Nathan sentía tanta ira y dolor que la mente se le ponía en blanco, negándose a aceptar que otro hombre tuviera derecho a poseer ese cuerpo esbelto, de reclamar su amor.

¿Qué la hacía diferente de las demás?, se preguntó Rafael con rabia, mientras echaba una mirada torva al rostro suave y hermoso de Beth. Había conocido mujeres hermosas, aunque quizá no tanto como ella, admitió. Mujeres bellas y ardientes que se habían aferrado a él y que le habían devuelto las caricias hasta que él se había cansado de ellas y de sus exigencias. Pero no había sido así con la inglesa. Ella se le había resistido desde el principio. Rafael recordó sin humor cómo se había negado a mirarlo cuando él se acercó a Stella aquella primera vez, dispuesto a saber quién era esa hermosa criatura a su lado. Una criatura etérea con ojos color amatista y un pelo suave como un rayo de luna, que había hecho que su corazón, hasta ese momento un órgano confiable, de pronto diera un vuelco cuando él la había divisado a través de la habitación en el baile de los Costa. ¿Y qué había hecho ella? Con rabia recordó que no le había prestado atención y se había dedicado a sonreír a algún galán, haciéndole sentir a él deseos de arrancarle el cuero cabelludo al joven en cuestión.

Pero no fue la resistencia de ella o su atractivo físico lo que había dado origen a las extrañas emociones que le corrían por las venas, como tampoco lo era el recuerdo de ese cuerpo de seda retorciéndose debajo del suyo. La pasión y la resistencia no tenían nada que ver con ese intenso deseo de cuidarla y protegerla. Él, que jamás había experimentado esos sentimientos, los sentía ahora al igual que lo había hecho aquella noche en casa de los Costa y lo confundían y enfurecían. «¿Por qué ella, Santo Dios?», se preguntó con rabia. Era una ramera; lo sabía con certeza. Engañaba a su marido a cada instante y tendía sus redes a jóvenes románticos e ingenuos como Sebastián. Y sin embargo... y sin embargo, la deseaba como no había deseado nada en su vida. Furioso, tomó un trago del vino que habían servido con la cena y miró a Beth con rencor mientras ella conversaba con Sebastián. ¡Cómo se atrevía a perturbarlo de esta forma! Alimentó deliberadamente su rabia y su enojo, recordándose una y otra vez los incidentes que habían demostrado que la opinión que tenía de ella era válida. Cuando la cena terminó, Rafael se había convencido de que detestaba a Beth Ridgeway y que lo único que le interesaba de ella era su cuerpo hermoso. El hecho de reducir sus sentimientos a lujuria pura no le permitía alejarla de sus pensamientos, pero al menos le dejó pensar que se había recuperado de una debilidad momentánea. ¡Ninguna mujer iba a encontrar el camino hacia su corazón!

Las cavilaciones de Rafael habían pasado inadvertidas para todos, aunque Sebastián le echó una o dos miradas, intrigado por su repentino silencio. Sebastián tampoco estaba en su mejor estado de ánimo y su conversación con Beth era algo forzada, sobre todo cuando descubría la mirada calculadora de Rafael sobre ellos.

Sebastián había temido su encuentro con Beth, pero a pesar de su desilusión, no le resultó tan doloroso como había creído. Beth lo trató como siempre, bromeando con suavidad y sonriéndole alegremente. Pero a pesar de eso, él se sintió aliviado cuando terminó la comida, pues necesitaba más tiempo para asimilar la relación de Beth y Rafael.

Nathan, don Miguel y doña Madelina fueron los únicos que disfrutaron realmente de la velada y no advirtieron la tensión que se incrementaba en la atmósfera con el correr de los minutos. Nathan debió de haberla sentido; más aún, los instintos que lo habían advertido en relación con Sebastián parecían haberlo abandonado ahora que estaba cara a cara con la primera amenaza real a su felicidad matrimonial.

Nathan había presentido el enamoramiento de Sebastián casi de inmediato, pero si bien consideraba que Rafael Santana tenía modales encantadores, no simpatizó demasiado con él una vez que pasó el entusiasmo de descubrir a alguien con su misma pasión por la ropa. Rafael era demasiado moreno y vital para su gusto y esos ojos grises y enigmáticos le ponían nervioso. Cometió el error de creer que una mujer sentiría lo mismo. Nunca se le cruzó por la cabeza la idea de que acababa de cenar con el hombre que tanto había temido que pudiera aparecer en la vida de Beth. El hombre que podría robarle el corazón antes de que ella se diera cuenta de lo que sucedía.

Beth tampoco había pensado en eso, pero a medida que se acercaba el momento de anunciar que ella y Nathan partirían por la mañana, se dio cuenta de que no sentía deseos de hacerlo. Esto no tenía nada que ver con el hecho de derrotar a Rafael, pero sí con la idea de que lo dejaba y quizá jamás lo volvería a ver. Podía decirse mil veces que era débil y cobarde en lo que se refería a Rafael, podía recordarse una y mil veces sus votos matrimoniales, pero nada parecía aliviar el dolor que le causaba la idea de no volver a verlo. Estaba desgarrada entre su deber hacia Nathan por un lado y lo que temía fuera su única oportunidad de encontrar el amor por el otro. Sabía que considerar la posibilidad de amor en relación con Rafael Santana era una tontería, pero no podía fingir que no había una hebra de sentimientos entre ellos, una hebra que a ella le habría gustado convertir en algo más fuerte y duradero. Pero no se atrevía. Y tampoco, admitió con angustia, podía cerrarle el corazón a su matrimonio y a Nathan.

Finalmente, al ver que Nathan no decía nada y sabiendo que no podía seguir postergando la partida, que era el único camino que le quedaba, Beth dijo mientras tomaban una última copa de vino:

—¡Qué maravillosa visita ha sido ésta! Nathan y yo lamentaremos mucho decirles adiós cuando nos marchemos por la mañana. Han sido tan amables con nosotros que pensaremos en ustedes todo el tiempo durante el viaje de regreso a Natchez.

Hubo un momento de silencio que a Beth le resultó cargado de peligro, y luego don Miguel y doña Madelina hablaron al mismo tiempo para tratar de convencerlos de que se quedaran más tiempo. Beth se resistió con entereza y Nathan acudió en su ayuda diciendo que era necesario que partieran por la mañana.

—Lamento que no puedan seguir gozando de la hospitalidad de mi primo —dijo Sebastián al cabo de un momento, obligándose a hablar con ligereza—, pero no se sorprendan si más adelante me ven en Natchez. Después de encargarme de los documentos legales pertinentes a la compra de las tierras que estuve inspeccionando con Rafael, regresaré a Nueva Orleans para comprar varias provisiones. Quizá remonte el río y les haga una visita. Si es que la invitación sigue en pie, claro.

Nathan le aseguró sin demasiado entusiasmo que seguía en pie y extendió la invitación a los Santana. Todos se mostraron muy corteses y dijeron lo que se dice cuando se acerca la partida... es decir, todos menos Rafael.

Rafael se puso rígido cuando Beth hizo el anuncio, y un brillo duro apareció en los ojos grises. Esperó a que todos terminaran de hablar y luego murmuró:

—¡Qué conveniente para mí! Yo también tengo cosas que hacer en San Antonio, de modo que, con su permiso, les acompañaré.

Beth quedó petrificada. Sabía que corría un riesgo al desafiarlo y que él podía tomar represalias, pero jamás se le había ocurrido que fuera a insistir en acompañarlos a San Antonio. Comprendió ahora que hubiera sido mucho más seguro permanecer en la hacienda con los demás que ponerse en la posición en que se encontraba ahora. Una vez que estuvieran lejos de la hacienda, con excepción de los sirvientes, ella y Nathan estarían solos con él. Por un instante, Beth recordó la muerte de Consuelo. ¿Acaso él la habría orquestado? ¿La odiaría tanto como para repetir la historia? No podía ni quería creer eso de Rafael, pero tampoco deseaba que los acompañara de regreso a San Antonio.

Nathan, sin embargo, no tenía esos temores y aceptó de buen grado la proposición de Rafael.

—¡Sería maravilloso! Siempre es agradable tener a alguien que conoce los alrededores.

Rafael hizo una reverencia y dijo con serenidad.

—Bien. Y como supongo que permanecerán unos días en San Antonio, espero que me harán el honor de aceptar la hospitalidad de la casa que poseo allí.

Beth estaba a punto de negarse, pero Sebastián habló antes que ella.

—¿Tienes una casa en San Antonio? —preguntó con verdadera sorpresa.

Fue don Miguel el que respondió.

—Su abuelo Hawkins le dejó una propiedad considerable cuando murió hace unos años y en ella se incluye la casa de la que habla. —Volviéndose hacia Nathan, agregó—: Iba a sugerirles que pararan en una casa pequeña que tenemos en las afueras de San Antonio, pero mi hijo se me ha adelantado. Su casa les gustará, sin duda; la encontrarán mucho más confortable que un hotel.

—¡Bien, entonces está decidido! —exclamó Nathan, complacido—. Por supuesto que aceptaremos su invitación, señor.

Todo sucedió con tanta velocidad que Beth no tuvo oportunidad de oponerse al plan, y más tarde, mientras se desvestía para irse a dormir, casi lloró de frustración. Tendría que haber sabido que Rafael haría alguna jugada así, pero no había creído que realmente le importara. Ella pensó que si le forzaba la mano, él no trataría de detenerla. Al fin y al cabo, con la opinión que tenía de ella, sin duda se alegraría de verla partir. ¿O no?

El hecho de que él no pareciera dispuesto a dejarla ir la alarmaba y al mismo tiempo la hacía sentirse extrañamente excitada. Pero ¿qué clase de tonta era?, se reprendió con fastidio. ¡Rafael Santana era peligroso, demasiado peligroso!

No pudo dormirse, pues la cabeza le daba vueltas sin cesar. Recordó las palabras de Manuela acerca de los hechos que habían llevado a la muerte de Consuelo y durante varios minutos permaneció en la cama, preguntándose si Rafael había ordenado que la mataran. Todo su ser se rebelaba ante semejante idea. Rafael podía ser peligroso, pero no lograba imaginarlo haciendo algo tan vil. Estaba segura de que era capaz de matar, pero también sabía que hubiera sido más probable que estrangulara a Consuelo con sus propias manos en un arrebato de ira que hacerla matar por una banda de asesinos comanches. Esa idea no la hacía sentirse mejor, pero al menos aplacaba uno de sus temores.

Otro temor también se disipó en esa larga noche de insomnio: Rafael no le había revelado su relación con ella a Nathan y, después de mucho cavilar, Beth llegó a la conclusión de que fueran cuales fueran sus razones, él no lo haría. El secreto existente entre los dos la hacía retorcerse de desprecio por sí misma. Ojalá no hubiera acudido a la invitación de Consuelo aquel día en Nueva Orleans...

La mañana llegó por fin y con ella, la hora de partir. Nathan le dio un gran susto a Beth cuando murmuró:

—Es una vergüenza que tengamos que marcharnos de esta forma precipitada. No había motivos para que no nos pudiéramos quedar unos días más, ¿verdad?

Beth le dirigió una mirada casi temerosa, pero no había nada alarmante en el rostro de él.

—No, no los había, pero una vez que tomamos la decisión de partir, supuse que querrías hacerlo lo antes posible.

Nathan la miró largamente, notando las sombras bajo los ojos de Beth y la línea tensa de su boca. A pesar de que no sospechaba que Rafael Santana pudiera resultar atractivo para el sexo débil, Nathan era consciente del hecho de que su mujer se había estado comportando de forma muy peculiar desde que habían llegado a la hacienda, sobre todo desde que había aparecido el hijo de don Miguel. Conocía bien a Beth, y habría sido un tonto si no hubiera sospechado que algo la perturbaba. Varias veces había tratado de que ella se lo dijera, pero Beth siempre se había evadido, como lo estaba haciendo ahora.

Cuando llegó el momento de decir adiós, Beth se sintió emocionada. Detestaba tener que despedirse de Sebastián, pues él significaba mucho para ella, y don Miguel y doña Madelina habían sido tan amables que le parecía un acto de suma desconsideración marcharse tan súbitamente.

Don Miguel había insistido en enviar diez hombres para incrementar la protección del grupo de modo que fue una caravana bien armada la que finalmente partió de la hacienda. Rafael, montado sobre su corcel gris, su expresión oculta debajo del ala del sombrero negro, se adelantó al carruaje cuando atravesaron los portones. Su presencia vital le recordó a Beth que todavía no había escapado del peligro mayor. De pronto, deseó intensamente estar otra vez en las tranquilas calles de Natchez.

La tristeza de Beth al dejar la hacienda había sido obvia para Nathan y él estaba seguro de que había algo más detrás de la mera despedida. ¿Acaso ella habría descubierto que amaba a Sebastián más de lo que había creído? Nathan frunció el entrecejo. ¡No, desde luego que no! Entonces, ¿qué la preocupaba? Nathan no solía entrometerse, pero decidió que haría un último intento por enterarse de cuál era la causa de la tensión y tristeza de Beth. No dijo nada durante varios kilómetros, pues quería darle a ella la oportunidad de recuperar la compostura. Finalmente, mientras contemplaba con atención sus botas brillantes, dijo:

—¿Quieres decirme cuál ha sido la verdadera razón por la que nos hemos marchado de la hacienda tan rápidamente?

Beth mantuvo la vista fija sobre las manos enguantadas que apretaba sobre el regazo. De pronto tuvo miedo de las mentiras y verdades a medias.

—¿De veras quieres saberlo, Nathan? —preguntó al cabo de unos instantes.

Ahora que ella iba a decírselo, a Nathan no le pareció una idea tan buena. Pensó un momento y luego replicó con serenidad.

—No, creo que no, querida.

Beth lo miró y sonrió.

—¿Alguna vez te he dicho, querido Nathan, que siento un cariño profundo por ti?

Una expresión complacida cruzó por el rostro de él.

—No, creo que jamás me lo has dicho —declaró. Y como si necesitara seguridad, agregó—: ¿De veras?

—Sí, Nathan. Te quiero mucho, mucho —sonrió Beth, sintiéndose culpable por haberlo engañado de forma involuntaria.

No conversaron mucho después de eso, pues cada uno estaba sumido en sus propios pensamientos; Nathan se felicitó por haber confiado en Beth y no dejado que las sospechas y celos desbordaran de su razonable límite.

En cuanto a Beth, no había estado diciendo cualquier cosa cuando le aseguró a su marido que lo quería profundamente. Era cierto. Y aunque sabía que él nunca despertaría en ella las pasiones que Rafael encendía sin ningún esfuerzo, de pronto decidió que se esforzaría más para que su matrimonio funcionara bien. Una vez en casa, podría olvidar a Rafael Santana y el poder que ejercía sobre su corazón.

No obstante, Beth estaba obstinadamente segura de que no amaba a Rafael. El amor no llegaba de forma tan rápida, tan involuntaria, pensó, desesperada. El amor era lo que ella y Nathan compartían, un aprendizaje placentero, una relación que cada día se tornaba más entrañable y no algo que se asemejaba a un rayo salido de un cielo límpido. No era algo que hacía que el corazón le latiera alocadamente cada vez que veía la figura erguida y fuerte de Rafael, ni el estremecimiento que sentía al imaginarse en sus brazos, al pensar en la boca de él sobre la suya. No, eso no era amor... ¡Era sólo un estúpido deslumbramiento!, se dijo con firmeza. Decidió que de algún modo sobreviviría a los próximos días y luego, por fin, estaría de regreso en Briarwood, dejando atrás a Rafael y todo lo relacionado con él.

Pero era más fácil hacer la promesa que cumplirla; así lo descubrió Beth esa noche cuando se detuvieron para acampar. Eligieron un lugar reparado cerca de un arroyo; en otras circunstancias, a Beth le hubiera resultado encantador. Pero había dos muy buenas razones que le impedían disfrutar del paisaje: la primera era el lamentable hecho de que Nathan había celebrado el regreso a la civilización de forma algo exagerada, bebiendo una considerable cantidad del coñac que había traído consigo desde Natchez; al cabo de poco tiempo estaba roncando apaciblemente en uno de los carromatos, más ebrio de lo que Beth lo había visto nunca. Para ella fue un gran golpe, porque si bien sabía que Nathan bebía con entusiasmo —¿qué caballero no lo hacía?— nunca había bebido delante de ella y la situación le resultaba angustiante. Y por supuesto, la otra razón por la que no podía disfrutar de la noche era la presencia de Rafael.

Él se había mostrado heladamente cortés durante todo el día y Beth pudo evitar estar con él sencillamente porque él prefirió montar su caballo en lugar de viajar en el carruaje. Su comportamiento hacia ella era tan formal y correcto que Beth se preguntó si no se habría equivocado respecto de la razón por la que él quería acompañarlos. Trató de no pensar en él, trató de no pensar en el motivo por el que viajaba con ellos, pero no lo logró.

Las razones de la frialdad de Rafael eran simples. Estaba tan furioso con Beth que no confiaba en poder tratarla nada más que con puntillosa cortesía. No sólo lo había tomado por sorpresa con su rebeldía; lo peor era que Rafael había descubierto que no podía dejarla marcharse de su vida, como lo habría hecho con cualquier otra mujer. «¡Y lo mejor que se me ocurre hacer es seguirla como un idiota enamorado!», pensó con furia.

Era cierto que tenía cosas que hacer en San Antonio y también era cierto que había pensado partir esa mañana para la ciudad. Pero era igualmente cierto que de no haber sido por Beth, habría partido de la hacienda con las primeras luces del alba y se habría adelantado a la lenta caravana de los Ridgeway por más de medio día. La conciencia de saber que eso era precisamente lo que no había hecho, no mejoraba su humor en absoluto. «¡Inglesa! ¡Al diablo con su belleza!»

La cena a la luz de la fogata había sido decididamente incómoda. Nathan estaba demasiado borracho como para ser un compañero agradable; no hablaba mucho y cuando lo hacía decía disparates. Y entre Beth y Rafael había un silencio tenso y hostil.

Con alivio, Beth finalmente se retiró a la intimidad del carromato donde dormía. Pero después de moverse de un lado a otro sin poder dormir, se puso una bata de raso verde y bajó del carromato.

El campamento estaba en silencio, roto por el crujido de las últimas llamas y los ruidos de los caballos y bueyes. Todos parecían estar durmiendo, menos dos hombres que estaban junto al fuego y otro que hacía guardia cerca del carruaje. Rafael no estaba por ninguna parte. Aunque sabía que no era prudente alejarse, Beth no pudo resistir la tentación de caminar hasta la pequeña cascada, fuera de la vista del campamento.

No había luna llena, pero la luz la guió de todos modos. El susurro del agua sobre las rocas la llenó de paz y tranquilidad.

Pero la paz no duró. Beth había tomado un poco de agua con las manos y se disponía a beberla, cuando la voz de Rafael la hizo volverse bruscamente.

Él estaba apoyado con descuido contra un árbol. El ala del sombrero ocultaba la expresión en los ojos grises, pero la luz de la luna revelaba la curva burlona de sus labios.

—¿No habrás pensado realmente que iba a dejarte escapar con tanta tranquilidad, no es así, inglesa?

Beth vaciló, pues no sabía cuál era el estado de ánimo de él. No parecía enojado, pero había una nota en su voz que a ella no le gustaba. Agotada por la lucha consigo misma, Beth se encogió de hombros y dijo en voz baja:

—No... pero esperaba que comprendieras la insensatez de nuestra relación. Nada bueno puede resultar de ella, como sin duda sabrás.

Él esbozó una sonrisa peligrosamente atractiva y se apartó del árbol con un movimiento ágil. Echando el ala del sombrero hacia atrás con un dedo, le recorrió el cuerpo con ojos abiertamente sensuales.

—Yo no diría eso, mi vida, se me ocurren muchas cosas buenas que podrían suceder entre nosotros... que han sucedido entre nosotros.

Beth captó la insinuación y sintió deseos de borrar esa sonrisa burlona del rostro de Rafael. Apretó los puños, sin darse cuenta de lo que hacía.

Rafael vio el movimiento instintivo y sonrió provocativamente. Se acercó a Beth y terció:

—Si estuviera en tu lugar, no lo haría, inglesa. Tócame y ambos sabemos lo que sucederá.

Beth tragó con fuerza, deseando que él no estuviera tan cerca, deseando no percibir con tanta intensidad la atracción de ese cuerpo fuerte y tibio. Dio un paso atrás y sintió las rocas detrás de ella. Atrapada entre Rafael y las piedras, levantó el mentón con gesto desafiante y trató de fingir una serenidad que no sentía.

—Creo que ya no hay nada de qué hablar. De modo que si me haces el favor de echarte a un lado, regresaré a mi cama.

—¿Sola? —la provocó él.

Fue entonces cuando Beth sintió el leve aroma a whisky en su aliento y pasando por alto su pregunta, dijo con rabia:

—¿Tú también estás borracho?

Rafael sacudió la cabeza.

—¡En absoluto! A diferencia de tu marido, sé beber.

Beth se sonrojó ante la referencia a Nathan.

—¡Estás borracho! —replicó con vehemencia.

—No. Tu marido lo está —respondió Rafael con tranquilidad. Había un brillo divertido en los ojos grises—. Es posible que haya bebido más de lo que se debe antes de visitar a una dama, pero no, no estoy ebrio.

Rafael decía la verdad. Jamás sería tan tonto como para emborracharse en la ruta. Pero era verdad que había bebido más whisky de lo que quizás era prudente en tales circunstancias. Pero aun borracho, se controlaría a sí mismo mejor que Nathan, y su estado actual lo volvía más audaz, menos cauteloso, infinitamente más peligroso... La ira se había disipado, dejando en su lugar una extraña vulnerabilidad que habría aniquilado si el alcohol no le hubiera debilitado el férreo control que mantenía sobre sus sentimientos. Pero para él, Beth era más potente que cualquier bebida, y sin darse cuenta de lo que hacía, Rafael extendió el brazo y delineó el rostro de ella con los dedos.

—Eres muy bella, inglesa. Tan bella que yo... —Se detuvo de pronto y clavó los ojos en los de Beth, como si buscara la respuesta a algún enigma en las profundidades violetas.

La suave caricia de la mano de él sobre su mejilla era un dulce tormento y Beth se estremeció. Sabía que debía apartarse, pero estaba atrapada por el hechizo de su virilidad.

—Rafael, por favor... —comenzó a decir, pero la boca de él se acercaba y las palabras murieron en la garganta de Beth.

Nunca la había besado así; era como si el whisky hubiera hecho desaparecer al hombre duro y sarcástico que ella conocía tan bien, dejando al descubierto el amante gentil que se mantenía siempre tan oculto. Había un torrente de ternura en ese beso y Beth sintió que su resistencia se desintegraba; entrelazó los brazos alrededor del cuello de él, buscando la calidez de su cuerpo.

Estaban perdidos el uno en el otro, Rafael bebiéndose la dulzura que Beth le entregaba y ella aceptando el éxtasis de volver a estar entre sus brazos. Rafael la apretó con fuerza contra él y Beth pudo sentir su palpitante deseo.

Se estremeció contra él, ansiando la plenitud que sólo él podía darle.

El repentino relincho de uno de los caballos hizo volver de inmediato a Rafael a la realidad. Respirando entrecortadamente, tenso de ardiente pasión, levantó la cabeza y escuchó con atención, tomando conciencia de pronto del peligro que corrían. Éste no era el momento ni el lugar para lo que él quería de Beth y con repentina rabia admitió que el momento adecuado para él y la mujer que tenía entre los brazos podía no llegar nunca... a menos que él lo hiciera suceder.

Beth lo sintió apartarse y se avergonzó ante la decepción que la invadió. Su mente podía resistirse, pero su cuerpo no era tan quisquilloso; las punzadas de deseo que sentía en la boca del estómago eran muy reales.

Al cabo de un momento, Rafael tuvo la seguridad de que el relincho del caballo no había anunciado nada siniestro. Miró a Beth con una sonrisa apesadumbrada y murmuró:

—Por mucho que te desee, no arriesgaré el pellejo por la dicha momentánea. Lo lamento, mi vida, creo que el mejor lugar para ti ahora es tu cama. Sola.

Humillada por su reacción ante la proximidad de Rafael y también por la facilidad con que él dejaba a un lado lo que había sucedido, Beth se puso rígida. Apretó los dientes y dijo:

—¿Quieres hacer el favor de soltarme, entonces?

Rafael maldijo en voz baja cuando se dio cuenta de lo torpes que habían sido sus palabras. Tomándola con fuerza por los hombros, masculló:

—No quise decirlo de esa forma. —Esbozó una sonrisa torcida y agregó—: Cuando estoy contigo, sólo puedo concentrarme en ti y aquí afuera eso podría resultar mortal. No estoy acostumbrado a dar explicaciones, inglesa, pero no quise subestimar lo que acaba de suceder. Sería mucho más prudente para ti regresar a tu carreta y en lugar de besarte, debería haberte dado una buena reprimenda por haberte atrevido a pasear por la oscuridad.

Beth echó la cabeza hacia atrás para mirar el rostro adusto de él y sintiendo repentinos deseos de discutir, lo desafió:

—¿Por qué no lo hiciste, entonces?

Pero Rafael no estaba dispuesto a polemizar. La atrajo hacia él y murmuró contra su mejilla:

—Sabes muy bien por qué no lo he hecho. —Sin poder resistirse a la seducción de esa boca rosada tan cerca da la suya, volvió a besarla largamente. Fue un beso que dejó a Beth sintiéndose débil y deseando más.

Rafael tampoco parecía dispuesto a dar por terminado el encuentro; la mantuvo abrazada contra él y le acarició la mandíbula con los labios. Su estado de ánimo era tan poco característico en él que Beth descubrió que reaccionaba a su calidez como nunca lo había hecho antes. No había frialdad en Rafael, sólo seducción y ternura. «Debe de ser el whisky», pensó ella sin ninguna lógica. No podía haber otro motivo.

Pero Beth se equivocaba; sí, el whisky había hecho desaparecer la ira de él, pero era ella la que lo enloquecía. Aunque sabía que era una locura, Rafael quería tenerla entre sus brazos a cualquier precio. Mañana podría estar otra vez furioso, pero ahora lo único importante era que ella se entregaba con ardor a sus caricias. Beth lo embriagaba como el vino y Rafael descubrió que decía cosas que jamás habría dicho.

—¿Sabes que fui a Natchez a buscarte? —susurró de pronto, mientras le mordisqueaba una oreja. Hizo una mueca burlona y agregó con dureza—: Pero me enteré de que eras muy feliz con tu matrimonio, de modo que me marché.

Los ojos de Beth se agrandaron por el asombro y se apartó de él, exclamando:

—¡Entonces eras tú!

—¿Qué quieres decir? —preguntó Rafael, levantando la cabeza, perplejo.

—Alrededor de un año después de... de que nos conocimos, alguien me dijo que un hombre alto y moreno había estado preguntando por mí —confesó Beth, sin mirarlo.

Él arqueó una ceja y murmuró con sarcasmo:

—¿Y sencillamente supusiste que era yo? Podría haber sido Lorenzo, ¿sabes?

—¡Lorenzo no es alto! —replicó ella y se mordió el labio con fastidio. Eso no era lo que había querido decir. Se recuperó un poco y agregó con frialdad—: Lorenzo no andaría preguntando por mí. No hay nada entre nosotros, pese a lo que te guste creer.

Él se encogió de hombros y replicó:

—No quiero hablar de Lorenzo. —Recorrió el rostro de ella con los ojos y añadió—: Preferiría hablar de nosotros.

—¡No existe el nosotros! —exclamó Beth acaloradamente, sabiendo que no decía la verdad.

—Mientes, mi vida. Podrás estar casada con esa pobre imitación de un hombre, pero eres mía aunque no quieras admitirlo —terció Rafael, mirándola con intensidad.

Temiendo que él tuviera razón, Beth luchó para liberarse de los brazos masculinos y enfrentándose a Rafael, dijo en voz baja:

—¡No soy de nadie! ¡Ni tuya, ni de Nathan ni de nadie!

Rafael se limitó a sonreír y murmurar:

—El tiempo lo dirá, ¿no crees?

Ella le dirigió una mirada furiosa y tras girar sobre los talones, se encaminó apresuradamente hacia su carreta. ¡Canalla arrogante!

La casa que Rafael había heredado de su abuelo materno estaba situada en un extremo de San Antonio, cerca de la caleta del mismo nombre. Era de dos plantas y tenía altas y elegantes columnas que traían a la mente las plantaciones de la Virginia natal de Abe Hawkins.

No era una casa enorme, pero sí confortable; las habitaciones eran amplias y estaban suntuosamente decoradas. Una diminuta mujer mexicana les mostró a Beth y a Nathan los dormitorios que ocuparían.

Era evidente, por el alboroto que causó la llegada de la caravana, que Rafael no pasaba demasiado tiempo en la casa. Los criados lo recibieron con efusivas muestras de afecto y se desvivieron por llevar a cabo sus órdenes. Beth tuvo la sensación de que lo apreciaban mucho.

La habitación que le adjudicaron le agradó, quizá porque le recordaba a Natchez y la hacía olvidar por un instante que estaba en la casa de Rafael Santana y que tenía que enfrentar todavía varios días de peligro. Su placer se evaporó, sin embargo, cuando descubrió que no era posible pasar de su habitación a la de Nathan; no había una puerta que las uniera. Hacía años que ella y Nathan no compartían el dormitorio, pero Rafael no lo sabía y era decididamente extraño que un anfitrión ubicara a marido y mujer en habitaciones totalmente separadas.

Nathan no pareció darle ninguna importancia al hecho cuando, instantes más tarde, entró en la habitación de Beth. A decir verdad, se mostró sorprendido de que ella lo mencionara.

—Pero no cambia nada, querida; al fin y al cabo no compartimos las intimidades matrimoniales.

Olvidando totalmente la necesidad de mostrarse cautelosa, Beth exclamó:

—¡Pero él no lo sabe! ¡Nadie lo sabe excepto nosotros!

—Puede ser, pero no me parece que tengas que quejarte sólo porque nuestras habitaciones no se conectan. Estoy a unos pasos de ti, siguiendo por el corredor.

Beth se dio cuenta de que su insistencia podría meterla en la clase de situación que quería evitar, de modo que dijo con fingido descuido:

—Tienes razón; es una tontería. No me prestes atención, Nathan.

No volvieron a tocar el tema y bajaron juntos por la amplia escalinata. Pero Beth seguía preocupada. De pronto se vio obligada a ahogar una exclamación cuando se le ocurrió la idea de que quizá Rafael tratara de aprovecharse vilmente de la situación.

Esa suposición era una injusticia de su parte para con Rafael. Era cierto que él era perfectamente capaz de seducir a la mujer de otro hombre, pero una forma de honor retorcida le impedía hacerlo bajo su propio techo. Sin embargo, no fue por accidente que Nathan fue a dar a la habitación del otro lado del corredor; quizá Rafael no fuera a hacerle el amor a Beth, ¡pero tampoco iba a facilitarle a Nathan el acceso a los encantos que a él se le negaban!

La cena no fue demasiado vivaz. Beth se concentró en no prestar atención a la presencia magnética de Rafael en la cabecera de la mesa y él estaba cautivado por la belleza de ella, de modo que se limitó a responder distraídamente a la conversación de Nathan, que disfrutaba de la cena, pues no había notado la tensión entre los dos. Supuso que Beth se mostraba fría e indiferente porque Santana no era de su agrado y esto lo satisfizo, de modo que se esforzó por ser amable con su anfitrión. Pero cuando terminó la cena, Nathan estaba cansado y aburrido.

Una vez agotado el tema de la ropa —cosa que hicieron de inmediato, pues Rafael había fingido su aparente interés por la moda la noche en que se habían conocido— quedó muy poco terreno en común entre ellos. A Nathan no le interesaban en absoluto los temas que atraían a Rafael y mucho menos los problemas que acosaban a la República; a Rafael le parecían ridículas las frivolidades que interesaban a Nathan. En consecuencia, cuando terminó la cena, la conversación comenzó a flaquear y Nathan comenzó a buscar una forma de divertirse.

Si hubiera estado solo con Beth, le habría deseado las buenas noches, dando por sentado que ella tendría alguna forma de pasar el tiempo y se habría ido a divertirse en alguna taberna, como solía hacerlo en Natchez. Pero aunque no creía que Rafael resultara demasiado atractivo a las damas, no le parecía bien dejar a Beth sola en la casa de Santana. Por cierto que no creía que él fuera a comportarse de manera poco caballerosa, pero algo lo instaba a quedarse junto a su mujer. De cualquier forma, después de cavilar sobre las posibilidades de diversión para la velada que le esperaba, tuvo la feliz ocurrencia de renovar la relación amistosa con Sam y Mary Maverick.

La idea fue bien recibida; Rafael llegó al extremo de sugerir que un mensajero partiera de inmediato para invitar al matrimonio Maverick al café, que se serviría en el gran patio detrás de la casa. Beth se sintió tan aliviada que casi besó a su marido. Sería agradable volver a ver a los Maverick y la presencia de ellos disiparía la peligrosa intimidad. Pero la curiosidad le obligó a preguntarle a Rafael:

—¿Los conoce?

La boca de Rafael se curvó en una sonrisa irónica.

—Sí, cuento a Sam y Mary entre mis pocos amigos en San Antonio. El hecho de que mi abuelo, a quien ellos conocían, hubiera elegido unirse a una mestiza comanche nunca les importó lo más mínimo. Fueron amables con mi abuelo y lo son también conmigo.

Sintiendo que había cometido una falta social, Beth apartó la mirada y murmuró:

—Ah.

Ésta era la primera vez que Nathan oía hablar de la abuela mestiza y decidió de inmediato que la incomodidad que sentía respecto de su anfitrión se debía a la sangre indígena de éste. Frunció el entrecejo y jugueteó nerviosamente con su copa de vino. «Desde el primer momento en que lo vi, supe que había algo extraño con este individuo —se dijo, y llegó con pesar a la conclusión de que tendrían que marcharse lo antes posible—. ¡No puedo exponer a Beth a un maldito comanche! ¡Vaya, quién sabe qué puede ocurrírsele hacer!»

Por fortuna el criado encontró a los Maverick en casa y ellos aceptaron gustosos la inesperada invitación. Una hora más tarde todos estaban sentados en la gran terraza disfrutando del aire nocturno. Los Maverick se mostraron encantados de volver a ver a Beth y a Nathan y expresaron su pesar por la interrupción del viaje a Santa Fe.

—¡Stella se sentirá tan decepcionada! —exclamó Mary cuando se enteró de la razón por la que estaban nuevamente en San Antonio, y Beth se sintió como una estúpida.

Rafael la dejó balbucear excusas durante un momento y luego, como si se apiadara de ella, cambió de tema.

—¿La reunión con los jefes Pehnahterkuh sigue planeada para mañana? —le preguntó a Sam Maverick.

Sam asintió.

—¿Es por eso que estás aquí? —preguntó con suspicacia—. ¿Para asistir a la reunión?

Rafael encendió un cigarro delgado y miró a Beth un instante antes de responder.

—Sí. Estuve con Houston hace unos días y a él le pareció una buena idea que yo estuviera. Quiere que «observe» la reunión.

Beth sintió que se ruborizaba y se alegró de que estuviera oscuro. «¡Qué estúpida fui al creer que venía a San Antonio por mí!», pensó con humillación. Se sintió desgarrada entre el alivio y la tristeza; una parte de su ser se alegraba de que el viaje de Rafael no tuviera nada que ver con ella y la otra parte...

—¿Sería posible que yo asistiera a la reunión con usted? —preguntó Nathan de pronto, sintiendo deseos de ver a uno de estos salvajes comanches de cerca—. Me gustaría ver a un comanche antes de marcharme de Texas.

Nathan hablaba igual que muchos hombres blancos, como si un comanche fuera una criatura de otro mundo y Rafael sintió una oleada de rabia. Estaba a punto de decir algo de lo que se hubiera arrepentido, cuando Sam rio y exclamó:

—¡Pues si alguien puede meterlo dentro del edificio del consejo mañana, ése es Rafael Santana! ¡Viene con la aprobación de Sam Houston! —Miró a Rafael y añadió—: ¿Por qué no lo llevas? Después de todo, no siempre se puede ver a un comanche y vivir para contarlo.

Rafael accedió de mala gana. Nathan era la última persona con quien quería estar en la reunión, pero no podía negarse.

Mary se volvió hacia Beth y dijo en voz baja:

—Yo soy una de las mujeres que se encargarán de los prisioneros a quienes se liberará mañana. No sabemos cuántos habrá ni en qué condiciones estarán, pero nos vendría bien otro par de manos, si es que usted quiere ayudar.

—Sí, desde luego —replicó Beth con entusiasmo, feliz de que Mary pensara que podría resultar útil.

—¿Crees que habrá problemas? —le preguntó Maverick a Rafael—. Sé que el coronel Fisher está aquí con tres compañías de soldados.

Rafael se encogió de hombros.

—Depende de los términos y de cómo éstos se presenten. Hay que recordar que los comanches son una raza orgullosa y están acostumbrados a que se les trate con temor y respeto.

El rostro de Sam se ensombreció.

—¡Rafael, si piensas que vamos a inclinar la cabeza ante una banda de sucios y malolientes...! —Se interrumpió al recordar que parte de esa sangre «sucia y maloliente» corría por las venas de Rafael, pero como él no dijo nada, Sam agregó con más serenidad—: El coronel Fisher dejó claro que no habrá trato a menos que se libere a todos los prisioneros texanos mañana.

Rafael respiró hondo y dijo lentamente:

—En ese caso, quizás haya problemas porque no creo que traigan a todos los prisioneros. Creo que no liberarán a más de uno o dos cada vez. Conociendo a los comanches, puedo asegurarte que tratarán de negociar individualmente por cada mujer y niño y pretenderán que se les pague caro por ellos.

Con la voz cargada de hostilidad, Sam replicó:

—¡Y nosotros, los texanos, no pensamos rendirles ni el más mínimo tributo! No pagaremos rescate alguno por personas a las que no se tendría que haber tomado prisionera, en primer lugar.

Rafael fumó en silencio un largo instante. Finalmente, declaró con tono lacónico:

—¡Entonces, amigo, es muy probable que haya problemas!

TERCERA PARTE

La fatídica estación

Primavera de 1840

No pospongas para mañana la prudencia,
Pues mañana, para ti, quizá nunca salga el sol.

WILLIAM CONGREVE,
Carta a Cobham

17

El jueves 19 de marzo de 1840 amaneció claro y límpido. Beth se despertó temprano, agradecida por haber podido sobrevivir a la velada sin haber cometido ningún error garrafal. La llegada de Sam y Mary había sido una gran ayuda y cuando ellos se fueron, muy tarde, Beth pudo despedirse de Nathan con tranquilidad, sabiendo que él se retiraría a su habitación de inmediato y no tendría oportunidad de hablar en privado con Rafael.

Charity entró en ese momento, trayendo una gran bandeja con una cafetera, una taza de porcelana fina, una jarrita con leche y un plato con pan dulce. Beth se recostó contra las almohadas y disfrutó del desayuno, mientras pensaba en los planes para ese día.

No le gustaba la idea de que Nathan fuera a acompañar a Rafael a la reunión con los comanches, y se ponía nerviosa de sólo pensar en eso. Pero claro, cualquier circunstancia que dejara solos a Nathan y Rafael la ponía más que nerviosa.

Al menos estarían en medio de una muchedumbre, pensó, y no era probable que surgiera el tipo de conversación que ella temía. Si sólo supiera qué estaba pensando Rafael, o cuáles eran sus intenciones. No la había traicionado... hasta ahora. ¿Quizá la estaba torturando, como el gato al ratón? La invadió una furia repentina y Beth se levantó de la cama de un salto.

Por fortuna estaría ocupada ayudando a Mary y a las otras mujeres y eso le impediría pensar en Rafael y en Nathan. De pronto, se le ocurrió la feliz idea de que si los comanches ocupaban la mayor parte de ese día, sólo tendrían que soportar un solo día más antes de decirle adiós a Rafael y emprender el viaje de regreso a casa. Sólo faltan cuarenta y ocho horas, pensó con alegría, cerrando su mente al dolor que sabía que sentiría cuando se enfrentara con su anfitrión por última vez.

Rafael la observó descender la escalera y decidió que jamás la había visto más hermosa y se dio cuenta con pesar de que el corazón le oprimía el pecho cada vez que la veía. Esto lo enfurecía, pues era algo que no podía controlar. Su obsesión con Beth Ridgeway era decididamente involuntaria.

Rafael no había dormido casi nada. Trató de concentrarse solamente en la reunión del día siguiente con los comanches, pero la mente lo traicionaba y sus pensamientos se dirigían hacia la alcoba donde dormía Beth. Con una exclamación de rabia admitió para sus adentros que necesitaría muy poca persuasión para ir a reunirse con ella... ¡y al diablo con su marido! Después de eso abandonó todo intento de dormir y pasó el resto de la noche caminando de un lado a otro de la habitación, como una fiera enjaulada, odiando y deseando a Beth al mismo tiempo.

Beth no notó la presencia de él al pie de la escalera hasta que bajó varios peldaños. De pronto lo vio allí, en el amplio vestíbulo y se detuvo bruscamente, deseando con fervor que su corazón no se comportara de esa forma alocada cada vez que sus ojos se cruzaban con los de él. Vaciló un instante, tratando de serenarse y luego se obligó a sonreír y murmurar:

—Buenos días, señor Santana.

Rafael la miró en silencio. Una sonrisita torcida se dibujó en sus labios.

—No me parece necesaria en absoluto tanta formalidad, inglesa —dijo con ironía—. Conoces mi nombre de pila y sugiero que lo utilices.

Beth se puso rígida de rabia y bajó el resto de la escalinata rápidamente. Con un brillo belicoso en los ojos violetas, replicó con voz áspera:

—¡Ojalá lo único que conociera de ti fuera tu nombre!

La sonrisa se borró del rostro de Rafael de inmediato y él la miró con gesto sombrío, deseando con intensidad tomarla entre sus brazos y besarla con pasión, para que olvidara todo menos el fuego que ardía en él. Pero en lugar de hacerlo, replicó con desdén:

—¡No tanto como lo deseo yo, querida señora!

Furiosa, Beth le espetó:

—¡Bien! Veo que nos entendemos... y pienso que no hay motivos para que continuemos con esta desagradable conversación. ¡Cualquier cosa que pueda encontrar para decirte puede ser dicha en compañía de otros!

—¿Incluso de tu marido? —la provocó él con una mueca burlona.

—¡Cómo te atreves! —exclamó Beth, estallando de ira—. ¿Lastimarías deliberadamente a un hombre nada más que por llevar a cabo tu estúpida venganza? ¡Pero qué otra cosa puede esperarse de un ser como tú!

Lo extraño fue que las palabras de Beth no lo enfurecieran, aunque los ojos grises se volvieron duros como piedras y un músculo se le contrajo en la mejilla.

—No tengo la costumbre de andar con cuentos —dijo Rafael entre dientes—, ¡y menos con cuentos sórdidos a otro hombre sobre las aventuras de su mujer! —Paseó una mirada desdeñosa por el cuerpo esbelto de Beth y terció—: Tu marido habla maravillas de ti, y es obvio que piensa que no tienes defectos. Y si todo lo que me dijo la otra noche es cierto, parecería que tiene motivos para estar orgulloso: una mujer con todas las virtudes que un hombre puede desear. —Su voz estalló como un golpe de látigo cuando agregó—: Todas menos una: ¡la fidelidad!

Antes de detenerse a pensar en las consecuencias de lo que iba a hacer, Beth lo abofeteó con todas sus fuerzas. El ruido de su palma abierta contra la mejilla de él resonó en el vestíbulo y, horrorizada, Beth se quedó mirando la marca de su mano.

—Haces bien en apartarte de mí, inglesa —dijo Rafael con serenidad, demasiada serenidad—. ¡En este momento, podría retorcerte el pescuezo!

Arriesgándose a echar una mirada al rostro furioso de Rafael, Beth pensó que era posible que fuera a retorcerle el pescuezo, pero ella no iba a amilanarse. La había insultado de la peor forma y se merecía la bofetada que le había dado. Con gesto beligerante, lo miró a los ojos, como desafiándolo a llevar a cabo su amenaza.

Cualquier otra mujer habría estado trastabillando por la fuerza del golpe que le habría devuelto Rafael, pero con Beth, sus reacciones normales parecían estar debilitadas. Se encontró pensando que quizá la acción de ella tuviera alguna justificación; después de todo, a nadie le gusta escuchar unas cuantas verdades. Además, lastimar a Beth era lo último que tenía en la cabeza; la deseaba desesperadamente entre sus brazos en lugar de tenerla enfrente como una gata furiosa. Con un movimiento extrañamente vulnerable, se frotó el cuello cansadamente con una mano y sorprendió a Beth al decir:

—No voy a disculparme, pero admitiré que no tendría que haber dicho eso. En cuanto a contarle a tu marido... —Sus ojos se encontraron con los de Beth y ella sintió que se le cerraba la garganta—. En cuanto a tu marido —repitió Rafael con tono sombrío—, quédate tranquila; pienso que lo que ha sucedido entre nosotros no es admirable desde ningún punto de vista. ¿Lo dejamos en el pasado y empezamos de nuevo?

Sintiendo el ardor de lágrimas en los ojos, Beth asintió, sabiendo que por más mal que hubiera estado, jamás olvidaría esos momentos prohibidos.

—No hay razón para que comencemos de nuevo —dijo con un hilo de voz—. Nathan y yo partiremos para Natchez lo antes posible. Quizá mañana mismo.

Algo que pudo ser dolor cruzó por el rostro de Rafael, pero desapareció tan rápidamente que ella no estuvo segura de haberlo visto. No hubo rastros de pena en la voz de él cuando dijo suavemente:

—Bueno, al menos que no haya rencor entre nosotros antes de que te marches.

Beth le sonrió temblorosamente, deseando que las cosas pudieran ser tan fáciles, que la atracción magnética de él no le oprimiera el corazón cada vez que ella lo veía.

—Creo que nos hemos dicho todo lo que había por decir —murmuró con una voz firme. Esforzándose por contener las lágrimas que estaban a punto de comenzar a rodarle por las mejillas, trató de terminar la conversación lo antes posible. Sin mirarlo, balbuceó—: Discúlpame, pero debo terminar de prepararme para reunirme con M... M... Mary y l... l... las demás.

Se volvió ciegamente, sin ni siquiera importarle adónde iría, pero la mano de Rafael sobre su brazo la detuvo.

—No es necesario que vayas a ayudar —dijo lentamente. Una arruga de preocupación apareció en su frente—. Es más, yo... —Se interrumpió cuando una de las sirvientas entró en el vestíbulo y tras mascullar algo por lo bajo, Rafael arrastró a Beth dentro de uno de los salones, cerrando la puerta con firmeza detrás de sí.

Beth levantó los ojos hacia el rostro bronceado y viril y sintió que el corazón se le contraía. Comprendió entonces lo importantes que se habían vuelto para ella esas facciones... ¡estarían en sus sueños hasta el fin de sus días! «Es así como lo recordaré siempre», pensó con angustia, contemplando sedienta el pelo negro y sedoso, las largas pestañas que velaban los ojos grises, la forma en que la boca masculina se curvaba cuando él sonreía, como lo estaba haciendo ahora. De pronto sintió un irresistible deseo de apretar los labios contra el cuello fuerte y moreno de él.

Asustada por su reacción ante la proximidad de Rafael, Beth le volvió la espalda y preguntó en voz baja:

—¿Qué... qué estabas diciendo?

Rafael tuvo que apelar al máximo a su fuerza de voluntad para no tomarla en brazos y besarla hasta hacerle perder el sentido. Se sintió casi agradecido cuando ella le dio la espalda. Si hubiera seguido mirando ese rostro hermoso, no habría sido responsable de sus actos.

—No era nada importante —dijo, recuperándose levemente—, sólo que preferiría que no fueras a ayudar a Mary con los prisioneros.

Beth se volvió hacia él con mirada interrogante.

—¿Por qué? —quiso saber.

Rafael pensó en la vida refinada, ordenada y segura que llevaba ella en Natchez y dijo repentinamente:

—¡Porque creo que no eres lo suficientemente fuerte! Mary tendrá bastantes problemas como para agregar la posibilidad de que te desmayes a sus pies.

Dolida y furiosa porque él la consideraba débil e inútil, Beth lanzó una exclamación de rabia.

—¡Vaya! ¡Muchas gracias, señor Santana! Pero déjeme asegurarle que soy mucho más fuerte de lo que parezco, ¡y no sería tan tonta como para desmayarme en un momento crítico!

Rafael atravesó la habitación con dos pasos y la tomó de los hombros, sacudiéndola suavemente mientras decía con impaciencia:

—¡Cálmate, fierecilla! ¡No quise decir que no eres capaz en circunstancias que te resultan conocidas! Pero ver a alguien que ha sido torturado y humillado por los comanches no es un espectáculo agradable... ¡sobre todo para alguien como tú!

Si trataba de tranquilizarla, no lo estaba logrando en absoluto.

—¿Y qué quieres decir con eso? —quiso saber Beth, apretando los dientes.

Rafael lanzó un suspiro de fastidio.

—Inglesa, me crié como un comanche y sé lo que les hacen a los prisioneros. No quiero que te sientas mal por lo que puedas ver. Es tan sencillo como eso. Mary Maverick y las demás mujeres están mejor preparadas que tú y es probable que algunas no toleren ver a los prisioneros. Mary comprenderá cuando le explique que no irás. Si te hace sentir mejor, enviaré a algunas de mis criadas para que las ayuden.

Si Rafael no hubiera demostrado tan poco tino, Beth podría haberle hecho caso. Pero ella no estaba dispuesta a tolerar tanta arrogancia. Sintiendo que tenía que probar algo ante él y ante sí misma, dijo con obstinación:

—Le dije a Mary que la ayudaría y pienso hacerlo.

—¡Eres terca y tonta! —exclamó él con rabia—. ¡Maldición, no quiero que vayas! ¡Podría haber problemas y quiero que estés a salvo!

Con una repentina expresión ansiosa en los ojos violetas, Beth preguntó:

—¿Y Nathan? ¿No correrá peligro?

Fue la chispa que encendió la ira y la frustración de Rafael.

—¡Al diablo con Nathan! —rugió de forma impulsiva—. Podría atravesarlo una lanza comanche, ¡por lo que a mí me importa!

Beth se retorció para liberarse de sus manos.

—¡Cómo te atreves a decir algo así! —gritó—. Él es bueno, amable y... —Pero sus palabras furiosas murieron cuando vio la expresión atormentada en el rostro de Rafael.

Hubo un súbito silencio en la habitación, mientras ellos se miraban. Beth estaba como hipnotizada por la llamarada de emoción que brillaba en los ojos grises. El silencio quedó roto cuando Rafael masculló:

—¡Por Dios! ¿Por qué siempre luchas contra mí? —Y luego, sin poder resistirse, la apretó contra él y la besó.

Si el beso hubiera sido brutal, Beth podría haberse mantenido firme en sus determinaciones, pero no lo fue. Fue cálido y exigente, irresistiblemente persuasivo. Beth respondió instintivamente. En lugar de luchar contra Rafael, en lugar de tratar de escapar, se aferró a él con pasión, sintiendo que perdía la cabeza. Sus labios se entreabrieron y el beso se volvió más profundo. Rafael le sostuvo la cabeza con una mano, aprisionándola mientras su boca se apoderaba con dulzura de la de Beth. Sin tener conciencia de nada, excepto de ese cuerpo fuerte y musculoso contra el suyo, ella enredó los dedos en el pelo de Rafael, sintiendo una urgente necesidad de que volviera a poseerla. Embriagada de deseo, Beth habría cedido a cualquier exigencia de él si no hubiera estallado de pronto en su mente el recuerdo de Nathan y de su matrimonio. Emitió un sollozo avergonzado y se apartó de los brazos de Rafael, levantando una mano como para protegerse.

Ambos respiraban entrecortadamente y los pantalones ajustados de Rafael dejaban en evidencia su deseo. Con voz rígidamente controlada, preguntó:

—¿Te importaría decirme qué diablos ha sucedido?

Beth lo miró a los ojos y respondió:

—Pienso que sabes muy bien lo que ha sucedido. Recordé, por si no lo hacías tú, que tengo marido. Un marido que me quiere mucho.

—¡Ah!, ya veo —se burló él—. ¡Tu memoria es muy adaptable! ¡De pronto estás en mis brazos y en el minuto siguiente recuerdas a tu marido! —Con tono acusador, le espetó—: ¡Pues lo olvidaste muy fácilmente con Lorenzo!

—¡No es cierto! Si sólo quisieras escucharme, podría explicarte todo y te darías cuenta de que te equivocaste respecto de mí desde el principio —replicó Beth acaloradamente, deseando que... «¡Ay Dios!» Ni siquiera sabía lo que deseaba.

Rafael la miró con expresión torva, deseándola con una intensidad que lo llevaba al borde de la locura y al mismo tiempo preguntándose cómo podía ser tan estúpido. Furioso por su propia incertidumbre, preguntó con sarcasmo:

—¿Qué podrías decirme que no sepa yo ya? ¿Que Lorenzo te sedujo? Es posible. ¡Pero debió de haber recibido bastante estímulo de tu parte! Y olvidas que no te alcanzó con tenerlo como amante; después de acostarte con él, me permitiste poseerte. —Con la voz ronca de rabia y dolor, le espetó—: ¿Crees que he olvidado eso?

Beth se asustó ante el odio en la voz de él y sintiendo que se marchitaba por dentro, se obligó a decir con tranquilidad:

—No veo por qué me censuras; por cierto que no dudaste en tomar el lugar de Lorenzo.

Por un instante terrible, Beth creyó que él iba a pegarle, pero aunque Rafael apretó los puños hasta que los nudillos se le pusieron blancos, no se movió para tocarla. Espantada por las cosas horribles que se habían dicho, Beth agregó con suavidad:

—Nathan y yo partiremos mañana. Hasta entonces, creo que será mejor que tú y yo evitemos vernos a solas.

Rafael no dijo nada, sólo la miró fijamente. Luego, con una expresión fría y distante en el rostro, hizo una reverencia formal y respondió de forma lacónica:

—Me parece muy prudente. No me disculparé, pues no me arrepiento de nada de lo que ha sucedido entre nosotros. Lo único que lamento es haberme dejado llevar por una locura momentánea, cosa que un hombre jamás debería hacer. —Beth creyó que él se marcharía, pero Rafael la sorprendió al extender el brazo y acariciarle la mejilla con suavidad—. Es una pena, carita de ángel, que no nos hayamos conocido hace mucho, en otro tiempo y en otro lugar —agregó con un dejo de tristeza en la voz—. Quizá nuestras vidas hubieran sido muy diferentes.

Emocionada hasta el borde de las lágrimas, Beth asintió. El nudo que tenía en la garganta le impedía hablar. Rafael la miró fijamente unos instantes y luego salió de la habitación. Beth se quedó mirando la puerta, mientras se preguntaba si realmente la gente moría al romperse el corazón, pues sin duda el de ella acababa de hacerse añicos.

Se dejó caer sobre una silla y miró ciegamente a su alrededor. ¿Qué tenía Rafael que la hería y la llenaba de gozo al mismo tiempo? El solo hecho de verlo hacía que su corazón se comportara de forma alocada y sin embargo se decían cosas de lo más hirientes, pues él creía lo peor de ella. «Debería despreciarlo —pensó con una mezcla de rabia y pesar—, aunque sea por la sola razón de que me cree tan depravada como para cambiar de cama con la facilidad con la que cambio de ropa.» Finalmente, decidió que de nada servía quedarse allí cavilando y se marchó de la sala.

A pesar del nudo de tristeza que le oprimía el pecho, Beth logró comportarse con normalidad cuando se reunió con Nathan unos instantes más tarde para desayunar. Apenas si tocó la comida, pues el café y el pan dulce que había comido en su habitación le habían resultado suficientes, y la escena con Rafael había destruido todo vestigio de apetito que pudiera haber tenido.

Rafael apareció cuando iban a terminar, disculpándose con descuido por haberse retrasado. No explicó la razón de su retraso, y sin mirar ni una sola vez a Beth, bebió dos tazas de café mientras conversaba afablemente con Nathan.

Nathan no pareció notar nada fuera de lo común y Beth se sintió agradecida. Al menos él lo estaba pasando bien, se dijo con una repentina oleada de rencor.

Era cierto. Nathan lo estaba pasando muy bien. Había dormido

de maravilla y estaba muy entusiasmado ante la idea de ver a un indígena cara a cara. «Podré contar la historia mil veces», pensó con satisfacción.

Sintiéndose muy complacido consigo mismo y con el mundo en
general, atacó el desayuno con fruición, y se dedicó a acosar a Rafael
con preguntas interminables y poco diplomáticas acerca de la reunión
con los comanches.

Cuando terminaron de desayunar, Rafael se preguntó cómo haría
para pasar varias horas en compañía de Nathan sin estrangularlo. En
cuanto a Beth, la había dejado deliberadamente fuera de sus pensamientos, junto con las emociones que ella despertaba en él.

Se levantó de la mesa y tras dejar su servilleta, miró a Beth y dijo
con tono cortés:

—Nathan y yo la acompañaremos a la casa de los Maverick cuando esté lista para ir. Sugiero que no se demore demasiado; los comanches ya han sido divisados y quizá le agrade verlos llegar.

Ella se atrevió a mirarlo y el vacío helado que vio en sus ojos la
hizo estremecer. Obligándose a mantener la calma, respondió:

—Si me permiten ir a buscar mi chal, estaré lista de inmediato.

Rafael asintió sin decir nada y ella supo que seguía enojado por su
decisión de ir a reunirse con Mary y las otras mujeres. Sin aguardar
una respuesta, Beth salió apresuradamente en busca de su chal.

Los tres se encaminaron con pasos lentos hacia la casa de los Maverick. No eran los únicos en la calle, pues como la noticia de la reunión con los comanches se había divulgado, muchos pobladores de
las afueras de San Antonio habían venido a la ciudad para presenciar
lo que seguramente sería un encuentro histórico. Todos, aparentemente, querían ver a los temidos y bárbaros comanches.

Rafael y los Ridgeway acababan de llegar a casa de los Maverick
cuando Mary, que contemplaba la gran llanura, exclamó:

—¡Miren! Allí vienen los comanches.

Al igual que todos los demás, Beth se volvió para mirar. Al principio, lo único que vio fue una gran nube de polvo. Las figuras de los
indios y sus caballos se distinguían apenas entre la polvareda.

—¿Por qué vienen tantos? —preguntó Nathan con algo de temor—. Creí que sólo vendrían seis o siete... ¡no la tribu entera! Después de todo, ¿cuántos se necesitan para llegar a un acuerdo?

Rafael le dirigió una mirada cargada de desdén.

—Todos los guerreros de la tribu tienen que dar su consentimiento. Y los que no lo hacen, no están sujetos al tratado: pueden seguir atacando y robando. En cuanto al número, los concilios son sagrados para los comanches (por lo general duran bastante tiempo), y los jefes y guerreros que asisten a esta reunión han traído a sus esposas y familiares. Montarán sus tiendas y se quedarán un tiempo. —Su voz se endureció cuando vio las tropas que merodeaban cerca de la plaza principal de la ciudad—. No esperan una traición —agregó—. Esperan negociar y, si no pueden llegar a un acuerdo, esperan que se les deje marcharse... en paz.

Sam Maverick se movió, inquieto. Había preocupación en sus ojos oscuros.

—Pero yo no creo que los comisionados vayan a dejarlos ir si no traen a todos los prisioneros.

Con rostro sombrío, Rafael siguió mirando a los indios que se aproximaban.

—Lo sé. Antes de la reunión de esta mañana, veré al coronel Fisher. Si puedo convencerlo de que pondrá en peligro las vidas de todos los prisioneros si hace alguna jugada en contra de los comanches que han venido al concilio, quizá pueda evitarse el desastre.

Ahora se podía divisar con claridad a los indios y la exclamación que lanzó Nathan resumió la opinión de todos los que los observaban.

Los comanches proporcionaban un espectáculo imponente. Los guerreros con sus aterrorizadores tocados de cuernos de búfalo y el rostro pintado cabalgaban arrogantes y serenos. Los hombres vestían solamente taparrabos y mocasines. Todos los guerreros tenían gruesas trenzas que les caían hasta la cintura y como se enorgullecían de su pelo, las trenzas estaban decoradas con plumas, adornos de plata, trapos de colores y cuentas. Los caballos también eran magníficos; tenían el cuello y las ancas pintados de rojo y plumas de águila en las crines y la cola.

Al mirarlos, Beth comprendió por qué se llamaban a sí mismos «el pueblo» y por qué se les había denominado «los señores de las praderas»; eran realmente majestuosos.

Las mujeres no eran muy distintas, y aunque estaban completamente vestidas eran tan altaneras como los hombres y cabalgaban tan bien como ellos. Pero tenían el pelo corto y sus rostros eran espectaculares. Las orejas estaban pintadas de rojo, las mejillas, anaranjadas, y algunos rostros llevaban una mezcla de colores que desafiaba cualquier descripción.

Beth miró de soslayo a Rafael y decidió que parte de su arrogancia debía de haber sido transmitida por sus hermanos comanches. Contempló el grueso pelo negro que rozaba el cuello de su camisa y se preguntó si alguna vez habría tenido trenzas largas decoradas con plumas y cuentas.

Rafael sintió la mirada de ella y arqueó una ceja con expresión interrogante. Al ver que Beth se ruborizaba y apartaba los ojos de su pelo, sonrió y dijo:

—Sí. —Luego, volviéndose hacia Sam Maverick, murmuró—: Creo que ya es hora de que me reúna con el coronel Fisher, así que si me disculpan, me pondré en camino. —Dio unos pasos, pero luego, como si recordara algo con resignación, se volvió y miró a Nathan.

—Volveré a tiempo para asegurarme de que usted entre en los tribunales —le dijo—. Mientras tanto, sugiero que espere aquí.

Beth lo vio alejarse con sentimientos contradictorios. Experimentó alivio al verse libre de su poderosa presencia, pero también sintió tristeza al no tenerlo cerca. Decidida a no pensar en él, se obligó a concentrarse en los comanches y a admirar el hermoso día soleado.

Era realmente un día precioso de primavera que no presagiaba en absoluto los acontecimientos brutales y violentos que sucederían unas pocas horas después. Cuando el sol se pusiera, nunca más habría una verdadera paz entre los blancos y el pueblo de las llanuras.

18

La reunión con el coronel Fisher y los otros dos comisionados, el coronel Cooke y el coronel McLeod, no fue amistosa ni tuvo éxito en lo que concernía a Rafael. Los tres hombres eran militares y habían sido nombrados por el presidente Lamar, según consejos de Johnston, el secretario de Guerra de Texas. Los tres hombres reflejaban la actitud Lamar-Johnston respecto de los comanches: todos los indios eran salvajes crueles y bestiales que debían ser exterminados.

Rafael expuso con elocuencia la importancia de la tregua, pero notó por la expresión de los tres hombres que sus palabras llegaban a oídos sordos. Finalmente, perdió la paciencia y dijo con brusquedad:

—No puedo dejar de advertirles lo peligroso que sería no tratar a esos comanches con la misma cortesía y el mismo respeto con que tratarían a una delegación de otro país. Ellos son otra nación y han venido en son de paz para llegar a un arreglo.

—¡Otra nación! —resopló el coronel McLeod, un hombre obstinado de estatura mediana—. No son más que una banda de salvajes que hacen uso de nuestra tierra. ¡Son tan nación como una manada de búfalos!

Fisher trató de apaciguar los ánimos y murmuró:

—Vamos, Santana, ¿qué cree que haré, asesinarlos mientras duermen en sus tiendas? Sea razonable, hombre.

—No —admitió Rafael lentamente—. Pero pienso que puede cometer la tontería de tratar de mantenerlos prisioneros hasta que traigan a todos los cautivos.

Los tres militares intercambiaron miradas. Fisher jugueteó con unos papeles que estaban sobre la mesa frente a él y sin mirar a Rafael dijo:

—Bien, muchas gracias por decirnos lo que piensa. Sabemos que conoce bien las costumbres de los comanches y le agradecemos sus sugerencias, pero éste es un asunto militar y el presidente ya nos ha dado órdenes al respecto. Haremos lo que nos parezca correcto.

Rafael consideró la idea de seguir discutiendo, pero como temía que sería inútil, saludó y se marchó. Tomó entonces una de las decisiones más difíciles de su vida: no les diría nada a los comanches. Como no sabía con seguridad si Fisher estaba dispuesto a arriesgar todo presionando a los comanches, él no se atrevía a ir a contarles sus sospechas a los indígenas y arruinar así las posibilidades de llegar a un arreglo.

Cuando llegó nuevamente a la casa de los Maverick, Rafael no estaba con el mejor de los humores. Entró en la casa frunciendo el entrecejo y al encontrar solamente a Beth y Mary, ladró:

—¿Dónde diablos está tu marido? Le dije con tota claridad que esperara aquí.

Mary se sorprendió, no sólo por el lenguaje de Rafael sino por la familiaridad que denotaba, y miró a Beth con curiosidad. Ejerciendo toda su fuerza de voluntad, ella logró mantenerse serena y cortés a pesar de los deseos que tenía de gritarle. Sonriendo, dijo:

—El señor Maverick quería mostrarle a Nathan un caballo de su propiedad. Creo que regresarán en un momento.

Rafael no había querido tratarla de ese modo y menos delante de otra persona.

—¡Discúlpeme! —dijo con más serenidad—. No estoy de muy buen ánimo en este momento y he hablado sin pensar.

Beth estuvo a punto de responder: «Como siempre», pero se contuvo e inclinó la cabeza como aceptando la disculpa de él.

—¿La reunión no ha salido bien? —preguntó Mary con ansiedad.

—No. Creo que he perdido mi tiempo y el de los demás. Lo único que espero es que no me esté comportando en forma muy pesimista.

Sam Maverick y Nathan regresaron en ese momento y la conversación se centró en el encuentro de Rafael con los comisionados. Después de relatarles lo sucedido, él dijo de mala gana:

—Si está listo, Ridgeway, sugiero que nos encaminemos hacia el tribunal; sin duda habrá una multitud y si quiere estar en un buen lugar será mejor que lleguemos temprano. ¿Vienes, Sam?

Sam sacudió la cabeza.

—No, tengo otras cosas que hacer. Supongo que Mary me contará luego todos los detalles interesantes.

Mary le sonrió y, tras besarlo en la mejilla, dijo a Beth:

—Bien, querida, creo que nosotras también deberíamos marcharnos.

Muy consciente de la presencia de Rafael, Beth cruzó hasta donde estaba Nathan y dijo suavemente:

—¿Estarás bien? Si hay algún problema, como teme el señor Santana, ¿te marcharás de inmediato?

Nathan la miró con afecto.

—Pero por supuesto, querida. No creo que corra ningún peligro. Ahora ve a reunirte con las demás mujeres; te veré luego.

Ella le dedicó una sonrisa tensa y de pronto, movida por algo que no entendía, lo besó dulcemente en los labios. Sin ni siquiera mirar a Rafael, que había quedado inmóvil, se marchó con Mary.

Mientras se dirigían a la casa adonde llevarían a los prisioneros, Beth vio a Lorenzo Mendoza cerca del tribunal. Él la saludó con cortesía, pero Beth siguió caminando, limitándose a inclinar la cabeza.

Una vez que pasaron junto a él, Mary murmuró:

—Me alegro de que no me haya saludado. Sé que está emparentado políticamente con los Santana, pero no me cae bien. Tiene mala reputación, a pesar de sus aires altaneros y de sus relaciones.

Impulsivamente, Beth exclamó:

—¡Pero yo creía que era Rafael el que no tenía buena fama! ¿No lo llaman el Renegado?

—Sí, hay gente que lo detesta y que sospecha de su sangre comanche y de su continua asociación con los indios. Mi marido y yo, sin embargo, no pertenecemos a ese grupo, al igual que muchas otras personas de San Antonio. Texas tiene un buen amigo en Rafael Santana y si bien no todos piensan eso, hay muchos que comprenden el verdadero carácter de Rafael. —Con tono algo más duro, Mary agregó—: Los que piensan que Rafael es un villano tendrían que fijarse en su abuelo, don Felipe.

Beth calló, pues no quería meterse en una conversación acerca de Rafael Santana. ¡Ya sabía todo lo que necesitaba saber sobre él!

Tal como Rafael había supuesto, los comanches trajeron solamente a dos prisioneros: un chico mexicano que no significaba nada para los texanos y una muchacha de dieciséis años, Matilda Lockhart, que había sido capturada con su hermanita de tres años en 1838. Los comanches habían cometido un error al traer a Matilda; habría sido mejor que no hubieran traído a nadie.

Cuando Beth vio a la muchacha por primera vez, casi gritó de horror, pues la pobre había sido espantosamente maltratada. Conteniendo su repugnancia, se obligó a sonreírle a la chica y ayudó a Mary y a algunas de las otras mujeres a bañarla y vestirla.

La cabeza, el rostro y los brazos de Matilda estaban llenos de horribles cicatrices y llagas. Tenía la nariz quemada hasta el hueso; las fosas nasales estaban completamente dilatadas y carecían de piel. Matilda Lockhart era un ejemplo del horror de la cautividad entre los indios y todas las mujeres que estaban allí agradecieron a Dios que a ellas no les hubiera tocado... hasta ese momento.

La muchacha sabía que su apariencia era horrorosa y suplicaba que la ocultaran de las miradas curiosas. Mary, Beth y las otras damas trataron de consolarla, pero con los ojos llenos de lágrimas, Matilda exclamó:

—¡Ustedes no lo entienden! ¡Nunca lo entenderán! Sí, me ponían antorchas contra la cara para que gritara... ¡mírenme, estoy toda marcada por el fuego! Pero hay más... ¡estoy completamente humillada! Los guerreros me compartían como si no fuera más que una ramera. —Sollozando de forma incontrolable, apartó su rostro irreconocible—. Jamás podré volver a levantar la cabeza... mi vergüenza es total.

Desafortunadamente para los comanches, Matilda Lockhart era una muchacha muy inteligente y durante los años de cautiverio había aprendido el idioma de los indios. Hasta había escuchado a algunos guerreros hablar de la estrategia para la liberación de los otros prisioneros. Mary de inmediato mandó llamar al coronel Fisher y, con ira creciente, él escuchó los relatos de Matilda. Se enteró de que había por lo menos quince prisioneros más y que los comanches pensaban negociar su liberación. El coronel agradeció a Matilda la información y le dijo que era una muchacha valiente. Luego giró sobre sus talones y se marchó. Beth vio su expresión y deseó de pronto que Nathan no hubiera insistido en asistir a la reunión. A juzgar por el rostro del coronel, habría violencia.

El coronel Fisher no tardó en informar a los otros dos comisionados lo que le había dicho Matilda Lockhart. No escatimó detalles acerca de la forma en que había sido maltratada y a medida que la voz comenzó a correrse, los ánimos en el tribunal comenzaron a caldearse.

Los comanches no notaron las reacciones de los texanos; el tratamiento que le habían dado a la chica había sido el mismo que se le daba a cualquier prisionero. Toda mujer capturada por los comanches era violada de modo sistemático por toda la banda de ataque una vez que habían acampado para pasar la noche; era un ritual que les resultaba eficaz para conseguir total obediencia y sumisión. En cuanto a pasársela de uno a otro, ellos compartían las mujeres con sus hermanos, así que, ¿por qué no compartir a una prisionera?

Una vez que terminaron los saludos formales, el coronel Fisher no perdió más tiempo y le exigió al intérprete que les preguntara por qué habían traído sólo a dos prisioneros cuando sabían que había por lo menos quince más.

Espíritu Parlante, el anciano jefe, respondió a través del intérprete:

—Es cierto que hay muchos otros prisioneros, pero están en otros campamentos de los nermernuh, sobre los cuales no tenemos ningún control.

Lo que decía era cierto en parte, aunque ninguno de los texanos le creyó. Los blancos no comprendían la naturaleza autónoma de los comanches: cada tribu tenía sus propias leyes.

Espíritu Parlante habló durante unos minutos y el intérprete, un muchacho mexicano que había sido prisionero, tradujo rápidamente el idioma gutural al inglés. Mucho de lo que dijo el jefe no interesaba a los texanos, pero finalmente dijo lo que todos habían estado esperando oír:

—Creo que se puede pagar un gran precio por todos los prisioneros: productos, municiones, mantas y mucha tintura roja.

Hubo un murmullo de furia ante la arrogancia de sus palabras y Rafael se puso tenso. Disimuladamente, calculó la distancia hasta la puerta y comenzó a empujar a Nathan hacia allí. Nathan, sin embargo, trató de liberarse de la presión de Rafael y preguntó en un susurro iracundo:

—¿Qué diablos está haciendo? No me quiero perder palabra de esto y no puedo concentrarme si me empuja hacia cualquier parte.

Rafael apretó los dientes y replicó:

—¡Estoy tratando de salvarle la vida! Por como están los ánimos de la multitud, podría pasar cualquier cosa, de modo que se marchará, ¡le guste o no!

Pero el retraso había costado segundos valiosos. El coronel Fisher, pálido ante la insolencia del indio, había ordenado que un grupo de soldados texanos entraran al salón. Con rapidez y eficiencia, éstos tomaron posiciones a lo largo de las paredes y uno se apostó cerca de la puerta a la que Rafael quería llegar. Casi lo había logrado, cuando Nathan se rebeló y liberándose del brazo de Rafael, declaró:

—¡Pues yo no me voy! Usted puede hacerlo, si quiere. —Y sin más, se volvió para observar lo que sucedía.

Por un momento, Rafael consideró la posibilidad de abandonarlo, pero recordó la mirada ansiosa en aquel par de ojos violetas y, maldiciendo en voz baja, fue a pararse detrás de Nathan con una expresión furiosa en el rostro.

En cuanto los soldados entraron en la habitación, los jefes comanches comenzaron a moverse y algunos hasta se pusieron de pie. Al ver que sus hombres estaban en posición, el coronel Fisher dijo:

—Se les advirtió que no vinieran al concilio sin traer a todos los prisioneros. Sus mujeres y niños pueden irse y los guerreros también para avisar a su gente que traigan a todos los prisioneros. Cuando todos ellos estén aquí, hablaremos de regalos y sólo entonces usted y los demás jefes aquí presentes podrán marcharse. ¡Hasta ese momento son nuestros prisioneros!

El intérprete se puso pálido y se negó a repetir el mensaje.

—¡Los jefes lucharán hasta morir antes de permitir que sean tomados como prisioneros! ¡Habrá una lucha sangrienta!

El coronel Cooke replicó con furia:

—¿Te atreves a decirnos cómo manejar este asunto? ¡Repite el mensaje ahora mismo, perro insolente!

El intérprete se encogió de hombros y repitió el mensaje. Luego antes de que nadie pudiera detenerlo, se volvió y huyó del salón hacia la calle, tomando por sorpresa al guardia que estaba apostado en la puerta.

Las palabras del intérprete confundieron momentáneamente a los jefes, pero luego, cuando comprendieron el significado, se pusieron de pie de un salto y gritos comanches de guerra llenaron el recinto. Un jefe se lanzó hacia la puerta, y al ver que el soldado impedía el paso, le hundió el cuchillo en su cuerpo, pero el guardia, malherido, logró apretar el gatillo y matar al indio.

Alguien dio la orden a las tropas de que dispararan y el salón se llenó de humo y gritos. Era una pelea mortal y Rafael estaba atrapado en el medio, sin poder dispararles a los comanches y tampoco a los texanos. Utilizó la culata de su pistola para abrirse camino hacia Nathan y la puerta.

Nathan estaba inmóvil, pues no se atrevía a mover un músculo. Pero al ver que una figura pintarrajeada estaba a punto de abalanzarse sobre Rafael, emitió un grito y se apretó contra la pared.

Rafael enfrentó el ataque con facilidad, capturando con fuerza el brazo que sostenía el cuchillo ensangrentado. Nathan le oyó decir algo en la lengua gutural de los comanches y luego vio que los ojos del indio se agrandaban por la sorpresa y el reconocimiento.

—¡Espíritu Cazador! —exclamó el comanche casi con alegría y luego se oyó un ruido ensordecedor y el indio cayó al suelo, tiroteado por uno de los soldados.

Enmudecido, Rafael miró primero al joven guardia que sostenía el rifle y luego al cuerpo en el suelo.

Los jefes lucharon con valor, pero los blancos eran más. Uno por uno fueron cayendo, y los últimos lograron escapar y salir a la calle. Sus gritos y aullidos enloquecieron a los comanches que aguardaban fuera.

Aferrando cualquier arma disponible, los comanches, con sus mujeres y niños, se volvieron contra los inocentes ciudadanos de San Antonio, emitiendo horribles gritos de guerra.

Beth había quedado atrapada entre la multitud, lejos de Mary. Trató de huir cuando oyó los gritos, pero la masa la tenía aprisionada y la obligaba a moverse en la misma dirección.

Los comanches estaban aterrorizados y sólo pensaban en huir del lugar de la traición. Corrían alocadamente, matando a todos los que se les cruzaban. Muchos se dirigían al río; otros trataron de apoderarse de caballos o de ocultarse en las casas, pero los habitantes de San Antonio se habían mezclado en la lucha y como estaban armados en su mayoría, ésta se convirtió en una masacre, pues el número de indios era inferior al de blancos.

Rafael, arrastrando a Nathan, fue uno de los primeros en salir a la calle. Buscó instintivamente a Beth con la mirada, y la vio atrapada entre la multitud. Fue entonces cuando Rafael sintió el sabor del miedo en la boca.

Olvidó todo: a Nathan, a los indios, las balas. Lo único importante para él era esa figura delgada que se perdía entre la turba enloquecida.

Rafael echó a correr por la calle, con la pistola lista para disparar. Zigzagueó rápidamente, evitando instintivamente convertirse en el blanco de balas comanches o texanas. No pensaba en otra cosa que no fuera Beth.

Asustada como nunca lo había estado en su vida, ella logró escapar de la muchedumbre hacia un lado, buscando desesperadamente salir de la línea de fuego. Se apoyó contra una pared, tratando de recuperar el aliento, mientras la multitud enloquecida pasaba junto a ella.

Beth no vio la figura cobriza que se desvió hacia ella, blandiendo un cuchillo ensangrentado. Lo primero que sintió fue que unas manos crueles la aferraban de los hombros. Aterrorizada, vio el rostro pintarrajeado del comanche, pero no esperó para averiguar si iba a arrancarle el cuero cabelludo o tomarla prisionera. Con la rapidez nacida del miedo, se lanzó sobre el indígena como una gata salvaje y le hundió los dientes en la muñeca, tratando de hacerle soltar el cuchillo. El sabor de la sangre casi la hizo vomitar, pero Beth mantuvo los dientes apretados mientras que el enfurecido comanche trataba de liberarse, sacudiéndola y tirándole de los cabellos.

Los ojos se le llenaron de lágrimas de dolor, pero no quiso soltarlo, pues si lo hacía, el cuchillo se hundiría en ella. La lucha desesperada los hizo caer contra la pared y, horrorizada, Beth sintió que el indio se le escapaba. Trató de aferrarse a su brazo, pero él se movió con rapidez y se apartó.

El comanche la miró con recelo; ya no sabía si valía la pena seguir luchando por llevarse esos hermosos cabellos. Por cierto que ya no la quería como prisionera, si ésa había sido su idea original. Pero ese pelo extraordinariamente rubio...

Se aprestó para atacar y Beth sólo pudo pensar en una cosa: «el cuchillo, el cuchillo, no dejes que utilice el cuchillo...»

Apretando el arma, el comanche se abalanzó sobre ella y de pronto Beth se encontró volando por los aires, pues una mano firme la apartó del camino. Cayó sobre la calle, aturdida por el golpe y ensordecida por el estallido de un disparo. Vio con ojos incrédulos cómo el comanche caía al suelo cerca de ella, con una profunda herida en el pecho.

Beth apenas si tuvo tiempo de registrar la escena antes de que unas manos tan fuertes y crueles como las del comanche la levantaran y la apretaran contra un pecho cálido y musculoso.

—¡Dios Santo! —dijo la voz de Rafael contra su oreja—. ¡Creí que no llegaría a tiempo!

La apretó contra él, llenándola con una hermosa sensación de seguridad en un mundo que se había vuelto loco. De forma inconsciente, Beth le rodeó la cintura con los brazos. Poco a poco comenzó a sentir unos besos suaves y ardientes sobre su cabeza y oyó apasionadas palabras en español susurradas a su oído. No comprendía lo que estaba diciendo Rafael, pero la hacía sentirse feliz. Deseaba con todas sus fuerzas que este abrazo no terminara nunca.

Poco a poco, la presión de los brazos de Rafael disminuyó y finalmente él la apartó unos centímetros. Le recorrió el rostro con los ojos y susurró:

—¿No estás herida? No te golpeó, ¿verdad?

Parte del horror del día comenzaba a disiparse y con los ojos llenos de emoción, Beth dijo suavemente:

—Me has salvado la vida.

Rafael esbozó una sonrisa irónica y sacudió ligeramente la cabeza.

—La mía, creo —dijo enigmáticamente.

Ella no comprendió, pero estaba demasiado aturdida como para pensar. Estaba volviendo a la realidad y apartándose de los brazos de él, se concentró en quitarse el polvo de la falda.

—Te agradezco mucho tu más que oportuna intervención —dijo, muy rígida—. Me has salvado la vida y jamás podré pagártelo. Por favor, acepta mi más profunda gratitud.

El rostro de Rafael se ensombreció.

—No empieces con esas mojigaterías —dijo con dureza—, ¡no ahora!

—¿Qué quieres decir? —preguntó ella, con un brillo desafiante en los ojos.

Rafael la miró, con el rostro inescrutable. Casi como si le hubieran arrancado las palabras, dijo con rabia:

—¡Sencillamente que creo que ya es hora de que nos digamos lo que tendríamos que habernos dicho hace cuatro años!

19

Beth se quedó mirándolo, anonadada. Con voz vacilante, comenzó a decir:

—Creo que no compren... —Pero la voz de Nathan los interrumpió.

—¡Beth! ¿Qué haces aquí? —exclamó él con tono quejumbroso, totalmente desencantado con Texas y los comanches en particular. Además, a decir verdad, comenzaba a sentir antipatía por su anfitrión.

Había habido tanta violencia delante de sus narices que le había llevado varios minutos descubrir dónde había ido Rafael. Ver a ese hombre que comenzaba a parecerle un salvaje junto a su mujer no le gustó demasiado. Se acercó a ellos, fastidiado.

A esta altura, la peor parte de la lucha había cesado, aunque todavía se oían disparos esporádicos y gritos ocasionales. Varias personas comenzaban a asomarse de sus escondites y algunos más valientes se aventuraban hacia la plaza, para acercarse a los heridos y muertos que yacían en la calle. Todos estaban nerviosos y tensos, pues temían que siguiera habiendo indios en los alrededores. Decidido a alejar a Beth de allí, Rafael la miró fijamente y dijo abruptamente:

—Éste no es lugar para ti. —Sus ojos se encendieron con la rabia que ocultaba el miedo que había sentido y Rafael exclamó—: ¿Qué demonios estabas haciendo aquí sola, me quieres decir? ¡Podrían haberte matado, tontita!

Nathan, que ya había llegado, se sintió ofendido por el tono familiar y autoritario con que Rafael trataba a Beth.

—¡Creo que se excede, Santana! —dijo, muy tieso—. Beth es mi mujer, al fin y al cabo, y no me gusta nada que se le hable de ese modo.

Rafael se puso rígido y su rostro se ensombreció de furia. Por un instante, Beth creyó que golpearía a Nathan.

—¿Y dónde demonios estaba usted cuando ella se encontraba aquí, luchando por su propia vida? —terció Rafael mirando a Nathan con ojos helados—. ¿Ocultándose en algún sitio fuera de la línea de fuego?

Estaban en el medio de la calle, Rafael y Beth frente a Nathan. Al oír las palabras de él, Nathan se sonrojó intensamente y furioso, balbuceó:

—¡C... cómo se a... atreve a hablarme así!

Rafael lo miró con desdén, pero antes de que pudiera responder, un leve movimiento sobre el tejado de una de las casas de adobe detrás de Nathan le llamó la atención. Sin esperar para averiguar qué era, Rafael sacó la pistola y arrojó a Beth al suelo. En ese instante, un guerrero comanche, con el rostro contorsionado por la cólera y una lanza en la mano se irguió sobre el tejado. Dos cosas sucedieron simultáneamente: el guerrero arrojó la lanza y Rafael apretó el gatillo. Ambos proyectiles encontraron un blanco humano. El comanche cayó del tejado aferrándose el cuello y Nathan, con expresión absolutamente incrédula, se quedó mirando la mancha roja sobre su chaleco y la punta de hierro que le salía del estómago.

—Vaya, me han herido... —dijo con asombro antes de caer boca abajo sobre la calle polvorienta. La larga lanza que tenía clavada en la espalda se meció suavemente.

Totalmente horrorizada, Beth contempló el cuerpo inerte de su marido y un grito silencioso resonó en su mente. ¡No! ¡No podía estar muerto! No así, no tan inútilmente, asesinado por un ser que sólo podía vivir en una pesadilla. No era más que eso, una pesadilla.

Aturdida, siguió mirando a Nathan y al ver la mancha de sangre que se desparramaba por la chaqueta, pensó sin ninguna lógica: «Cielos, se le arruinará la chaqueta. Eso no le gustará.» La mente se le había bloqueado y sólo podía pensar en cosas mundanas y prosaicas.

Rafael se arrodilló junto a Nathan y al cabo de un instante dijo en voz baja:

—¡Inglesa, está vivo! ¡Está vivo!

Beth sintió una oleada de alivio y gratitud. ¡Estaba vivo! ¡Gracias a Dios! Pero el terror de ese día había sido demasiado y más allá del hecho de que Nathan estaba con vida, su mente no parecía registrar nada. Aun cuando Rafael la ayudó a ponerse de pie y Nathan fue llevado a la casa de él para que lo viera un médico, Beth siguió creyendo que soñaba.

Le parecieron horas hasta que el médico terminó con Nathan y entró en la habitación donde ella aguardaba, pálida e inmóvil. Las palabras que oyó no le resultaron demasiado optimistas:

—Está malherido, señora Ridgeway. He hecho todo lo que he podido. Con descanso y cuidados, es posible que se recupere, pero... —La voz del médico se perdió. Había sido una herida muy fea y el médico alemán había trabajado con desesperación para quitar la lanza sin causar más daños. Por el momento, Nathan dormía bajo una fuerte dosis de opio, pero sólo en los próximos días se sabría si lograría sobrevivir—. Hay esperanzas, mi querida —dijo el médico con suavidad—. No es un caso desesperado.

Beth se aferró a sus palabras durante los días que siguieron y una y otra vez las repitió para sus adentros... «¡hay esperanzas, hay esperanzas!». Pero el resto del mundo desapareció para ella; comía cuando le decían que comiera, dormía cuando se lo indicaban y se vestía con lo que encontraba preparado. El resto del tiempo lo pasaba en la habitación de Nathan, sosteniéndole la mano y mirando sin ver, hasta que Nathan gemía de dolor, y entonces ella le acariciaba la frente y susurraba palabras reconfortantes.

No bien Nathan había sido atendido por el médico, Rafael había enviado un mensajero a toda prisa hasta la Hacienda del Cielo con las noticias de lo que había sucedido. Con el marido de Beth inconsciente, era absolutamente necesario que encontrara una mujer respetable para que viniera a vivir en su casa a fin de evitar rumores. Le enloquecía pensar en ese estúpido formalismo, pero era de primordial importancia que hubiera otra mujer en la casa para evitar miradas y comentarios. Tenía que proteger la reputación de Beth. La suya no le importaba un rábano, pero pensando en Beth buscó una oscura parienta española de sesenta años que vivía en San Antonio y al cabo de una hora la tuvo instalada en su casa.

Hubo otras bajas en ese día que Mary Maverick denominaría en su diario el día de los horrores y el médico alemán, único cirujano de la ciudad, trabajó incesantemente durante la noche para salvar la mayor cantidad de vidas posibles.

Las pérdidas de los comanches fueron de lejos las peores. De los sesenta y cinco indios que habían venido al concilio, treinta y tres guerreros, jefes, mujeres y niños murieron en la masacre. Los otros treinta y dos, mujeres y niños, algunos gravemente heridos, fueron capturados y encerrados en prisión. Sólo siete blancos habían muerto, entre los cuales estaba el *sheriff* de San Antonio.

Esa noche Rafael envió otro mensajero a caballo, con órdenes de transmitirle su mensaje a Sam Houston en Austin.

La nota sólo relataba los hechos y le informaba a Houston que él estaría en San Antonio por tiempo indefinido. Si Houston lo necesitaba, sabría dónde encontrarlo. Sólo al final del mensaje era posible adivinar su frustración y su ira. «Sabes —escribió con gruesos trazos negros—, si Fisher y los demás hubieran planeado deliberadamente echar a los comanches en brazos de los mexicanos, no podrían haber elegido una forma mejor de hacerlo. ¡Que Dios nos ayude a todos!»

A la mañana siguiente, mientras Beth dormía bajo los efectos del láudano recetado por el médico, Rafael fue a la prisión y llegó justamente en el momento en que los comisionados ponían a la mujer de unos de los jefes muertos sobre un caballo. Sumidos en un silencio hostil, le dieron agua y alimentos y luego le impartieron una orden cortante:

—Ve a los campamentos de tu gente y diles que todos los sobrevivientes de la lucha del día del concilio morirán a menos que todos los prisioneros mencionados por Matilda Lockhart sean devueltos. Tienes doce días a partir de hoy para transmitir nuestro mensaje y regresar con los prisioneros. —La mujer comanche escuchó con el rostro impasible, sin revelar la angustia y furia que sentía. No dijeron nada más y mientras la miraba alejarse de la ciudad, Rafael supo que los indefensos cautivos morirían gritando ante las torturas de las mujeres comanches, condenados a muerte por la traición de los mismos hombres que intentaban obtener su liberación.

Giró sobre sus talones y se marchó. No podía mirar a los ojos a esos hombres que, con su virtuosa arrogancia, habían matado cualquier posibilidad de paz entre los comanches y los blancos.

Rafael había hecho algo que jamás se había creído capaz de hacer: el día de la lucha había matado no a uno sino a dos comanches. Por supuesto que no habían sido miembros de la tribu kwerhar-rehnuh, donde él se había criado, pero eran comanches de todas formas, y él los había matado deliberadamente. No era la primera vez que mataba a un hombre; había dado muerte a apaches, blancos y mestizos, pero nunca a un comanche y ahora tomaba conciencia de cuán firmemente estaba aliado con los blancos. Y de lo mucho que Beth Ridgeway afectaba sus emociones.

Ahora que Nathan podía morir, Rafael comprendió que muerto podría resultar un obstáculo mayor que cuando estaba con vida. Pero de una cosa Rafael estaba seguro: Beth no iba a alejarse demasiado de San Antonio hasta que aclararan lo que había entre ellos. No iba a pasarse el resto de su vida torturado por visiones de una ramera con ojos violetas y cara de ángel. ¡Iban a llegar a algún arreglo y ella no se movería de allí hasta ese momento!

Era arrogante admitirlo —hasta él se daba cuenta de eso—, pero tendría que haber sido ciego para no percibir que había algo entre ellos. Quizá fuera solamente una atracción física; una parte de su ser deseaba con rabia que sólo se tratara de eso, que una vez que se estableciera una cómoda intimidad entre ellos, las intensas emociones que ella despertaba en él se apaciguaran y que al cabo de una semana pudiera mandarla a Natchez y eliminarla de su vida. Eso era lo que deseaba, se dijo con vehemencia, apretando los dientes. Sin embargo...

En lo que se refería a Beth, Rafael era un embrollo de emociones contradictorias y en constante ebullición: celos, furia, incertidumbre y pasión luchaban por dominar; en un instante los celos ejercían el poder, luego la pasión, y entre ambos, una ternura extrañamente dolorosa que perturbaba mucho más que los otros sentimientos combinados. Podía superar la furia, pasar por alto los celos, dejar atrás la incertidumbre y apaciguar la pasión, pero ¿la ternura...?

No era un hombre tierno, jamás lo había sido, excepto quizá con su hermanastra Arabela. Por lo tanto, la ternura lo confundía y lo ponía en guardia contra la persona que la despertaba; además, le enfurecía que ella pudiera hacerle sentir otra cosa que no fuera desprecio. Mientras caminaba hacia la casa, pensó con furia: «¿Qué demonios me importa lo que le suceda? Habría sido mejor dejar que se la llevara ese maldito comanche, o que le arrancara el cuero cabelludo.»

No era tan sencillo y él lo sabía muy bien. Pero prefirió evitar encontrársela en la casa por varias razones: su marido estaba gravemente herido, quizás al borde de la muerte y éste no era momento para la conversación ni las otras cosas que quería tener con ella. También estaba el hecho de que no toleraba que ella estuviera pendiente de Nathan. Aun si él estaba gravemente herido, a Rafael no le gustaba pensar que Beth derrochaba atenciones a Nathan, sobre todo cuando recordaba que si su marido hubiera tenido que rescatarla, Beth estaría muerta o en manos de los comanches. Y finalmente, había otra razón por la que quería evitarla y tuvo que reconocerla de mala gana: quizá Beth no quisiera verlo; después de todo, él le había deseado la muerte a Nathan en un arrebato de ira. Fue por eso que Rafael se mantuvo alejado de ella, encargándose sin embargo de que Beth tuviera todo lo que pudiera desear, no sólo para ella sino también para Nathan. «Se lo debo», admitió de mala gana.

Don Miguel, doña Madelina, Sebastián y varios sirvientes y vaqueros de Cielo llegaron a San Antonio la cuarta noche después de la masacre. Beth no se enteró de su llegada hasta que la señora López, la parienta de Rafael, insistió en que debía salir de la habitación de Nathan y comer algo.

Al encontrar a los recién llegados sentados a la mesa, Beth se detuvo, sorprendida y murmuró:

—Oh, no esperaba verlos aquí. ¿Cuándo han llegado?

Los hombres se pusieron de pie de inmediato y tanto don Miguel como Sebastián se acercaron a ella con tanta preocupación y calidez que ella sintió deseos de llorar de emoción ante tanta consideración. Pero se recuperó rápidamente y pudo sentarse junto a doña Madelina, que le apretó la mano con fuerza y la persuadió para que comiera un poco de esto y aquello. Todos se mostraron muy gentiles con ella y se esforzaron por mantener una conversación amena y cordial.

Cuando ella entró, Rafael no se movió de su lugar en la cabecera de la mesa excepto para ponerse de pie. No se hablaron durante toda la cena como no fuera para intercambiar algún comentario trivial. Desde que Nathan había sido herido, no habían entablado ningún tipo de conversación. Pero Rafael la observó con atención y notó con desagrado la palidez de su rostro y la expresión aturdida en los ojos violetas. Al ver lo poco que comía y al notar la delgadez de sus brazos, experimentó una gran impotencia. No podía hacer nada más de lo que había hecho ya y sabía que cualquier jugada en falso podría desatar una crisis emocional que dadas las circunstancias había que evitar a toda costa.

Beth estaba sola con Nathan cuando él finalmente recuperó el sentido y la reconoció. El médico lo mantenía sedado con opio para que no sintiera dolor, pero esa noche, alrededor de las once, justamente cuando Beth estaba a punto de retirarse a su alcoba, Nathan recuperó algo de lucidez. Tenía los ojos nublados por la droga, pero parecía estar bien consciente y al ver a Beth junto a su cama esbozó una sonrisa dulce y tierna, tanto que Beth se sintió que le estallaba el corazón.

—Querida —susurró—, ¿qué haces aquí?

Beth tenía un nudo de angustia en la garganta, pero le devolvió la sonrisa y replicó con suavidad:

—Estaba haciéndote un poco de compañía.

Él cerró los ojos por un instante y murmuró:

—Estoy terriblemente cansado, pero es un placer despertar y ver tu rostro hermoso.

Era una conversación trivial, pero a Beth lo único que le cabía en la cabeza era que Nathan estaba despierto.

Él se dio cuenta de las vendas que le envolvían el cuerpo y sintió algo de dolor. Miró a Beth con ansiedad y preguntó:

—¿Estoy bien, no es así?

Sintiéndose más segura, ella respondió de inmediato:

—¡Por supuesto que sí, mi vida! Pero te han herido de gravedad y debes descansar.

Nathan se tranquilizó y besó una de las manos de Beth.

—¡Qué situación lamentable es ésta! —dijo—. En cuanto me recupere, partiremos de inmediato para casa y si no te importa, Beth, preferiría no hacer más viajes hacia lo desconocido.

Ella esbozó una sonrisa trémula.

—Estoy completamente de acuerdo contigo, mi querido. —Apesadumbrada, agregó—: Debí haberte escuchado desde el principio, Nathan.

—¡Ah, vamos, tanta humildad no te queda bien, Beth! Siempre fuiste voluntariosa y no quisiera que cambiaras ahora —bromeó Nathan con suavidad.

Al ver que él hacía una mueca de dolor, Beth preguntó de inmediato:

—¿Te sucede algo?

Él sacudió la cabeza y le besó los dedos.

—Creo que descansaré un poco, si no te importa, querida —dijo y se quedó dormido al cabo de unos segundos.

Volvió a hablarle solamente una vez más esa noche. Alrededor de media hora más tarde miró a Beth a los ojos y dijo con claridad:

—Te amo, sabes, a mi manera.

—Lo sé, mi vida —susurró Beth, besándole la frente.

Él emitió un suspiro satisfecho y volvió a sumirse en la incon ciencia, sosteniendo la mano de Beth. Ella no supo cuánto tiempo estuvo sentada allí... ni en qué momento Nathan la dejó. En un instante estaban ambos allí y al minuto siguiente ella estaba sola con el cuerpo de su marido.

Los otros todavía estaban bebiendo algo antes de irse a descansar cuando Beth entró en el salón. La conversación cesó de inmediato y todos se volvieron hacia ella. De pie junto a la puerta como un fantasma, Beth los miró y dijo, aturdida:

—Mi marido ha muerto.

Se oyó un coro de murmullos compasivos de todos los presentes, excepto de Rafael, que se volvió con violencia, luchando contra el deseo de apretarla entre sus brazos y susurrarle las mismas tonterías reconfortantes que ella le había susurrado a Nathan. En ese instante hasta hubiera hecho resucitar a Nathan si hubiera podido con tal de calmar el dolor a Beth.

Las dos mujeres la abrazaron y le expresaron sus condolencias. Doña Madelina mantuvo el brazo alrededor de la cintura de Beth y la guio hasta un sofá.

—Ven, niña, ven, debes sentarte —dijo con suavidad, acariciando el brazo de Beth mientras hablaba. Se volvió hacia la señora López y le indicó—: Llame a una criada para que caliente leche y la mezcle con el láudano que dejó el doctor.

Beth hizo todo lo que le decían; no habló ni lloró, pues era como si todo se hubiera congelado en su interior. No podía sentir nada, sólo un gran vacío. No hubo mucha gente en el funeral de Nathan al día siguiente, sólo Rafael, los otros Santana, los Maverick, Sebastián y el médico que había tratado de salvarlo. Había una o dos personas más, pero Beth, envuelta en su entumecedor vacío, no las reconoció.

Sólo cuando se disponían a marcharse del pequeño cementerio, Beth hizo algo por su propia voluntad. Corrió ciegamente de vuelta hacia la tumba a medio rellenar y permaneció allí largo rato, contemplando la alianza de oro que llevaba en el dedo. Luego, muy lentamente, se la quitó y la dejó caer en la fosa.

El tiempo siguió su curso, pero nada parecía sacudir a Beth de su estado de aturdimiento. Dormía hora tras hora durante los días y las noches, detestando despertarse del bendito sueño del láudano que tomaba con alarmante asiduidad. La droga la ayudaba a mantener lejos la cruda realidad que la esperaba si permitía que la abandonara el sopor.

Rafael se conformaba por el momento con dejar que las mujeres de su familia la consolaran; probablemente era lo que Beth más necesitaba. Ni por un segundo creía él que ella había estado tan enamorada de Nathan que no podía pensar en un futuro sin él. De ninguna manera aceptaría que ése fuera el motivo del estado de aturdimiento de Beth. Prefirió adjudicar la condición de ella tanto al horror de haber visto a Matilda Lockhart, a la violencia que siguió, lo cerca que había estado ella de morir, como a la muerte trágica de su marido. No dudaba que ella sufriera por la muerte de Nathan, pero no podía aceptar el hecho de que solamente la muerte de él la hubiera convertido en una sonámbula.

Rafael estaba más cerca de la verdad de lo que él creía. Pero no sabía que Beth estaba oprimida bajo una terrible sensación de culpa.

Había sido su idea la de visitar a Stella. Ella había querido tomar la ruta hacia el Sur en lugar de unirse a la caravana de primavera hacia Santa Fe. Ella había querido visitar la Hacienda del Cielo. Ella había decidido dar por terminado el viaje y regresar a San Antonio. Y con la muerte, le adjudicaba a Nathan toda clase de virtudes que jamás había poseído. También su fascinación por Rafael Santana la atormentaba más que cualquier otra cosa. La muerte de Nathan, pensó una noche antes de que el láudano le nublara la mente, era el castigo de Dios por la lujuria que le despertaba Rafael y por la forma egoísta en que había pasado por alto los deseos de su marido.

En su locura de culpa y condena, Beth olvidó que nadie había obligado a Nathan a venir, y que él había insistido en asistir a la fatídica reunión con Rafael. Tampoco quiso pensar en la razón egoísta por la que él se había casado con ella, en sus relaciones dudosas y sus excesos de juego y de alcohol. Recordaba sólo lo bueno y convirtió así a Nathan en un ser beato que nada tenía que ver con su difunto marido.

Mientras Beth deambulaba en su estado de sonambulismo, Rafael no había perdido el tiempo. El día después del funeral, recibió un mensaje que solicitaba su presencia en la Misión San José, donde el coronel Fisher y sus tropas se habían acuartelado junto con los prisioneros comanches. Rafael sintió una gran curiosidad. ¿Qué podía querer el coronel Fisher de él?

La misión San José quedaba en las afueras de la ciudad y no le llevó mucho tiempo ensillar su caballo y dirigirse hasta allí. Cuando un soldado muy serio lo hizo pasar a las habitaciones del coronel, Rafael quedó desconcertado al ver que el militar estaba muy enfermo. Quiso disculparse y cambiar la cita para otra oportunidad, pero Fisher ladró:

—¡Mi salud no es de su incumbencia! ¡Quería verlo, y lo veré ahora!

El coronel no estaba de buen humor. Se sentía mal y era consciente de que el asunto de los comanches podría haberse manejado con más tino. Sin perder tiempo con trivialidades, fue directamente al grano:

—Usted está muy familiarizado con las costumbres de los comanches. ¿Piensa que traerán a los prisioneros cuando pasen los doce días? —preguntó desde la cama.

Rafael estaba de pie en medio de la habitación; tenía los dedos enganchados a cada lado de la hebilla de plata del ancho cinturón de cuero que llevaba; el sombrero negro ocultaba la expresión en los ojos grises.

—No —respondió bruscamente—. ¿Por qué iban a traerlos? Ustedes asesinaron a sus jefes cuando vinieron para hablar de paz y para ellos, los sobrevivientes que están prisioneros aquí ya están muertos. ¿Qué aliciente les ofrece para que ellos traigan a sus prisioneros?

Fisher estaba pálido por la enfermedad y los ojos oscuros se veían opacos.

—¡No permitiremos que nos extorsionen! —exclamó con obstinación—. No tenían ningún derecho de raptar a nuestras mujeres y niños; ¡no nos dejaremos intimidar!

Rafael se encogió de hombros.

—Entonces no hay nada de qué hablar, ¿verdad? Si me disculpa, tengo otras cosas que hacer. —Giró sobre sus talones y se dispuso a marcharse, pero la voz de Fisher lo detuvo.

—¡Espere!

Rafael se volvió hacia el coronel con una expresión dura en el rostro.

—¿Sí?

Fisher se recostó contra las almohadas y habló con voz cansada.

—Habíamos recibido órdenes y las cumplimos. Desde luego que ninguno de nosotros pensó que se desencadenaría una masacre.

—¡No me diga! ¿Esperaba que los jefes comanches permitieran mansamente que se les hiciera prisioneros? —se burló Rafael.

—¡Maldición, eran solamente indios! Lo único que queríamos eran nuestros prisioneros. Se les había advertido que no vinieran al concilio si no traían a todos los cautivos. ¡Sus queridos comanches tuvieron tanta culpa como nosotros! —De inmediato, se corrigió—: No es que nosotros hayamos tenido culpa alguna, claro. Ellos empezaron la lucha, después de todo.

Los ojos de Rafael se llenaron de desdén.

—No le veo mucho sentido a esta conversación —dijo con dureza—. Si me disculpa...

—¡Santana, no se vaya! —De mala gana, Fisher agregó—: Necesito su ayuda. Texas necesita su ayuda. Precisamos cierta información que usted nos puede suministrar. Probablemente sea el hombre que más sabe de comanches en Texas. ¿Qué podemos esperar ahora?

Hubo un tiempo, no muy distante, en que Rafael se habría negado a responder a esa pregunta. Se hubiera sentido un traidor. Pero después de matar a los dos comanches, se daba cuenta de que estaba irrevocablemente aliado con el hombre blanco. No obstante, le costó responder, y lo hizo con dureza:

—En primer lugar, le aconsejaría que olvidara sus ilusiones de ver a los prisioneros con vida —dijo—. Las mujeres y niños que no han sido adoptados formalmente por una tribu comanche probablemente estén muertos. En cuanto llegó la mujer que ustedes despacharon, sus destinos quedaron sellados. Los únicos que podrían salvarse de ser torturados hasta la muerte son los que han sido adoptados, pero tampoco albergaría demasiadas esperanzas en cuanto a eso. —Clavó en el coronel sus ojos helados y acusadores y le espetó—: Cuando violó la tregua en el concilio, ¿se le ocurrió en algún momento que podía estar sacrificando a mujeres y niños inocentes?

Fisher no quiso mirarlo a los ojos y Rafael resopló con desdén. Con gran esfuerzo logró controlarse y tomando la silla que estaba junto a él la giró y se sentó a horcajadas, apoyando los brazos sobre el respaldo. Su honestidad le obligó a decir:

—No puedo decirle exactamente qué sucederá, pero sí puedo decirle lo que creo que harán. —Frunció el entrecejo y miró a Fisher con ojos duros—. Sospecho que tarde o temprano verá un iracundo ataque de guerra en el horizonte que vendrá hacia aquí sediento de sangre de texanos. En cuanto a la tregua de doce días que tan gentilmente propuso, yo no confiaría en ella. Los comanches se pondrán furiosos y se sentirán justificadamente, creo, traicionados. Por otra parte, es posible que se sientan inseguros y confundidos, cosa que puede favorecernos... al principio. Se han quedado sin jefes, pero eso no les impedirá vengarse. Además, los ataques en la frontera se volverán peores que una pesadilla. Ya no tienen motivos para contenerse. Se les han dado razones para que nos detesten con toda la ferocidad de su naturaleza. —La voz y la mirada de Rafael se tornaron duras como el granito—. Y estoy seguro de que comprende que ellos no querrán sentarse a hablar de paz en ninguna reunión que ustedes les propongan. La Masacre del Concilio será para ellos la peor traición posible; jamás la olvidarán ni la perdonarán. Y lo que es peor, es que usted, Lamar, Johnston y todos los otros les han dado una causa común que podría, fíjese bien en que digo podría, llevar a la unificación de todas las tribus comanches. En resumen, señor, tiene que esperar una guerra con los comanches que no terminará hasta que los texanos se vayan de la República o hasta que muera el último comanche.

20

Rafael se marchó de la Misión San José sintiéndose furioso y frustrado. Casi había disfrutado al espetarle esas últimas palabras a Fisher, pero en el fondo se sentía muy mal. Todo lo que él y los otros habían tratado de evitar sucedería a causa de un estúpido arrebato de violencia.

Como no estaba de humor para conversaciones triviales, no regresó a la casa sino que cabalgó hasta las colinas y pasó la tarde bebiendo la paz que brotaba del cielo y de todo el paisaje.

Era tarde cuando regresó a la casa. Las damas se habían retirado hacía bastante tiempo y hasta su padre se había ido a la cama. El único que quedaba en pie era Sebastián, además de unos pocos sirvientes.

Rafael no estaba buscando compañía, pero se alegró al encontrar a Sebastián bebiendo una copa de coñac en el pequeño estudio en la parte trasera de la casa.

—¿Dónde te has metido? —preguntó Sebastián al verlo entrar—. Todos están muy preocupados dado que no apareciste para la cena.

Rafael hizo una mueca.

—Siempre me olvido de avisar adónde voy. La culpa es de la vida solitaria que pasé en las llanuras.

Bebieron en un silencio amistoso por unos instantes; Rafael se había hundido en un sillón de cuero gastado. Luego se pusieron a hablar de los planes de Sebastián para el futuro, sobre todo de las tierras que pensaba solicitar al día siguiente.

Mientras Sebastián hablaba con entusiasmo, Rafael pensaba en las tierras que poseía al norte de Houston, en la parte oriental de la República, tierras que había comprado de mala gana sólo porque su abuelo materno Abe había pensado que serían un buen complemento para sus propias posesiones.

Era parte de un viejo establecimiento español que había quebrado. Treinta y cinco años antes, Abe había adquirido unas setenta mil hectáreas para él, entre las cuales estaba la vieja hacienda abandonada y cuando las tierras lindantes salieron a la venta treinta años más tarde, Abe insistió en que Rafael las comprara. En aquel entonces, Rafael no había comprendido por qué era tan importante que comprara las cien mil hectáreas adicionales de bosques y praderas, pero ahora lo sabía. Abe había sabido que llegaría un momento en el que Rafael querría tener sus propias tierras, no heredadas, sino tierras que había comprado con el sudor de su frente. Y quizás el momento había llegado, pensó Rafael.

Al pensar en los bosques de pinos y los lagos, en las flores que aparecían en la primavera, supo que era allí donde quería estar; no en Cielo con sus recuerdos dolorosos ni en las llanuras con los recuerdos de lo que ya no podía ser, sino en Hechicera, el nombre que su abuelo le había dado a la propiedad hacía más de treinta años, cuando Gacela Negra, su esposa, todavía vivía.

Le habló a Sebastián sobre la propiedad y cómo había llegado a sus manos. Mencionó también que su abuelo la había llamado Hechicera en honor a su mujer india.

—¿Qué piensas hacer con ella? —preguntó Sebastián al cabo de unos instantes de conversación—. ¿Venderla? ¿O acaso has pensado en trabajarla?

Rafael contempló su vaso de whisky.

—No lo sé. Depende de... —Se detuvo al ver adónde habían llegado sus pensamientos. Frunció el entrecejo y agregó lentamente—: Quizá viaje hasta allí en las próximas semanas para ver en qué condiciones está la hacienda y posiblemente contrate algunos hombres para que despejen la tierra. Son tierras buenas para pastoreo o cultivos, pero primero hay que limpiarlas. —Sonrió con pesar y dijo—: Llevará meses de arduo trabajo hasta que se pueda hacer algo en ellas, pero con el tiempo... —Había una nota extraña en la voz de Rafael que hizo que Sebastián lo mirara fijamente.

—¿Estás pensándolo seriamente? —preguntó éste, sorprendido—. ¡Si no supiera que es imposible pensaría que estás considerando la posibilidad de sentar cabeza nada menos que en Hechicera!

Rafael sonrió, pero sus ojos se mantuvieron velados.

—Todo es posible, amigo. A veces un hombre tarda mucho en darse cuenta de lo que quiere de la vida. Hechicera me parece un lugar tan bueno como cualquier otro para averiguar si me atrae llevar una vida respetable.

Dos días más tarde, llegaron los comanches. Pero como estaban acéfalos, se sentían indefensos y en lugar de desatar una lucha sangrienta, se limitaron a amontonarse en las colinas al noroeste de la ciudad, furiosos e inseguros. Había alrededor de trescientos, y cada uno gritaba su odio y su rebeldía, pero al no haber jefes, no había nadie que comandara un ataque. Finalmente, se marcharon, llenos de frustración.

Beth no tenía conciencia de lo que sucedía a su alrededor, pero cuando pasó una semana desde el entierro de Nathan, su propio sentido común le informó que no lograba nada manteniéndose en ese estado de sopor. Los remordimientos no habían disminuido, y si bien ya no tomaba láudano durante el día, sencillamente no podía tolerar la noche sin la droga. Sabía que tenía que hacer algo para reconstruir su vida, pero por el momento, lo único que se sentía capaz de hacer era aceptar la bondad de los Santana. Prefería no pensar en el hecho de que estaba aceptando la hospitalidad de Rafael, y con los otros Santana y Sebastián en la casa era fácil creer que eran ellos los que la hospedaban.

Nadie parecía querer marcharse de San Antonio. Sebastián estaba ocupado con sus asuntos; a doña Madelina le gustaba estar en la ciudad y constantemente visitaba a sus amistades. Don Miguel la acompañaba con frecuencia y también parecía ansioso por postergar el viaje de regreso a Cielo. La señora López prefería seguir con su escaso trabajo como compañera de Beth antes que regresar a la soledad de su pequeña casa; quizás en secreto deseaba que Rafael le permitiera quedarse para siempre.

Rafael se sentía satisfecho al tener a su familia en su casa de San Antonio. Lo hacía sentir que pertenecía a un núcleo familiar por primera vez en su vida. Él y su padre habían hablado más en la última semana que en todos los años que habían transcurrido y hasta doña Madelina había perdido el temor que le inspiraba su hijastro y se mostraba cómoda y vivaz delante de él.

En cuanto a Beth, la posibilidad de que tuviera que regresar a Natchez no pasó por la mente de nadie excepto de ella. De alguna manera, tras la muerte de Nathan, todos habían dado por sentado que ella permanecería en San Antonio por tiempo indeterminado. Sin que ella se diera cuenta, lentamente estaba siendo absorbida por la familia Santana.

Sebastián tenía la razón más lógica de todas para creer que Beth jamás regresaría a Natchez. La historia de Rafael acerca de su larga relación lo hacía pensar que sin duda ahora que Nathan había muerto, él se encargaría de su futuro... ¿y qué mejor lugar para Beth que San Antonio? Todavía sentía una punzada de dolor cuando pensaba en la relación de Beth con su primo, pero el tiempo le estaba curando las heridas y él ya había eliminado a Beth de sus planes para el futuro.

Si Sebastián tenía una razón lógica para creer que Beth permanecería en San Antonio, don Miguel tenía una completamente irracional. Quería que Beth se casara con su hijo. No sólo le resultaba encantadora, sino que también era una viuda muy rica y su padre era un lord inglés, así que, ¿por qué no tenía que convertirse esta criatura preciosa en un miembro de la familia Santana? Casi se había resignado al hecho de que su hijo no volviera a casarse, pero todas y cada una de las actitudes de su hijo desde que Beth había entrado en su vida le hacían pensar que la muchacha había capturado el corazón obstinado y salvaje de su hijo. El hecho de que Beth y Nathan hubieran sido invitados a la casa de Rafael denotaba el interés de éste. Don Miguel no recordaba que ninguna otra persona se hubiera hospedado en esa casa como no fuera de la familia. Pero la nota que Rafael le había enviado después del accidente de Nathan en la que le pedía que viniera con su familia a San Antonio era la pista más significativa: obviamente Rafael quería disminuir el dolor de una mujer que era importante para él. Había que admitir que Rafael no demostraba sus sentimientos, sino que más bien tendía a ignorar a Beth, pero don Miguel había notado que con frecuencia la mirada de su hijo se posaba en ella. Doña Madelina también lo había notado. Por la noche, mientras intercambiaban información como dos conspiradores, ambos rezaban para que de la tragedia surgiera un poco de felicidad.

Rafael no había llegado tan lejos; de hecho, el matrimonio no tenía cabida en su mente. Pero sin embargo, comenzó a hacer planes para el viaje a Hechicera. Había que contratar hombres, conseguir provisiones, y miles de cosas más por hacer.

Don Miguel se mostró muy disgustado cuando se enteró de sus planes, pero no había nada que pudiera hacer al respecto.

—¿Cielo no es suficiente para ti? —preguntó con frialdad.

Rafael no anduvo con rodeos.

—¡No, y jamás lo será! Cielo pertenece a los Santana ¡pero Hechicera será mía!

Esa noche, mientras bebían en una taberna, Sebastián vio una figura familiar en una mesa. Volviéndose hacia Rafael, preguntó:

—¿No es Lorenzo el que está allí sentado junto al individuo de camisa roja?

Rafael recorrió la habitación con la mirada.

—Es posible —respondió cuando localizó al hombre—. Lorenzo es como una serpiente: siempre aparece cuando uno menos lo espera.

Sebastián susurró por lo bajo:

—Realmente sois enemigos, ¿no es así? Creí que Lorenzo sólo estaba exagerando aquella noche en Cielo cuando dijo que tenía que irse antes de que llegaras tú.

Rafael lo miró, repentinamente alerta.

—¿Qué noche en Cielo?

—La noche que yo llegué con los Ridgeway —respondió Sebastián, sorprendido—. ¿Es importante?

Rafael se encogió de hombros. Sus ojos grises parecían de hielo.

—No, pero me resulta interesante. —Impulsado por una necesidad interior, preguntó—: Por casualidad, ¿notaste si Lorenzo se mostraba particularmente atento con la señora Ridgeway?

A Sebastián no le gustó el tono de voz de su primo. Había algo peligroso en él. Sintiéndose como si trastabillara por un campo minado, dijo lentamente:

—No, no noté nada. En todo caso, a Beth no pareció caerle bien. No era nada obvio, sólo que parecía evitar su compañía, como si no tuviera mucho de qué hablar con él.

Rafael emitió una sonrisa dura.

—No, es posible que no tuviera mucho que decirle.

Preocupado, Sebastián insistió:

—No quiero entrometerme, pero parece que sabes algo acerca de Beth y Lorenzo que yo no sé.

—¡No! —gruñó Rafael—. Digamos que con mi avanzada edad comienzo a sospechar de cualquier hombre que se acerca a mi... ejem... amante.

Era posible, admitió Sebastián. Sin duda Rafael era un amante celoso. Sin embargo... Había algo en toda esta situación que le hacía sentir que se había perdido el primer acto de una obra.

Volviendo al tema de la hostilidad entre Lorenzo y Rafael, Sebastián dijo:

—Debe de ser difícil para la familia que los dos estéis enemistados. ¿Siempre os habéis odiado?

—Es probable; Lorenzo ha estado involucrado en asuntos inescrupulosos desde que lo conocí, pero no estoy de humor para hablar del momento en que decidí que el mundo sería un lugar mejor sin Lorenzo.

—¡Con razón él desaparece cada vez que tú vas a venir!

Rafael esbozó una sonrisa dura y haciendo un gesto en dirección al lugar donde había estado Lorenzo, dijo:

—Es natural. Fíjate que esta vez también ha desaparecido.

Era cierto. Sebastián siguió los ojos de Rafael y vio la silla vacía. Carraspeó y preguntó con ansiedad:

—Si los dos os detestáis de esa forma... ¿por qué no habéis resuelto la situación hasta ahora?

Rafael bebió su whisky mientras consideraba la pregunta de su primo.

—Supongo —dijo por fin— que se debe a que no me ha hecho enojar lo suficiente... ¡todavía!

Sebastián partió al día siguiente con sus hombres y el equipaje. Pensaba instalarse temporalmente en Cielo hasta que se pudiera edificar algún tipo de vivienda en su propiedad. Su partida dejó un vacío; hasta Beth, que seguía sumergida en su tristeza, lo echó de menos, pues su presencia había alegrado la casa.

Rafael tampoco apareció demasiado en esos días, sino que dejaba que sus invitados se arreglaran solos, cosa que no era nada difícil gracias a los eficientes criados que estaban a su disposición.

Se levantaba a la madrugada y salía a ocuparse de sus asuntos mucho antes de que los demás bajaran a desayunar, y por la noche, la casa frecuentemente estaba oscura y silenciosa cuando él regresaba. Estos días largos tenían su recompensa, pues lo hacían dejar de pensar en Beth y en el futuro, y cuando llegó el primero de abril Rafael tuvo todo listo para el viaje inicial a Hechicera. Decidió partir de San Antonio el miércoles siguiente, llevando con él alrededor de diez hombres y dejando quince atrás para que lo siguieran con las carretas pesadas y los animales.

Hubo poca actividad respecto de los comanches hasta comienzos de abril. Fue entonces cuando un jefe menor conocido para los texanos como Piava llegó a San Antonio con una mujer. Los texanos desconfiaban de Piava, pues en ocasiones anteriores se había mostrado astuto y traicionero. De todas formas, dijo que los pehnahterkuh tenían muchos cautivos blancos y que estaban dispuestos a intercambiarlos por los comanches que estaban en poder de los texanos.

Fue una reunión poco amistosa, y mientras observaba el rostro del indio, Rafael se preguntó si estaría diciendo la verdad, si habría realmente prisioneros con vida.

Cuando Piava y la mujer se marcharon, Rafael se acercó a Fisher y dijo:

—En su lugar, mandaría a los mejores soldados a espiar el campamento comanche. Por mi parte, no le he creído una sola palabra.

Fisher siguió los consejos de Rafael y al poco tiempo los soldados informaron que casi no habían visto blancos.

—Se lo advertí —dijo Rafael, mirando a Fisher fijamente—. Renuncie a sus esperanzas de recuperar a los prisioneros: están todos muertos.

Al principio, al menos, pareció que Rafael se equivocaba. El sábado cuatro de abril, Piava trajo a un prisionero mexicano y a una niña de cinco años llamada Putnam, que había sido adoptada por los comanches. La chiquilla había sido tan maltratada como Matilda Lockhart y tenía el cuerpo surcado de horribles cicatrices. No hablaba inglés y lloriqueaba llamando a su «madre» comanche.

—¿Dónde están los demás? —preguntó Fisher con dureza. Detrás de él, los soldados aguardaban con los rifles listos—. Dijo que eran muchos.

Piava y los guerreros que lo habían acompañado los miraron con odio y arrogancia. El jefe no quiso responder a las preguntas de Fisher, que siguió insistiendo, pero en vano. Finalmente, Piava admitió que tenía un niño blanco para intercambiar.

Se les permitió a los comanches llevarse a dos de los indios que estaban prisioneros y Fisher se vio obligado a decir que, si traían al niño blanco, podrían elegir otro prisionero más.

No fue hasta que Piava regresó con otro cautivo mexicano y el niño blanco, Booker Webster, cuando los texanos se enteraron de la suerte corrida por los restantes prisioneros. Cuando Piava se hubo marchado con el indio liberado, los texanos comenzaron a interrogar al niño.

Booker tenía alrededor de diez años. Con ojos llenos de espanto y voz quebrada, narró la historia.

—¡Los torturaron a muerte, a todos! —exclamó, sacudido por el horroroso recuerdo.

Rafael escuchó esa vocecilla asustada y sintió un nudo en el estómago. Había imaginado lo que sucedería, pero era mucho peor oírlo de labios de un niño, de un niño que se había salvado nada más que porque lo había adoptado una familia comanche.

—Les... les arran... caron las ropas y... los pusieron... des... desnudos —balbuceó Booker—. Estaban... atados a estacas puestos en cruz y... luego las mujeres... los despellejaron. —Le temblaban los labios, pero continuó—: Los despellejaron vivos... los cortaron en tiras y... y... —Se interrumpió; no podía seguir. Hubo un silencio y luego, con los ojos fijos en sus pies descalzos dijo, avergonzado—: ¡No pude hacer nada! Los oía gritar y chillar y gritar y gritar... ¡pero no podía hacer nada! —Estalló en sollozos, angustiado por su impotencia. Alguien le dio unas palmadas en el hombro y le alcanzó un vaso de agua.

Booker se recuperó un poco y siguió hablando con voz algo más firme.

—Las mujeres estaban decididas a hacerlos pagar por lo que les había sucedido a los guerreros y... y... trabajaron todo el día y toda la noche sobre ellos. —Se estremeció al recordar lo que había visto y oído—. La otra niña que devolvieron y yo fuimos los únicos que nos salvamos. A todos los demás... no importaba qué fueran... niños o mujeres... a todos los torturaron a muerte. Los mantenían vivos para poder matarlos con fuego al final.

Rafael escuchó la historia sin decir nada, pero cuando Booker terminó, no pudo contenerse y mirando a Fisher dijo con amargura:

—Y pensar que pudo haber terminado de forma tan diferente.... Espero que esté satisfecho con los resultados. —Giró sobre sus talones y se marchó, furioso. No toleraba estar cerca de los hombres que tan «santurrona y virtuosamente» habían destruido cualquier posibilidad de paz con los comanches.

21

Rafael regresó a una casa sumida en silencio. Don Miguel y su mujer habían partido esa mañana para pasar una noche en casa de unos parientes lejanos de doña Madelina, que vivían a varios kilómetros de San Antonio. A Rafael no le había gustado la idea por dos razones: la primera, era la posibilidad de un ataque, pero don Miguel le informó que viajarían con una escolta bien armada, de modo que Rafael no pudo objetar. Y la segunda, por supuesto, era Beth Ridgeway.

Era cierto que estaba la señora López para mantener las apariencias, pero eso no lo conformaba. Sólo estarían las dos mujeres en la casa, aparte de los sirvientes, hasta que regresaran don Miguel y doña Madelina, pues él mismo partiría por la mañana.

Como todo estaba listo para el viaje, las horas pasaron muy lentamente para Rafael. Tras una cena solitaria en el comedor —Beth y la señora López se habían hecho llevar la comida a sus habitaciones— se encargó de revisar todos los detalles del viaje, pero eso no le llevó demasiado tiempo. Para su gran fastidio, descubrió que sus pensamientos tendían a concentrarse en el tema prohibido de la inglesa.

No le había dicho nada sobre su viaje a Hechicera, pero estaba seguro de que ella sabía que partiría por la mañana; don Miguel había protestado tanto por ese viaje que sin duda Beth tenía que haberse enterado. Y si bien se había despedido de todos, incluyendo a la señora López, cuando cayó la noche todavía no le había dicho nada a Beth.

Ella todavía pasaba gran parte del tiempo en su alcoba, y a pesar de que Rafael no había intervenido, pues creía que ella necesitaba tiempo para asimilar lo que le había sucedido, su paciencia comenzaba a agotarse. Ya habían transcurrido dos semanas desde la muerte de

Nathan y su opinión era que Beth tenía que comenzar a ver gente y a tratar de rehacer su vida. Quería que ese fantasma de ojos tristes se marchara para siempre del cuerpo de Beth. Quería que ella regresara de ese mundo en el que se había encerrado, aun si eso significaba que comenzaran a discutir y pelearse de nuevo.

Esa noche, mucho después de que se extinguiera la última lámpara de aceite y de que el último sirviente rezagado se hubiera retirado a su habitación, Rafael, que no había podido pegar un ojo, supo que no podía marcharse sin hablar en privado con Beth. Tenían muchas cosas que decirse y ese momento era tan bueno como cualquier otro. Estaban solos, a no ser por la presencia de la señora López, pero la dama dormía profundamente y además era medio sorda, de modo que era muy improbable que oyera cualquier discusión que pudiera surgir.

Rafael se levantó de la cama y cubrió su cuerpo desnudo con una bata de seda, ajustándose el cordón a la cintura. Consideró la idea de vestirse por completo, pero luego la descartó. Lo que le tenía que decir a Beth no le llevaría mucho tiempo.

Beth tampoco había podido dormirse y estaba tratando de resistir la tentación de recaer en el láudano. Hacía algunas noches que lograba dormirse sin la ayuda de la droga y tenía esperanzas de haber dejado de depender de ella. Pero esta noche no podía conciliar el sueño, de modo que finalmente se levantó de la cama.

Era una noche apacible y fresca y Beth salió al balcón. Respiró profundamente, absorbiendo el aire tranquilizador de la noche. Llevaba un camisón rosado suave y transparente que dejaba entrever las líneas esbeltas de su cuerpo.

Rafael golpeó suavemente la puerta, pero Beth, sumida en sus propios pensamientos, no lo oyó. Rafael frunció el entrecejo con fastidio y consideró la posibilidad de regresar a su dormitorio. Pero algo más fuerte que él lo obligó a ceder a la tentación de volver a verla; Rafael abrió la puerta y entró en la habitación iluminada por la luna.

El ruido de la puerta al cerrarse hizo que Beth se volviera bruscamente. El corazón comenzó a latirle alocadamente cuando reconoció la alta figura que se acercaba a ella.

La luna detrás de Beth le permitió una visión clara del cuerpo de ella y Rafael sintió que comenzaba a arder de deseo.

Ella lo miró acercarse. Quería huir, quería gritar, pero también deseaba intensamente quedarse donde estaba y dejar que la pasión que se reflejaba en el rostro de Rafael los envolviera a ambos.

Él se detuvo a unos pasos de Beth. Se miraron a los ojos y sabiendo que si no rompía ese silencio estaría perdida, Beth preguntó con rabia repentina:

—¿Qué haces entrando en mi alcoba a esta hora de la noche? ¿Te has vuelto loco?

Rafael esbozó una sonrisa dura, sin humor.

—Es probable. Pero quería hablar contigo antes de marcharme y como no sueles levantarte de madrugada, éste me pareció un buen momento. —Con una mueca sarcástica, preguntó—: Sabes, ¿no es así?, que mañana me marcho por varias semanas.

Ella asintió, presa de una angustia repentina que no tenía por qué sentir. Se recordó furiosamente que las idas y venidas de Rafael Santana no tenían nada que ver con ella y que si no lo hubiera conocido, Nathan estaría vivo. Todo era culpa de él, pensó con lógica algo retorcida. Toda la culpa y la tristeza que sentía estallaron dentro de ella y la obligaron a exclamar:

—¡Sí! ¡Y por lo que me importa, puedes irte al infierno! —Envalentonada, agregó—: ¿Has venido a gozar de tu victoria? ¿Ahora que mi marido está muerto piensas que estoy indefensa contra los hombres de tu calaña? —Estaba al borde de la histeria y su voz se tornó más aguda—: ¡Pues te equivocas, grandísimo demonio! ¡No tengo nada que decirte, ni ahora ni nunca! Y si no sales de mi alcoba en este mismo momento, te... te... —Se interrumpió, buscando desesperadamente algo horrible que hacerle.

—¿Qué es lo que me harás? —preguntó Rafael en voz baja—. ¿Me dispararás? ¿Me clavarás un puñal? —Con los ojos fijos en los labios suaves de Beth, susurró—: ¿O me amarás hasta morir? —Acto seguido, la tomó entre sus brazos.

Cubrió la boca de Beth con la suya, exigiendo una respuesta tan intensa como su propio deseo. Por un momento Beth se entregó, gozando de la sensación de volver a estar entre aquellos brazos fuertes. Pero luego se apartó con furia y exclamó:

—¿Cómo te atreves? Mi marido ha muerto hace sólo dos semanas y... y... —De pronto se oyó diciendo lo que nunca había querido admitir—: ¡Tú querías que muriera! ¡Sí! ¡Sí! —lo acusó. Perdió el control y se arrojó sobre él, golpeándole el rostro y el cuerpo con los puños. Las lágrimas que hasta ahora no habían querido brotar comenzaron a llenarle los ojos—. ¡Querías que muriera!

La furia de Beth lo tomó por sorpresa, pero al cabo de unos momentos Rafael pudo aferrarla por las muñecas e inmovilizarla delante de él.

—¡Lo quería fuera de tu vida! —admitió con dureza—. ¡Pero no necesariamente muerto!

—¿Por qué? —le espetó ella—. ¿Para poder convertirme en tu amante? ¡Nunca, nunca, nunca, ¿me oyes?! ¡Te odio! —Logró zafarse de las manos de él y dijo con voz temblorosa de ira—: ¡Moriría antes de permitir que me toques con tus sucias manos comanches! —Era lo peor que podía decirle, pero estaba poseída por un demonio que Rafael ni siquiera imaginaba y se estaba lastimando a sí misma tanto como a él.

La expresión de Rafael no cambió. Llena de ira, Beth lo abofeteó con todas sus fuerzas. Rafael la miró un instante y luego, con toda deliberación, le pegó. La bofetada sonó como un disparo en la habitación.

Beth dejó escapar un grito y se arrojó boca abajo sobre la cama, sollozando y llorando incontrolablemente. Lloró durante varios minutos y Rafael se quedó mirándola hasta que ya no pudo soportarlo.

Aunque no era un hombre tierno, se arrodilló junto a ella y la tomó en brazos, apretándola contra él. Permanecieron así largo rato, Beth llorando todas las lágrimas que no había podido derramar hasta ahora y él murmurando palabras reconfortantes contra su pelo.

Finalmente las lágrimas se acabaron y Beth quedó rendida y débil, apoyada contra el pecho tibio de Rafael. Estaba vacía por dentro, había expulsado toda su angustia y ahora sólo le quedaba un futuro solitario. Y a medida que fue recuperando la razón, comenzó a tomar conciencia de la proximidad de Rafael.

Estaban tendidos sobre la cama y él le estaba acariciando (hasta ahora impersonalmente) la cadera y el muslo. Pero no bien ella percibió el contacto, las caricias se tornaron de fuego.

Beth siempre recordaría el momento en que él dejó de reconfortarla y las caricias se tornaron apasionadas. Levantó la vista para disculparse por su arrebato de angustia, pero la expresión en los ojos grises que la miraban con intensidad la paralizó. Hipnotizada, contempló el rostro moreno y apuesto de Rafael. ¡Cómo adoraba la forma en que se le curvaban las cejas y la arruga que se le dibujaba en cada mejilla cuando él sonreía!

Pero Rafael no estaba sonriendo ahora. Estaba devorando las delicadas facciones que tenía delante de él. Con esfuerzo apartó los ojos del rostro de Beth, pero su mirada bajó hasta el punto donde el escote del camisón se encontraba con el valle entre sus senos. Fue entonces cuando supo que no podría marcharse de esa habitación.

Emitió un gemido ronco y la apretó contra él, buscando la boca suave y cálida entre sus brazos, y cuando él se apartó de mala gana los encantos de ella quedaron revelados por el camisón. Rafael se quedó mirando absorto aquel cuerpo hermoso y luego volvió a besarla con pasión.

Las otras veces que Rafael le había hecho el amor siempre había habido un elemento de violencia presente. Pero esta noche no. Esta noche él era el amante apasionado con quien sueña toda mujer; sus caricias y besos eran ardientes y embriagadores como nada en el mundo.

Sin despegar los labios de los de ella, Rafael se quitó la bata, pero sus manos estaban demasiado ocupadas como para encargarse del cinturón.

—Desátalo —susurró contra la boca de Beth—. No quiero que haya nada entre nosotros.

Beth vaciló, pero llevada por el mismo deseo que hacía vibrar a Rafael, buscó el nudo y lo deshizo. La bata cayó sobre la cama, dejando a Rafael desnudo y tibio junto a ella. Pero Beth no se detuvo allí; sintiéndose audaz y sensual, olvidó sus inhibiciones y deslizó la mano por el abdomen musculoso de él, estremeciéndose de placer cuando Rafael gimió y le mordió el cuello.

Rafael había hecho el amor con muchas mujeres, pero ninguna lo había excitado ni embriagado como la inglesa; ella era como un poderoso narcótico en su sangre. Mientras acariciaba y exploraba ese enloquecedor cuerpo esbelto, sintió que todas las mujeres a las que había conocido se borraban de su mente; allí sólo quedaba lugar para la inglesa... ¿al igual que en su corazón?

Beth se arqueó contra él al sentir sus caricias ardientes, deseándolo con una intensidad abrumadora.

Rafael se movió levemente para separarle las piernas y ella emitió un suspiro de éxtasis cuando finalmente él la penetró. Rafael se movió suavemente sobre ella, sin prisa, como si gozara de la excitación de ella, pero Beth ansiaba más; quería que él se diera prisa y le diera más de ese placer que sólo él parecía capaz de darle.

Las manos de Beth le recorrieron la espalda y luego bajaron hasta aferrar las tensas nalgas que se movían rítmicamente.

—Sí... —susurró contra los labios de Rafael—. ¡Sí, sí!

Él ya no pudo seguir conteniéndose y con un gemido de placer se derramó dentro de ella justo cuando Beth llegaba a la cúspide de la pasión.

Permanecieron juntos, con las piernas entrelazadas, pues ninguno deseaba quebrar la dulce intimidad que había entre ellos. Rafael le besó el rostro con increíble ternura y Beth sintió que los ojos se le llenaban de lágrimas.

Rafael pasó la noche con ella, pues no pudo separarse de ese cuerpo tibio y hermoso. En dos oportunidades más, antes de que el sol se abriera camino en el cielo de la madrugada, ella volvió a saber lo que era el deseo y la plenitud. Finalmente, Beth se durmió apoyada sobre el brazo de Rafael, pero cuando despertó, el sol estaba alto en el cielo y estaba sola... la hendidura en la blanca almohada era el único signo de que realmente había estado en brazos de Rafael.

22

Rafael cabalgó a toda prisa hacia Hechicera, apurando a sus hombres hasta el límite de sus fuerzas. Habría preferido no dejar a Beth sin hablar de todo lo que tenían que decirse. Pero se levantó de mala gana de madrugada y decidió continuar con su plan original. Quizá fuera mejor dejarla sola por un tiempo, para que tuviera oportunidad de asimilar la muerte de Nathan. Además, él también necesitaba tiempo para descubrir qué grado de compromiso sentimental tenía con ella.

Ni siquiera ahora pensaba en el matrimonio, pero al ver las ruinas de Hechicera, supo que volvería a hacerla hermosa para su propia hechicera. Y así, sin tener claro todavía su relación con Beth, puso a trabajar a sus hombres en la limpieza de las malezas que cubrían la vieja hacienda.

Había varias cosas que hacer; la más obvia era despejar la casa y volverla habitable. Después del segundo día de trabajo, Rafael tuvo que admitir que eso no era nada fácil. Habían matado una serpiente coral en el balcón y una cascabel en lo que sería la sala principal, y molestado a cientos de arañas que hasta ese entonces habían habitado la casa.

Una vez que la casa fuera habitable, pensaba dejar a sus hombres allí hasta que llegaran carretas con provisiones y pudieran edificar cabañas para ellos. Con Reinaldo Sánchez, el hombre que había elegido como capataz, recorrió las tierras y el bosque cerca de la casa y decidió dónde edificaría el granero, los corrales, las cabañas para el personal y qué sectores despejaría para hacer el jardín.

Trabajó duro, pues no quería permanecer allí ni un minuto más de lo necesario. Beth y el futuro indeciso de ambos era lo que tenía prioridad en su mente. Cinco días después de su llegada, Rafael estuvo listo para regresar a San Antonio. Dejó a Reinaldo a cargo de todo y como un hombre atraído por el canto irresistible de una sirena, cabalgó raudamente hacia Beth.

Al despertar y encontrarse sola, Beth pensó que lo había soñado todo, pero vio la marca en la almohada y más tarde, al vestirse, las huellas de pasión en su propio cuerpo y supo que había sido realidad. Rafael había pasado la noche entre sus brazos y ella se había entregado con ardor.

El recuerdo de su comportamiento, la noche anterior, hizo que se sonrojara intensamente. ¿Qué podía haberle sucedido para que se comportara de esa forma? Al pensar en las cosas que ella le había hecho y en las que le había hecho él, sintió que le ardía la piel y la atravesaba una punzada de deseo.

Avergonzada por su reacción ante una noche que debía haberla llenado de repugnancia, Beth salió de su habitación. No sabía todavía qué le diría a Rafael cuando volvieran a encontrarse. Quedó anonadada cuando se enteró de labios de la señora López que Rafael había partido. No había sabido qué esperar, ni siquiera comprendía bien qué relación había tenido la noche anterior con su futuro, pero la desesperaba que él se hubiera marchado sin decirle ni una palabra, sin ni siquiera dejarle un mensaje.

Sintiéndose repentinamente usada y sucia, dejó a la señora López y salió al pequeño jardín de detrás de la casa. Mientras caminaba sin ver junto al pequeño arroyo que corría por allí, pensó con amargura: «¡No significo nada para él! Sólo quería un cuerpo y el mío estaba disponible.» Recordó la facilidad con la que se había entregado y esta vez no sintió deseo.

Comprendió ahora que había sido una estúpida al pensar que las caricias tiernas de Rafael habían significado para él algo más que el mero hecho de saciar su deseo. ¡Qué tonta había sido al no haberlo adivinado!

Decidió con expresión sombría que era hora de dejar San Antonio. Tenía que seguir su vida, a pesar de que tenía el corazón destrozado.

Cuando don Miguel y doña Madelina regresaron al día siguiente de su visita, se encontraron con una agitadísima señora López.

—¡Se marcha! —exclamó—. ¡Me ha informado esta mañana! Ha

estado dando órdenes a los criados para que preparen las carretas y los animales para partir el sábado hacia Natchez.

Horrorizados al ver que todos sus planes matrimoniales iban a desintegrarse, los Santana corrieron hacia el salón donde Beth estaba ocupada leyendo la lista de cosas que tenía que hacer antes de irse. Levantó la vista al verlos entrar y preocupada por la expresión de sus rostros, se levantó y corrió hacia ellos.

—¿Qué sucede? —preguntó, consternada. Temía que trajeran malas noticias de Rafael.

Don Miguel se recuperó primero; con aire severo, dijo:

—¿Qué sucede? ¡Sucede que esta idea tuya de regresar a Natchez es totalmente alocada! No puedes hacer un viaje tan largo sin un hombre que te ayude.

Beth le sonrió. Se veía hermosa y frágil con el vestido de seda negra y el pelo recogido en trenzas sobre las orejas.

—Ahora que mi marido ha muerto, señor, no tengo alternativa. Debo regresar a casa. No puedo quedarme aquí abusando de su hospitalidad y... —vaciló— y de la de su hijo. No tengo palabras para agradecerle todas sus amabilidades, pero ya es hora de que tome las riendas de mi vida y vuelva a comenzar.

—¡Pero no puedes irte! —exclamó doña Madelina—. Tenemos tantas esperanzas de que tú y... —Se interrumpió al ver la mirada fulminante de su marido. Recuperando la compostura, doña Madelina agregó con más calma—: No es necesario que te marches así, tan repentinamente. Espera a que regrese mi hijastro y él te acompañará a tu casa.

Complacido por la idea de su mujer, don Miguel sonrió y dijo:

—¡Sí! Sería poco prudente que realizaras ese viaje sola con tus criados. ¡Es impensable! Espera a que regrese Rafael; sólo estará fuera unas semanas y luego estoy seguro de que querrá acompañarte hasta Natchez.

Eso era lo último que Beth deseaba. Con una expresión dura en los ojos violetas, dijo en voz baja:

—No, lo siento, no puedo seguir postergando la partida. Sé que no está bien que una mujer joven como yo viaje sin la protección de un pariente o de un amigo de la familia, pero no tengo alternativa.

No había forma de disuadirla; estaba decidida a partir el sábado. Todos estaban muy apenados, incluyendo la propia Beth. Le partía el corazón separarse de Rafael, pero tenía que hacerlo. Aun con Nathan muerto, todavía había barreras entre ellos, pensó tristemente esa noche en la cama. ¿Cómo había podido pensar otra cosa? Él seguía considerándola una ramera capaz de engañar a su marido todo el tiempo, y la forma arrogante en que utilizaba el cuerpo de ella cada vez que se le antojaba debería haberle advertido que Rafael no sentía nada por ella, que lo que para ella era de primera importancia no era nada para él.

A pesar de la insistencia de los Santana y de los Maverick, Beth se mantuvo firme y habría partido el sábado si el viernes por la noche no hubiera caído con una de esas fiebres misteriosas tan características de esa zona.

Al principio sólo fue una languidez y un dolor de cabeza que ella adjudicó a la depresión, pero el sábado por la mañana tenía mucha fiebre y no pudo levantarse de la cama. Fue un ataque muy grave y durante varios días todos temieron que fuera a reunirse con su marido en su tumba solitaria.

Pasó las siguientes semanas en cama, tan debilitada por el ataque de fiebre virulenta que le sacudía el cuerpo que apenas si podía levantar la cabeza para beber el agua de cebada que le daban la señora López y doña Madelina. La fiebre duró tanto que no fue hasta la primera semana de mayo cuando finalmente pudo levantarse de la cama.

Sebastián regresó dos días después de que ella se hubiera levantado y se horrorizó ante su aspecto. Con su ropa negra de duelo, parecía tan pequeña y frágil que a él le pareció que el primer golpe de viento se la llevaría.

Con el correr de los días, Beth comenzó a recuperar su salud. Los primeros días fuera de la cama los pasó mayormente descansando en el jardín a la sombra de un árbol y luego, cuando se sintió más fuerte, salió con Sebastián a pasear en un carruaje abierto por los alrededores de San Antonio.

Estos paseos le hicieron muy bien. El sol le dio un tono dorado a sus mejillas y el ejercicio y el aire fresco le devolvieron el brillo a los ojos violetas.

Satisfecha con su recuperación, Beth comenzó a pensar otra vez en el viaje de regreso, pues sabía que Rafael podía volver de un momento a otro.

Mientras paseaba una tarde con Sebastián, protegida del sol por un precioso sombrero adornado con una cinta negra, Beth dijo:

—Echaré de menos estos paseos contigo cuando regrese a Natchez... los paseos, el paisaje y, por supuesto, a la querida señora López, a don Miguel y a doña Madelina.

Manteniendo los ojos fijos sobre el anca de la yegua que tiraba del coche, Sebastián preguntó con descuido:

—¿Cómo? ¿Estás pensando en dejarnos?

—Debo hacerlo —respondió Beth con sinceridad—. Escribí a la familia de Nathan informándoles de su muerte, y también a mi padre, pero hay cosas que debo hacer. No puedo quedarme aquí para siempre. Mi hogar está en Natchez y es allí adonde debo ir... y pronto.

Sebastián frunció el entrecejo. Se había recuperado de su enamoramiento, pero por desgracia, al hacerlo, se había vuelto muy cínico. El hecho de que ella pudiera haberlo engañado así le hería el orgullo y le hacía preguntarse si la mayoría de las mujeres no serían mentirosas y ligeras debajo de sus aires inocentes. El cinismo creció dentro de él y Sebastián abandonó sus argumentos en defensa de Beth. Realmente creía que ella era la amante de Rafael y no volvería a dejarse engañar.

¿Y qué tramaba ella ahora? Sin duda Rafael quería que se quedara en San Antonio. ¿Se habrían peleado antes de que su primo viajara a Hechicera?

Echó una mirada a Beth, pues no podía creer que ella fuera a marcharse para castigar a Rafael. Sin embargo... ¿por qué no? ¡Sería una actitud característica de la clase de mujer que era ella!

—¿Te parece prudente? —preguntó, sintiendo que tenía que hacer algo para evitar que se marchara—. ¿Qué opina Rafael al respecto?

Inconscientemente, Beth se puso tensa. ¿Acaso era tan obvia la fascinación que Rafael ejercía sobre ella?

—No creo que al señor Santana le interesen mis planes —logró responder con calma—. Además... ¿por qué tendría que importarle que me fuera? —agregó, sintiendo curiosidad por la pregunta de Sebastián.

Él apretó los labios. ¿Cómo podía Beth comportarse como si no hubiera nada entre ella y Rafael? ¡Qué mentirosa era detrás de aquellos ojos hermosos y aquellas facciones dulces!

Sebastián decidió que ya era hora de que ella se enterara de lo que él sabía y dijo con voz dura:

—¡Puedes dejar de hacerte la inocente conmigo! Rafael me habló de ti, ¿sabes? —la acusó.

Beth se puso rígida y, mirándolo con hostilidad, preguntó:

—¿De qué estás hablando? ¿Qué puede haberte contado sobre mí?

—¡Ah, vamos! Puedes comportarte con naturalidad delante de mí. Aunque sé lo que eres, no voy a decírselo a nadie, así que no temas que te delate ante las damas de San Antonio.

—¿Qué, exactamente, te ha dicho Rafael? —preguntó Beth con voz peligrosamente serena—. ¿Cuál es este secreto oscuro y prohibido?

Sebastián le dirigió una mirada rápida y por primera vez en varias semanas comenzó a dudar de lo que Rafael le había dicho. Pero de inmediato descartó la idea y con voz cansada dijo por fin:

—Os vi aquella noche en Cielo cuando os besabais en el patio y más tarde se lo eché en cara a Rafael. Considerando el hecho de que yo había visto lo que había entre los dos, no tuvo más remedio que confesar que eras su amante y manteníais una relación desde hacía tiempo. Has sido su amante desde hace años, así que, ¿por qué fingir que es necesario regresar a Natchez? Ahora que tu marido está muerto, estoy seguro de que no encontraréis dificultades para veros.

Beth se quedó estupefacta por las revelaciones de Sebastián y por un instante no pudo decir nada, pero luego, cuando el significado de sus palabras penetró claramente en su cabeza, sintió tanta furia que temió estallar como los fuegos artificiales.

—¡Qué chismosos son los hombres! —exclamó con un brillo iracundo en los ojos violetas—. Conque he sido su amante, ¿no? ¡Pues gracias por habérmelo dicho! Y no dudes de que cuando vuelva a ver a tu abominable primo, le agradeceré que haya destruido completamente mi reputación. —Llena de rabia y desdén, le espetó—: ¡Y tú, grandísimo estúpido, tú le creíste! ¡Pensé que eras mi amigo!

Ofuscado, Sebastián replicó acaloradamente:

—¡Soy tu amigo! No me importa que seas la amante de Rafael. Sólo quería que supieras que estoy al tanto de tu relación con él y que en consecuencia, podías dejar de fingir que apenas lo conoces. No creía que fueras una hipócrita, Beth.

Beth casi perdió los estribos. ¿Cómo se atrevía a hacerle una cosa así?, pensó con furia. ¿Cómo podía mentir de esa forma? Lo mataría, pensó, al borde de la histeria.

Regresaron a la casa sumidos en un helado silencio. Sebastián, consciente de que había manejado mal las cosas, trató de congraciarse nuevamente con Beth, pero sus intentos se toparon con un muro de hielo y desdén. Cuando por fin llegaron a la casa, Sebastián no sabía qué hacer.

«¡Por Dios! —pensó, fastidiado—. ¿Qué tiene de malo que yo lo sepa? No voy a delatarla y sin duda debe saber que nada ha cambiado entre nosotros...» Pero sabía muy bien que eso no era cierto.

No fue un día agradable para Beth. Regresó a la casa furiosa con Sebastián y herida por el hecho de que él pudiera haber creído las mentiras de Rafael. En cuanto bajó del carruaje y entró en la casa, se encontró con doña Madelina, quien le informó que Charity había huido con un joven mexicano esa misma mañana. Entristecida por la actitud de su criada y porque la echaría de menos, Beth se quitó el sombrero y murmuró con voz cansada:

—¿Pero por qué ha tenido que llegar a ese extremo? Sin duda sabía que yo le daría la libertad de irse con un hombre que no fuera uno de mis esclavos. ¿Acaso soy un monstruo tan inhumano que mis propios criados temen acercárseme?

Llena de compasión, doña Madelina sacudió la cabeza.

—No, niña. Creo que ella sabía que no estarías de acuerdo con lo que iba a hacer. Verás, Jesús ya tiene mujer y un hijo en México, y Charity lo sabía. ¿Quieres otorgar una recompensa por su captura?

Beth sacudió la cabeza.

—No. Nunca he creído mucho en este sistema de la esclavitud, y obligarla a regresar cuando es obvio que ya ha tomado su decisión no serviría de nada. Volvería a escapar y me guardaría rencor.

Había más noticias desagradables, pero Beth no se enteró hasta el almuerzo.

Presintiendo, ahora que su salud había mejorado, que ella desearía regresar a Natchez, don Miguel había enviado todos los sirvientes de Beth a Cielo esa misma mañana, mientras ella había estado paseando con Sebastián. Con mirada inocente, dijo:

—Espero que no te moleste, mi querida, pero llegó un mensajero de Cielo mientras tú estabas fuera y trajo la noticia de que había habido un pequeño problema en la hacienda. Como tus sirvientes estaban desocupados aquí en San Antonio, me tomé el atrevimiento de hacer uso de ellos. No estarán fuera más que unas pocas semanas. No los necesitabas por el momento, ¿verdad? —preguntó con aire cándido.

Beth rechinó los dientes de rabia, pues sospechaba sus motivos. No era característico de don Miguel hacer una cosa así sin consultarla, así que las sospechas de Beth eran justificadas. Además, era extraño que ante el problema de tal magnitud se necesitara de los servicios de diez hombres y, sin embargo, don Miguel no se mostraba apresurado por ir él mismo.

El malhumor de Beth se intensificó. Era como si don Miguel hubiera previsto que ella regresaría a la casa con todas las intenciones de emprender de inmediato el regreso, y descubrir que la habían embaucado fue la gota que colmó el vaso. Se levantó de la mesa y dijo con frialdad:

—¡Vaya, por supuesto que no! Han sido tan amables conmigo que es lógico que yo los ayude en un momento de necesidad. Y si la forma de devolverles las atenciones es que me quiten a mis criados sin mi conocimiento ni mi permiso, entonces tendré que callarme.

En otras circunstancias, Beth jamás hubiera hablado así, y menos a alguien por quien sentía un gran afecto. Un silencio incómodo recibió sus palabras, y don Miguel se movió en su silla con expresión algo culpable. Pero Beth, que no estaba de humor para mostrarse cortés, se disculpó con sequedad y abandonó la habitación mientras los otros la miraban con preocupación.

—Supongo que no estuve demasiado diplomático —admitió don Miguel con pesar.

—¡Pues la verdad es que no! —asintió doña Madelina de inmediato—. Sin duda podrías haber hablado con ella antes de disponer de todos sus sirvientes. Es una buena mujer y no te los habría negado. —Y para gran intriga de Sebastián y la señora López, agregó—: Comprendo lo que estás haciendo, pero probablemente había una forma mejor de resolver el asunto.

Beth pasó el resto del día recluida en su alcoba, más porque tenía un terrible dolor de cabeza que por el hecho de estar furiosa con don Miguel y con Sebastián.

Cuando llegó la noche se sintió algo mejor y si bien su furia no se había disipado en lo más mínimo, comenzó a sentirse algo avergonzada por su arrebato de ira en el comedor. ¡Cómo podía haberle hablado así a un hombre que había sido tan bueno y considerado con ella!

Se levantó de la cama y tiró de la cuerda para llamar a Charity y de inmediato recordó que ella ya no estaba. «Espero que sea feliz con su amante», pensó con tristeza, pensando en las dificultades que encontraría la muchacha negra.

Tendría que comenzar a enseñar a Judith, la otra negra que había traído, más como compañera para Charity que por otros motivos, decidió sin entusiasmo. Pensando que sería Judith la que acudiría a su llamada, se sorprendió considerablemente cuando Manuela golpeó y entró en la habitación.

Se quedaron mirándose, las dos mujeres con el secreto involuntariamente compartido, y Beth finalmente dijo con tono resignado:

—No me lo digas: doña Madelina te dijo que me sirvieras en lugar de Charity.

Manuela esbozó una sonrisita y asintió.

—Sí, señora. No bien se descubrió lo que había sucedido, doña Madelina me informó que yo sería su criada personal hasta que se hiciera algún otro arreglo.

—Parece que tú y yo estamos destinadas a estar juntas —comentó Beth con una mueca—. Supongo que debería dejar de rebelarme y aceptar el destino.

Manuela se encogió de hombros.

—Así parece, señora. —Miró a Beth con vacilación y dijo—: ¿Le molesta?

—No. Ya no —respondió Beth con sinceridad. Habían sucedido tantas cosas que los acontecimientos transcurridos cuatro años antes en Nueva Orleans ya no le parecían importantes. No los olvidaría, pero ya no la hacían sufrir. Tenía nuevas heridas que eran mucho más dolorosas.

Con eficiencia, Manuela se dedicó a la tarea de preparar a Beth para la velada. Eligió un vestido negro de raso con encaje en el cuello y los puños. Era hermoso, pero Beth estaba comenzando a odiar el color negro. No sabía cómo haría para soportar los meses en que debería llevar luto.

Bañada, perfumada y vestida, bajó la escalinata, dispuesta a disculparse con don Miguel. Lo encontró en el salón principal y le pidió perdón con toda sinceridad. Él aceptó las disculpas con alegría, y en unos instantes todo volvió a estar como antes, con excepción de la relación entre Beth y Sebastián. ¡Pasaría mucho tiempo antes de que ella lo perdonara por creer las mentiras de Rafael!

Estaban todos reunidos en el salón, las damas bebiendo sangría y los hombres, un excelente coñac, cuando el criado anunció a Lorenzo Mendoza. Instintivamente, Beth se puso rígida y se preguntó cuál sería el motivo de su presencia, pues sin duda él sabía que Rafael no lo recibiría en su casa.

Pero don Miguel lo recibió de inmediato. Al parecer, mientras

Beth había estado enferma, Lorenzo había visitado la casa frecuentemente, pues sabía que Rafael estaba de viaje.

Desde que Beth había llegado a San Antonio, Lorenzo no había conocido más que frustraciones. Sus esperanzas crecían, pero luego se desintegraban cuando ella parecía escapar de una muerte trágica una y otra vez. Había lamentado amargamente que la lanza que había matado a su marido no se hubiera clavado en el suave pecho de ella. Luego, cuando Beth había enfermado, él se mostró encantado, pero para su gran furia, ella se recuperó. La muerte de Beth había llegado a ser una obsesión para Lorenzo.

Le temía, pues sabía que unas pocas palabras de ella podían destruir todo lo que él había estado tratando de alcanzar durante años, y además de temerle la detestaba. Quería verla muerta, pero no deseaba que se le acusara a él. De modo que, como una serpiente venenosa, esperaba y acechaba a su presa.

Mientras ella se mantuviera bajo la protección de los Santana, estaría a salvo, pero cada día que Beth pasaba con don Miguel y doña Madelina acrecentaba el terror de Lorenzo, pues temía que Beth hablara de la participación de él en el plan de Consuelo. Deseaba evitar la casa, pero al mismo tiempo le resultaba imposible no acudir para ver si seguía contando con el afecto de los Santana o si ella había dado ei golpe de gracia.

Mientras Beth había estado enferma, no había habido peligro alguno, pero a medida que ella recuperaba la salud, el miedo y la furia de Lorenzo se intensificaban. ¡Tenía que silenciarla! No podría pasar el resto de sus días temiendo que ella volviera a aparecer, como lo había hecho esta vez.

Tarde o temprano Beth se marcharía de San Antonio y una vez que estuviera lejos de la protección de los Santana... ¿Quién sabía lo que podría ocurrir entonces?

CUARTA PARTE

Duelos, demonios y amantes

El tiempo y mis designios son impetuosos y salvajes,
mucho más bravíos e inexorables
que huecos tigres o turbulento mar.

WILLIAM SHAKESPEARE,
Romeo y Julieta, Acto V, Escena III

23

Mientras Beth había estado gravemente enferma, los comanches, llenos de rencor y un odio letal, hasta aquel momento desconocidos, habían estado atacando las fronteras incesantemente. Atacaban por cualquier parte, desde el norte de Austin, la nueva capital, hasta la frontera mexicana. Las incursiones eran repentinas y aterradoramente violentas. Los soldados texanos no podían impedir ni contener estas sangrientas correrías.

Propiedades quemadas y cuerpos mutilados se convirtieron en algo común y cotidiano, y, presa de desesperación, Jack Hays organizó una tropa de hombres en San Antonio para que ayudaran a sus soldados. Estos voluntarios estaban constantemente de servicio, y la señal que los hacía salir corriendo hacia sus caballos eran el izamiento de una bandera sobre el edificio del tribunal y el tañído siempre fúnebre de la campana de la iglesia de San Fernando. Con el correr de las semanas, todos comenzaron a temer lo que anunciaban esa bandera y al sonido de la campana.

Otras comunidades que sufrían ataques y pérdidas formaron sus propias tropas de voluntarios, pero no había forma de detener a los comanches. La guerra se había convertido en la pesadilla que había presagiado Rafael.

Como si los ataques y las muertes no fueran suficientes, en mayo comenzó a correr el rumor de que una invasión de México era inminente. Y lo peor era que, al parecer, los comanches se habían aliado con los mexicanos.

Rafael se enteró de los rumores a medida que se acercaba a San Antonio y maldijo a los canallas santurrones que habían tomado prisioneros a los jefes comanches.

Fueron los ataques y los rumores los que finalmente desintegraron la reunión en casa de Rafael. Sebastián se había marchado al día siguiente de su conversación con Beth, sintiendo que tenía que estar con sus hombres por si corrían peligro y deseando también alejarse un poco de la gélida señora Ridgeway. Don Miguel, de muy mala gana, pues no le gustaba la idea de dejar a Beth sin protección masculina, finalmente decidió que debían regresar a Cielo. Beth estaría a salvo en la ciudad y siempre podría contar con Lorenzo o con los Maverick para que la ayudaran en el peor de los casos. Además, pensó con sagacidad, su relación con Rafael progresaría mucho más rápidamente sin la presencia constante de los familiares en la casa.

En consecuencia, en muy poco tiempo, la casa quedó vacía a no ser por Beth, la señora López y los criados. Manuela se quedó, por petición de doña Madelina, y Beth comenzó a sentirse cada vez más cómoda con ella. Manuela tenía sus propios motivos para estar más que dispuesta a quedarse en San Antonio: la señora Ridgeway era una ama muy agradable y, además, ella disfrutaba sirviendo a la mujer que todos consideraban que se convertiría en la esposa del señor Rafael.

Había poco que se escapara a los ojos de los criados y don Miguel había sido más que obvio en sus designios. Los rumores corrían de la cocina a las caballerizas y Beth había comenzado a preguntarse si sería su imaginación o realmente los sirvientes le estaban prestando más atención que la necesaria.

Decidida a no poner ningún obstáculo a la relación, antes de marcharse doña Madelina había llevado aparte a la señora López y le sugirió que no tomara demasiado a pecho sus funciones de acompañante.

—Después de todo —dijo con una sonrisa soñadora—, la señora Beth no es una niña inocente que jamás haya conocido a un hombre... y el señor Rafael es muy hombre, ¿no cree? —La señora López se mostró de acuerdo, pues la alianza le parecía más que adecuada.

Por desgracia, había alguien que no pensaba así, y en su entusiasmo desmedido por el romance, don Miguel cometió dos errores garrafales. El primero fue la carta que le envió a su padre tras la muerte de Nathan, en la que expresaba sus deseos de que Beth y Rafael se casaran y el segundo fue el de compartir sus planes con Lorenzo Mendoza.

Lorenzo nunca supo cómo logró disimular su furia frente a don Miguel. Pero aunque estaba lleno de odio y de amargura, logró sonreír como si la noticia le causara placer. Él, precisamente, era el que más sabía que esos planes y esperanzas podían hacerse realidad. Demasiado bien recordaba la certeza que Consuelo tenía respecto del hecho de que la muchacha inglesa era más que un interés pasajero para Rafael. También recordaba la cara de Rafael cuando los había encontrado juntos. Esta nueva posibilidad hacía que la muerte de Beth fuera más necesaria que nunca. ¡Rafael no tenía que casarse y tener hijos, si él quería que sus planes dieran resultado! Y hasta que su posición estuviera segura al poder casarse con Arabela..., cosa a la que Rafael se opondría violentamente. Pero una vez que tuviera el permiso de don Felipe para cortejar a su nieta menor, entonces llegaría el momento de eliminar a Rafael.

Beth vio partir la caravana de don Miguel y doña Madelina con los ojos llenos de lágrimas, pues se había encariñado profundamente con ellos. El resto del día le pareció interminable, y la casa, intolerablemente silenciosa.

Para Rafael, que no dejaba ni un instante de pensar en Beth, las horas también fueron interminables, a pesar del paisaje cambiante y del galope rápido de su caballo. Nunca se le había ocurrido la posibilidad de que ella pudiera pensar en regresar a Natchez. Al igual que su padre, le resultaba inconcebible que viajara sola por la República, escoltada nada más que por sus criados. Al pensar en los horrores de los ataques comanches en la frontera, deseó con vehemencia que Hechicera estuviera lista para Beth. Como se encontraba situada en los bosques de la parte oriental de Texas, la propiedad estaba lejos de los comanches, que se mantenían en las praderas que conocían tan bien.

La imagen de Beth estaba siempre con él. Ahora, mientras cabalgaba casi sin detenerse, ella estaba con él, y su rostro brillaba como un faro al final del camino oscuro y solitario.

Al no haber amado nunca, con excepción del cariño que sentía por Arabela, Rafael no reconocía los sentimientos que experimentaba; ¡sólo sabía que Beth era suya y que nada los mantendría separados! Pero aunque no reconocía el amor, sabía que había habido algo entre ellos desde el momento en que la había visto en el baile de los Costa, de pie, tímida junto a Stella. Rafael maldijo los años perdidos. Debería haberla llevado conmigo cuando me lo pidió, se dijo con una mezcla de rabia y pesar, pues a pesar de que lo había intentado, jamás había podido olvidarla. A veces habían pasado meses sin que la imagen de Beth le acudiera a la mente y luego algo, una cabellera rubia, una figura esbelta o una mejilla pálida hacían que la recordara y se maldecía a sí mismo por hacerlo.

Ella había traicionado a su marido y Rafael no tenía dudas de que si él no hubiera intervenido, Beth se habría convertido en la amante de Sebastián. «Pero no va a hacerme eso a mí —pensó con decisión—. La mantendré tan ocupada que no tendrá tiempo ni siquiera para pensar en otra persona... y si alguna vez la encuentro con otro hombre...»

Se le ocurrió de pronto que cuando aquel día la había encontrado con Lorenzo, la mitad de su ira se había debido al hecho de que para engañar a su marido no lo había elegido a él. Dios era testigo de que él había estado más que dispuesto... Hizo una mueca irónica ante lo ridículos que eran sus pensamientos.

Pero no le daría la oportunidad de serle infiel, decidió con vehemencia. Dejaría ese hermoso cuerpo agotado de tanto hacer el amor y la mantendría embarazada todo el tiempo. La idea de Beth embarazada de su hijo le resultó nueva y sorprendente y con ella lo golpeó una oleada tan intensa de ternura que sintió que perdía las fuerzas. «Quizá tenga que casarme con ella, después de todo», admitió con furiosa desesperación.

El matrimonio le resultaba repugnante... ¡Consuelo se había encargado de eso! Se sintió furioso consigo mismo y con Beth porque ahora estaba considerando la posibilidad de casarse. Siempre había dicho que no volvería a caer en esa trampa, por más intensamente que deseara a una mujer, pero sabía que en los últimos días se había estado comportando como un hombre que piensa en el matrimonio.

El conflicto que se debatía en su interior no era fácil de resolver. Deseaba a Beth como no había deseado a ninguna mujer, y con ese deseo estaba la necesidad de atarla a él de todas las formas posibles: con su protección, sus pertenencias, su cuerpo, sus hijos y... el matrimonio. Y sin embargo, luchaba contra eso como contra un destino fatal, pues estaba decidido a no caer en el abismo de dolor y desilusión que representaba Beth. «Es una mujerzuela», masculló furiosamente para sus adentros, recordando una y otra vez sus pecados. Pero de nada servía. No podía reprimir el deseo de tenerla entre sus brazos, de saborear la miel de sus labios y de ver esas preciosas facciones sonriéndole.

Rafael llegó a San Antonio a mediados de mayo, desgastado por su lucha interior y de muy mal humor. Por momentos cedía al deseo intenso de volver a verla y de pronto sentía un salvaje resentimiento contra ella. No ayudó mucho el enterarse de que su presa no estaba allí; los sirvientes le informaron que la señora Ridgeway y la señora

López estaban de visita en casa de los Maverick y que regresarían más tarde.

Tomó la noticia con aparente calma, pero sus ojos se entornaron peligrosamente cuando Santiago, su criado personal en San Antonio, mencionó el hecho de que el señor Mendoza había sido un visitante asiduo mientras él había estado de viaje. Rafael maldijo en voz baja y pidió que le prepararan el baño y ropas limpias.

La visita en casa de los Maverick se prolongó, pues Rafael tuvo tiempo no sólo de bañarse sino de vestirse con un par de ajustados calzones negros y una camisa blanca que hacía resaltar el tono bronceado de su piel. Estaba tan apuesto y vital que el aire parecía vibrar con la fuerza de su presencia.

Rafael estaba en el salón principal cuando oyó las voces femeninas. Había estado bebiendo y su humor no era particularmente bueno. Las noticias de que en cuanto él desaparecía Beth y Lorenzo no perdían el tiempo para buscarse lo habían enfurecido. «¡Soy un imbécil! —se dijo con violencia—. Pensar que casi permití que ese rostro hermoso me cegara.» Desgraciadamente, el que acompañaba a las damas en ese mismo momento era Lorenzo, cosa que sólo sirvió para acrecentar la ira de Rafael.

Si don Miguel se había equivocado ampliamente al informar a Lorenzo sobre sus planes respecto de Beth y Rafael, Lorenzo también había cometido un gran error en sus cálculos sobre el regreso de Rafael. Cuando don Miguel habló del viaje a Hechicera, creyó que había sido un pretexto de Rafael para disimular su verdadero destino: los altiplanos y un encuentro con los comanches para disuadirlos de aliarse con los mexicanos. Y como pensaba que Rafael estaría ocupado por varios días en el Cañón de Palo Duro, fue un golpe desagradable para él encontrarlo cómodamente sentado en el salón.

Lorenzo y las dos mujeres entraron a la sala sin ver a Rafael al principio. La señora López estaba insistiendo con cortesía para que Lorenzo se quedara a tomar un refrigerio cuando Rafael se levantó lenta y lánguidamente. Lorenzo fue el primero en verlo. Se puso rígido al comprender que no estaba don Miguel para interceder por él y que se encontraba en la propia casa de su enemigo.

Beth y la señora López lo vieron un instante después que él, y la calurosa bienvenida de esta última dio tanto a Beth como a Lorenzo tiempo para recuperar la compostura. Para Lorenzo fue fácil: todo lo que tenía que hacer era batirse rápidamente en retirada, cosa que hizo con tanta velocidad que dejó a la señora López comentando su falta de educación. Para Beth no fue tan sencillo: la inesperada visión de Rafael hizo que su corazón comenzara a comportarse de forma incomprensible, precipitándose primero hacia sus pies y luego volviendo a subirle a su garganta. Experimentó una sensación vertiginosa y embriagadora en la boca del estómago y tuvo que contenerse para no arrojarse en sus brazos y besarlo. Por un breve instante la invadió una gran felicidad al verlo y se sintió más viva que en todas esas semanas, pero ese sentimiento desapareció con tanta rapidez que fue como si nunca hubiera existido. Beth recordó aquella última noche que habían pasado juntos y las mentiras deliberadas que él le había contado a Sebastián.

Para Rafael no había nadie salvo Beth en la habitación. Le recorrió el rostro y el cuerpo con los ojos, devorando su figura esbelta. Ella estaba, como siempre, vestida de negro. Llevaba un vestido de tafetán con encaje en el cuello, los puños y la cintura. Tenía el pelo recogido en una corona de trenzas, como el día en que Nathan había sido herido y sus mejillas se habían ruborizado. Al ver los helados ojos violetas, Rafael descubrió con recelo y sorpresa que ella estaba enojada... ¡y con él, al parecer! «¿Por qué? —se preguntó, frunciendo el entrecejo—. ¡Sin duda soy yo el que tiene que estar furioso, pequeña ramera hermosa!»

Beth estaba realmente enojada. Había podido controlar la primera oleada tonta de emoción y sólo le quedaban el dolor y la ira que la habían acompañado constantemente desde que Sebastián le había contado las mentiras de Rafael. Sabía que Rafael no tenía muy buena opinión de ella, pero le dolía que la hubiera calumniado delante de Sebastián. «¿Y de cuántos más?», se preguntó con tristeza. Ahora que estaba frente a frente con su acusador, sentía una ira intensa. Ejercitando toda su fuerza de voluntad, logró contenerse para no arrojarse sobre él y rasguñar aquel rostro burlón.

Se saludaron con gélida cortesía y la señora López pensó que quizá todos se hubieran equivocado al juzgar el asunto, pero luego vio un brillo en los ojos de Rafael y sonrió. «¡De modo que no siente indiferencia!», pensó, muy satisfecha.

Recordando los consejos de doña Madelina, abandonó discretamente la habitación, diciendo que tenía que hacer un mandado. Ninguno de los dos la escuchó, de tan concentrados que estaban el uno en el otro.

En cuanto la señora López se marchó, Rafael fue a servirse un vaso de tequila y dijo con sarcasmo por encima de su hombro:

—Veo que tú y Lorenzo habéis encontrado la forma de proseguir con vuestra relación. Dime, ¿es tan buen amante como yo o sigues haciendo comparaciones?

Lleno de desdén, se dejó caer sobre el sofá en el que había estado sentado. Al ver que ella permanecía en silencio, preguntó con dureza:

—¿Y bien? ¿No tienes respuesta? ¿O el silencio es la respuesta?

Temblando de ira, Beth lo enfrentó. Esos insultos gratuitos habían sido demasiado. Despertaron a la fiera adormecida que siempre había tenido dentro y la niña tímida y aprensiva que se había casado para escapar de su padre desapareció para siempre, al igual que la muchacha compasiva y dulce que había tranquilizado y adulado a un marido egoísta e impotente, y la joven crédula e inocente que había acudido a hacer las paces con Consuelo sólo para que la usaran de forma tan cruel. Aun la mujer reservada que Rafael había descubierto en Hacienda del Cielo desapareció, dejando en su lugar a esta fierecilla apasionada, desafiante e intensa. Beth no tomó conciencia del cambio dentro de sí misma, al menos al principio. Por ahora todas sus energías estaban concentradas en la figura arrogante de Rafael y a través de una niebla roja de furia lo contempló con dureza. Guiada por una turbulenta y devastadora fuerza interior, avanzó hasta donde Rafael había dejado el botellón de cristal y, tomándolo entre sus manos, se volvió hacia él. Con los ojos casi incandescentes de ira, atravesó la poca distancia que la separaba de Rafael y se detuvo delante de él.

—¡Eres un canalla insoportable! ¡Te atreves a condenarme sin conocer la verdad y, sin embargo, tus mentiras sobre mí son más viles que cualquier cosa que yo jamás pudiera llegar a hacer!

Rafael echó una mirada cautelosa al botellón que Beth sostenía, pero preguntó con tanta furia como ella:

—¿Qué demonios quieres decir con eso? ¡No miento acerca de nadie... ni siquiera de ti! —le espetó.

—¡Embustero! —exclamó Beth, fulminándolo con la mirada—. ¡Mentiste al decirle a Sebastián que yo era tu amante y que lo había sido desde hacía varios años!

Una sonrisa dura se dibujó en el rostro de él.

—Ah, eso —murmuró, para gran fastidio de Beth.

Cegada por la ira, ella estuvo a punto de exclamar algo, pero se contuvo y le sonrió dulcemente, cosa que debería haberlo puesto en guardia. Pero Rafael estaba deleitándose con esta nueva Beth, esta encantadora fierecilla y no estaba alerta.

—¡Sí, eso! —respondió ella con voz meliflua y, con todas sus fuerzas, le partió el botellón en la cabeza.

El ruido de la botella contra la cabeza de Rafael fue sordo y agradable antes de que el frágil cristal se hiciera añicos, y esquirlas de vidrio y gotas de tequila volaran hacia todas parte. Con más satisfacción de la que había sentido en mucho tiempo, Beth contempló el rostro estupefacto de Rafael. Trozos de cristal resplandecían en el pelo negro, humedecido por el tequila y la camisa de seda blanca se adhería a los hombros masculinos. Rafael se quedó mirando la expresión complacida de Beth y sus ojos se entornaron.

Entonces, como una pantera enfurecida, se levantó del sofá, maldiciendo y sacudiendo la cabeza para quitarse los vidrios y el líquido.

—¡Maldita gata salvaje! ¡Tendría que estrangularte y acabar con todo esto!

Pero Beth no iba a dejarse intimidar esta vez. Casi disfrutaba de la confrontación y, sintiendo una oleada de excitación, lo enfrentó con las manos sobre las caderas.

—¡Atrévete! —dijo con tono belicoso—. ¡Si me pones una mano encima, te arranco los ojos!

Frunciendo el entrecejo con ferocidad, Rafael siguió mirándola. Sabía que lo que menos quería hacer era estrangularla. ¡Por Dios, qué hermosa era! Su ira se estaba disipando y mucho comenzaba a temer que a pesar de cualquier cosa que ella pudiera hacer, a pesar de los amantes que pudiera tener, siempre tendría el poder de llegar a él, de destruir la coraza fría que él mantenía alrededor de su ser. La idea lo aterrorizaba; pensar que una mujercita esbelta pudiera destruir toda una vida de barreras contra... el amor. De inmediato trató de apartar ese pensamiento y se enfureció nuevamente porque ella podía hacerlo considerar la idea, aunque sólo fuera por un momento.

Durante largos instantes se miraron; ninguno de los dos quería dar el primer paso y ninguno de los dos sabía tampoco cuál era el paso a dar. La ridiculez de la situación golpeó a Rafael y un brillo divertido asomó en los ojos grises mientras los minutos corrían y ellos dos seguían mirándose como dos gatos erizados.

Pero Beth no estaba divertida. Estaba demasiado furiosa para encontrarle la gracia a la situación. Al ver la risa en los ojos de él, estalló nuevamente. Con una exclamación de rabia, se arrojó sobre él y le golpeó el pecho con los puños.

—¡No te atrevas a reírte de mí! —le espetó—. ¡Me usaste desde el momento en que nos conocimos y ahora te ríes de eso! ¡Le mentiste a Sebastián y ahora él cree que yo soy una criatura sin posibilidad de redención, y tú te ríes! ¡No soy tu querida! ¡No lo soy! ¡No lo soy!

Con humillante facilidad él le capturó los puños y la apretó contra él. La camisa húmeda manchó la tela del vestido al entrar en contacto con ella. Con una expresión extraña en su rostro orgulloso, Rafael miró a Beth a los ojos y dijo:

—¿No lo eres? ¿No eres la querida de mi corazón?

Las palabras fueron dichas en voz tan baja que debido a su ira Beth casi no comprendió lo que había dicho. Pero tampoco tuvo tiempo para pensarlo, pues la boca de Rafael cubrió la suya en un beso hambriento y apasionado que borró todo menos la magia que él despertaba con tanta facilidad. Beth luchó contra él... y si Rafael se hubiera limitado a besarla con pasión, lo hubiera vencido. Pero a medida que los labios de él aumentaban la presión, un elemento indefinible entró en el beso y Beth respondió a él ciegamente. Había pasión, pero también había ternura y un ansia ardiente que derritió la ira de ella hasta que Beth ya no pudo recordar el motivo de la misma... ¡sólo sabía que estaba en brazos de Rafael y que era allí donde siempre había querido estar!

Perdida en la telaraña de sensualidad en la que Rafael la tenía atrapada, Beth no se resistió cuando él la tomó en brazos y la llevó al sofá. La tendió sobre el terciopelo suave sin dejar de besarla. Al sentir las manos de él sobre sus senos, Beth experimentó una oleada de deseo intenso.

Poseído por la pasión, Rafael buscó con dedos nerviosos los botones del vestido de ella. Fue entonces cuando Beth volvió a la realidad y comprendió con una horrible sensación en el estómago qué fácil era para él hacerla comportarse como una mujerzuela.

Con un grito de angustia y rabia, lo empujó con fuerza y se puso de pie.

—¡Basta! —suplicó, desgarrada entre las exigencias de su corazón y las de su mente. Con los ojos brillantes de lágrimas exclamó—: ¡No me hagas esto! ¡No me insultes por mis supuestos defectos para de inmediato aprovecharte de los mismos! ¡Deja de usarme!

Con los ojos fríos y vacíos y una expresión distante en el rostro,

Rafael se puso de pie frente a ella. Tomándola por sorpresa, dijo con sencillez:

—Lo siento. Cuando estoy contigo, voy en contra de mis principios.

Beth emitió una risa amarga.

—¡No me digas que tienes principios! ¡Por cierto, que jamás te he visto ejercerlos!

Rafael habló con voz peligrosamente serena.

—¿No? Pensé que dejarte en Nueva Orleans fue muy correcto de mi parte... no quería hacerlo, ¿sabes? Pero, entre otras cosas, iba contra mis principios meterte en el tipo de vida que podía ofrecerte en ese entonces: la de una amante ocasional mantenida por un hombre casado con mala reputación. Así que actué en contra de mis deseos y te dejé. —Beth se puso pálida, pero Rafael siguió hablando inexpresivamente, sin darle oportunidad de interrumpir—. Tu marido no murió a manos mías, pero podría haberlo hecho fácilmente. Te dije que lo quería fuera de tu vida y hubiera sido lo más sencillo del mundo retarlo a duelo en cualquier ocasión. —Atravesándola con los ojos, agregó con frialdad—: Lo hubiera matado si nos hubiéramos enfrentado en el campo de duelo, sabes. Pero cuando él murió, no me aproveché inmediatamente de ti, que es lo que habría hecho si hubiera seguido mis deseos. ¡No sabes la suerte que tienes, inglesa! —gruñó por lo bajo—. Podría haberte arruinado muchas veces desde que nos conocimos, pero no lo he hecho. ¡Y eso que te deseaba, créeme! Te deseaba lo suficiente como para robarte de tu marido ¡y al diablo con el escándalo! Podría haberte convertido en la comidilla de Nueva Orleans y aun de la República de Texas con sólo acercarme y llevarte conmigo. ¡Si no puedes imaginar el escándalo que hubiera resultado de tu rapto, yo sí lo imagino, de modo que la próxima vez que me acuses de no tener principios, recuerda que podría haber hecho trizas tu reputación en cualquier oportunidad. Pero por no sé qué razones no lo he hecho...

Al contemplar esos fríos ojos grises, Beth comprendió con una excitante sensación de culpa que él hablaba con toda veracidad y tomó conciencia de las veces que había estado al borde del desastre.

Aferrándose a lo único que tenía seguro, dijo:

—¡Le mentiste a Sebastián! ¡Le dijiste que yo era tu amante, y sabías perfectamente que no era cierto!

Rafael se encogió de hombros. La había tratado con gentileza por última vez. Su paciencia se había agotado y quería terminar de una vez con esta lucha entre ellos. La inglesa era suya y era hora de que lo comprendiera. Con las piernas algo separadas y los brazos cruzados sobre el pecho, la miró a los ojos y dijo con ironía:

—En ningún momento especifiqué que fueras mi amante; sólo dije que hacía tiempo que manteníamos una relación... cosa que es cierta. —Recorrió el cuerpo de ella con una expresión enigmática en los ojos grises y dijo con dureza—: Eres mía, inglesa; lo has sido desde el momento en que te vi y si eres sincera contigo misma, admitirás que es así. ¡Tú me perteneces!

24

Con un grito ahogado de furia, Beth huyó de la habitación, pues estaba segura de que si permanecía un segundo más, haría algo más drástico que romperle un botellón en la cabeza. «¡Cómo se atreve! —pensó mientras corría escaleras arriba para refugiarse en su alcoba—. ¡Que yo le pertenezco! ¡Ja! ¡Ya veremos, demonio arrogante!»

Al llegar al dormitorio, pasó varios minutos caminando de un lado a otro, concentrada en encontrar un modo de desafiar a Rafael, de hacer que se tragara sus palabras. O de humillarlo y hacerle pasar vergüenza. Él había dicho que jamás se sentía abochornado. «Pues ya lo veremos», decidió Beth con vivacidad. Aceptaría el desafío, se juró con rabia. Pero no fue hasta que Manuela vino a verla para prepararle el baño y la ropa cuando una idea se le ocurrió a Beth.

La criada estaba ocupada con el agua caliente cuando Beth dijo de pronto:

—Manuela, quiero que me consigas un vestido.

—Sí, por supuesto, señora. ¿Cuál quiere ponerse esta noche? ¿El de seda negra o quizás el nuevo de muselina? —preguntó Manuela con serenidad.

Con un brillo duro en los ojos violetas, Beth declaró:

—Ninguno de ésos. Quiero un vestido de ramera.

—¡De ram...! ¿Quiere decir un vestido como el que usan las prostitutas? —chilló Manuela, anonadada. Los ojos casi se le salían de las órbitas.

Beth esbozó una sonrisa decidida y asintió.

—Y lo quiero para esta noche. ¿Podrás conseguírmelo?

Manuela levantó las manos con gesto impotente. En su rostro había una expresión reprobadora.

—No lo sé. Tendré que preguntar. —Adoptando un aire ofendido, agregó—: ¡No estoy acostumbrada a codearme con ese tipo de mujeres!

—¡Yo tampoco! —replicó Beth secamente, pues estaba muy sensible al respecto. Pero luego se arrepintió y dijo con una nota de súplica en la voz—: ¡Por favor, Manuela! Es muy importante para mí. Lo necesito para esta noche. No me importa lo que cueste, sólo consíguelo. ¡Y cuanto más escandaloso, mejor! —terminó con decisión.

Manuela accedió, pues no sabía qué otra cosa hacer. Había sido sirvienta desde niña y por lo tanto, nunca se le había ocurrido no hacer lo que su señora le pedía. Fue así que de muy mala gana buscó a uno de los muchachos que trabajaba en las caballerizas y le extrajo la información necesaria. Con su habitual discreción, decidió ir ella misma, y sin decir a nadie por qué, de pronto tenía que ir a hacer una diligencia al otro lado de la ciudad.

El burdel fue un golpe para Manuela, pero no fue nada en comparación con el asombro de la *madame* cuando descubrió lo que deseaba esa respetable criada. Al ver el dinero, sin embargo, se encogió de hombros y tras mostrarle varios vestidos a Manuela, llegaron a un arreglo.

La prenda costó más cara de lo que Manuela había esperado, pero recordando las palabras de Beth, ella pagó y se marchó. En el camino de regreso se consoló pensando que al menos el vestido era nuevo. ¡A pesar de todo lo que había dicho la señora Beth, ella jamás le hubiera comprado un traje manchado de transpiración que había pertenecido a otra mujer... y a una prostituta, encima de todo!

Beth ya se había bañado y aguardaba con impaciencia. Cuando Manuela entró con el desprolijo paquete, preguntó con ansiedad:

—¿Lo has conseguido?

Manuela hizo una mueca de desaprobación.

—Sí, señora, pude comprar un vestido, pero...

—No me regañes —la interrumpió Beth con tono suplicante—. Ya sé que piensas que todo esto es un escándalo y de verdad lo es, pero no me abandones ahora, Manuela.

—Está bien, señora, pero creo que está llevando adelante un juego muy peligroso. Al señor Rafael no le gustará lo que usted está planeando.

Si Manuela hubiera querido asegurarse de que Beth llevara a cabo su plan alocado, no habría podido elegir palabras mejores. Beth tomó la decisión y dijo con una nota desafiante en la voz:

—Déjame verlo.

Una exclamación de asombro y admiración se le escapó de los labios cuando Manuela desenvolvió el vestido. ¡No sabía si reír de nervios ante la idea de ponérselo u ordenarle a Manuela que lo destruyera en ese preciso instante! Realmente era un vestido de prostituta y se le ocurrió la idea ridícula de que al menos era negro.

Por un instante, pensó en dejar de lado su plan, pero luego irguió el mentón con gesto rebelde. ¡Se pondría el vestido y haría que Rafael se tragara sus palabras!

Unos minutos más tarde, de pie delante del espejo, se miró y se preguntó si realmente se atrevería a aparecer así vestida. Tenía toda la espalda al descubierto y, debajo de la cintura, el raso negro se adhería como un guante a su cuerpo para abrirse luego en una serie de volantes que llegaban al suelo. En la parte delantera había una enorme V que comenzaba debajo de sus senos y continuaba hasta debajo del ombligo, hecha con gasa transparente de color rojo. El escote era tan pronunciado que casi asomaban sus senos. Tras algunos retoques hechos por la horrorizada Manuela, el vestido le quedaba como una segunda piel.

¿De modo que Rafael la llamaba una mantenida, no? ¡Pues se comportaría como una de ellas!

Llegó al extremo de permitir que Manuela le maquillara el rostro y le aplicara un lunar negro junto a la boca. Se dejó caer el pelo en una cascada de rizos rubios y optó por no llevar joyas, pues había olvidado pedirle a Manuela que le comprara un par de gigantescos y ordinarios pendientes.

Manuela no estaba nada complacida con el aspecto de Beth. Retorciéndose las manos con angustia, dijo:

—¿No irá a cenar vestida así, verdad, señora?

Con una sonrisa tensa que ocultaba sus temores, Beth respondió con falsa serenidad:

—¡Por supuesto que sí! ¿Para qué crees que te hice comprar el vestido? —Al ver la preocupación de la otra mujer, agregó con suavidad—: No te preocupes, Manuela, nadie podrá culparte. Después de todo, yo te ordené que compraras el vestido.

Una cosa era tranquilizar a Manuela, pensó Beth mientras bajaba la escalinata con pasos nerviosos, y otra muy distinta era enfrentarse cara a cara con Rafael. Estaba a punto de regresar a su alcoba cuando se abrió la puerta del comedor y Rafael salió al vestíbulo. La vio en la escalera y se quedó petrificado.

Había venido a buscarla. Al ver que iban a servir el primer plato y ella no aparecía, pensó que probablemente estaría refunfuñando en su habitación. Se disponía a ir a buscarla y obligarla a salir de la protección del dormitorio.

Lo primero que notó fue el lunar negro junto a la boca escarlata de Beth, pero luego, cuando cruzó hasta el pie de la escalinata, recibió todo el efecto del vestido.

—¡Santa Madre de Dios! —murmuró irreverentemente, mientras sus ojos se deslizaban por la V roja. Adivinó de inmediato lo que Beth se proponía y descubrió que se sentía furioso y divertido al mismo tiempo. «¡Condenada fierecilla!», pensó deleitándose con rabia ante el espectáculo de delante de sus ojos.

Beth se quedó mirándolo con gesto desafiante, y esperó a que él hiciera la siguiente jugada. Cuando vio que Rafael parecía tener la intención de dejar todas las jugadas en sus manos, preguntó con audacia:

—¿Te gusta? Pensé que era el vestido apropiado para la opinión que tienes de mí.

Rafael ya no estaba divertido. Arqueó una ceja y dijo con aspereza:

—¿Y pensabas anunciarle al mundo nuestra relación con esa exhibición? ¿Eso era lo que tenías en mente?

—¡Sí! Pero te equivocas de tiempo verbal. ¡En realidad es «pienso», no «pensaba»!

—¡Ah, pero en esto no estoy de acuerdo contigo, mi querida! —terció él con insolencia, devorándola con su mirada ardiente—. No irás a ningún sitio con ese vestido, excepto adonde te corresponde: a un burdel o a la cama. Por cierto, que no permitiré que ofendas a la señora López con ese aspecto ni dejaré que mis criados vean lo que considero que es mi propiedad.

—¡No puedes impedírmelo! —susurró ella con furia.

Rafael dio dos pasos hacia Beth y sus rostros quedaron a la misma altura.

—¿Que no? ¿Quieres que...? —Se interrumpió cuando Paco, el mayordomo, apareció en el vestíbulo.

El cuerpo de Beth estaba bloqueado de su visión y como no se percató de la corriente que electrizaba la atmósfera, anunció:

—El aperitivo está servido, señor, señora.

Sin mirarlo, con los ojos fijos en los de Beth, Rafael respondió con descuido:

—Dile a la señora López que no cenaremos con ella esta noche. Que nos disculpe.

—¡No! —exclamó Beth al ver el deseo que ardía en los ojos grises de Rafael.

Él sonrió de pronto.

—¡Sí, mi querida, sí! —susurró acercándose a ella—. Después de todo, es para eso para lo que compraste el vestido.

—¡No es cierto! —gritó Beth, indignada, preguntándose si no habría querido realmente provocar este tipo de represalia. Pero como no quería admitirlo ni delante de sí misma, comenzó a luchar con Rafael.

Él se limitó a reír. Y delante de los ojos divertidos y azorados de Paco, la levantó sobre su hombro, sin prestar atención a los puños furiosos que le golpeaban la espalda ni a las piernas que se retorcían frenéticamente. Volviéndose hacia el mayordomo, dijo con humor:

—La señora no se siente bien y debo llevarla a la cama. Comprendes, ¿no es así?

Paco asintió y dijo de inmediato, sonriendo ampliamente:

—¡Sí, señor, claro que sí!

Rafael comenzó a subir la escalera, con Beth sobre el hombro y, al llegar al piso superior, tomó la dirección contraria al dormitorio de ella. Beth comprendió con un lamentable estremecimiento de deseo que la estaba llevando a su propia habitación.

Decidida a resistirse, aun si no quería hacerlo, chilló:

—¡Suéltame, malnacido! —Acto seguido, le aplicó un golpe cargado de ira cerca de la oreja.

—¡Qué lenguaje para una dama y una dama inglesa, por encima de todo! Estoy horrorizado por tu falta de educación, inglesa —bromeó Rafael, divertido.

Se detuvo delante de una puerta, la abrió y entró en la habitación. Atravesó lo que debía de ser una sala (en su incómoda posición, Beth sólo vio una mullida alfombra roja, patas de sillas y un escritorio), y entró en el dormitorio. Con pasos rápidos llegó hasta una gran cama con cortinados de terciopelo azul y la arrojó sobre ella.

—Mil veces te soñé aquí —dijo con una sonrisa en los labios y un brillo extraño en los ojos—, pero veo que la realidad es aún mejor que los sueños.

—¡Te arrepentirás de esto! —lo amenazó Beth con vehemencia.

Rafael se quitó la chaqueta y la camisa y dijo con aspereza:

—Lo dudo. Casi nunca me arrepiento de nada y por cierto que esto no me hará sentir remordimientos... excepto si no lo hago —agregó con una sonrisa diabólica.

Cuando Rafael comenzó a quitarse los calzones negros, Beth saltó de la cama y corrió hacia una puerta que vio al otro lado de la habitación. Trató de girar el picaporte con desesperación, pero fue en vano. Oyó la voz burlona de Rafael detrás de ella.

—Está cerrada, inglesa.

Ella se volvió hacia él, furiosa. Rafael estaba completamente desnudo. Se detuvo delante de ella y con una mano le levantó suavemente el rostro. La besó y dijo contra sus labios:

—Es un vestido tan hermoso que detesto arruinarlo, pero el cuerpo que oculta es mucho más atractivo. —Y antes de que ella pudiera moverse, le rasgó la parte delantera y el vestido cayó al suelo, dejando a Beth desnuda ante él.

Por un instante se miraron en silencio y luego, con un gruñido de deseo, Rafael la tomó en brazos y la llevó hasta la cama. Beth se estremeció, pero de todos modos lo atacó como una gata furiosa. No había querido que esto sucediera, sólo había querido desafiarlo, enfurecerlo, demostrarle que no era la criatura dócil y estúpida que él creía. Sin embargo, su cuerpo comenzaba a reaccionar ante la proximidad de él y Beth sintió deseos de llorar ante la injusticia de la situación.

Rafael buscó la boca de ella y la besó con pasión. Las semanas que había pasado sin verla aumentaban su deseo y ahora que la tenía entre sus brazos enloquecía con ese cuerpo desnudo junto al suyo.

De pronto, sintió el sabor salado de las lágrimas y levantó el rostro.

Beth ni siquiera sabía que estaba llorando. Sólo era consciente de que era una agonía tenerlo tan cerca y gozar de sus caricias cuando sabía que él la despreciaba. Su cuerpo podía estar en llamas, pero la mente sufría y se atormentaba.

—Inglesa, ¿por qué lloras? —preguntó Rafael con voz ronca—. ¿Acaso te he lastimado?

—Me lastimas cada vez que me tomas pensando que soy una ramera —murmuró Beth, entre sollozos—. Cada vez que me tocas pensando que me acosté con Lorenzo y que lo haría con Sebastián, me lastimas.

El rostro de Rafael se endureció y Beth sintió que la pasión de él se apagaba.

—¿Y qué otra cosa quieres que piense? —preguntó Rafael con voz dura—. No te imaginé en los brazos de Lorenzo, sabes. ¡Lo vi con mis propios ojos! —De mala gana, admitió—: Respecto de Sebastián... no te condeno. Hasta él admite que la relación entre vosotros dos era inocente y no porque él quisiera que lo fuera. Pero no me pidas que niegue la evidencia de mis propios ojos.

—¿Se supone que debo sentirme agradecida por el hecho de que me crees inocente porque Sebastián así lo dice? ¡No, gracias!

Tomándolo por sorpresa, lo empujó con fuerza y cuando él cayó de espaldas junto a ella sobre la cama lo aprisionó con su cuerpo esbelto.

—¿Y si te dijera que Sebastián mintió? ¿A quién creerías? —lo provocó.

Rafael frunció el entrecejo. Sebastián no había mentido, estaba seguro de eso, pero no sabía la razón de esa seguridad. Tratando de ganar tiempo, preguntó:

—¿Mintió realmente?

Beth emitió un quejido de frustración y le golpeó el hombro con el puño.

—¡Eso no es lo que importa! ¿Acaso tus propios instintos no te dicen nada? ¿No te horrorizaste ese día cuando me encontraste con Lorenzo? Sé que sólo nos habíamos visto una vez, pero ¿no te resultó extraño que después de negarme a verte en secreto me arrojara en brazos de otro hombre? ¿Ni siquiera te preguntaste cómo sabía Consuelo dónde estábamos? —sollozó—. ¡Consuelo lo planeó todo, grandísimo estúpido! Me envió una nota y, como la chiquilla idiota que era, fui, pensando que evitaría un escándalo y la tranquilizaría. ¡Ella me drogó, Rafael! ¡Me puso algo en el té! —dijo, sacudida por los sollozos—. ¡Y le pagó a Lorenzo para que estuviera allí! Entre los dos lo planearon... Ella pensó que estabas demasiado interesado por mí y quería asegurarse de que me olvidaras, así yo no sería una amenaza para su matrimonio.

Al ver el rostro distante de Rafael, Beth exclamó con desesperación:

—No me crees, ¿verdad?

Rafael tuvo que contenerse para no apretarla entre sus brazos, pero dijo con tono frío:

—Es una historia algo improbable, ¿no te parece? No había nada que salvar en nuestro matrimonio y Consuelo lo sabía, de modo que no veo por qué tenía que llegar a esos extremos. ¿Qué iba a ganar? Vivíamos separados desde hacía años y ella sabía que yo no la quería.

Beth tomó otro camino y preguntó con ansiedad.

—De acuerdo, olvida esa parte de la historia por ahora y dime en cambio qué pensaste cuando me viste por primera vez en casa de los Costa. Cuando bailamos... ¿qué pensaste?

Como si le arrancaran las palabras, Rafael masculló:

—Pensé que eras la criatura más bella que había visto en mi vida... ¡Y lo sabes muy bien! ¿Por qué crees que te seguí hasta el guardarropa y traté de convencerte para que nos viéramos en privado? —Sus ojos se oscurecieron como nubes tormentosas cuando agregó—: Pero tú tenías otros planes, ¿no es así, querida? ¡Planes que incluían una cita secreta, sin duda; pero con Lorenzo!

—¡Claro, el hecho de que tú estabas casado no importaba, ¿no es cierto? ¡Me condenas por romper mis promesas matrimoniales, pero las tuyas no cuentan! ¿Qué clase de hipócrita eres, Rafael?

—Uno de la peor clase, parece —respondió él, pensativo. Y para gran asombro de Beth, admitió con una sonrisa—: Es cierto. Ya había llegado a la conclusión de que lo que me molestaba no era tu infidelidad sino el hecho de que eligieras a Lorenzo y no a mí. Nunca me cayó bien, pero desde que lo vi contigo, ¡lo odio!

—¡Pero yo no lo elegí! —exclamó Beth con impaciencia—. Sencillamente no quieres creerme, ¿no es así? —Apretó los dientes y dijo con rabia—: Consuelo me drogó. Le pagó a Lorenzo para que fuera. ¡Y se aseguró de que supieras dónde estábamos! —Al ver la expresión incrédula de él, insistió—: Manuela estaba allí. ¡Ella te dirá la verdad!

—Claro que sí —asintió Rafael con sarcasmo—. Ahora es tu doncella y estoy seguro de que diría lo que le pidieras.

Furiosa, Beth trató de apartarse, pero él la aprisionó con los brazos.

—Ya te he escuchado. ¡Ahora tú me vas a escuchar a mí! —La miró a los ojos y dijo con dureza—: Sólo sé lo que vi ese día: tú y Lorenzo haciendo el amor. Dices que Consuelo te drogó y le pagó a él, puede haber sido cierto, pero me resulta difícil de creer.

—¿Por qué? —le espetó ella—. ¿Porque Consuelo era un dechado de virtudes? ¿O porque piensas que soy un ramera?

Rafael maldijo en voz baja, e invirtiendo las posiciones de los cuerpos de ambos, la inmovilizó debajo de él.

—¡Por ninguna de las dos razones! —exclamó—. Inglesa, sé que Consuelo era perversa, pero no puedo aceptar que hubiera montado esa escena. Consuelo sólo hacía las cosas si le rendían algún beneficio y no comprendo qué pudo haber ganado con lo que me dices.

Derrotada, Beth murmuró:

—No importa. Ya no importa. Ahora también soy una mentirosa, parece.

—No sé si lo eres o no —respondió él con un susurro ronco—. Sólo sé que cuando te tengo en mis brazos, nada importa, ni tu relación con Lorenzo, ni la posibilidad de que me mientas, nada... ¡sólo esto! —Y su boca cubrió la de Beth en un beso apasionado.

Ella dejó escapar un gemido ahogado de desesperación y placer y trató de resistirse, pero fue en vano. Había perdido todas las batallas con él hasta ahora y esta noche no sería una excepción. A pesar de su ira y su decepción ante el resultado de su confesión, a pesar de todo lo que había sucedido, comprendió que lo amaba, que quizás hasta amaba esa parte de él que no quería creerle. El deseo la consumía y la boca de él le quemaba la piel.

Rafael no le dio tiempo de pensar, ni oportunidad de huir; su boca se apoderó de la de ella, obligándola a responder... Lo amaba y ya no podía rechazarlo ni negar los deseos de su propio cuerpo. Al haber perdido la batalla consigo misma, fue generosa en la derrota y su boca, su cuerpo, todo su ser reaccionó con pasión al ataque sensual de Rafael.

25

La habitación estaba en silencio, quebrado por la respiración agitada de ellos, y a medida que sus cuerpos se serenaron, aun ella dejó de oírse. Rafael no se apartó de inmediato, sino que con el cuerpo todavía sobre el de Beth, se apoyó en un codo y contempló el rostro de ella con algo similar a la ternura.

Sintiendo timidez aun ahora, después de todo lo que habían compartido, Beth desvió la mirada, preguntándose con pesar cómo podía amarlo y detestarlo al mismo tiempo. Una vez que se había recuperado del impacto de descubrir que lo amaba, lo había aceptado como lo había hecho con tantas cosas en su vida. Pero a diferencia de los otros hechos, atesoraba éste a pesar del dolor que sabía que le acarreaba. ¡Amaba a Rafael Santana, por más que fuera una locura!

«Lo quise desde el principio», pensó con sorpresa y sus ojos asombrados se fijaron en los de él.

—Regresa —murmuró Rafael con una sonrisa—. Te habías ido muy lejos de mí.

—¿Cómo puedes decir eso, si tu cuerpo aprisiona el mío? —preguntó ella con repentina amargura.

Los ojos de Rafael se endurecieron.

—Sí, tengo tu cuerpo, pero también quiero tu mente. Estabas muy lejos de aquí. ¿En qué estabas pensando?

Parte de la amargura de Beth se disipó y ella respondió con sinceridad:

—En el baile en casa de los Costa, y en la primera vez que nos vimos.

—Fue allí cuando comenzó, ¿no es así? —dijo él y fue una afirmación más que una pregunta—. Esto que hay entre nosotros, esto que ninguno de los dos deseaba ni desea y que sin embargo existe desde aquel momento.

Sorprendida porque él admitiera una cosa así, Beth lo miró con asombro.

—¿Tú también lo sientes? —preguntó con vacilación.

El rostro de Rafael adquirió una expresión sardónica. Cambió de posición y quedó tendido junto a Beth.

—¿Por qué no habría de hacerlo? Si no sintiera algo por ti, no hubiera reaccionado como lo hice cuando te encontré con Lorenzo y tampoco me hubiera sentido tan furioso y encantado al mismo tiempo cuando volví a verte en Cielo.

Era todo lo que estaba dispuesto a admitir por el momento, pero sus palabras hicieron que Beth se estremeciera de emoción. Tragó con dificultad y logró decir:

—¿Y qué vamos a hacer al respecto?

Él le tomó el mentón y clavó sus ojos sobre la boca suave de ella.

—No lo sé. ¿Qué te parece si tomamos cada día como se presenta y vemos qué sucede?

—N... no l... lo sé —respondió Beth con sinceridad. Con expresión preocupada, agregó—: No me gustaría ser tu amante. ¿No crees que sería inútil que continuáramos así... tú creyéndome una mentirosa y yo...? —Beth se interrumpió bruscamente. Casi le había confesado que lo amaba.

—¿Y tú qué? —preguntó Rafael, mirándola con un brillo calculador en las profundidades de sus ojos grises.

Beth se mordió el labio y desvió la mirada.

—Nada. —Angustiada, exclamó—: Tendría que regresar a Natchez.

La idea de que ella pudiera alejarse de su vida lo golpeó y los ojos de Rafael se oscurecieron con una emoción imposible de definir. Como si le arrancaran las palabras, dijo en voz baja:

—Quédate, inglesa. Quédate y finjamos que el pasado nunca ha existido y que sólo tenemos el futuro por delante —Su mirada se perdió en algún punto de la habitación—. No te obligaré a venir a mí —admitió lentamente—, al menos no de inmediato. Pero quédate para que descubramos qué es esto que hay entre nosotros y dame tiempo para que me reconcilie con lo que me dijiste y con lo que vi.

Beth respiró hondo. Quería darle el tiempo que él le pedía, pero por otra parte temía que cuanto más tiempo pasaran juntos, más profundo se volvería su amor por él. Además, Rafael terminaría por darse cuenta de que ella había sido tan tonta como para enamorarse de él. ¡Qué poder sobre ella tendría entonces!

Al ver la indecisión en el rostro de Beth, Rafael la abrazó de pronto y la besó con ternura y pasión y ella, sin poder resistirse, se fundió en él.

—Quédate —murmuró Rafael contra su boca—. Quédate y deja que el futuro se encargue de sí mismo. ¿Lo harás?

Beth asintió, incapaz de negarle nada. Él volvió a besarla y la ternura se convirtió en deseo. Juntos volvieron a hundirse en el mundo sensual de la pasión.

Era muy tarde, no muchas horas antes de la madrugada cuando Rafael llevó a Beth por el corredor, envuelta en una bata de él y la dejó junto a la puerta de su dormitorio. Volvió a besarla largamente y dijo medio en serio, medio en broma:

—Trataré de no comprometerte más hasta que lleguemos a alguna decisión. Esta noche tendrá que alcanzarme... por un tiempo.

Beth lo miró desaparecer en la oscuridad. Rendida por la pasión y por sus propios sentimientos turbulentos, entró en la alcoba y se dejó caer sobre la cama. No tardó en dormirse, y por primera vez en varios meses no la acosaron pesadillas ni sentimientos de culpa. Rafael, en cambio, no durmió. Tendido sobre su cama, deseando sentir el cuerpo tibio de Beth junto a él, se quedó contemplando el vacío. Había dado los primeros pasos hacia un compromiso contra el que todavía luchaba. Sin embargo, pese a que hubiera sido tan simple negar la atracción que existía entre ellos, la había admitido. Peor aún, hasta había comenzado a preguntarse si quizás ella no había dicho la verdad sobre lo que había sucedido en Nueva Orleans. Y si ése había sido el caso... Lanzó un improperio y se incorporó en la cama. Hizo a un lado la sábana, se levantó y comenzó a caminar de un lado a otro de la habitación, desnudo como el día en que había venido al mundo.

De pie junto a los ventanales que daban al balcón, contempló los coloridos rayos de sol que comenzaban a iluminar el horizonte. Era un hombre frío, no tanto por naturaleza como por los acontecimientos que lo habían marcado y no concebía que una mujer pudiera destrozar todas las barreras que había construido para protegerse del dolor y de la desilusión.

Con cada momento que pasaba, se sentía vulnerable como un estúpido y enamorado adolescente. Con los demás siempre sería frío y distante, pero con la inglesa estaba indefenso. La deseaba, la necesitaba... ¿acaso también la amaba?

Su mente rechazó la idea. No. No la amaré, declaró su mente con frialdad, pero su corazón se rebelaba. Quería que la dulzura y la calidez de Beth se introdujeran por sus venas y derritieran el frío helado que lo acompañaba siempre.

La lucha encarnizada siguió en su interior. ¿Había dicho la verdad o no? ¿Acaso importaba realmente? ¿Lo engañaría en el futuro? ¿Habrían existido otros amantes? ¿Importaba eso realmente?

Confundido y agotado, finalmente se metió en la cama. Lo único que tenía claro era que deseaba que Beth se quedara. Que el tiempo le mostrara el camino... y la verdad.

A medida que transcurrían los días, Beth se preguntaba si Rafael habría llegado a creerle. Ciertamente se comportaba de forma muy diferente. Si hubiera sido mayor y más experimentada, si hubiera sido presentada en sociedad en Londres en lugar de haber sido obligada a casarse con el primer joven que había aparecido en escena, se hubiera dado cuenta de que la estaban cortejando.

Era obvio en todo lo que hacía Rafael, desde las agradables excursiones que planeaba especialmente para que Beth disfrutara, hasta los pequeños obsequios que inesperadamente dejaba caer sobre el regazo de ella: un costoso jabón perfumado, un precioso peine, una caja de bombones, un par de guantes.

Rafael se mostraba invariablemente cortés y atento. En ningún momento trató de ponerla en situaciones embarazosas o de aprovecharse. Pero no podía controlar sus ojos y con frecuencia Beth levantaba la vista y lo veía devorándola con una mirada cargada de deseo. Entonces el corazón de ella comenzaba a latir alocadamente. El hecho de que él se reprimiera la hacía amarlo aún más, pues podría haberla forzado con toda facilidad, podría haber ido a la habitación de ella sin que ella se negara. Pero no lo hizo, a pesar de que su deseo era evidente por la forma en que le miraba la boca o los suaves hombros blancos.

Para Beth era uno de los mejores momentos de su vida. El hombre que amaba siempre estaba cerca y el futuro había comenzado a parecerle muy atractivo. La idea de regresar a Natchez ya no le pareció tan importante y hasta comenzó a creer que Rafael podría estar pensando seriamente en casarse.

Tanto ella como Rafael habían sido cautelosos con respecto al otro al principio. Ambos pisaban con cuidado, sin querer destruir la intimidad que crecía entre ellos. Con el correr de los días soleados y cálidos, su relación maduró, la conversación se volvió más fácil, más relajada, y cada uno aprendió más sobre el otro.

Por primera y única vez en su vida, Rafael estaba esclavizado por una mujer. Su voz ya no tenía esa nota amarga tan común en él. Día a día descubría que había otras formas de disfrutar de una mujer; el placer de ver la sonrisa encantadora de Beth, o el modo en que los ojos le relampagueaban de gozo cuando él hacía algo que le gustaba o de escuchar el sonido cristalino de su risa... todo contribuía a esclavizarlo. Sin embargo, vacilaba ante la idea del matrimonio, temiendo que la mujer que se había adueñado de su corazón y lo llenaba de alegría no fuera más que un espejismo y que algún día lo traicionara. No quería pensar en esa tarde de Nueva Orleans; deseaba creer en Beth y dejar de lado su cinismo. No era tarea fácil deshacerse de años de desconfianza y desprecio por las mujeres, pero poco a poco lo fue logrando bajo la influencia dulce de Beth.

El nuevo y domesticado Rafael Santana era el comentario de medio San Antonio y a mediados de junio, todos comenzaron a esperar la noticia de la boda. La faceta de él, que el pueblo había visto en las últimas semanas, había hecho que más de uno cambiara su opinión sobre él. Por cierto, que era un hombre diferente; seguía siendo impredecible y peligroso, sin duda, pero se le veía menos distante, más accesible.

La vieja casa de Abe Hawkins en San Antonio resonaba con las risas de los muchos invitados. Los Maverick, Juan Seguín, un aristócrata mexicano que se había aliado con los texanos en su lucha por la independencia, y su familia, José Antonio Navarro, otro mexicano que había hecho lo mismo, y el delgado y sagaz Jack Hays acudían a menudo de visita. Se daban fiestas al aire libre en los espaciosos jardines de la casa y se organizaban cabalgatas para llenar los días. Las damas adoraban a Beth y los caballeros descubrían que Rafael poseía un gran carisma cuando se decidía a demostrarlo.

Beth floreció como una rosa bajo el sol. Dirigiéndole una mirada llena de aprecio una mañana mientras volvían de un paseo a caballo, Rafael decidió que nunca la había visto tan bella. Los ojos violetas brillaban de placer, la piel se veía rosada y vital y hasta su cuerpo esbelto parecía haber florecido: los senos estaban más llenos, las caderas más redondeadas bajo el ajustado traje de montar que llevaba. Rafael sintió una oleada de deseo y clavó los ojos en el rostro de Beth para quitarse de la mente ese cuerpo que lo mantenía despierto de noche. Notó que ella tenía el entrecejo fruncido y recordó haberla visto así con frecuencia en los últimos días.

—¿Qué sucede? ¿Te hizo mal el calor?

Beth esbozó una sonrisita tensa.

—No. Es sólo que no me siento del todo bien esta mañana y debería haberme quedado en cama en lugar de salir de paseo, probablemente.

La señora López, que por supuesto los acompañaba, miró a Beth con preocupación.

—No estará sucumbiendo a un nuevo ataque de fiebre, ¿verdad?

—No, estoy segura de que no es eso. Debe de ser un malestar estomacal debido a los deliciosos platos que he estado comiendo últimamente —respondió Beth, y ansiosa por cambiar de tema, agregó—: ¡Qué hermosas son esas flores rosadas de aquella colina! ¿Qué son?

La señora López miró en dirección a la colina y dijo:

—¿Esos matorrales? Son rosas de montaña, muy comunes en esta zona.

La conversación prosiguió desde allí y durante el resto del día Beth se cuidó de actuar con alegría y naturalidad, como si no tuviera ninguna preocupación en el mundo. Pero por cierto que la tenía.

A solas esa noche en su alcoba, se sentó en la cama y, mordiéndose el labio inferior, trató de recordar la fecha exacta de algo que no tendría que haber olvidado. No desde la muerte de Nathan, en marzo, recordó y sintió un estremecimiento de emoción. Había estado demasiado preocupada en estos meses como para recordar las funciones femeninas de su cuerpo, pero ahora, al pensar en el malestar que sentía por las mañanas, se vio obligada a pensar en ellas. No me he indispuesto desde marzo, volvió a decirse, aterrorizada y entusiasmada al mismo tiempo.

Encendió una pequeña lámpara de aceite y fue a pararse delante del espejo. Con manos temblorosas se quitó el camisón y examinó su cuerpo esbelto. No había ninguna duda: tenía los senos más redondeados y ya había notado que algunos vestidos le ajustaban en la cintura. No había otros signos externos que confirmaran o negaran sus sospechas... ¿pero acaso sus caderas no parecían haberse ensanchado una fracción de centímetro, como si ya albergaran un...?

No pudo terminar el pensamiento y, presa de agitación, volvió a ponerse el camisón, apagó la luz y se metió en la cama. ¡Se estaba comportando como una tonta! Sólo porque había pasado abril, mayo y una parte de junio sin que... Luchó contra la obvia conclusión, pero experimentó una maravillosa sensación de asombro.

A la mañana siguiente se sintió muy, pero muy mal, y ya no pudo negar la evidencia de sus ojos y su mente. ¡Iba a tener un hijo de Rafael! Aturdida por una mezcla de felicidad y horror, Beth permitió que Manuela la vistiera. La idea de tener un hijo le pareció maravillosa hasta que la realidad destrozó toda su alegría.

¿Qué haría, por todos los Santos? ¿Decírselo de inmediato a Rafael? Mientras caminaba de un lado a otro de la habitación esa tarde, decidió que la respuesta a esa pregunta era negativa y por dos muy buenas razones. Habían avanzado tanto en su relación en las últimas semanas que no quería que nada la pusiera en peligro. Estaba decidida a que si llegaba a suceder algo, eso se basaría nada más que en los sentimientos mutuos de ellos y no en la llegada de un hijo. Si ella se lo contaba y Rafael le proponía matrimonio de inmediato, nunca sabría si se debía al niño o a que él se había enamorado de ella. Siempre le quedaría la duda. Y si se lo decía y él no le proponía matrimonio...

Curiosamente, Beth no pensó ni por un momento en la reprobación social con que se toparía. Todas sus preocupaciones se centraban en el padre de su niño. ¿Qué pensaría? Dios Santo, ¿cuándo y cómo tenía que decírselo?

Fue un día largo y cargado de tensión para Beth. Al menos media docena de veces estuvo a punto de arrojar la cautela a los vientos y solicitarle unos minutos a solas a Rafael. Pero como deseaba desesperadamente que él la amara y se casara por su propia voluntad, si lo hacía, logró mantenerse firme. «Esperaré otra semana —se dijo ansiosamente esa noche en la cama—. Entonces, si nada ha cambiado entre nosotros le... ¿qué? ¿Se lo diré y correré el riesgo o me marcharé como un perro golpeado para lamerme mis heridas?» No hallaba respuesta a su dilema y a la mañana siguiente descubrió que tenía círculos negros debajo de los ojos y una sombra en las profundidades violetas.

A pesar de que era evidente que había pasado una mala noche, Beth estaba preciosa cuando entró al comedor. Llevaba un atractivo vestido de fustán negro con mangas abullonadas. Al verla, Rafael sintió que se le aceleraba el pulso. Era un exquisito tormento tenerla tan cerca, verla sonreír y reír con él, haber aprendido tanto acerca de ella y sin embargo negarse esa parte tan fundamental de la relación entre ellos. «Por cierto que no soy un hombre platónico», pensó con sarcasmo, mientras devoraba con los ojos el rostro y el cuerpo de Beth. Sabía que a pesar de su promesa, no podría mantenerse apartado de ella durante mucho más tiempo.

De hecho, fueron solamente unas horas. No lo había planeado deliberadamente, pero sucedió que él y Beth se quedaron solos esa noche mientras caminaban a la luz de la luna por los jardines. La señora López estaba bordando en el salón principal.

Rafael había notado el aspecto cansado de Beth y al recordar su expresión preocupada de los últimos días, preguntó repentinamente:

—¿Eres feliz aquí, inglesa?

Beth lo miró sorprendida; había estado pensando en el niño y en que iba a tener que decírselo a Rafael tarde o temprano.

—No soy infeliz, pero... tengo que admitir que San Antonio siempre me traerá recuerdos tristes —respondió con sinceridad—. Tampoco puedo olvidar que mi... que Nathan murió aquí.

Rafael lanzó una exclamación por lo bajo. Nunca hablaban de Nathan, en parte porque Beth no podía hablarle de su extraño matrimonio y en parte porque Rafael no lograba controlar los celos que lo acosaban cuando pensaba en los años que Nathan había gozado de la dulzura de Beth en las muchas noches de pasión que habría conocido entre sus brazos. Pero la respuesta de ella lo inquietó por otro motivo.

—¿No te gusta Texas? —preguntó, frunciendo el entrecejo.

Aliviada por el cambio de tema, Beth respondió de inmediato.

—Algunas partes, sí. Sobre todo los bosques de pinos. Cuando viajamos a través de ellos, me parecieron muy frescos y acogedores.

La respuesta de ella le agradó y con un brillo extraño en los ojos grises, preguntó:

—¿Podrías hacer de ellos tu hogar?

Rafael estaba pisando hielo muy fino y si Beth no hubiera estado tan absorta por la idea del hijo que esperaba, podría haber aprovechado esa ventaja; pero la importancia de la pregunta pasó inadvertida para ella.

—Sí, supongo que sí —respondió distraídamente—. Cualquier lugar puede ser un hogar si uno lo desea así.

Se habían detenido cerca de unos arbustos que los ocultaban de la casa y ambos se quedaron mirando por un instante el reflejo del agua cristalina a la luz de la luna. Cada uno estaba sumido en sus pensamientos, cada uno vacilaba al borde de una decisión y casi simultáneamente, se volvieron el uno hacia el otro, decididos a hablar.

Armándose de valor, Beth levantó la vista hacia el rostro moreno y apuesto de él.

—Rafael... estoy... —Se interrumpió, incapaz de hacer semejante anuncio sin ningún tipo de aviso previo. Tragó con dificultad y trató de encontrar algún tema que pudiera llevar de forma gradual al bebé, algo que lo advirtiera acerca de lo que venía.

Estaba muy bella a la luz de la luna; sus ojos parecían misteriosos, el pelo rubio resplandecía. Las palabras que Rafael había estado a punto de decir se ahogaron en su garganta al verla tan hermosa. Sin pensarlo, como un hombre hipnotizado, la tomó entre sus brazos y buscó su boca.

En el momento que sus labios se encontraron con los de Beth, supo que había sido una locura besarla, pues la pasión que había reprimido con tanta severidad durante esas semanas de pronto estalló en su cuerpo y él ya no tuvo conciencia de nada excepto del cuerpo suave y flexible entre sus brazos. Su abrazo se volvió más apasionado y su boca exploró ardientemente la de Beth, devorando la dulzura que halló entre los labios de ella.

Beth se entregó con pasión a ese abrazo casi brutal, deleitándose en la sensación de estar apretada contra él. Los labios de Rafael le besaban los ojos, la boca y luego descendían hasta la curva de sus senos que asomaban por el escote del vestido.

Si Rafael había ansiado tenerla nuevamente entre sus brazos, también había deseado ella estar entre ellos, sentir el dulce tormento de su posesión, entregarse nuevamente a ese cuerpo alto y fuerte que la hacía alcanzar la plenitud como nadie lo había hecho jamás. Él le había hecho conocer las delicias de la pasión y ella había estado deseando la unión de sus cuerpos tanto como el propio Rafael.

Como si tuvieran voluntad propia, los brazos de Beth se entrelazaron detrás del cuello fuerte de él y su cuerpo esbelto se arqueó contra el de Rafael. La mano de él comenzó a acariciarle un seno y Beth se olvidó de todo menos de esa presencia dura y palpitante que sentía a través de la ropa.

La voz de la señora López llamándolos desde la casa fue como un cubo de agua fría. Rafael no supo si agradecer a la mujer o dirigirse hacia ella y estrangularla.

Apartando su boca de la de Beth, gritó:

—Estamos aquí. La señora Ridgeway estaba admirando la belleza de la caleta a la luz de la luna.

Sintiendo que había cumplido con su deber, la señora López volvió a su bordado con una sonrisa. «¡Ah, qué no daría una por ser joven y estar enamorada!», pensó con una expresión soñadora en el rostro.

En silencio, Rafael enderezó el vestido de Beth y al ver el rostro arrebolado de ella, dijo con voz ronca:

—Es una suerte que nos haya llamado, porque si no, te hubiera recostado sobre el césped y me hubiera demostrado a mí mismo que no soy el eunuco que fingí ser durante todas estas semanas.

Beth ardía por él y sólo pudo asentir con la cabeza, deseando que la señora López hubiera esperado más tiempo antes de llamarlos. Suspiró por la oportunidad perdida de hablarle acerca del bebé y también por la forma abrupta en que habían acabado las caricias de él y caminó con Rafael hasta la casa.

Varios de los hombres de Hechicera, así como también un largo informe de Reinaldo, llegaron a la mañana siguiente. Rafael se disculpó diciendo que probablemente estaría ocupado el resto del día... ¿podrían las damas divertirse solas? Beth acogió la noticia con beneplácito, pues deseaba estar sola varias horas para poder pensar.

Fue un día ocupado para Rafael, como él había previsto. Tuvo que encargar provisiones, herramientas y varias cosas más que Reinaldo había solicitado. Había que enviar más cosas ahora, pues al haberse terminado las viviendas para el personal, las familias irían a reunirse con ellos. No fue hasta el crepúsculo cuando Rafael regresó a la casa.

El día le pareció interminable a Beth una vez que Rafael se marchó, y al principio vagó de salón en salón hasta que se decidió disfrutar del sol antes de que se tornara demasiado fuerte. Dejando a la señora López con su aparentemente interminable bordado, Beth fue a sentarse en un confortable sillón bajo la protección de un frondoso árbol. Miró sin ver la caleta junto a la que habían paseado la noche anterior y pensó en el niño y en la necesidad de tomar una decisión. «¡Qué cobarde soy! —se dijo con rabia—. ¡Díselo de una vez! Cuando regrese esta tarde, dile que quieres verlo a solas en el estudio y cuéntaselo. Sería tan fácil.» Sabía que era lo que debía hacer y sin embargo su corazón quería asegurarse antes del amor de Rafael. No después, si es que llegaba, en absoluto. Ni siquiera, a pesar de la creciente relación entre ellos, estaba segura de la profundidad de los sentimientos de él y temía que su confesión pudiera despertar nuevamente al hombre feroz y sarcástico que la había recibido aquella madrugada en Cielo. Era posible que la amara —su corazón lo creía—, pero quizá sólo deseaba su cuerpo.

Permaneció allí sentada largo rato. Cuando se disponía a regresar a la casa, oyó un sonido de voces. Reconoció la de Paco, pero no el ladrido que siguió, y luego le pareció oír la voz de don Miguel tratando de serenar a alguien. También escuchó hablar a la señora López, pero la voz de la dama se ahogó bajo las frías órdenes impartidas por el hombre de la voz dura.

Sintiendo curiosidad, Beth entró en la casa y se encontró con la señora López, que parecía ansiosa y fastidiada al mismo tiempo.

—¡Ah, señora Beth, venga enseguida a la galería del frente! —exclamó cuando la vio.

Inquieta, Beth siguió a la otra mujer. Al entrar al vestíbulo, tomó conciencia del alboroto que reinaba en la casa: dos criadas con expresiones reprobadoras subían por la escalera, seguidas por cuatro sirvientes que llevaban cosas que se asemejaban mucho a sus baúles. Beth los miró azorada por un instante y luego se volvió hacia el frente de la casa.

Las puertas dobles estaban abiertas de par en par y Paco, con expresión fastidiada, estaba de pie en la entrada. Beth quedó atónita al ver un grupo de españoles a caballo al otro lado de la galería.

Mientras sus ojos azorados recorrían la docena de rostros, reconoció solamente a don Miguel, que se veía abochornado e incómodo, y a Lorenzo, que parecía muy complacido. Los demás le resultaron desconocidos, todos vaqueros bien armados... excepto uno: el hombre delgado y de nariz aguileña que estaba en el centro del grupo.

Montaba un magnífico corcel negro con la arrogancia de un conquistador. Llevaba un sombrero con bordados plateados, una chaqueta color rubí y ajustadas calzoneras negras. Un aire de altivez y desdén brotaba de él y miró a Beth fijamente, sin hacer el gesto de desmontar para saludarla o de siquiera quitarse el sombrero. El rostro arrugado denotaba que habría sido muy apuesto en su juventud, pero había crueldad y egoísmo en la boca que asomaba bajo los bigotes caídos. Tenía ojos negros e inexpresivos como los de un reptil. Con un marcado acento español, preguntó:

—¿Usted es la señora Ridgeway?

Beth se puso rígida; no le gustaba el tono ni la forma en que la miraba ese hombre, evaluándola como si fuera un animal para comprar. Tampoco le gustaba ser interrogada por desconocidos groseros. A juzgar por el fastidio de Paco y la expresión incómoda de don Miguel, era obvio que este despótico ser no había querido entrar en la casa. Con el mismo desdén que había demostrado él, Beth asintió y dijo con sequedad:

—¿Y quién es usted, si se puede saber?

El hombre arqueó una ceja arrogante.

—¿Yo? —dijo con sorpresa, como si le resultara incompresible que ella no lo conociera—. Yo soy don Felipe.

26

«¡De modo que éste era el aterrorizador don Felipe!», pensó Beth mientras lo observaba por el rabillo del ojo. «Qué cara fría y altiva tiene —se dijo—; hasta sus bigotes parecen curvarse con desdén.»

Sin apartar los ojos de reptil del rostro de Beth, anunció con tono autoritario:

—Los sirvientes tienen la orden de recoger sus cosas. No me parece correcto que usted resida en casa de mi nieto con nada más que la señora López como acompañante. Y como yo y los demás miembros de mi familia no nos ensuciaremos los pies entrando en la casa de Abe Hawkins, usted vendrá con nosotros esta misma tarde. —Al ver la expresión azorada y furiosa de Beth, añadió con tono condescendiente—: Doña Madelina la está esperando en la hacienda que usa la familia cuando hay necesidad de pernoctar en San Antonio.

Beth se tragó el comentario iracundo que iba a brotarle de los labios y, abriendo enormes ojos inocentes, dijo con voz almibarada:

—¿También su nieto, Rafael?

Don Felipe apretó los labios.

—¡No! ¡Él prefiere hacer ostentación de su sangre plebeya y vivir en la casa de un trampero gringo. —Echó una mirada fulminante a don Miguel y agregó—: Me ofendí mucho al enterarme de que hay otros en mi familia que no piensan lo mismo... ¡Pero le aseguro que no volverá a suceder! Pero eso no tiene nada que ver con usted —terminó con altivez—. Vendrá con nosotros. Nos sigue un carruaje y tendrá justo el tiempo para prepararse y partir antes de que llegue. —Al ver que Beth se disponía a protestar furiosamente, rugió—: Y no discutiré con usted. No tengo tiempo para perder intercambiando comentarios con una mujer.

Beth respiró hondo, luchando por controlarse. Levantó el mentón con gesto desafiante, se enfrentó con la mirada dura de don Felipe y dijo con frialdad:

—Muchas gracias por su amable proposición, pero prefiero quedarme donde estoy. Si yo decido que no está bien que permanezca aquí, entonces me mudaré a un hotel. Podrá intimidar a su familia —añadió con desdén—, ¡pero a mí no me atemoriza en absoluto!

Los ojos negros se entornaron y una sonrisa irónica se dibujó en el rostro avejentado.

—Tiene carácter —dijo a don Miguel con aprobación, como si Beth no estuviera allí—. Una cierta dosis de carácter es buena en una mujer. Tendría que engendrar hijos vivaces, dignos del apellido Santana. Es una lástima que sea una gringa —agregó—, pero servirá. Al menos su padre es un lord, aunque yo hubiera preferido que fuera duque.

Beth lanzó una exclamación de asombro y furia que se perdió en el alboroto causado por los sirvientes de Rafael que salían en ese instante con un baúl y una maleta de ella. Los criados parecían incómodos y vacilantes y era obvio que, si bien les molestaba que el despótico anciano les diera órdenes, le tenían demasiado miedo como para no obedecerle. Pero Beth no. Con los ojos violetas relampagueando de ira, exclamó:

—¡Maldición! ¡Esperen un minuto! ¡Dejen esas maletas! ¡No iré a ninguna parte! —Atravesó la galería con pasos rápidos y se detuvo en el segundo peldaño, fulminando a don Felipe con la mirada—. ¡En primer lugar, no tiene ningún derecho de dar órdenes a criados que no son suyos! —le espetó—. ¡Y lo que es más importante aún, no tiene ninguna autoridad sobre mí! ¡De modo que olvide cualquier idea que pueda tener respecto de sacarme de esta casa!

Don Felipe la miró de arriba abajo, mientras pensaba que había sido muy astuto al prever su tonta obstinación. Era evidente que ella no iba a aceptar sus órdenes y subirse dócilmente al coche cuando éste llegara, así que tendría que ser por la fuerza. Con una expresión aburrida en el rostro altanero, chasqueó los dedos y antes de que Beth se diera cuenta de lo que sucedía, alguien la levantó en vilo y la depositó sobre la silla de montar, delante de Lorenzo. El caballo se movió inquieto al sentir el peso adicional de ella y el pomo del arzón de la silla se le clavó en la cadera cuando ella trató desesperadamente de liberarse de Lorenzo.

Don Miguel, que había permanecido en silencio, observando con reprobación cómo su padre dominaba la escena, de pronto protestó con violencia ante lo que estaba sucediendo, pero una brusca réplica en español de su padre le hizo callar nuevamente. Miró a Beth con compasión como queriendo disculparse, pero no hizo nada para detener lo que era prácticamente un rapto. En ese instante Beth comprendió que don Miguel siempre cedería ante un hombre más fuerte.

Don Felipe, haciendo caso omiso de las protestas de Beth y de sus intentos por zafarse de Lorenzo, ladró unas órdenes a Paco y a la señora López. Más tarde Beth se enteró de que eran un mensaje para Rafael sobre su paradero e instrucciones para el traslado del equipaje restante. Luego, haciendo una señal a sus hombres, puso su caballo en movimiento y todo el grupo lo siguió, dejando a Paco y a la señora López mirando atónitos cómo la cabeza rubia de Beth desaparecía en la nube de polvo que levantaban los caballos.

Un instante más tarde, Paco envió a un criado a la ciudad para que tratara de localizar al señor Rafael y le relatara lo sucedido, mientras que la señora López y Manuela comenzaban a hacer los preparativos necesarios para trasladarse a la hacienda donde habían llevado a Beth. Don Felipe les había informado que cuando llegara el carruaje, ellas viajarían con el equipaje.

A la señora López en ningún momento se le ocurrió no hacerlo, aunque don Felipe le resultó demasiado autoritario. En cuanto a Manuela, sólo era una criada y tenía menos derecho de opinar que la señora López, así que con expresión preocupada, comenzó a recoger las pertenencias de la señora Beth, preguntándose con ansiedad cómo culminaría ese día.

Sabiendo que era inútil y poco digno seguir debatiéndose, Beth finalmente dejó de luchar y se mantuvo en un gélido silencio mientras que la ciudad desaparecía detrás de ellos. El sol le daba de lleno en la cabeza y antes de que hubieran recorrido un kilómetro, comenzó a sentir una terrible jaqueca; una jaqueca causada tanto por la rabia como por el sol ardiente.

Don Miguel acercó su caballo al de Lorenzo y murmuró con expresión compungida:

—Lamento muchísimo que esto haya tenido que suceder, querida, pero mi padre es un anciano testarudo. No siempre es cortés ni convencional, y por desgracia, ha pasado toda su vida haciendo lo que quiere.

—Y supongo que a nadie nunca se le ha ocurrido contrariarlo —respondió Beth con frialdad—. ¿Por qué no hizo nada para detenerlo hace unos minutos?

Don Miguel no quiso mirarla a los ojos. Carraspeó y dijo en voz baja:

—Las costumbres de años son difíciles de romper, señora. Le obedezco porque me han educado para que lo haga. No tolera que nadie se subleve. Descubrí que era mucho más fácil hacerle caso que rebelarme. Quizá no esté de acuerdo con él, pero no puedo desobedecerle.

—Comprendo —murmuró Beth y volvió a percibir la debilidad que se ocultaba bajo el encanto de don Miguel. Mirándolo con sorpresa, agregó—: Me pregunto cómo usted se atrevió a casarse con la madre de Rafael.

Él se sonrojó y dijo, muy tieso:

—Eso no tiene nada que ver.

Aceptando la reprimenda, Beth volvió a mirar hacia delante. Sentía el pecho duro de Lorenzo contra su costado y la fuerza de los brazos musculosos que la rodeaban. Sabía que él la estaba sujetando con más fuerza de la necesaria. Lo miró, con intención de regañarlo por las libertades que se tomaba, pero al ver el deseo en aquellos ojos negros, desvió la vista de inmediato.

Mientras se alejaban de San Antonio don Miguel se mantuvo al lado de Lorenzo y Beth, en tanto que don Felipe cabalgaba delante, como un rey con sus soldados. Desde que la había hecho capturar, en ningún momento había vuelto a mirar a Beth ni a dirigirle la palabra.

Pero don Miguel, un hombre esencialmente bueno y gentil, estaba muy consternado por lo ocurrido y al ver el rostro frío de Beth, dijo con suavidad:

—Señora Beth, trate de no juzgarme con demasiada dureza. Mi padre tiene razón en una cosa: realmente no estaba bien que usted se quedara en San Antonio nada más que con la señora López para proteger su reputación. Doña Madelina y yo no tendríamos que haberlo permitido, como nos dijo mi padre con sarcasmo. Deberíamos haberla llevado con nosotros cuando regresamos a Cielo o haber permanecido en San Antonio hasta... —Se interrumpió abruptamente.

—¿Hasta qué? —dijo Beth con un brillo peligroso en los ojos. Al ver que don Miguel no quería internarse en ese terreno peligroso, insistió— ¿De dónde sacó su padre la ridícula idea de que yo voy a «engendrar hijos Santana»? Y me gustaría mucho saber con qué derecho investigó a mi familia.

Don Miguel se veía incómodo y avergonzado:

—Fue por mi culpa —confesó finalmente. Mirando el rostro decididamente hostil de Beth, dijo con sinceridad—: Fue presuntuoso de mi parte, lo sé, pero le escribí a mi padre contándole acerca de usted y de mis esperanzas de que fuera a casarse con mi hijo. Ahora me doy cuenta de que fue un error. Nunca creí que mi padre interferiría de este modo. —Sus ojos suplicaban que lo perdonara. Bajando la voz, agregó—: Usted es tan dulce y bella, y parecía que Rafael no era inmune a sus encantos. Hubiera resuelto muchos problemas: usted no habría tenido que regresar a Natchez viuda y mi hijo quizás hubiera encontrado finalmente la felicidad. —Don Miguel suspiró—. Cuando escribí a mi padre, olvidé lo implacable que puede ser cuando se le mete algo en la cabeza. Hace mucho que quiere que Rafael vuelva a casarse y cuando le escribí sobre usted, de inmediato se abalanzó sobre la idea, sobre todo cuando a través del consulado británico en Ciudad de México pudo verificar sus antecedentes.

Beth guardó un férreo silencio, pero su ira contra don Miguel se estaba disipando. No tenía la culpa de ser un hombre débil y él y su mujer habían sido muy amables con ella, recordó. Su enemigo era don Felipe; él que con su autocrática arrogancia había destruido cualquier oportunidad que ella y Rafael pudieran haber tenido para descubrir la profundidad de sus sentimientos.

Era obvio que pensaba forzar el matrimonio. Era obvio también que por cualquier medio, Rafael sería obligado a tomar una decisión para la que todavía no estaba preparado. En cuanto a ella, estaba segura de que amaba a Rafael y deseaba casarse con él, pero ¡solamente si éste también lo deseaba! ¡Por cierto que no quería hacerlo para obedecer las órdenes de un tirano déspota como don Felipe!

Ella y Rafael habían estado tan cerca de decirse lo que sentían y ahora este malvado anciano podía haberlo estropeado todo. Beth clavó una mirada furiosa en la espalda erguida de don Felipe. ¡Maldito sea!

Si Beth estaba furiosa con don Felipe, Lorenzo estaba encantado. Cuando había recibido el mensaje de don Felipe para encontrarse con él en la hacienda, casi había trinado de felicidad al enterarse de lo que planeaba. No importaba que el matrimonio de Beth y Rafael estuviera un paso más cerca. Lo que importaba era que don Felipe estaba decidido a sacar a Beth de San Antonio... de la protección de la ciudad, ¡de la seguridad!

Lorenzo no había perdido el tiempo después de su reunión con el jefe de la familia Santana. Cabalgando hacia las colinas al Oeste, había juntado las hojas y ramas que necesitaba para hacer un fuego con mucho humo y al cabo de unos minutos una humareda blanca y gris se elevaba contra el cielo azul. Utilizó su sarape como manta y muy pronto nubecillas de humo blanco comenzaron a elevarse a intervalos regulares. El humo se veía a muchos kilómetros, y Lorenzo sonrió diabólicamente al ver la señal de respuesta en la distancia. ¡Qué bien! Los guerreros comanches no estaban a más de un día de distancia de él.

El cuerpo esbelto de Beth contra el suyo hizo que Lorenzo regresara al presente y sintiendo que comenzaba a palpitar de deseo, decidió que antes de dejarla morir a manos de los indios, la poseería. El deseo de sentir esa piel blanca y sedosa contra la suya era lo único que mantendría a Beth viva un minuto más de lo necesario. Quizás era la verdadera razón por la que pensaba deshacerse de ella de esa forma. Primero disfrutaría y luego vería cómo gozaban con ella los comanches. Después de eso...

La casa de los Santana estaba situada aproximadamente a ocho kilómetros de San Antonio, en un pequeño valle situado cerca de un brazo del río San Antonio y, a pesar de que la usaban muy poco, siempre estaba equipada y lista para recibir a cualquier miembro de la familia que anduviera por los alrededores. Era mucho más pequeña que Cielo, pero estaba decorada con la misma suntuosidad, pensó Beth mientras la llevaban a su alcoba.

Era encantadora, pero de todos modos era una prisión. Observando a la criada que colgaba la ropa que habían traído en un baúl, Beth se preguntó qué sucedería ahora. Aparentemente, a pesar de que la tenían prisionera, don Felipe no parecía dispuesto a maltratarla... siempre y cuando, pensó Beth con cinismo, ella no hiciera nada para contrariarlo.

Doña Madelina la había recibido con mucho cariño cuando la habían dejado unos minutos antes en el patio interior y Beth, a pesar de su rencor y furia, no pudo mostrarse fría con la afectuosa dama. Ésta había ordenado de inmediato que llevaran a Beth a su habitación para que descansara y se recuperara del inesperado viaje.

Aparentemente, decidió Beth, si bien don Miguel y doña Madelina no estaban de acuerdo con la forma en que había manejado la situación don Felipe, ninguno de los dos objetaba el resultado final. Se estaba tornando muy evidente que la familia Santana había decidido que ella y Rafael debían casarse y don Felipe, al menos, no permitiría que nada interfiriera en sus planes.

Beth agradeció al cielo que nadie más que ella supiera del niño que llevaba en su cuerpo y fue a lavarse el rostro y las manos. Mientras se sacudía el polvo del vestido y se peinaba delante del espejo del tocador, consideró la situación. Obviamente quedaba descartado exigir que la llevaran de nuevo a San Antonio. Planear una huida también era una tontería: no conocía a nadie a quien poder sobornar para conseguir un caballo y tampoco le atraía la idea de viajar sola por parajes que habían sufrido ataques comanches. Por el momento, entonces, tendría que ponerle al mal tiempo buena cara.

Tuvo de inmediato la oportunidad de hacer evidente su fastidio y dejar claro su posición. Se oyó un golpe en la puerta y cuando la criada mexicana la abrió, recibió un mensaje de don Felipe: aguardaba a Beth inmediatamente en la biblioteca. Ella apretó los puños y luchando contra el deseo de mandar al diablo al anciano prepotente, siguió al criado vestido de blanco hasta la habitación que él le indicó.

Al entrar, encontró a don Felipe sirviéndose una copa de vino de un botellón de cristal. El anciano miró por encima de su hombro y preguntó con tono puntilloso:

—¿Le gustaría tomar una copa de jerez? Hice que subieran una botella de la bodega.

Beth permaneció muy tiesa en el centro de la habitación. Una parte de su mente notó que las paredes estaban cubiertas de libros. Había un sofá de cuero y un mueble donde habían dejado la bandeja de refrescos. Miró a don Felipe con serenidad y respondió:

—No, gracias. No bebo con mi carcelero.

Él sonrió, pero la expresión de los ojos no cambió. Visto sin su caballo, no era un hombre alto; mediría unos seis centímetros más que la propia Beth. Pero, a pesar de eso, destilaba orgullo y poder. Se había cambiado de ropa, pero las que llevaba ahora estaban bordadas en oro y plata, como las anteriores. No había duda de que era una figura imponente para un hombre de su edad, que Beth adivinó, sería de unos setenta años. En el pelo grueso y oscuro no había ni una sola hebra plateada.

—Las mujeres con espíritu son admirables, pero si hay algo que aborrezco, es la beligerancia —dijo por fin, mirando a Beth por encima del borde de su copa—. Espero, señora, que no cometa el error de sobrepasar ese delgado límite.

Era una amenaza mal disimulada y Beth reaccionó de inmediato. Sin preocuparse por ocultar su desprecio ni la antipatía que le inspiraba el anciano, le espetó:

—Hace mucho tiempo, señor, que dejé atrás a la gobernanta y las reglas de conducta de la escuela. ¡Por cierto que no pienso dejarme intimidar por usted! ¿Me entiende?

Él asintió; los ojos negros estaban velados.

—Muy bien —murmuró—. Nos comprendemos, según parece. Por lo tanto, no perderé el tiempo con trivialidades. —Hizo un gesto en dirección al sofá—. ¿Quiere sentarse mientras hablamos de la situación?

—No —replicó Beth. Tenía los ojos llameantes y las mejillas sonrojadas de furia.

—Bien. Entonces, sino le importa, me sentaré yo —dijo él con tranquilidad y procedió a sentarse. Miró con descaro el cuerpo esbelto de Beth y después de beber un trago de jerez comenzó a hablar.

—Nos encontramos ante una situación muy simple. Es usted realmente una joven viuda muy bella y posee dinero, y alcurnia. Tengo un nieto apuesto y viril al que me gustaría ver casado y con hijos, sobre todo con hijos varones. ¿Es muy sencillo, no? Usted se casa con mi nieto y se termina su viudez; ya no estará sola sin un hombre que la proteja y la guíe. Y yo estaré satisfecho porque mi único heredero se habrá casado, y con el tiempo me dará bisnietos.

Beth no supo si reírse ante su desfachatez o estallar de furia. ¡Cómo se atrevía a organizarle la vida de esa forma!

Con las manos sobre las caderas y el rostro vibrante de ira, respondió:

—¡No tengo ningún deseo de meterme en un plan semejante! Mi primer matrimonio fue arreglado por mi padre y si alguna vez vuelvo a casarme, lo haré por amor ¡y no para comodidad de nadie!

Don Felipe se encogió de hombros.

—Muy noble... pero infantil. Después de que me haya dado un bisnieto, no me importa que tenga amantes. Sin duda el matrimonio con mi nieto no puede resultarle tan desagradable. Después de todo, pasó varias semanas en su casa y su compañía no le pareció difícil de tolerar.

—¿Por qué yo? —preguntó Beth con dureza—. Si es tan importante que Rafael se case, ¿por qué no le busca una mujer adecuada?

Don Felipe hizo a un lado la copa y se mordió el labio.

—Había pensado en eso, pero las mujeres jóvenes y ricas no se encuentran tan fácilmente —admitió—. Además, la reputación de Rafael con las mujeres hace que los padres de las novias no se sientan muy ansiosos por entregar sus hijas a un hombre con el pasado de él. Es cierto, podría volver a obligarlo a casarse, pero si no desea a la mujer, de nada me servirá. ¿Me comprende? Sin un matrimonio consumado no tendría yo herederos para Cielo y según lo que me ha dicho mi hijo, Rafael aparentemente siente algo por usted, ¿no es así?

Beth se contuvo para no emitir una risita histérica y se preguntó qué haría este anciano prepotente si se enterara de que ella ya llevaba en su seno el hijo de Rafael. Curiosa ante las palabras de él, preguntó:

—Aun si yo accediera a un plan tan descabellado, ¿qué podría usted hacer para que Rafael estuviera de acuerdo?

Don Felipe sonrió y Beth sintió un escalofrío. El anciano se puso de pie y fue a tirar de una cuerda de terciopelo. Casi de inmediato se oyó un golpe en la puerta y don Felipe respondió:

—Entre. —El criado entró y don Felipe le indicó—: Traiga a la señorita Arabela.

Cuando volvieron a quedar solos, se volvió hacia Beth y comentó:

—Arabela es la niña mimada de la familia. La había llevado a Ciudad de México conmigo pero resultó muy indisciplinada, de modo que cuando recibí la carta de Miguel, la traje de regreso. —Tomó el vaso, bebió otro poco de jerez y continuó—: Encontrará que es una chiquilla encantadora y, por alguna extraña razón, es la única de sus hermanastras por la que Rafael siente cariño. Pero espere; cuando la vea, comprenderá de qué estoy hablando.

Y así fue. Unos pocos minutos más tarde, la puerta se abrió bruscamente y una jovencita de no más de quince años entró corriendo en la habitación. Arabela era realmente deliciosa. Para Beth fue una sorpresa verla, pues a diferencia de la mayoría de los mexicanos y españoles, la muchacha tenía el pelo color fuego y unos enormes ojos azules.

Don Felipe notó la expresión de Beth y comentó:

—Una española pelirroja es inusual, pero se da en algunas ocasiones.

Arabela hizo caso omiso de su abuelo y corrió hasta Beth.

—¡Oh, qué hermosa eres! Mamá me lo había dicho, pero no le creí —declaró con inocencia. Los ojos azules tenían un brillo risueño y amistoso. Llevaba un vestido sencillo y el pelo recogido sobre cada oreja. Era pequeña para su edad, pero ya se adivinaban su cintura breve y sus senos redondeados.

—Gracias —respondió Beth, reaccionando de inmediato al encanto y la alegría de la chiquilla—. Tú también eres muy bonita —agregó con gentileza.

Arabela rio.

—¡Ahora sé que me caerás bien! —Impulsivamente, abrazó a Beth—. Me alegro mucho de que vayas a casarte con Rafael. ¡Consuelo era una bruja y no simpatizaba con ella lo más mínimo! Era mala con él, pero sé que tú no lo serás.

Beth se puso rígida y Arabela la miró sin comprender. Antes de que la muchacha pudiera seguir hablando, don Felipe intervino con frialdad:

—¡Tus modales son deplorables, Arabela! ¡Creo que tu madre te ha enseñado buena conducta!

Parte de la animación y la alegría se borraron del rostro de la joven. Volviéndose hacia su abuelo, hizo una rígida reverencia y murmuró con voz descolorida:

—Perdóneme, abuelo. Me descontrolé —Beth se sintió complacida al ver el brillo travieso en la mirada que le dirigió Arabela de soslayo. ¡De modo que la chiquilla no le tenía miedo al anciano, como todos los demás!

Con la misma vocecita descolorida, Arabela preguntó:

—¿Deseaba alguna cosa, abuelo?

—Sólo quería que la señora Beth te conociera, así que ya puedes irte. Y trata de aprender algo de educación antes de que vuelva a verte.

Don Felipe le dio la espalda y solamente Beth vio la lengua impertinente que sacaba la chiquilla y el guiño travieso que le dirigía antes de salir corriendo del salón.

—Una criatura encantadora —dijo Beth con fingida indiferencia—. ¿Pero qué tiene que ver con nuestra conversación?

Don Felipe se sirvió otra copa de jerez.

—Todo, mi querida, todo. Verá, Arabela es el talón de Aquiles de Rafael. Él haría cualquier cosa por verla feliz. Es realmente muy sencillo, como ya le dije. O Rafael se casa con usted, o me encargaré de casar a Arabela con el anciano más horrible y perverso que pueda encontrar. —Con los ojos negros llenos de maliciosa satisfacción, preguntó—: ¿Cree que él permitiría eso, sobre todo cuando para impedirlo sólo tiene que casarse con una mujer que le resulta atractiva?

Beth se puso pálida y sintió que le faltaba la respiración. No, Rafael no lo permitiría. Nadie lo haría. Arabela era demasiado alegre, demasiado vivaz para merecer ese destino. Tragando con dificultad, exclamó:

—¡Usted es un malvado sin corazón! ¡Un villano ruin!

Don Felipe se encogió de hombros con indiferencia.

—Quizá. Los calificativos me importan poco. Lo que es importante es triunfar. Y creo que, por fin, he triunfado.

—¡No del todo! —replicó Beth, apretando los dientes—. Podrá muy bien extorsionar a su nieto, pero, dígame, ¿cómo piensa asegurarse de que yo le obedezca?

—¡Bah, eso! ¡Pamplinas! No tengo que mover ni un dedo —respondió él, muy satisfecho—. Rafael lo hará. ¿Cree que él permitiría que usted se negara si eso significara que Arabela fuera a casarse con un viejo pervertido? —Don Felipe rio.

Beth ni siquiera recordó cómo había llegado hasta su habitación. Todo lo que el anciano había dicho era cierto y se sentía muy apesadumbrada. Rafael podía ser implacable como su abuelo, sin duda, y si don Felipe le daba a elegir entre casarse con ella o ver a Arabela atada a un horrible anciano, Beth sabía cuál sería su elección. ¿Y yo?, se preguntó. ¿Podría soportar la idea de que se casó conmigo por obligación?

De alguna forma logró pasar la velada que siguió, sonriendo con cortesía y respondiendo a los comentarios que le hacían. Al ver la vivacidad de Arabela y oír su conversación alegre, el corazón se le fue a los pies. ¿Podría ella permitir que le arruinaran tan cruelmente la vida a esa deliciosa chiquilla? ¿Cómo reaccionaría Rafael ante esta situación?

¡Rafael estaba furioso! Al llegar a su casa, deseando ver a Beth después de un día largo y ocupado, escuchó con furia creciente el relato que le hizo Paco. Ni siquiera el hecho de que un criado había sido enviado a buscarlo pareció aplacar su ira.

—Comprendo —dijo por fin, con peligrosa serenidad—. ¿Y la señora López? ¿También se fue? ¿Y la criada Manuela?

—Sí. No. —Respondió Paco con nerviosismo. No le gustaba la expresión en el rostro de su amo—. La señora López se fue en el carruaje que envió su abuelo, pero Manuela está todavía aquí. No había terminado de recoger las cosas de la señora Beth y se decidió que viajaría con usted por la mañana.

Manuela lo había hecho adrede. Se había mostrado tan lenta a la hora de recoger el equipaje que, finalmente, la señora López sugirió que podría viajar con Rafael por la mañana, pues sin duda él cabalgaría a toda prisa hacia la hacienda donde se encontraba Beth. Sonriendo para sus adentros, Manuela accedió. Conociendo al señor Rafael, sabía que la señora Beth no permanecería demasiado tiempo bajo el mismo techo que don Felipe.

Rafael subió las escaleras de a dos escalones y entró como un torbellino en la habitación donde estaba Manuela, fingiendo que recogía las últimas cosas. Rafael echó una sola mirada al baúl y dijo:

—¡Saca esas cosas de allí! La señora Beth regresará. —Manuela lo observó irse con una sonrisa y comenzó a sacar la ropa. Si no se equivocaba, la señora Beth dormiría al día siguiente por la noche en esa cama... ¡y posiblemente no lo haría sola!

Rafael estaba bajando por las escaleras cuando Paco acudió a una llamada de la puerta y dejó entrar a Sebastián, cubierto de polvo, Rafael se detuvo en seco y preguntó bruscamente:

—¿Qué diablos te trae por aquí?

—¡Tu amable compañía seguro que no! —replicó Sebastián haciendo una mueca. Al ver que no era momento para bromas, añadió—: Me enteré ayer por la mañana de que tu abuelo había estado en Cielo, así que me vine a toda prisa para advertirte que es probable que te visite... pronto.

Rafael hizo una mueca y bajó el resto de los peldaños.

—Te agradezco por las noticias y lamento haberte hablado mal. Por desgracia, llegas demasiado tarde. Estuvo aquí esta mañana y se llevó a Beth. —Esbozó una sonrisa sarcástica y añadió—: Aparentemente, no creyó que la señora López fuera una acompañante adecuada.

Sebastián rio y preguntó con picardía:

—¿Y lo era?

Rafael sonrió. Recordando la noche del vestido de prostituta, dijo con suavidad:

—No, debo admitir que no. —Pero luego frunció el entrecejo y agregó—: Iba a partir hacia la hacienda donde está nuestra familia. Debo ver a Beth a solas antes de que mi abuelo le pueda llenar la cabeza con sus ideas descabelladas.

—Bien. ¿Qué estamos esperando, entonces? —preguntó Sebastián con una sonrisa.

27

Le llevó unos pocos minutos ensillar a *Diablo* y conseguirle un caballo nuevo a Sebastián. En silencio, los dos hombres se perdieron en la noche. Rafael estaba inmerso en sus pensamientos y Sebastián, agotado por el viaje, de modo que ninguno sentía deseos de iniciar una conversación.

Rafael había presentido la ausencia de Beth al entrar a la casa. Sintió un vacío repentino y supo que algo había sucedido antes de que Paco comenzara a darle explicaciones.

Le aterrorizaba y enfurecía saber que podía haberla perdido por su propia indecisión. Conocía a su abuelo demasiado bien y temía que al volver a ver a Beth, ella ya no fuera la criatura dulce de estas pasadas semanas. No; una vez que su abuelo comenzara a urdir sus tramas, era probable que Beth lo recibiera con rabia y hostilidad en lugar de dulces besos. Le llevaría meses reparar los daños, meses que él no deseaba perder.

No le resultó difícil adivinar los motivos de su abuelo, ni adivinar cómo se había enterado de la existencia de Beth. Lo que no sabía era qué amenaza usaría el anciano contra Beth o cómo pensaba asegurarse de que el matrimonio se llevaría a cabo. Sólo sabía que Beth estaría furiosa y no podía culparla.

Rafael rompió el silencio cuando estaban a un kilómetro de la hacienda. Deteniendo a su caballo, dijo:

—No entraré contigo. Quiero que llegues como si hubieras venido a reunirte con la familia. Dile a mi abuelo que hablaste conmigo y que yo dije que se fueran al diablo.

Sebastián se mostró sorprendido.

—Si no vas a entrar conmigo, ¿qué vas a hacer?

Rafael sonrió y sus dientes blancos brillaron en la oscuridad.

—Ver a Beth, por supuesto.

—¿Cómo?

—Me introduciré en la hacienda aprovechando el alboroto de tu llegada. No me llevará mucho descubrir qué habitación le han dado a Beth. Si está con los demás, encuentra alguna forma de hacerle saber que la estaré esperando en su habitación.

Sebastián hizo una mueca.

—¡Lo haces parecer tan fácil! Como si don Felipe no fuera a sospechar nada.

—Probablemente sospeche. Pero sospechará de tus motivos, no de lo que yo pueda estar haciendo, y eso es lo importante. —Rafael agregó con vehemencia—: Sebastián, tengo que ver a Beth a solas. ¡Y antes de hablar con mi abuelo!

—De acuerdo. ¿Volveré a verte esta noche?

—Sí, creo que será mejor que nos encontremos antes de que regrese a San Antonio. Es tarde, así que si dices que quieres retirarte a descansar, nadie se sorprenderá. Media hora después de haberte ido a tu habitación, baja a las caballerizas. Me encontraré contigo allí.

Efectivamente, Beth estaba con los demás. Saludó a Sebastián con amabilidad pero sin mostrarse efusiva, pues todavía no había olvidado cómo se habían separado. Pero finalmente las muecas y las miradas desesperadas que él le dirigía cuando nadie los miraba la convencieron de que quería decirle algo. Con el corazón latiéndole a toda prisa, logró estar a solas con él un instante. Sebastián susurró disimuladamente:

—Ve a tu habitación... ¡Rafael está allí!

Beth le dedicó una sonrisa deslumbrante y, rogando que su rostro no la delatara, unos instantes más tarde se disculpó diciendo que estaba cansada, deseó buenas noches a todos y corrió hacia su habitación.

En cuanto cerró la puerta del dormitorio, Rafael salió de las sombras y unos segundos más tarde Beth estuvo entre sus brazos. Se besaron con pasión y alegría, felices de estar cerca el uno del otro.

—¿Estás bien? —preguntó Rafael, decidido a destrozar todo y a todos si alguien la había lastimado.

—Sí —respondió Beth—. Me asusté un poco al principio, ¡pero ahora estoy furiosa!

Se oyeron unos golpecitos en la puerta y, con ojos asustados,

Beth indicó a Rafael que se ocultara. Al abrir la puerta, casi emitió un suspiro de alivio al ver que era la criada mexicana. La mujer había venido para ver si Beth quería que la ayudara a desvestirse, pero Beth le dijo que no era necesario y que podía retirarse.

Una vez que volvieron a estar solos, Beth sintió una inexplicable timidez y Rafael, un extraño recelo. Era como si supieran que había llegado la hora de decirse lo que ocultaban en sus corazones. A pesar del éxito con las mujeres, Rafael nunca había tenido que decirle a una mujer que la amaba y se sentía extrañamente incómodo.

Para Beth, esa noche era la culminación de todas las otras veces que habían estado juntos. Al verlo allí en el centro de la habitación, creyó que el corazón le estallaría de amor. Sin embargo, si don Felipe se salía con la suya, un abismo se abriría entre ellos. El recuerdo de lo que había sucedido esa tarde le hizo preguntar:

—¿Has hablado con tu abuelo?

—No, amada mía, y no tengo intenciones de hacerlo.

Beth escudriñó el rostro de él, deseando creerle. Pero temía que en algún momento de esa tarde don Felipe hubiera hablado con él. Este encuentro secreto podría haber sido arreglado para que ella no sospechara, para que creyera que Rafael venía por su propia voluntad.

Rafael comprendió que su abuelo ya le había envenenado la mente. Entornó los párpados y preguntó:

—¿No me crees?

Asustada por la violencia que presentía en él, Beth balbuceó con sinceridad:

—¡N... no... l... lo sé!

Rafael cruzó hasta ella y la sacudió por los hombros.

—¿Cuándo te he mentido? —rugió en voz baja—. ¿Por qué iba a mentirte ahora si todo lo que hice en las últimas semanas fue para que aprendieras a confiar en mí? ¿No sirvieron de nada mis esfuerzos, entonces? ¿Piensas tan mal de mí que mi abuelo, en una sola tarde, puede destruir lo que ha estado creciendo entre nosotros desde la noche del baile de los Costa?

Beth lo miró a los ojos y sacudió la cabeza lentamente.

—No, te creo —dijo en voz baja y agregó a modo de explicación—: Don Felipe es un hombre malvado y me asustó. —Con mirada suplicante, susurró—: Planea obligarte a que te cases conmigo.

Rafael aflojó entonces la presión de sus manos y dijo con voz cansada:

—Lo imaginé.

Beth sintió que el corazón se le helaba en el pecho y preguntó con voz temerosa:

—¿No le permitirás hacerlo?

Rafael esbozó una sonrisa extraña.

—¿Sería tan terrible para ti casarte conmigo?

Una nueva emoción parecía haberse colado en la habitación y la violencia anterior había desaparecido. Las manos de Rafael ahora le acariciaban los hombros. Sintiendo una inexplicable timidez, Beth no pudo mirarlo a los ojos.

—Depende —dijo con un hilo de voz.

Rafael la apretó contra él y susurró contra su sien:

—¿De qué?

—De la razón por la que te cases conmigo.

Era un momento intenso, pues ambos lo prolongaban y sin embargo pugnaban por saber qué había en el corazón del otro. Ambos sabían que era vital la importancia de este instante de suspenso intolerable.

Rafael la sintió tan suave y cálida en sus brazos que no quería dejarla marchar bajo ninguna circunstancia y admitiendo por fin para sí lo que se había estado negando durante semanas, exclamó:

—¡Dios todopoderoso, inglesa, estoy enamorado de ti! ¿No es ésa razón suficiente para casarte conmigo y acabar con mi sufrimiento?

No había querido decírselo así, y se maldijo por su propia torpeza. Pero para Beth era todo lo que había querido escuchar de labios de él, era lo único que importaba: ¡Rafael la amaba!

Levantó los ojos llenos de amor hacia él y Rafael contuvo el aliento ante la intensidad de esa mirada. Apretándola contra él, experimentó un sentimiento intenso que jamás había sentido en su vida. Con voz vacilante, como temiendo creer lo que era transparente y obvio, susurró:

—¿Inglesa, me...?

Beth asintió con vehemencia y de forma impulsiva le rodeó el cuello con los brazos y dijo con suavidad:

—Te amo desde hace tanto tiempo... —sus ojos se nublaron—, incluso cuando no merecías que te amara.

Le sintió temblar y luego Rafael la abrazó con tanta fuerza que el presente se esfumó y se perdieron en un mundo de ensueño. Beth se entregó a sus besos con pasión, pues éste era el momento con que había soñado toda su vida: finalmente, el amante misterioso que la había acosado durante tantas noches de su vida se había vuelto realidad. ¡Ella le pertenecía, y siempre había sido así!

Minutos después Rafael se apartó y dijo con voz ronca:

—Tenemos que hablar. Preferiría hacer otras cosas, pero mi abuelo nos ha dejado en una extraña posición. —Sus ojos se endurecieron—. Inglesa, no voy a permitir que él me dé órdenes acerca del dónde, cómo y cuándo de mi boda. Te amo y quiero casarme contigo... ¡y quiero hacerlo sin su interferencia! He esperado toda mi vida para encontrar el amor y no permitiré que él ensucie lo que hay entre nosotros. ¿Me entiendes?

Beth asintió. Comprendía exactamente lo que él quería decir. El plan frío y cruel de don Felipe destruiría toda la alegría de la boda y ella, al igual que Rafael, no quería que el anciano tuviera nada que ver con las promesas matrimoniales que ellos se harían.

—¿Qué hacemos? —susurró.

Él frunció el entrecejo y le besó la frente mientras su mente buscaba una solución.

—¿Te importaría mucho que un sacerdote nos casara rápidamente en privado? Puedo conseguir una licencia matrimonial mañana por la mañana en San Antonio. Podremos estar casados mañana a esta hora. —La miró con atención—. ¿Te importa que no sea un acontecimiento social? ¿Que no haya encaje blanco y flores y cientos de invitados?

Beth esbozó una sonrisa trémula.

—Ya tuve una boda así y no me trajo demasiada felicidad. —Se puso de puntillas y lo besó dulcemente en la boca—. Rafael, lo que me importa es el hombre, no los adornos.

Él volvió a abrazarla y besarla con pasión. Con voz ronca por la emoción, dijo:

—Yo también tuve una vez una boda llena de lujo y pompa y sólo me trajo odio y amargura. Cuando me case contigo, no quiero que nada nos recuerde nuestros matrimonios anteriores. ¡Eres mía! ¡Te amo y no quiero compartirte con recuerdos de otro hombre! —dijo con dureza.

—Chist —susurró Beth contra sus labios—. Algún día te hablaré sobre Nathan. Pero ahora no, esta noche es nuestra y no quiero hablar del pasado. Nos tenemos el uno al otro y empezamos a partir de ahora.

Una sonrisa torcida se dibujó en el rostro de él.

—Tienes razón, mi amor. Hay mucho que olvidar en nuestros pasados, ¿no crees? Y sin embargo, existen tantas cosas que no puedo olvidar.

Beth sintió un frío en el corazón y preguntó:

—¿A qué te refieres?

Con una expresión increíblemente tierna en el rostro, él terció:

—A la primera vez que te vi. ¿Cómo olvidarlo? —Los ojos grises se oscurecieron—. O a tu cuerpo desnudo y blanco sobre aquella cama de Nueva Orleans; eso tampoco lo puedo olvidar. Me ha vuelto loco durante años.

Beth hundió la cabeza en el pecho de él y susurró:

—Quizá no podamos olvidar nunca partes del pasado, pero hay mucho de él... —Se interrumpió y lo miró, preguntándose si a pesar de sus palabras de amor todavía creía que ella había estado por propia voluntad en brazos de Lorenzo. De pronto le resultó de máxima importancia saberlo y preguntó—: ¿Crees lo que te dije sobre aquel día?

Rafael había temido esa pregunta, pero al ver los sinceros ojos violetas que lo miraban con tanto amor, supo la respuesta:

—Sí —dijo con sencillez—. No entiendo qué quería obtener Consuelo, pero te conozco y sé que no habrías ido nunca a reunirte con Lorenzo. —Su voz se tornó ferviente—. Tengo que creerte —añadió—. Si no te creyera me volvería loco con los pensamientos viles que llenarían mi mente. No podría tolerar que miraras a otro hombre por temor a que lo convirtieras en tu amante. Así que tengo que creerte, por mi propia salud mental y por la honestidad y sinceridad que veo en tus ojos.

Una lágrima se deslizó por la mejilla de Beth sin que ella lo notara, tan concentrada había estado en las palabras de Rafael. Pero él la vio y bromeó con ternura:

—¿Qué es esto? ¿Lágrimas? ¿Es así como recibes una apasionada declaración de amor y confianza? ¿Con lágrimas?

Beth sonrió.

—No, es solamente que significa tanto para mí que me creas... Deseaba tanto que conocieras la verdad y temía que incluso ahora...

Él sacudió la cabeza.

—¿Cómo podría seguir creyendo eso y decirte que te amo? ¿No sabes acaso que lo que primero me atrajo de ti fueron tu dulzura y tu calidez? Si no hubiera estado tan loco de celos, jamás habría caído con tanta facilidad en la trampa de Consuelo. Olvídalo, inglesa, y recuerda sólo que a pesar de que pensaba mal de ti tenía tu imagen en mi corazón hasta que volví a verte en Cielo. Allí creo que me enamoré locamente de ti otra vez. —Esbozó una sonrisa torcida—. Luché contra eso desde que te vi de pie junto a aquella maldita fuente... ¿por qué crees que comencé a trabajar en Hechicera? —Al ver la mirada sorprendida de Beth, la sacudió suavemente—. Sí. De hecho, volví de Hechicera dispuesto a proponerte matrimonio y ¡con quién me encuentro sino con Lorenzo!

—¡Pero yo no quería que él estuviera allí! —protestó Beth con vehemencia—. Detestaba que viniera de visita, pero no podía hacer nada al respecto.

Rafael apretó los labios.

—No te preocupes por Lorenzo. ¡Una de las primeras cosas que quizás haga como marido tuyo será matarlo!

Con un hilo de voz, Beth respondió:

—Si no te importa, preferiría que no lo hicieras. Acabamos de encontrarnos el uno al otro... y no me gustaría perderte. Lorenzo es traicionero y si bien sé que lo matarías en un duelo limpio, pienso que él no conoce el significado de la palabra limpio.

—¿Y estás tan segura de que yo sí lo conozco?

—¡Es probable que no! —replicó Beth con prontitud—. ¡Pero no me gustaría el cadáver de Lorenzo como regalo de bodas!

Él rio por lo bajo y la besó.

—¡Ya basta de esto! Sebastián me está esperando en las caballerizas y tú y yo tenemos cosas que planear. Pero antes... ¿ya no hay sombras? ¿Ningún secreto oscuro que quieras confesar mientras estoy de tan buen humor?

Rafael lo dijo en broma, pero era lo que Beth había estado deseando. Jugueteando con uno de los botones de la chaqueta negra, murmuró:

—Una sola cosa.

—¿Cuál? —preguntó Rafael, arqueando una ceja con curiosidad. Creía que Beth quería confesar alguna transgresión menor.

Sin darse tiempo para arrepentirse, Beth exclamó a sin poder contenerse:

—¡Vamos a tener un hijo!

Estupefacto, Rafael la miró y vio con incredulidad el rostro algo aprensivo de ella. Luego, para gran sorpresa de Beth, rio encantado y los temores de ella desaparecieron.

—¿De veras? —preguntó con un brillo increíblemente tierno en los ojos grises.

Beth asintió, sonriendo.

—De veras —repitió, mientras se preguntaba por qué había temido contárselo. Quizás el amor hacía milagros, pensó, pues ciertamente este hombre alto con manos gentiles y ojos tiernos en nada se asemejaba al desconocido frío y distante que había encontrado aquella primera noche en Cielo.

Para Rafael, ésta era la noche más milagrosa de su vida. Criado con los salvajes comanches y luego obligado a someterse a su cruel abuelo, se había casado con una mujer que lo odiaba y despreciaba, de modo que durante toda su vida había sido privado de amor y ternura. Y ahora, ahora se sentía como un hombre aturdido que de pronto pasa de una vida fría y estéril a un lugar lleno de luz y calor. La ternura y el amor siempre habían estado dentro de él, quizá también hasta la alegría y la risa, pero habían estado enterradas muy profundamente. Pero ahora, con su amada inglesa entre los brazos, sintió que los últimos vestigios de su coraza de piedra y hielo se derretían bajo el calor del amor de Beth. La abrazó con suavidad y sus labios se encontraron con los de ella en un beso dulce, sin pasión ni deseo, sólo lleno de amor y ternura.

—¿Fue aquella noche en Cielo o antes de que me marchara hacia Hechicera? —susurró de pronto, sintiendo la necesidad imperiosa de saberlo. Al ver que Beth vacilaba, añadió con sorpresa—: ¿No habrá sido la noche del vestido de prostituta?

Ella se sonrojó al recordar esa noche y respondió:

—No, fue antes de que partieras para Hechicera.

Rafael suspiró.

—Me alegro. Aquella noche en Cielo quería lastimarte. No me hubiera gustado que nuestro hijo hubiera sido concebido en esa oportunidad. —Con un brillo en los ojos grises, agregó—: Ah, pero esa noche antes de partir...

Fueron momentos deliciosos para ambos, pero a los pocos minutos él tuvo que apartarse y comenzar a hacer planes para el futuro inmediato. Apartando a Beth de él, murmuró:

—Debo irme. Sebastián me está esperando y hay cosas que debo hacer. Y para que mi abuelo no vuelva a raptarte, tendré que dejarte aquí esta noche y mañana. ¿Podrás soportarlo?

Beth le acarició suavemente el rostro con una mano, radiante de felicidad.

—Lo intentaré. Pero no me dejes mucho tiempo con don Felipe. Temo no poder ocultar mi felicidad, pero por un día, creo que lo lograré. —Mirándolo con expresión divertida, bromeó—: Pero sólo por un día. Si tardas más en buscarme, le contaré que me has comprometido de la peor forma imaginable.

Rafael sonrió.

—¿Ya empiezas a amenazarme? Veo que tendré que ser un marido severo. —Rafael se puso repentinamente serio—. Mañana por la noche di que te sientes mal y retírate temprano. En cuanto oscurezca, vendré a buscarte. Ten todo listo. Con suerte, nadie te buscará hasta la mañana y, para ese entonces, será demasiado tarde para que mi abuelo pueda hacer otra cosa que felicitarnos... antes de que partamos para Hechicera. Quiero que nuestro hijo nazca allí.

Beth estaba en el paraíso. Pensar que al día siguiente a esa hora ya sería su mujer era algo que la sostendría durante la noche y el día que la esperaban. La despedida unos minutos más tarde fue agridulce y Rafael tuvo que ejercer toda su fuerza de voluntad para no llevarla con él. Pero como sabía que don Felipe se lanzaría a la persecución no bien descubriera la huida y que no habría tiempo para una boda apresurada, se apartó de ella de mala gana y escapó por la ventana.

Sebastián lo aguardaba con impaciencia en las caballerizas.

—¿Por qué has tardado? —preguntó en un susurro furioso—. Voy a tener que dar muchas explicaciones si uno de los guardias me encuentra aquí, sobre todo considerando que le he dicho a tu no tan crédulo abuelo que estaba agotado y necesitaba dormir. Me parece que no creyó una sola palabra de lo que dije y no me gustó cómo miró a Beth cuando ella se marchó. ¿Pudiste verla?

Rafael asintió. Seguía aturdido por la idea de que Beth lo amaba e iba a tener un hijo suyo.

—Felicítame, Sebastián, pues mi inglesa y yo nos casamos mañana por la noche.

Durante un instante fugaz, Sebastián sintió una punzada de envidia, pero luego se alegró realmente por su primo.

—¡Te deseo lo mejor! —dijo con brusquedad—. Y a Beth también. Pero dime... ¿cómo lo vais a hacer? Estoy seguro de que don Felipe no tiene en mente una boda rápida.

Rafael le explicó brevemente lo que habían decidido.

—¿Vendrás? Me gustaría que estuvieras presente.

Sorprendiéndose a sí mismo, Sebastián accedió. En realidad, la idea del matrimonio no lo entristecía tanto como había pensado. «Es posible que me esté volviendo cínico», se dijo.

Se estrecharon la mano y Sebastián dijo con sinceridad:

—Me alegro sinceramente por los dos. Al menos esta vez Beth tendrá a un hombre como marido... sobre eso no tengo dudas.

—¿Cómo dices? —preguntó Rafael con curiosidad.

Sebastián arqueó una ceja.

—¿Ella no te lo ha contado? —Ante la negativa de Rafael, procedió a relatarle que había visto a Nathan en la cama del señor Percy.

Rafael dijo algo violento en voz baja y Sebastián pensó que era una suerte que Nathan ya no estuviera en esta vida.

Una vez que se despidieron, Rafael no perdió el tiempo meditando sobre lo que Sebastián le había dicho; con el tiempo Beth le contaría todo lo que él necesitaba saber sobre Nathan. Se sentía feliz, y durante el viaje de regreso pensó en su amada y en la vida maravillosa que se abría ante ellos.

Lorenzo también estaba despierto esa noche, pero dentro de él no había ni amor ni ternura, sólo odio y muerte. El día que había comenzado tan bien había finalizado de la peor forma imaginable y mientras se dirigía al encuentro de los guerreros comanches, cavilaba en las palabras crueles que don Felipe le había dirigido una hora antes.

A pesar de la actitud servil de Lorenzo, don Felipe siempre lo había tratado con frío desdén. El día anterior, cuando había recibido el mensaje de don Felipe, Lorenzo se sintió entusiasmado; parecía que sus intentos premeditados de congraciarse con el anciano habían dado resultado. ¿Acaso no lo había incluido en la reunión privada entre padre e hijo donde habían decidido que traerían a Beth a la hacienda? ¿Y no lo había elegido a él para que llevara a cabo sus órdenes? ¿Acaso no le había dicho en privado lo que tenía que hacer si la señora se rebelaba?

Todo esto era cierto y Lorenzo se había sentido muy complacido, pensando que don Felipe apreciaba sus esfuerzos. Quizás éste fuera el momento de decirle que deseaba estrechar el lazo con la familia Santana. Durante todo el día se había sentido entusiasmado y satisfecho. Muy pronto todos sus planes se realizarían: Beth moriría en unos días, a manos de los comanches, evitándose así que hablara y pudiera casarse con Rafael; y si don Felipe realmente estaba complacido con él, entonces su pretensión a la mano de Arabela sería factible. Una vez que Arabela fuera suya, sólo quedaría una persona en su camino, Rafael... ¡y a Rafael podía sucederle lo mismo que a la pobre señora Beth!

Por desgracia, sus designios sufrieron un gran golpe cuando después de que todos se hubieron retirado, fue a entrevistarse a solas con don Felipe, que bebía una última copa de jerez en la biblioteca. Lorenzo no dormía en la casa y el anciano se sorprendió al verlo todavía allí.

Don Felipe estaba de buen humor porque confiaba en sus planes y le indicó que entrara, y hasta le ofreció jerez. Alentado por esta señal de aprobación, después de unos minutos de conversación trivial, Lorenzo cometió el error de darle a entender cuáles eran sus ambiciones.

Don Felipe se puso rígido y clavó sobre Lorenzo sus fríos ojos negros.

—Corríjame si me equivoco —dijo con desdén—, pero ¿no fue tu madre tan tonta y testaruda como para escaparse con su profesor de baile? Y después de avergonzar a la familia y causar un gran escándalo, ¿no tuvo la temeridad de regresar y suplicarle a su padre que la aceptara de nuevo, junto con su hijo bastardo?

Al observar que Lorenzo se sobresaltaba, don Felipe sonrió con condescendencia.

—¿Creías que no conocía tus antecedentes? ¿Crees que nunca pregunté por qué a un supuesto primo de Consuelo se le trataba con tanto desprecio en la familia? ¿Y crees que por un instante consideraría la idea de mezclar a mi familia con el bastardo de un profesor de baile?

Don Felipe rio.

—Lorenzo, eres un buen sirviente. Puedes serme útil, siempre y cuando te mantengas en tu lugar y sepas cuál es tu lugar. Ahora márchate; estoy cansado y tengo cosas que planear.

Lorenzo se marchó odiando a don Felipe y, mientras cabalgaba hacia los comanches, planeó no sólo la muerte de Beth sino también la de don Felipe. «Mañana —pensó con furia—, mañana los veré muertos.»

Sin tener conciencia alguna de la traición que se estaba tramando, Beth despertó a la mañana siguiente y se sintió plena de felicidad. ¡Esa noche se convertiría en la mujer de Rafael Santana! Qué extraño le resultaba pensar que ayer nada más se había sentido tan insegura y triste.

Permitió que María, la criada mexicana, la bañara y vistiera y se sintió satisfecha con su aspecto final. Estaba lista para enfrentarse con el mundo, en especial con don Felipe. Ya estaba harta de vestirse de negro, se dijo, mientras se miraba por última vez en el espejo. Pero luego sintió remordimientos. ¡Qué criatura perversa era! Hacía apenas tres meses que Nathan había muerto y ella ya llevaba en su seno un hijo de otro hombre y ansiaba desesperadamente casarse con él. ¡Lamentable!

Su sensación de culpa hizo que el brillo de sus ojos se apagara, y cuando se reunió con los demás, parecía seria y compungida. Don Felipe decidió que se debía a que había aceptado el destino que él tenía planeado para ella. Se habría sorprendido al enterarse que Beth sentía remordimientos. La vida le ofrecía tantas cosas, y sin embargo, Nathan estaba muerto... a causa de ella. ¡No se merecía ser tan feliz!, se dijo con horror. ¡Pero lo era! ¡Que Dios la perdonara, pero se sentía increíblemente feliz!

28

Para Rafael, el tiempo pasaba volando y, sin embargo, las horas le resultaban interminables. Procurar la licencia sólo le llevó un minuto, y luego pasó por casa de los Maverick, y después de explicarles lo que había sucedido, les preguntó si querrían ser testigos de su casamiento. Sam y Mary aceptaron encantados.

Tranquilo y de buen humor, regresó a su casa y enloqueció a los criados con sus exigencias. Había que limpiar y ventilar las habitaciones adyacentes a las suyas; esa noche su esposa dormiría allí. Y tenía que haber flores... flores en la alcoba, flores en toda la casa. Y comida y vino adecuados para la situación. Sus requerimientos parecían interminables; sólo podía pensar en Beth.

Ella pasó la mayor parte del día con doña Madelina, la señora López y Arabela, y le resultó difícil disimular su felicidad y guardar el secreto. Las horas de la siesta le parecieron eternas, pues no podía hacer otra cosa que recostarse en la cama y pensar en Rafael.

Aproximadamente a las cuatro de la tarde, la familia se reunió para merendar y fue entonces cuando don Felipe sugirió que las dos jóvenes damas lo acompañaran en su paseo. Al principio Beth se resistió, pero cedió cuando Arabela y Sebastián —que habían pasado un día agotador con don Felipe— le suplicaron que lo hiciera.

Oculto en las colinas cercanas a la casa, Lorenzo vio partir al grupo: don Felipe, don Miguel, Beth, Sebastián, Arabela y alrededor de media docena de jinetes armados. Frunció el entrecejo. A menos que hubiera una forma de separar a Arabela y a don Miguel del resto, no se atrevería a dar la orden de ataque de los comanches.

Pero el destino se alió con él, pues antes de que el grupo hubiera avanzado un kilómetro, un conejo saltó repentinamente delante del caballo de Arabela, haciéndolo corcovear. Y como la joven había estado discutiendo con Sebastián, sin prestar atención a su caballo, cayó inmediatamente al suelo. No se lastimó, pero don Miguel —que no había querido unirse al grupo— propuso que él y Arabela regresaran a la casa. Don Felipe dio su permiso para que se separaran del grupo. Como quería disfrutar a solas de la compañía de una bella mujer, decidió que Sebastián también iría con los otros dos. Después de todo, él había sido el culpable de que Arabela no estuviera prestando atención al camino.

Sebastián aceptó de mala gana las órdenes de don Felipe y Beth sintió deseos de tirarle de las orejas por dejarla sola con el autoritario anciano. Y a juzgar por la mirada divertida que Sebastián le dirigió antes de alejarse, él lo sabía perfectamente.

Lorenzo sonrió al ver lo que sucedía. Bajó de la enorme roca plana y corrió colina abajo hasta donde aguardaba el impaciente grupo de alrededor de quince guerreros comanches. Ésta no era la primera vez que Lorenzo trabajaba con los indios y en ocasiones anteriores los tratos habían sido provechosos para ambos. Pero era la primera vez que había organizado un ataque desde la muerte de Consuelo y en aquella ocasión había habido muchos caballos, maletas de ropa y joyas para todos.

Lorenzo y los comanches escogieron el sitio más apropiado para la emboscada. Como un lobo detrás de su presa, uno de ellos había seguido al pequeño grupo para averiguar qué sendero tomaría. Avisados por medio de imitaciones de ruidos de pájaros y animales, los comanches tomaron sus posiciones para el ataque.

Beth no estaba disfrutando del viaje. Don Felipe le había estado haciendo preguntas muy íntimas y hasta había intentado flirtear. Ansiosa por regresar, preguntó:

—¿Vamos a ir mucho más lejos? Estoy cansada y comienza a dolerme la cabeza —mintió.

Don Felipe se volvió hacia ella y abrió la boca para contestar justo en el momento en que los comanches atacaron desde todos los flancos. Fue una masacre. Tomados por sorpresa, los hombres no pudieron hacer nada. Las lanzas y flechas comanches los derribaron antes de que pudieran desenfundar sus armas.

Horrorizada, Beth oyó los escalofriantes gritos de guerra de los comanches y contempló petrificada cómo caían al suelo los guardias. Trató de apartarse del centro de la lucha, pero estaba atrapada en el medio y tuvo suerte al no recibir nada más que un rasguño en la mejilla.

De pronto se hizo un silencio sobrenatural y con horror Beth se dio cuenta de que era la única del grupo que quedaba sobre el caballo... y con vida. Aterrorizada, contempló el círculo de salvajes que la rodeaban. Todo lo que había dicho Matilda Lockhart le volvió a la mente y casi se desmayó de terror. Pero luego su orgullo y su fuerza acudieron a rescatarla y pudo enfrentar a los indios con gesto desafiante.

Todos tenían los rostros pintados y estarían desnudos a no ser por el taparrabos. Estaban inmóviles y aguardaban...

Un grito de dolor brotó de labios de uno de los hombres tendidos en el suelo y, ante el horror de Beth, uno de los comanches tomó la lanza para asestarle el golpe de gracia. Era don Felipe el que había gritado.

—No —dijo Lorenzo con placer. Él también lo había reconocido—. Dejadlo a las mujeres. Disfrutaré de verlo morir bajo el cuchillo de ellas.

Asqueada, Beth le espetó:

—¡Tú! ¿Eres tan ruin y malvado que te unes con estos seres salvajes en contra de tu propia raza?

Lorenzo sonrió e hizo avanzar a su caballo por entre los comanches que la rodeaban.

—¡Por supuesto! Deberías saber que hago cualquier cosa por dinero. —Su expresión se volvió cruel—. Hasta matar a los de mi raza.

De pronto, Beth comprendió.

—¡Fuiste tú! —exclamó—. ¡Tú mataste a Consuelo!

—¡Por supuesto! —se pavoneó Lorenzo—. Fue muy fácil. ¿Sabes que no quiso pagarme por el trabajito que hice para ella en Nueva Orleans? ¡Pues le di su merecido! Los comanches hicieron un buen trabajo con los cuchillos.

Beth se estremeció de horror y Lorenzo sonrió. Luego dio unas órdenes a los comanches y todos partieron a todo galope, trayendo a Beth y a don Felipe en la retaguardia.

No se detuvieron en toda la noche, y Beth se sintió algo aliviada, pues sabía que cuando acamparan la violarían todos los guerreros. El rostro desfigurado, quemado y marcado de Matilda Lockhart se le apareció ante los ojos. ¿Correría ella la misma suerte? De madrugada, los comanches atacaron un rancho y mataron a los habitantes, para robar luego las armas y los animales.

Envalentonados por la victoria, se volvieron hacia Beth y don Felipe. Desnudaron al anciano y lo arrojaron violentamente al suelo, y luego le quitaron la ropa a Beth. Ella luchó y se defendió enloquecidamente, pensando que la violarían. Pero en lugar de eso, le ataron una soga al cuello que se ajustaba si ella caía o no podía seguir la marcha rápida de los comanches. Durante todo el día Beth corrió bajo el sol ardiente, descalza sobre el suelo rocoso. Su cuerpo gritaba de dolor cuando por fin el sol comenzó a descender. En una oportunidad, Lorenzo, que temía que Beth fuera a morir antes de que él pudiera disfrutar de su cuerpo, detuvo su caballo y extendió la mano para ayudarla a subir. Pero Beth reunió las pocas fuerzas que le quedaban y escupió sobre su mano. Se oyeron murmullos de aprobación por parte de los comanches, que admiraban el coraje por encima de todas las cosas. Furioso, Lorenzo dio una patada a Beth en el abdomen con fuerza, derribándola. Pero ella logró ponerse de pie, pues el deseo de vivir era más fuerte que el dolor.

Cuando los comanches se detuvieron para dar de beber a los caballos, don Felipe se dejó caer junto a Beth y murmuró:

—Eso fue una tontería, señora. Valiente, pero una tontería. Si quiere vivir, la próxima vez acepte su mano.

—¿Lo haría usted? —preguntó Beth, sin mirarlo.

—No —dijo don Felipe.

Cuando se dispusieron a continuar el viaje, el anciano ya no se movió, y uno de los comanches le clavó la lanza antes de abandonarlo allí y seguir el camino.

Rafael encontró el cuerpo de su abuelo una hora más tarde. Había seguido el rastro de los comanches con una expresión peligrosa en sus ojos grises.

La noche anterior, al cabalgar hacia la hacienda para encontrarse con Beth, se cruzó con Sebastián. Al ver la expresión en el rostro de su primo, supo que algo había sucedido.

Sebastián le narró lo acontecido. Con el rostro duro como el granito, Rafael se dirigió a la casa y dijo:

—Quiero cuatro caballos y una mula. Necesitaré mantas, comida y vendas. También ropa.

—¿Cuántos hombres quieres que te acompañen? —preguntó don Miguel.

Rafael se volvió hacia él, con los ojos ardiendo de ira.

—¿Sabes lo que harán con ella si se les ataca? ¡Le clavarán tantas flechas que ni siquiera podré cargar su cuerpo sobre un caballo para darle un funeral decente! —Viendo que su padre sólo había querido ayudar, Rafael dijo con más serenidad—: Iré solo y entraré en el campamento como un comanche. Por una vez me siento agradecido por mi herencia indígena. Un comanche es siempre un comanche para ellos y si les hago ver que es mi mujer, podré sacarla de allí si es que todavía está con vida.

—¿Y mi padre? —susurró don Miguel.

—Un anciano no les servirá de nada. Será más fácil rescatarlo a él que a Beth.

Instantes más tarde, Rafael partía en la oscuridad. Logró seguir el rastro y calculó que le llevaban tres horas de ventaja. Anduvo sin cesar toda la noche y a la madrugada siguiente descubrió que sólo les había quitado una hora.

Encontrar las ropas ensangrentadas de Beth y don Felipe fue un momento aterrorizador y Rafael quedó visiblemente impresionado. Trató de no pensar en lo que le estaba sucediendo a Beth. En aquellos momentos, lo único importante era encontrarla... ¡con vida!

Se topó con el cuerpo desnudo de don Felipe inesperadamente y por un horrible instante creyó que era Beth. Pero luego su mente volvió a funcionar y vio que se trataba de su abuelo. Se apeó del caballo y giró con ternura el cuerpo delgado. Atónito, vio que los ojos del anciano se abrían.

—Sabía que vendrías —susurró don Felipe con la voz quebrada—. No por mí, sino por la mujer. Está con vida. Es muy valiente y todavía no le han hecho nada.

Rafael sintió una increíble oleada de alivio. Se dispuso a buscar su cantimplora, pero el anciano adivinó sus intenciones y sacudió la cabeza.

—De nada me servirá —dijo—. Sabía que me estaba muriendo, así que me negué a moverme, esperando que me creyeran muerto. —Las palabras brotaban con dificultad, pero don Felipe estaba decidido a decirlas—. Quería vivir para decírtelo. Fue Lorenzo. Lorenzo hizo esto —Aferró el brazo de Rafael y graznó—: Mátalo, Rafael, ¡mátalo!

Fueron sus últimas palabras y a Rafael le parecieron características del anciano. Se había mantenido vivo solamente para asegurarse de que Lorenzo pagaría con su vida por lo que había hecho.

Rafael miró el cuerpo de su abuelo. No tenía tiempo de sepultarlo y tampoco podría entrar en el campamento comanche con el cuerpo atado sobre un caballo. Decidido, perdió un minuto más para ocultarlo debajo de un arbusto, y luego se alejó al galope.

Los comanches acamparon a la hora del crepúsculo. Eligieron un lugar cercano a un arroyo ancho y cristalino en el que podrían dar de beber a los muchos caballos que tenían ahora. Beth cayó rendida cerca de unos matorrales. Sabía que los dolores desgarradores que sentía en el abdomen no se le irían y que estaba perdiendo a su hijo. Por primera vez, las lágrimas le rodaron por las mejillas y sin que los comanches lo notaran, lloró amargamente. No por ella, ni por don Felipe, sino por la vida que ya no crecería en su interior. Sintió las primeras gotas de sangre cayéndole por los muslos y su angustia fue intolerable.

Los comanches estaban de buen humor. El ataque había sido un éxito y nadie los perseguía. Además, por supuesto, estaba la mujer...

Sumergida en su propia tristeza, Beth no notó que caía la oscuridad, ni que ahora que habían comido y se habían ocupado de los caballos, los comanches comenzaban a mirarla con interés. Lorenzo, sentado junto al fuego, vio las miradas que le echaban y, sonriendo con lujuria, hizo una broma chabacana que hizo reír a los comanches.

A través de la bruma de su congoja, Beth oyó las risas y de pronto tomó conciencia de que era el blanco de todos los ojos. Sus lágrimas se secaron y ella trató de huir. Se puso de pie con dificultad y comenzó a correr, pero Lorenzo se movió con rapidez y la atrapó, sujetando el cuerpo desnudo de Beth contra el suyo.

Fue en ese instante que Rafael pasó de las tinieblas al círculo de luz del campamento. El corcel gris, *Diablo,* parecía fantasmagórico a la luz del fuego, y la figura negra de Rafael, un espectro de muerte. El silencio se cargó de superstición y luego, cuando algunos guerreros lo reconocieron, el nombre Espíritu Cazador pasó de boca en boca.

Lorenzo quedó petrificado y Beth cerró los ojos, dando gracias al cielo. Rafael desmontó pausadamente, con movimientos calculados.

—Suéltala, Lorenzo —dijo en voz baja pero amenazadora. Y luego, volviéndose hacia los comanches, los saludó en su lengua y les habló con elocuencia del dolor y la desesperación que había sentido al enterarse de la desaparición de su mujer, de su viaje para encontrarla y de la venganza personal entre él y Lorenzo.

Rafael eligió las palabras con cuidado, sabiendo que no sólo tenía que convencer a los comanches de que Beth le pertenecía, sino también del hecho de que Lorenzo era un ladrón de mujeres y de que el odio entre ellos existía desde hacía tiempo. La contienda sólo podría terminar con la muerte de uno de los dos. Los indios escucharon con atención. Espíritu Cazador, a pesar de vivir con los blancos, había sido uno de ellos, mientras que Lorenzo...

Los comanches podían conspirar con Lorenzo cuando les convenía, pero no sentían respeto por él. Les había organizado buenos y lucrativos ataques, pero no se destacaba en la lucha; su cobardía no había pasado inadvertida. Les había ido bien en los negocios con el español, pero si tenían que elegir entre Espíritu Cazador y Lorenzo... Aun ahora, en los campamentos comanches, los mayores hablaban de las hazañas del joven guerrero Espíritu Cazador y de su coraje en las batallas.

El cambio en la atmósfera fue imperceptible, pero Lorenzo lo notó y con el rostro desfigurado por la ira, empujó a Beth lejos de él.

—Morirás esta noche, Santana —chilló, enfurecido—. ¡Y luego poseeré a tu amante sobre tu cadáver tibio, antes de cortarle el cuello!

—¿De veras? —terció Rafael con letal serenidad. Había notado con una furia helada las heridas, golpes y magulladuras en el cuerpo de Beth, así como también las señales de su agotamiento físico. Esta noche ella se hubiera convertido en su esposa, de no haber sido por el despreciable ser que tenía delante. Y don Felipe, pese a toda su frialdad y arrogancia, habría estado con vida.

Lentamente, Rafael se quitó la cartuchera con el revólver y la arrojó al suelo. La siguió el sombrero, luego la chaqueta y la camisa, y por último, las botas. De pie ante el círculo imperturbable de comanches, Rafael extrajo su cuchillo de hoja ancha y la luz del fuego se reflejó en el filo.

Lorenzo también comenzó a quitarse la ropa, pero sus movimientos eran nerviosos y espasmódicos, como los de un hombre lleno de furia y de miedo. No tenía cuchillo, y sin mucho entusiasmo, uno de los guerreros le arrojó un largo puñal español.

Los dos hombres se enfrentaron con recelo. Rafael sonreía burlonamente, cosa que no hacía nada para aumentar la seguridad de Lorenzo.

Para Rafael, el tiempo había retrocedido y él era otra vez un comanche; los olores eran los mismos; el fuego, los caballos, hasta se olía el aroma de la victoria y la mujer lo aguardaba más allá de la luz del fuego. El cuchillo en la mano le daba placer y el aire fresco era u bálsamo para la piel de su tórax. Las ansias de sangre también estaban presentes: deseaba matar a Lorenzo, deseaba hundir el cuchillo en el cuerpo de su enemigo y sentir la sangre tibia contra su piel.

—Acércate, amigo —susurró, sosteniendo el cuchillo con pericia en la mano derecha y haciéndole un gesto a Lorenzo con la izquierda—. No podemos acabar con esto si te limitas a bailar alrededor del fuego. Acércate —lo azuzó.

Enfurecido, Lorenzo se arrojó sobre él, pero ágil como un gato, Rafael lo esquivó y su cuchillo hizo un tajo largo y profundo en el brazo del otro hombre. Lorenzo se volvió y se lanzó de nuevo al ataque, pero Rafael siempre lo eludía, causándole al mismo tiempo una herida.

Sabiendo que perdía sangre, Lorenzo cambió de táctica y tomó a Rafael por sorpresa. Se arrojó sobre él, pero en el último momento se detuvo y clavó el pie entre las piernas de Rafael, haciéndolo caer al suelo.

Rafael reaccionó con la agilidad de una fiera y giró su cuerpo para caer de espaldas y así estar preparado para el ataque de Lorenzo. Éste se arrojó sobre su torso y trató de clavarle el puñal en el abdomen. Con un esfuerzo sobrehumano, Rafael logró sujetarlo y sólo recibió un rasguño.

Horrorizada, Beth observaba a los dos hombres desde las sombras. El corazón se le fue a la boca cuando Rafael cayó al suelo. Sin darse cuenta de lo que hacía, se acercó al lugar de la lucha. Deseaba ver lo que sucedía, pero al mismo tiempo temía ver cómo herían a Rafael.

Lorenzo estaba a horcajadas sobre el cuerpo de Rafael, bloqueando con la rodilla el brazo que sostenía el cuchillo. Intentó clavar el puñal en el cuello de Rafael, pero éste se defendió estrellando el puño contra el rostro de Lorenzo, que cayó hacia atrás, hacia donde estaba Beth.

Sabiendo que no podría contra el otro hombre, Lorenzo arrojó tierra en los ojos de Rafael, cegándolo momentáneamente. Se oyó un murmullo de reprobación. Rafael se tambaleó hacia atrás, mientras trataba desesperadamente de quitarse el polvo de los ojos y protegerse al mismo tiempo de las cuchilladas de Lorenzo.

Éste sonrió por primera vez y se acercó para asestar la puñalada final. Pero Beth se arrojó sobre él, rasguñándolo y mordiéndolo, haciendo cualquier cosa para apartarlo de Rafael. Lorenzo emitió un rugido de furia y se volvió hacia su atacante.

Disfrutando de la idea de matarla delante de los ojos de Rafael, se la quitó de encima y la arrojó al suelo. Con los ojos brillantes de placer, avanzó hacia ella. Fue un error, el último de su vida.

El grito de Rafael a espaldas de Lorenzo lo hizo volverse y el cuchillo se le clavó en el pecho. Por un instante, Lorenzo lo miró con asombro y luego cayó boca abajo.

Beth corrió hacia Rafael, que la recibió entre sus brazos. La acunó con suavidad, sin preocuparse de los comanches, que ya comenzaban a disputarse las pertenencias de Lorenzo. Rafael murmuró palabras tranquilizadoras al oído de Beth y luego la llevó en brazos hasta donde aguardaba *Diablo*.

Los comanches no lo detuvieron. Habían disfrutado de una buena pelea y Espíritu Cazador había recuperado su honor y su mujer.

Beth y Rafael no fueron lejos, sólo cabalgaron un kilómetro río arriba hasta donde él había dejado los otros caballos y las provisiones. Y fue allí donde se enteró de que había perdido a su hijo. Su rostro se contrajo de pena. Suavemente, bañó y lavó el cuerpo golpeado de Beth en las aguas claras del arroyo, murmurándole palabras dulces que no tenían sentido, pero que la reconfortaron. Durmieron envueltos en una manta, el cuerpo grande y fuerte de Rafael protegiendo el de ella.

Rafael se despertó al alba, y al principio no supo dónde estaba. Luego sintió la calidez de Beth junto a él y se estremeció al recordar todo. Casi había llegado demasiado tarde. Y si ella no se hubiera abalanzado sobre Lorenzo, dándole a él esos preciosos segundos para recuperarse...

Ahora estaba a salvo y él se encargaría de que lo estuviera para siempre, se juró Rafael con vehemencia, contemplando el rostro dormido de Beth. Tenía la piel quemada por el sol, los labios resquebrajados y cubiertos de ampollas, el pelo enmarañado. Pero para él era la mujer más bella del mundo.

Beth necesitaba descanso y cuidados, y los encontraría en San Antonio, pero Rafael vaciló ante la idea de regresar allí. El viaje era largo y difícil, pues tendrían que avanzar lentamente, debido al estado de Beth.

Había perdido al niño y también mucha sangre, y la seguiría perdiendo antes de que todo terminara. Rafael frunció el entrecejo. Mejor sería dirigirse hacia el Este, hasta el primer poblado y de allí a Hechicera. Quería alejarla de todo el horror por el que había pasado, y en los bosques frescos y perfumados de Hechicera ella estaría a salvo. La protegería, la cuidaría y la amaría... ¡Cuánto la amaría!

29

Hechicera dormitaba bajo el sol cálido de octubre. El tejado de tejas nuevas brillaba sobre las paredes de color amarillo pálido. La pintura negra en los balcones de hierro forjado contrastaba agradablemente con el color suave de la casa. La vieja hacienda estaba renovada: todo brillaba, las tierras estaban cultivadas meticulosamente y desde dentro de la casa provenían sonidos de voces y risas.

Detrás de la casa había un patio encantador, protegido del sol por un gran árbol frondoso. Dos mujeres estaban sentadas en el patio, disfrutando del aire tibio de la tarde. Una era Stella Rodríguez y la otra, Beth Santana. Ambas parecían estar mirando a los dos hombres que conversaban animadamente a unos pocos metros de distancia, fumando cigarros.

Stella y su familia habían llegado hacía dos semanas y Beth no había podido contener su alegría al ver a su amiga. También estaban los niños, la deliciosa pequeña Elizabeth y Pablo, el hombrecito de tres años que era una réplica en miniatura de Juan, su padre.

El tiempo había volado, Beth y Stella habían intercambiado novedades y Juan y Rafael habían inspeccionado la propiedad y conversado sobre los planes de este último respecto de Hechicera. Hablaron de los caballos que Rafael estaba importando de España para mejorar la raza de los que tenía y del ganado que pastaba en los bosques y de los cultivos que sembraría en la primavera, si lograba despejar la tierra lo suficiente.

Si las dos últimas semanas habían volado para Beth, eso no era nada comparado con la velocidad con que había pasado el tiempo desde que Rafael la había rescatado de los comanches. Recordaba poco del viaje hasta el pequeño pueblo fronterizo donde él la había llevado para que recuperara las fuerzas antes de seguir hacia Hechicera. Lo que sí recordaba era su casamiento a finales de julio en Houston.

Había sido una ceremonia muy íntima, a la que solamente asistieron Sebastián, don Miguel, doña Madelina y Arabela. Beth había estado muy bella con un vestido color malva y una mantilla blanca que le había dado doña Madelina, y Rafael, muy apuesto con un traje español bordado.

Hechicera no había estado del todo lista, pero Beth se había lanzado a la tarea de convertirla en un hogar... su primer hogar verdadero. El trabajo duro y la satisfacción de ver los resultados, así como también las noches apasionadas en brazos de su marido habían contribuido mucho a que ella olvidara los horrores vividos. Nada compensaría jamás la pérdida de su bebé, pero éste era el futuro y Beth no miraría hacia atrás.

Manuela había acompañado a don Miguel y a doña Madelina a la boda y se había quedado como doncella personal de Beth. Mary Eames y la mayoría de los criados de Briarwood también habían viajado a Hechicera, al igual que algunos muebles y objetos preferidos de Beth. Briarwood se vendió, y el administrador de Rafael en Nueva Orleans se encargó de todo.

El dinero de la venta había causado la primera discusión seria: Beth quería utilizarlo en Hechicera y Rafael, con los ojos relampagueantes de ira, se negó rotundamente. Finalmente habían transigido: el dinero era de ella y Beth haría lo que quisiera. Si quería comprar cosas para Hechicera, él se tragaría su orgullo y se lo permitiría. De común acuerdo, decidieron que el dinero del fideicomiso establecido por el padre de Beth sería para los hijos y ambos deseaban con fervor que muchos niños llenaran las habitaciones de la propiedad.

La vida había sido generosa con ella últimamente, pensó Beth, mientras observaba a su marido conversar con Juan.

—¡Beth, querida, la expresión de tu rostro es absolutamente indecente! —bromeó Stella, mirándola con afecto.

Beth se sonrojó y de inmediato dejó de mirar la figura alta y fuerte de Rafael.

—Es que lo amo tanto, Stella, que no puedo impedirlo —admitió con sinceridad.

Su amiga le dio unas palmadas sobre la mano, mientras pensaba que Beth no era la única que estaba locamente enamorada. El cambio en Rafael era apabullante, sobre todo para alguien que no había vivido la evolución gradual de su personalidad.

La coraza de hielo había desaparecido, aunque Stella sospechaba que en determinadas circunstancias, él volvería a ser el hombre duro y frío que había sido.

Había un brillo tierno en los ojos grises de Rafael cada vez que se posaban en Beth, y una nota en su voz cuando la nombraba inglesa, que hacía que Stella se ruborizara. ¡Sí, era obvio que Rafael Santana era un hombre perdidamente enamorado!

Esa noche, mientras Manuela la ayudaba a vestirse para la cena, Beth pensó en lo diferente que era este matrimonio del primero. Nathan siempre había sido amable y gentil, no podía negarlo, pero no la había amado y ahora que conocía la diferencia, Beth se preguntó cómo había podido tolerar aquellos años estériles y desperdiciados. Un suspiro escapó de sus labios.

La señora estaba muy hermosa, decidió Manuela mientras daba un último retoque al vestido rosado de raso que Beth había elegido. Se estaba felicitando por el aspecto de Beth, cuando oyó el suspiro.

—¿Sucede algo, señora? ¿No le gusta la caída de la falda?

Beth sonrió.

—No, sólo estaba pensando en cosas desagradables; no debería hacerlo. —Echó una mirada al suntuoso vestidor y se sintió agradecida por todo lo bueno que la vida le daba.

A través de la puerta entreabierta que daba al dormitorio, vio a Rafael caminando de un lado a otro con impaciencia mientras la aguardaba para ir a cenar. Beth sonrió. No, no debía pensar en el pasado... Había quedado atrás.

Pero Manuela estaba preocupada y la conciencia no la dejaba en paz. Miró a Beth y preguntó con ansiedad:

—No seguirá sufriendo por lo que hizo Consuelo, ¿verdad? El señor conoce la verdad, ¿no es así?

—Sí, la conoce —la tranquilizó Beth.

Rafael, que se preguntaba qué podía estar retrasando a Beth, se disponía a entrar en la habitación cuando las palabras de Manuela lo detuvieron en seco.

—¿Él sabe todo? ¿Sabe también que usted era virgen cuando él la poseyó aquella tarde?

Sorprendida, Beth comenzó a decir:

—¿Cómo lo su...?

—Olvida, señora, que yo la lavé después y vi la sangre y las manchas en las sábanas —respondió Manuela con tranquilidad. Encogiéndose de hombros, agregó—: Era obvio.

Beth sacudió la cabeza.

—Pero no lo fue para Rafael, y es una historia tan engorrosa e improbable que es posible que jamás se la cuente. No tiene importancia, Manuela.

»Él me ama y ya es hora de dejar que el pasado muera. Si hasta me cuesta explicarle todo acerca de Nathan y no podría hablar de una cosa sin mencionar la otra. Ya está, todo pasó, somos felices y no es necesario que sigamos hablando de lo que sucedió ese día.

Pálido por lo escuchado, Rafael se alejó de la puerta. Necesitaba unos minutos para recuperarse de lo que había oído. ¡Dios Todopoderoso! ¡Virgen! Recordó el instante fugaz en que la idea se le había ocurrido.

Respiró hondo, y el hombre primitivo y salvaje que había en él se llenó de regocijo, pero el nuevo y más tierno Rafael sintió remordimientos por la forma violenta en que la había hecho mujer esa tarde. ¿Tendría que decirle que lo sabía? Beth había dicho que no quería hablar del pasado... Con el tiempo, decidió lentamente, con el tiempo hablarían de eso.

Esa noche, mientras yacían desnudos el uno junto al otro, Beth pensó que él nunca se había mostrado tan tierno y apasionado al amarla. Había habido algo nuevo en sus caricias, y ella se hubiera emocionado hasta las lágrimas si hubiera sabido que Rafael, a su manera, había tratado de compensarla con su cuerpo por la forma en que la había tratado aquella vez.

Beth apoyó la cabeza sobre el hombro de él y dejó escapar un suspiro de felicidad.

Rafael lo oyó y la abrazó con fuerza.

—¿Eres feliz? —preguntó contra el pelo de ella—. ¿Ya no hay más pesadillas?

Beth sacudió la cabeza.

—Mmm, no —terció y luego añadió medio en broma, medio en serio—: Excepto que temo despertar y descubrir que todo es un sueño. O que ya no me amas.

—¡Eso jamás! —exclamó él con vehemencia—. Nunca sucederá

mientras viva —agregó, levantando el rostro de Beth con los dedos y besándola con pasión y ternura—. ¡Nunca!

El beso se tornó más exigente y Beth se entregó a la magia del deseo.

«Mañana se lo diré —pensó con alegría—. Mañana le diré que un nuevo hijo crece dentro de mí.»